当代文学史研究丛书

程光炜 主编

放宽小说的视野
当代小说国际工作坊

李陀 程光炜 编

北京大学出版社
PEKING UNIVERSITY PRESS

图书在版编目（CIP）数据

放宽小说的视野： 当代小说国际工作坊／李陀， 程光炜编 .—北京：
北京大学出版社， 2016.8
（当代文学史研究丛书）
ISBN 978-7-301-26546-8

Ⅰ.①放… Ⅱ.①李… ②程… Ⅲ.①小说研究—世界—现代 Ⅳ.①I106.4

中国版本图书馆 CIP 数据核字（2015）第 272878 号

书　　　名	放宽小说的视野——当代小说国际工作坊
	FANGKUAN XIAOSHUO DE SHIYE
著作责任者	李　陀　程光炜　编
责 任 编 辑	张雅秋
标 准 书 号	ISBN 978-7-301-26546-8
出 版 发 行	北京大学出版社
地　　　址	北京市海淀区成府路 205 号　100871
网　　　址	http：//www.pup.cn　新浪微博：@北京大学出版社
电 子 信 箱	pkuwsz@126.com
电　　　话	邮购部 62752015　发行部 62750672　编辑部 62757065
印 刷 者	北京中科印刷有限公司
经 销 者	新华书店
	965 毫米 ×1300 毫米　16 开本　18 印张　234 千字
	2016 年 8 月第 1 版　2016 年 8 月第 1 次印刷
定　　　价	45.00 元

未经许可，不得以任何方式复制或抄袭本书之部分或全部内容。
版权所有，翻版必究
举报电话：010-62752024　电子信箱：fd@pup.pku.edu.cn
图书如有印装质量问题，请与出版部联系，电话：010-62756370

"当代文学史研究丛书"总序

从1949年全国第一次文代会算起,中国当代文学的建史和研究,已经足足60年。在中国历史上,这60年是社会最为动荡又充满历史机遇的一个年代。但放在一百七十多年来的视野里,人们并不会为它离奇剧烈丰富的故事而惊诧。"当代文学"就发生在我们共同记忆的这一历史时段中。在当代文学史研究中,我们无法无视历史的存在,将文学看做一个"纯文学"的现象,也无法摆脱文学与历史的无数纠缠,将作为研究者的自己置身事外。明白了这一点,就能懂得中国当代文学学科为何迄今为止都没有像中国古代文学和现代文学那样建立学术的自足性、规范性,反而屡屡被人误解和贬低。更容易看清楚的是,如果当代史观到今天还没有在幅员辽阔的大地上成为一种"社会共识",那它势必会不断动摇与该史观息息相关的当代文学史的思想基础和学科基础。

当代文学史学科自律性一直缺乏的另一个原因,是它的下限始终无法确定。2000年后至今,当代作家的大量新作有如每年夏季长江的洪峰一样奔腾不息,即使声名显赫的老作家也未曾歇笔,对自己的思想头绪稍作整理,并对历史作更深远的瞭望。对新作的关注,仍然是最热门的事业。这就使当代文学很多从业者不得不放弃寂寞的研究,转入更为丰富多彩的当代文学批评之中。当代文学批评在慷慨地为文学史研究提供新鲜视角和信息的同时,也在那里踩踏涂抹着"文学批评""文学理论"与"文学史研究"的界限。著名作家的新作,还会冲刷、改写和颠覆当代文学以往历史的文学价值,"超越"依然是当代文学批评最动人的词汇,正是它造成了当代文学观念的不断的撕裂。这种情况下,当代文学的标准和研究规范经常被挪动,也就不难理解。

本丛书提倡从切实材料出发，以具体问题为对象，对当代文学史的"史观"展开讨论，据此观察中国当代文学史为什么会以这种方式展开，影响文学思潮、流派、文学批评和作家创作的历史因素究竟是什么。将这些因素综合在一起，我们就能逐渐知道，它的研究在中国学术环境中问题的症结之所在。

本丛书主张当代文学史研究的"历史化"，认为先划出一定历史研究范围，如"十七年文学""80年代文学"等等也许是有必要的，它会有利于研究问题的分层、凝聚和逐步的展开。对具体历史的研究，可能比宏篇大论更有益于问题的细致洞察，强化研究者对自身问题的反省，所谓的历史化也只能这样进行。

本丛书以文学史研究为特色。丛书作者以国内一线学者为主，但不排斥年轻新秀优秀著作的加入，更欢迎海外学者的加盟。既为文学史研究丛书，自然希望研究者以经过沉淀的、深思熟虑的文学现象为对象，不做简单和草率的判断；它强调充分尊重已有的成果，希望丛书的风格具有包容性，也主张收入本丛书的著作对不同于自己观点的研究拥有包容性。

本丛书是对60年来当代文学史研究多次努力的又一次开始，这是一项长期和耐心的工作。它并不奢望自己的出版能改变什么，但也相信当代文学史研究的前途并不糟糕。

丛书主编　程光炜

目 录

"当代文学史研究丛书"总序 …………………………………… 1

序　言 …………………………………………………………… 1
如何定位王安忆 ………………………………………………… 1
韩少功的问题 …………………………………………………… 33
苏童的短篇与长篇 ……………………………………………… 69
贾平凹的小说世界（上）……………………………………… 110
贾平凹的小说世界（下）……………………………………… 158
莫言的历史结构（上）………………………………………… 192
莫言的历史结构（下）………………………………………… 232

序　言

　　李陀、刘禾教授夫妇每年5月从美国哥伦比亚大学回来休假，我们一般都会在北京工人体育馆、海淀中关村大街、中国人民大学等几处的餐馆小聚，也聊到近来彼此工作和生活的一些情况。因北京与纽约相隔一万余里，而且他们夫妇也只是暑假才能回来，所以话题比较散漫和芜杂，属于朋友之间的闲谈。

　　有次在国图对面一家餐馆闲聊时，李陀老师说，我们是否可以做一点有益的事情？比如，小型专题研讨或工作坊之类。因为此前，我已请刘禾教授在中国人民大学文学院二层会议室专门做过系列学术演讲，当时从清华、北大、北师大、人大来了很多学生，会议室都被挤满。每次刘教授讲完后，有学生提问的环节，当时的气氛十分热烈。而且从2005年起，我在人大给博士生开设了名叫"重返八十年代"的讨论课，形式上就类似于李老师所说的这种工作坊，只是我们没这么称呼。因缘际会，也是我与两位老师比较谈得来，于是几次简单地讨论下来，决定由李老师和我共同主持"小说国际工作坊"的活动。利用李老师每年5月从美返回的时间，将一个月分为四周，每周组织博士生、硕士生讨论一个当代小说家，有时个别作家还用两周来完成。形式是，事先布置一到两名博士研究生提前做准备，然后主讲；刘禾老师和杨庆祥老师，以及前来旁听的本校和外校的研究生参与讨论。主讲的主要是在校学生，例如杨晓帆、李雪、魏华莹、胡红英、朱厚刚、赵天成等，也会邀请已经毕业的学生参加，比如已在上海大学中文系任教的李云，以及北师大的在校博士生刘汀等。因为每次讨论的题目，是一年前我与李老师通过邮件商定，主讲人也用大半年的时间来阅读作品，查找相关资料，以及要准备一份详细的讲授提纲，这个工作坊就与一般的随堂研究生讨论课有了不同，似乎具有了比较充分的讨论的特色。

  这个工作坊,从2013年春开始持续了两年时间,总共讨论了张承志、韩少功、莫言、贾平凹、王安忆和苏童六位作家的小说创作。其实,还有一些重要的小说家已被列为讨论对象,只是2015年我在澳门大学担任客座教授,暂时耽搁。由于这个工作坊不同于常见的文学批评活动,例如现场作品研讨会、作品宣传推介会以及针对性较强的文学现象追踪、评估、推进之类的会议,带有"学院"色彩,又不在严肃方正的课堂,所以,形式上比较活泼,会风也可以说比较泼辣。我们并不想限制敢言的博士生们十分坦率的发言,李老师好像也鼓励年轻有为的学生们改变一下文学批评界的风气。大家也不视主讲人,或者李老师、刘老师和我的意见为清规戒律,照样反驳、问疑,有时候表现得并不客气。当然,这对"老师"们的脸面多少有点"损伤",不过老师们的涵养,反倒进一步鼓励了学生的大胆妄为。许多火花四射、尖锐辛辣自然也就精彩透辟的见解,便留在了这份经过记录整理的《放宽小说的视野——当代小说国际工作坊》二十多万字的书稿里。前段时间,我在最后审定全部书稿的过程中,比较惊讶的是,没想到再读当时学生们对当代小说家大胆直言的分析评论,老师们机智的插话,和十分难得的民主、宽容、畅所欲言的会场气氛,感到仍然如两三年前那样鲜活,它仿佛并没有成为历史陈迹,也没有被时间所吞噬。我自己就从这种类似"史家批评"的讨论中受益颇多。

  小说工作坊之所以能顺利进行,全赖杨庆祥老师和他的硕士生团队精心的组织和援助,包括约请参与讨论的青年学者和学生名单、会后聚餐等繁杂琐事。本书各节的录音整理,也都靠这些学生们完成,在此一并感谢。

程光炜

2015年10月6日

如何定位王安忆

时间：2013年6月1日下午14:30
地点：中国人民大学人文楼七层会议室
主持人：李陀　程光炜
本次主发言人：陈华积　李立超　胡红英
与会讨论：中国人民大学青年教师、博士、硕士
　　　　　北京其他高校青年教师、博士、硕士
本次录音整理：原帅

程光炜：这次小说工作坊要感谢李陀老师，因为包括人选安排等都是李老师来组织，花费了不少时间。从过年前后吧，我就和李老师商量这件事，从上学期开始一直在思考工作坊的方式、讨论什么作家、用什么方式来讨论，按李老师的想法还是既从文学批评的角度，又从文学史的角度来讨论。我们选的都是一个作家当年的成名作和后期影响比较大的作品，从这些作品的历史时空已经可以看出一个作家的创作道路，也不是他（她）单纯的个人的问题，实际上也和当时的思潮流派发生一些关联。我们的讨论设想就是这样的。李老师请您给学生们讲几句？

李陀：说句实在话，我碰见你们这些年轻人有一个最大的意见是没野心，不像80年代那批人，那批人现在看起来问题很多，80年代所谓"新批评"这拨人，问题也很多，也都老了，也都开始平庸了，这是另外一个问题，咱们可以检讨。但是，当年个个都是野心家，你们去看看吴亮当年的文章，口气那个横啊，天底下舍我其谁啊，你们谁都不对。那时候他把谁放在眼里呀，他谁都不放在眼里。吴亮当年的文章你们可以读读，其实好多都是瞎说，但是你们知道吗？打破一

个时代的沉闷，破坏一个时代的学术空气的时候，连"瞎说"都是必须的，得敢于"瞎说"。所以我觉得参与我们这个工作坊的要有点野心，打倒80年代以来形成的研究规范，打倒市场化以来对我们的学术思想、批评思想的束缚，打倒所有约束我们、妨碍我们独立研究、发现问题的这些所谓的"权威"，包括你们的师长，包括李陀，包括程光炜，得打倒他们。现在没人打倒李陀呀，你们知不知道在80年代中后期，就有一个口号是"打倒北岛"？记得吧？那多好啊！后来就出现了"新诗大联展"，"新诗大联展"以后中国诗歌从朦胧诗又走到了一个新的阶段，你对那个阶段的诗歌，比如"非非"诗派啦、"莽汉"诗派啦，评价可能有高有低，我们可以做分析，但是由于"打倒北岛"才出现一个诗歌的新时代。程光炜以前是搞诗歌研究的，他最清楚。我觉得你们现在就应该出来"打倒"点儿人，你们谁都不打倒，见到谁都毕恭毕敬，动不动就老前辈，谁是老前辈呀。所以，我第一个希望是大家有点野心，山中无老虎啊，多好的机会，80年代这批人都在平庸化，对你们来说多好呀。要是80年代这些老家伙现在还精神抖擞，不断冒出新思想，他们的新思想还是那么强有力，对文学创作还是有那么大的影响，那你们就没戏了，你们就惨了，他们就把空间都给占满了。可是你们现在实际上面临的是衰败的一代学者和批评家，衰败的批评空气，衰败的学术秩序。为什么没有点野心啊？这是第一个期望。第二个呢，我希望我们这个工作坊敢于提出新的批评思想，敢于提出新的学术观念，敢于走"邪路"。我看我们现在的学术文章最大的不满意是什么呢？就是很多文章你读了以后都觉得有点道理，但是不会让你震惊，就是说这个观点怎么我没有想到，怎么这么特别啊，怎么这么超凡脱俗，怎么充满了可疑的洞见。尤其是年轻人写出来的文章，你的洞见不可疑，你的洞见多半是别人的，一个可疑的洞见往往是你自己的，然后这个洞见从可疑变成了确凿，我觉得一代批评家就成熟了。所以我觉得大家能不能在这个工作坊里头，出现新的思想，能够惊世骇俗，这点我们要向80年代那些批评家学习。那时候那些老批评家、那些官方批评家对80年代这批人特别头疼，就是说出的话来不着五六，哪儿跟哪儿啊，既不符合毛泽东的文艺思想，也不符合"文革"中形成的文艺思想，也不符合西方老的美学规范，全都不符合，对他们来说就头疼至极了。但是那次"造反"成功了。我不知道你们研究过80年代那批所谓的"新批评"没有？当然现在回过头看那次"造反"也是有限，而且带来了很严重的问题，但是这是你们大家的幸运呐，揭露80年代"新批评"的问题，就是你们的一个好机会。干吗放着好机会不利用，老被老前辈挡着呀，"打倒"老前辈，蔑视他们，跨过他们，应该有这气魄。第三呢，近些年里有一个好处，特别是对在学院里读博士的同学来说，就是西方理论和国外理论大家读多了，好极了，比我们那时候强多了。我在好几篇文章里强调过，80年代搞"新批评"这批人呐，都是勇士，但是赤手空拳，理论素养都很差，学术素养更谈不上，知识准备简直就没有，就"造反"了。现在同学们我觉得跟那时候不一样，你们有很多书可以读，对西方的理论也比较熟悉，但是千万不要生搬硬套西方理论，千万不要引证西方理论家的某一个观点，然后在这个观点保护下小小心心地说出自己的一些意见来，千万别这么做。我觉得有思想资源是好的，但是资源就是资源，所以我和刘禾回国来最反对的就是理论方法，我们到处强调理论是个视野，不是方法，什么方法呀，胡扯！哪一种理论说提供你一种方法、一把钥匙可以解决问题？理论是个视野，是你学了这个理论以后你对世界的看法、你对知识的看法、你对问题的看法不一样了，足够。方法的意义很有限，而视野是非常开阔的。有了大视野你就容易发现新问题，解决新问题。所以，应该像躲避瘟疫一样的来躲避西方理论对你的无形控制，把它变成资源，而不是方法。

程光炜：谢谢李老师带有"煽动性"的发言，这个开场白我觉得讲得挺好，希望同学们不要做"猴子"而是要做"老虎"。中间和大家沟通过好多次，一直对这个工作坊的风格、分寸感有不同看法，我觉得李老师偏重于有锐气，我可能开始有点不想得罪人，但是事后想想……

李陀：对，咱们得罪人得一步一步来，不能一下得罪一大堆人。

程光炜：我赞成李老师的看法。前段时间作协搞了一个80后批评家研讨会，都是50后的主持，我们这个课堂出去两个，全国六个，两个是我们人大的，杨庆祥老师和黄平老师。我在不同场合的发言强调，不光是有水平，而且主要有锐气，就是李老师说的不平庸，有自己的看法。再加上我们课堂这几年的探索，逐渐看清了一些东西，就是李老师刚才讲的80年代新潮批评家主要集中在上海，主要集中在华东师大，华东师大那个时候真是厉害，一个中文系出了大部分新潮批评家。刚才李老师的意思是我们能不能形成一个新的批评空间，我们不是要利用这个讲坛变成一个酷评，把一个作家说得一塌糊涂，一无是处。

李陀：对，不是那样。

程光炜：而是从事一种很犀利、有锐气的历史分析，要让作家服气，我们不是针对作家，而是面对这后三十年文学史当中的问题。今天这个场合，同学们发言不要太拘束，大家放开。

杨庆祥：我们这个工作坊的设想是有二十位参加者，规模很小但规格很高，能够讨论一些真正的问题出来，这是第一点。第二点是今天我们研讨的是王安忆的作品，今天的主讲人是中国青年政治学院的陈华积老师，中国人民大学的博士胡红英、中国人民大学的博士李立超，这是三位主讲人。此外参加讨论的还有中国青年政治学院的梁鸿教授，北京联合大学的王德领教授，北师大博士、现在是中国人民大学出版社编辑、青年作家刘汀，文艺学博士黄涛，其他的是我们在校的博士、硕士，我就不一一介绍了。我们的会议安排是上半场有三位主讲人，每人主讲15分钟，下半场大家自由讨论。

陈华积：各位老师、各位朋友下午好！非常感谢李陀老师对我们这些年轻人谆谆教导。我今天讲的内容是从王安忆90年代创作的一个作品看她创作的转向，这个作品就是《米尼》，是王安忆1989年6月份创作的中长篇小说。我的题目是《从〈米尼〉来看王安忆创作的转向》。在讲这个论文之前，我先宣读一个有关王安忆的统计数据。近年来王安忆的作品受到院校师生们的热烈追捧,对王安忆的研究有很多文章,在期刊网上以王安忆为题目的论文有936篇,硕士论文有179部,博士论文有8部,这个研究量是非常大的,排在鲁迅、张爱玲之后的。以鲁迅为篇名的研究文章有18616篇,以鲁迅为主题的有4万5千多篇。以张爱玲为篇名的论文有3千多篇,以张爱玲为主题的论文有7千多篇。以鲁迅为篇名的博士论文有66部,硕士论文有600多部。从这里可以看出,王安忆不仅是一个创作丰富的作家,而且文坛对她的研究也达到比较充分的状态。我们现在再来讲一些对王安忆作品的研究、批评,处在一个比较好的时机,能够纵览王安忆的大部分作品,能够从一个长时段的角度观察王安忆创作的变化,同当时的批评文章相比我们具有后发的优势,这也是这些年来程老师带我们从事当代文学历史化研究给我的启发。我的这篇文章主要是在"重返80年代"课堂上产生的,是对王安忆中期作品的一个观察。我先来讲讲《米尼》这个作品。《米尼》这个作品大家可能比较陌生,大家一般关注的都是《长恨歌》,还有《长恨歌》以后的,早期的知青小说可能也关注过,比如说《本次列车终点》,还有寻根文学的代表作《小鲍庄》。我们对王安忆的总体评价,大部分都是对她的概述。这些概述,或者对单篇作品的研究,都缺乏长时段的、整体的观察。我这篇论文主要是针对王安忆中期的创作来观察她整体的创作。《米尼》这个作品是王安忆在90年代左右转向"市民小说"的一个非常重要的起点,在这之前她一直在文学思潮里大显身手,在不同的文学思潮推出以后不久她就有一个独占鳌头的代表作,比如"三恋"、《小鲍庄》。我们可以看到王安忆创作的才华和锐气,但是在《米尼》之后我们会看到王安忆整体地转向了偏向上海的、小市民生活的写作,转折点就是《米尼》。我具体给大家介绍一下《米尼》这个故事,这其实是一个很简单的故事,讲述了上海一对知青在1977、1978年结束插队返回上海后堕落的故事。主人公叫米尼和阿康,他们都是土生土长的上海人。他们在回城的过程中认识,然后结为夫妇。他们在改革开放之前过了一段很安稳的日子,但是在改革开放以后，阿康回到上海以后，两人的生活就再也保持不了一个平静的状态。当然这和我们中国整体的一个大环境有很大关系，但是最重要的一点就是在这个时代转折中，是上海的文化生活方式重新激活了米尼和阿康的精神世界，导致阿康回到上海以后发生了婚外情，与米尼婚姻破裂。过了几年以后，在1985、1986年两个人再度重逢，阿康已经不是原来那个淳朴的阿康，但是米尼还是当年那个淳朴的米尼。重逢后米尼在情感上非常依赖阿康，所以她掉进了阿康设置的情欲陷阱。阿康已经沦为上海这个大都市的皮条客，他不断物色身边的人充当卖淫工具。于是，米尼迅速地走向了堕落，成为一个卖淫女，最后被抓。这个故事对王安忆来讲具有很大的意义，因为在这之前她的创作身份是非常暧昧的。王安忆出生在一个无产阶级干部的家庭中，她在南京出生，然后跟随母亲到上海生活，是从一个外乡人的视角进入上海的，我将这个命名为"外乡人视角下的本土记忆"。在王安忆创作之初是具有这样一个特征的，她以一个外乡人的身份来书写自己的人生经历，包括她有关上海的本土记忆，对上海的本土记忆就出现了一个矛盾的状态。我们在王安忆80年代创作中看到她对上海本土记忆持一种排斥态度，对上海小市民的生活持一种嘲笑的态度。在90年代以后她逐步从发现走向了认同，最后将市民生活推向了极致。我们首先要清理的一个问题是王安忆的身份归属，她的身份归属既具有左翼文化色彩，又生活在上海这个洋场大都市里，所以就显得非常杂糅，这种杂糅让她的创作总是处于尴尬的状态：她前期的创作是嘲笑小市民的，但后期的创作对市民生活、市民文化又非常赞赏、迷恋，甚至视之为上海的精神本质。从这里我们可以看到一个巨大的转变，王安忆对市民生活、市民精神、什么是上海这个问题是有一个变化的，这个变化就是她从原先偏向左翼文化立场转到暧昧的中间地带。王安忆在《好婆与李同志》中的创作心态有了转换，她用自嘲的态度释放了前期对市民生活的批判。好婆所代表的是老上海优雅的生活方式，李同志所代表的是无产阶级的生活方式，小说叙述李同志从穿着打扮、行为习惯、心理特征、心理影响等各方面都受到上海市民文化的同化。在《好婆与李同志》之后，王安忆就创作了《米尼》。《米尼》是王安忆第一次用正面视角来写上海的市民文化。她必定要面对一个问题，就是她的上海本土记忆，她通过一系列作品来完成这种身份的转换。我们在80年代末王安忆的创作谈中可以看到，她多次谈到自己创作资源枯竭的问题，为了寻找题材她甚至去监狱探访女犯人，在街道办长期驻扎，去搜集民间材料。从这里我们发现，王安忆早期的创作资源已经消耗得差不多了，她面临着创作怎样持续下去的问题。王安忆通过将眼光转移到市民身上，用新的眼光重新打量上海市民，来寻找创作方面的题材和资源。在这样一个背景下，《米尼》就诞生了。

第二个问题是，她是怎样转变的？在《米尼》中，王安忆通过一个在上海土生土长的女孩子在回到上海后堕落的故事，来探讨潜伏在故事背后真正的主角——上海，即上海市民生活方式对人的命运的影响。在王安忆写了《米尼》以后，她又写了《文革轶事》《长恨歌》《富萍》等作品，包括近几年来的《天香》，她的关注点一直都落在上海文化、上海市民这些方面。她重新定义了自己和上海的关系，从之前比较纠结的关系转向给上海重新赋予一种新的内涵，在这种努力中，王安忆才得以开拓出属于自己的上海书写。

最后要讲的就是伴随着90年代怀旧风潮所掀起的"老上海热"。"老上海热"所起到的一个客观效果是，它将上海变得奇观化了，上海所有的生活方式都成了一种怀恋，都成为高雅的东西，都变得奇货可居。王安忆在创作中对这个是非常反感的，或者说她所定义的上海并不是这样一个奇观化的上海，她想把上海更加细致地展现出来，要用她所赋予的新的内涵来充实上海，所以她对上海做了一个微观化的书写，让我们看到她作品中大量绵密的文字、大量生活的铺叙，这些都是对上海非常微观的写作，从各个角度、各个层面呈现出王安忆一直追求的是上海精神的外壳，特别是《天香》。这个作品看上去和我们时代没有什么关系，但是王安忆要探讨的是上海市民精神的起源。王安忆在本质上在反抗上海奇观化的怀旧浪潮，但是在书写中实际上也把上海奇观化了,她通过微观化的写作重新将上海奇观化了。

以上就是我阅读王安忆作品带给我的感受,请各位老师批评指正,谢谢。

胡红英:老师同学们大家好,很高兴能在这里跟大家分享我对王安忆一些还不够成熟的看法。

首先,我谈谈我对王安忆整体的看法。我记得程老师以前也说过王安忆是一个不好理解的作家,我认真想了一下,王安忆不好理解首先是她把话说得太满了,不管是在小说中,还是在小说外面。在小说当中充满了铺陈的议论,把人物性格及其背后的文化内涵说得非常精细,几乎都轮不到我们对人物形象进行初步的概括。小说之外呢,她经常把在小说中没法说的,就是关于自己怎样创作小说、通过小说想要表达什么之类的话也说得很清楚,比如她说她之所以给《荒山之恋》的男女主人公都写了一段前史⋯⋯

李陀:她给什么写了前史?

胡红英:《荒山之恋》。她说她之所以给他们写前史,是想先说清楚两个人的家庭出身,他们的青少年生活,他们的恋爱婚姻,这样一直写过来最后才有一小点的篇幅写他们怎么发生了婚外情,怎样因为两人的配偶而选择了双双自杀殉情。她说她写得那么清楚是想借此表达爱情虽然发生在两个人之间,但其实是社会性的。显然王安忆对自己小说的解读本身也很精彩,她把话说得那么满,使得解读她的小说直接就要走到比较高的程度,显得很有难度。另外一方面是她很多小说的题材和内容本身和我们贴得太近了,她写"文革"前和"文革"时期的变动,写"文革"和80年代的转型,写80年代到90年代的转型,整个读下来有着非常明晰的社会历史发展路线。她的题材和内容比较清晰地展现出"城乡结合部"的样貌,这种"城乡结合部"就像我们中关村一样,有部分乡土气息,有部分高度城市化,既有一种空间意味的转型,也有一种文化的转型。这样一种样貌背后显然就是中国社会迅速城市化的现实。当然她这样贴着历史写并不是按照历史顺序写的。因为我们都经历了这样一段历史,所以读起来不费劲。我读了她的小说后，自己的历史感也无意中得到了巩固。只是因为我们本来对历史已经有了一定的看法，所以很难说清楚王安忆的小说到底给了我们什么东西，但是如果我们读她比较远距离的一些小说，比如说《伤心太平洋》，可能有比较深刻的印象。读后我对分裂成新加坡和马来西亚之前的马来亚的历史就有了一个比较清晰的轮廓，之前我是完全不了解的，所以她这样一种书写对我们的历史感是有一种作用的。就是因为她在题材和内容上都非常接近我们过去不久的，甚至是正在发生的宏大的历史现实，缺乏一种距离感来理解这些小说，所以，一方面我们很难进一步理解她的小说，另一方面我们也很难说清楚这种书写具有一种怎样的价值。我今天主要分析王安忆的两篇很重要的中篇小说——《叔叔的故事》和《乌托邦诗篇》，从这两部小说中我想找到一个理解她小说创作的途径。

　　《叔叔的故事》和《乌托邦诗篇》恰好都是在王安忆创作生涯中能够构成事件的中篇小说。《叔叔的故事》是王安忆搁笔一年后再度提笔写下的第一篇小说，这篇小说的开头第一段这样写道："我选择了一个我不胜任的故事来讲，甚至不顾失败的命运，因为讲故事的欲望是那么强烈，而除了这个不胜任的故事，我没有其他故事好讲，甚至不顾失败的命运，因为讲故事的欲望是那么强烈，而除了这个不胜任的故事，我没有其他故事好讲。或者说，假如不将这个故事讲完，我就没法讲其他的故事。而且，我还很惊讶，在这个故事之前，我居然已经讲过那许多故事，那许多故事如放在以后来讲，将是另一番面目了。"王安忆在小说之外则是这么说的：《叔叔的故事》是对一个时代的总结与检讨，同时又包含了她本人的经验，容纳了她许久以来最最饱满的情感与思想。——可见，这篇小说在王安忆创作当中真是意义非常，在王安忆的主体精神建构当中，是一个里程碑式的作品。

　　《乌托邦诗篇》想必大家也知道，这是王安忆以自己1986年访美经历为题材创作的一个中篇，也不妨说是写给陈映真的一封情书，当然陈映真在这里成为一个艺术形象，不仅仅是陈映真本人，他充当了某种隐喻。因此，这篇小说本身就是对王安忆生活中一个重要事件的记录，它本身也是王安忆小说创作中的一个事件。

这两篇小说写作的时间很接近，《叔叔的故事》完成于1990年9月，《乌托邦诗篇》完成于1991年4月，几乎就是写完《叔叔的故事》接着就写了《乌托邦诗篇》。而且这两篇小说在王安忆的创作中也是比较特别的，这不只是说它们都采用了元叙事的结构，更主要的是，它们都是直接写作者本人故事的小说，当然可能就是因为写的是作者自己的故事，才需要采用元叙事结构，让书写者能跟小说的叙事者保持距离，提醒读者不要把小说看成是书写者自己的故事。这样一种巧妙的叙事策略，不知道是王安忆有意为之——为了让个体的故事上升到有"代"的价值的书写策略，还是她作为小说家天分的表现。

因为这几个方面的关联性，我觉得这两篇小说很有放在一起分析的价值，而且，在其中我也读出了一种内在的互文结构。下面我要讲的就是分析这两篇小说的内在联系。

《叔叔的故事》横跨了三个时代，第一个是反右和"文革"期间，叔叔因为处女作批判集体生活，成了一名年轻的右派，下放到了青海成为一名教师，后来娶了一名学生的姐姐，还生了个儿子。但是，接下来，叔叔跟其他女学生之间发生了一次绯闻事件，导致叔叔成为人们眼中一个道德败坏的形象，这是叔叔性情大变的开端。之后他变得沉默，每天也不怎么跟人说话，整天就是埋头读书，后来，还入乡随俗学会了打老婆。在"文革"的时候，叔叔跟他妻子也受尽折磨。在"文革"尾声到改革开放之间，叔叔开始发表作品，并最后从农村再次回到了城市。接下来就是改革开放初期、80年代叔叔创作力旺盛、社会地位不断上升的时期，大概也可以看作叔叔告别右派、"文革"受害者身份重新向他处女作发表时的文学理想回归的时期。在这期间，叔叔跟农村的妻子越走越远，最后离婚了，慢慢也有了稳定的女朋友，以及精神上的情人。在这一系列的事件之后，以叔叔跟那个给他精神安慰的叫"姐姐"的女人关系破裂为重要事件，他的古典情怀被瓦解之后，叔叔变得开始游戏人生，按照小说叙述者的口吻就是：叔叔开始跟我们抢女孩子了。所以，这个阶段的叔叔可以说是假想的回归青年理想之后,带着他后来的所有经验回到线性成长的轨道,继续长成一个新的人。所以说,这个故事横跨了三个时代,反右跟"文革"时期,"文革"尾声跟改革开放时期,还有一个大概可以认为是80年代中后期。

王安忆在这篇小说开端就说:"我终于要讲一个故事了。这是一个人家的故事,关于我的父兄。"所以,这是一个关于上一代人的故事,也只有王安忆的上一代人才能同时充当这三个时代的历史主角。所以,我觉得,她通过这个故事,试图解构的就是从1949年到90年代以前的知识分子的历史。这段历史在小说中是一段怎样的历史呢?显然,用我们现代文学启蒙视野来看,讲的其实就是"父"的颠覆——不是现代文学意义上的有意的"弑父",而是"父"走下了圣坛。因此,这个小说具有一种祛魅的效果,叔叔这样一个高大的受过深刻的痛苦的思考者,被还原成一个受人性而不是神性笼罩的人物。今天还讲"父"这个问题,可能有点老土,但就像今天我们看"三恋"一点也不觉得有什么惊世骇俗的一样,也许当年发现"父兄"们的真相,对王安忆来说是一个非常重要的事件。

所以,经过《叔叔的故事》这样一个对"父"的真相的书写与祛魅的创作行动之后,就有了《乌托邦诗篇》,这样一个痛诉自己缺乏信仰——也就是"父"的缺席,通过"他"——"陈映真"这一个"父亲"形象,寻找"父亲",来追索乌托邦的小说。这两部小说中间还有《妙妙》和《歌星日本来》,但是这两个故事其实没有那么深的精神痕迹。从《叔叔的故事》里我们看到那种"父兄"真相被颠覆以后,在《乌托邦诗篇》里控诉自己缺乏信仰,而且这种缺乏信仰不是不需要信仰,而是她没有办法去寻找信仰,她不知道信仰是什么东西,尤其是在小说里写到陈父说陈映真首先是上帝的儿子,其次是祖国的儿子,再次才是我的儿子。他是上帝的儿子,是因为他有一种宗教信仰;他是祖国的儿子,是因为他将自己的宗教信仰行使到国族建设当中。他的精神结构是非常完整的,从世俗到精神。王安忆通过这个精神上是饱满的、灵魂是高大的、人格是伟岸的人物形象,想要去寻找她所缺乏的东西。她在小说里多次提到,她对他的爱不是爱情,而是一种近似于对父亲的感情。她多次说到自己不知道信仰是什么,她正是通过这种形象来寻找一种父亲,追索一种乌托邦的东西。

我们从这个故事还可以看到的是,王安忆的美国之行,她是尽力地想要从异域文化中得到一些启发,让她可以走出她在《叔叔的故事》中建构的那一种知识分子的精神困境。王安忆说过,她对时间、空间非常在意,就是一种贴着社会历史现实的叙述,因为她写得非常细,从乡村到城市,会体现出一种文化发展的落差性,所以她对不同空间的不同文化是非常敏锐的。

因此,《叔叔的故事》和《乌托邦诗篇》是王安忆一组重要的承上启下的文本,它们体现的内在结构,涵盖的是王安忆自己的历史观、知识分子观,事实上也还包括了人生观,即个体与历史事件的微妙关系。这两篇小说,体现了王安忆赋予历史以秩序的冲动,她想用一种艺术的方式将历史书写下来,赋予一种秩序。这种冲动后来也散见于《妙妙》《歌星日本来》《香港的情与爱》等等一系列的讲述社会转型的小说,或许就是其贴着社会历史现实创作的景观,不管是有意识的,还是无意识的内在书写动力,而这或许正是一种"父兄"真相刺激的结果,以及在"父"的缺席之中,重新把握社会历史变动的冲动。比如《伤心太平洋》写的是她父亲的家族史,《历史与虚构》写的是她母亲的家族史,这是王安忆的"寻根"之旅,这个"根"与精神结构、信仰有关。而这本身是否也包括了对新的时代的祛魅呢?她的这种祛魅的背后是否也包括继承了"父兄"被历史作弄的后遗症,以及由此而产生的对历史变动的警惕呢?

以上是我的发言,请各位老师同学指正。

李立超:接下来我讨论一下王安忆在90年代,甚至在她小说创作生涯中最重要的一部长篇小说《长恨歌》。用王德威的话来说,《长恨歌》初步显示了王安忆驾驭长篇小说的能力。《长恨歌》出现于90年代中后期,同时在这个时代,特别是上海又出现或复现了一个新的阶层——"布尔乔亚"。这个新阶层的诞生与《长恨歌》之间有何紧密关联呢？这正是我所做的一点尝试。

王安忆曾经说过："《长恨歌》很应时地为怀旧提供了资料，但它其实是个现时的故事，这个故事就是软弱的布尔乔亚覆灭在无产阶级的汪洋大海之中。"所以我所做的尝试就是1990是如何通向1940的——布尔乔亚的死亡与复生。

1995年，《长恨歌》在《钟山》杂志2、3、4期上连载发表，这是一则"先想好结果再写前面"的故事。触动王安忆写作的是一则来自小报上的"流言"——一个上海小姐在70年代中期被一个上海小流氓杀了。伴随着悄然兴起的"上海怀旧"风潮，《长恨歌》亦跻身于畅销书的行列。被荣誉、销量以及"怀旧热"裹挟起来的《长恨歌》迅速由小说《长恨歌》膨胀为"《长恨歌》现象"，两次"触电"更是为这个90年代大热的文化现象增添了浓墨重彩的一笔。在文本内部，王琦瑶在一个月影婆娑的夜晚被"长脚"掐死于家中，"软弱的布尔乔亚覆灭在无产阶级的汪洋大海之中"了；而于文本之外，中国社会一群"布尔乔亚"却又在生机勃勃地成长起来，《长恨歌》更是成为这群新"布尔乔亚"的"怀旧指南"。

首先，我们从文学史内部去考察《长恨歌》，也就是"海派文学又见传人"。《长恨歌》一经问世，便在文学及关乎性别、城市社会学等方面引起广泛的讨论，但王安忆本人却直言"《长恨歌》的走红带有很大的运气。譬如，当初张爱玲的去世引发了张爱玲热，许多人把我和她往一块儿比，可能因为我们写的都是上海故事，对上海的怀旧时尚客观上推动了读者关注书写上海故事的小说。"但讨论张、王二人之间的谱系关系终于在一年后（1996）发表于《读书》的《海派作家又见传人》中达到高潮。王德威言，时至90年代，论及是否有作家能够突破限制，另谱张派新腔，王安忆是首选。"到底是上海人"的女作家王安忆终于成为"海派文学"的"嫡正"传人。

可以这么说，"王安忆的小说是张爱玲在40年代被孤立的城市中发出的呼唤的等待已久的回应"，40年代那场繁华的海上旧梦伴随着张爱玲的芳魂，终于在90年代堕入滚滚红尘。在经历了作为中国经济改革的"后方"之后，社会主义市场经济又把上海置于资本主义世界市场之中，上海充当了新的最猛烈的一轮商品化的先锋，"东方巴黎"又一次矗立在人们的眼前与想象之中。在上海这座"东方巴黎"的传奇都会中，一个新的阶层亦伴随着跨国公司的运营、金融机构的繁荣而起死回生。这个阶层就是——"布尔乔亚"，一个在《长恨歌》中被覆亡的阶层，一个在90年代的上海借用《长恨歌》去"怀想旧梦"的阶层。《长恨歌》被卷进"怀旧"大潮成为"老上海故事的巨型分册"，电影、电视剧对那个"太不罗曼蒂克"的结尾的剪除都与《长恨歌》被接受、阅读的方式有关，而这些从跨国公司、银行、金融机构走出的"布尔乔亚"正是阅读的主体。借用米尔斯（C. Wright Mills）在研究美国资产阶级分层时所用的"白领：中产阶级"这一说法，上海"拥有经济高速发展所需要的高素质人力资源"，他们抱持着"政治上的后卫姿态和消费上的前卫姿态"，而《长恨歌》恰恰正满足了其利用这一对姿态去观察与想象世界的欲望。

《长恨歌》中王安忆对于政治事件的"去政治化"书写正与新中产阶级对政治的冷漠态度不谋而合。她用无数个"声"与"色"为这座城市作底，而这"声""色"也不是江山易手、山河色变一类，倒是有些像程先生为王琦瑶拍的照片："每一张都是有一点情节的，是散乱不成逻辑的情节，最终成了成不了故事，也难说"，又像是王琦瑶隔壁无线电传出的沪剧，"有一句没一句的"，"一句一句像说话一样，诉着悲苦。这悲苦是没米没盐的苦处，不像越剧是旷男怨女的苦处，也不像京剧的无限江山的悲哀"。一个个触目惊心的年份，一段段波谲云诡的年代就这样被掩藏在咿呀的声色之下了，譬如王安忆在《长恨歌》中写道：

  一九四六年的和平气象就像是千年万载的，传播着好消息，坏消息是为好消息作开场白的。

> 这是一九四八年的深秋，这城市将发生大的变故，可它什么都不知道，兀自灯红酒绿……
>
> 这是一九五七年的冬天，外面的世界正在发生大事情，和这炉边的小天地无关。
>
> 程先生是一九六六年夏天最早一批自杀者中的一人。

而《长恨歌》能够应时地为怀旧提供资料的更重要一层原因在于，通过王琦瑶，它为新中产阶级塑造了一个/一群"闲暇偶像"。与中产阶级在政治上的后卫姿态相对，他们在消费上是前卫的。面对"机器人"式的"异化"工作，闲暇时光具有"从工作的专制性严肃中解脱出来的轻松的自由感"，"闲暇包括了梦想着并实际追逐着的所有美好事物和目标"；同时，闲暇时光的出现为阅读提供了可能，相对于普通职工与手工业者而言，中产阶级能够拥有更多的阅读时间，这就可以解释"白领"何以成为《长恨歌》的主要阅读群体。在上海这座大都会中穿梭的"白领"阶层，"他们的审美趣味、生活态度与价值观念，一般而言较为精致化"。同时，90年代的上海也为这些"白领"们提供了"精致"生活的场景：咖啡馆、酒吧等公共空间。咖啡馆所传递出的是"一种以下午茶的名义保留着的悠闲的中产阶层的生活方式"，"一种精雕细作的人生的快乐"。《长恨歌》中也这样写道："海关大钟传来的钟声是两下，已到了午后"，"在繁忙的人世里，这似是有些奢侈，是一生辛劳奔波中的一点闲情"。《长恨歌》中王琦瑶的"下午茶"正好为那些新中产阶级提供了"怀想"的蓝本："上海小姐"王琦瑶、厂长太太严家师母、旧家庭里没落公子康明逊，这一群"精致的闲暇的怀旧的上海人"凑成了一餐下午茶。在太阳很红，梧桐叶疏落，天空高朗的下午，精心装扮的王琦瑶乘着三轮车和严家师母同去国际俱乐部与康明逊、萨沙一起喝下午茶。"咖啡和蛋糕上来了，细白瓷的杯盘，勺子和叉是银的，咖啡壶也是银的"。

而这些"白领"，新"布尔乔亚"所怀想的上海究竟是什么呢？

它是否只是一场"镜花水月"的上海梦呢?"怀旧——英语词汇 nostalgia 来自两个希腊语词,nostos(返乡)和 algia(怀想),是对于某个不再存在或者从来就没有过的家园的向往。怀旧是一种丧失和位移,但也是个人与自己的想象的浪漫纠葛"。《长恨歌》中老克腊的怀旧是"叶公好龙"式的,而在文本之外,自 90 年代始的上海亦沉浸在这种"叶公好龙"式的怀旧之中。由于"丧失和位移"而产生的怀旧"实际上是对一个不同的时代的怀想"。而著名的新天地广场则将"旧上海"怀旧热潮推向了一个新的高峰,但来自美国的设计师却是这样定义新天地的:不是展览厅,也不是博物馆,而是一个商业性的空间。

王安忆创作《长恨歌》时新天地尚未成形,但敏锐的王安忆却在工地"彻夜的灯光、电力打夯的声音"中预见到一个个"新天地"即将出现在这座城市中,出入其间的是老克腊般的"雅皮士"。

王安忆用老克腊使王琦瑶"失爱",用"长脚"使其"丧命",是为了书写"软弱的布尔乔亚覆灭在无产阶级的汪洋大海之中",这背后包含了作者对于所谓"怀旧"的另一种思考:"无旧可怀"的人们只能通过老唱片、机械表、小壶煮咖啡以及夜夜的派对,甚至是四十年前遗留下的一盒金条去表达对于早已逝去的时代的怀想与憧憬,而这"怀旧"的一切都是由消费构成的。《长恨歌》让我们认清了这样一个事实,以"新天地"为缩影的、90 年代的中国都市悄然涌动着的浓重的怀旧情调。用戴锦华老师的话来说,"'怀旧的表象'恰当地成为一种媚人的商品包装,成为一种流行文化"。

当"怀旧"成为一种"流行"文化或曰"流行"的消费行为时,王安忆却用"无产阶级"一词去形容那些"怀旧"大潮的制造者与参与者——"白领",新兴的中产阶级们。用张旭东的话来说,"把他们称为无产阶级,实在是有点'倒打一耙',把整个问题的思路都拧过来了,用英文讲叫'turn the table'"。王安忆所谓的"无产阶级"实际上指的是"消费大众","花得起钱的中产阶级大众"。或许我们可以这样说,"无产阶级"是王安忆对于成长于 90 年代的中国社会之中的"中产阶级"的又一种命名。而这一命名恰好折射出王安忆对"消费大众的社会"所抱持的姿态：一方面对商品消费持宽容的态度，但与此同时又不失反省和批判。

流行性的"消费"昭示着"怀旧"的特性——如本雅明在《机械复制时代的艺术作品》中提到的"去本真性"。"怀旧"的风潮把上海形塑成了一个"景观社会"——"呈现的东西都是好的，好的东西才呈现出来"，那些新中产阶级、"想成为新中产阶级的人们"，那些雅皮士、"想成为雅皮士的人们"所爱慕追逐的不过是上海的虚荣与浮华罢了。正如王安忆在《长恨歌》中说道：

> 在爱这城市这一点上，他（长脚）和老克腊是共同的。一个是爱它的旧，一个是爱它的新，其实，这只是名称不同，爱的都是它的光华与锦绣。

在90年代的"怀旧"热潮中，《长恨歌》扮演的恰好正是王琦瑶的角色。王安忆用一段有个煞风景结尾的罗曼史让人们与四十年前的纸醉金迷的上海滩有了肌肤之亲，可正是这个"煞风景"的结局提醒着王安忆对于"怀旧"更确切地说是"消费"的反省与批判——堪称时尚化的消费浪潮让历史失去了它的"本真性"，陷入镜花水月式的狂欢之中，变得空洞、同质；当在教育程度以及职业声望上尚可属中产阶级的新"布尔乔亚"们在遭遇狂热的消费浪潮之后，亦成为复制性的粗糙的"无产阶级"。人们所怀的旧，亦只囿于外滩、淮海路、咖啡馆、下午茶、花园洋房的派对。夜幕降临，沉醉在万国建筑群华丽奢靡的灯火中，人们似乎忘记了灯火下的暗影——石库门里"七十二家房客"式逼仄的居住空间、落雨时弄堂里积聚的污水、晾衣杆分割得零碎的天空以及天空下飘扬的由各色衣物组成的万国旗。所以，到《富萍》时，王安忆迈进了上海的"下只角"——梅家桥，亦迈进了50年代——一个物质匮乏的年代。从这个意义上看，《富萍》是另一种怀旧，王安忆"以怀旧心态召回社会主义缅怀传统文化的美好时光"。从《长恨歌》到《富萍》，抱持着对商品、消费的批判态度的王安忆从幕后走向了台前。

正如王晓明老师在长文《从"淮海路"到"梅家桥"——从王安忆小说创作的转变谈起》中所言："怎么一到面对梅家桥人，王安忆就把她描述淮海路时的敏锐和洞察力统统收起来了？"她写残疾母子的坚韧达观、船工们的守望相助，那些物质条件匮乏的贫苦生活在王安忆笔下成了"美的""诗意的"甚至是"浪漫主义"生活，梅家桥甚至《上中红菱下种藕》中的华舍镇都成了一如早前小鲍庄般充满"仁义"的乌托邦。我们似乎在这种由《富萍》所折射出的怀旧中嗅到了"温和主义新左派"的气息：弱势者的团结、反对人类世界的异化与商品化、追求的是"人"的发展而非"消费者"的膨胀。但王安忆的这种建构方式是否又可视为是对计划经济体制、物质匮乏年代的一种"文化浪漫主义"的误读，而且那种面对梅家桥时温情脉脉的笔触又是否显得有些刻意呢？或许，这也是值得我们展开一些讨论的。

程光炜：李老师，我们对王安忆是用文学批评的方式还是用历史批评的方式更合适？现在对这些知名的老作家，我们是用什么东西来要求他，是希望他越来越职业化呢，还是应该有些诗人的东西？还有一个说法是——当然不是王安忆一个人的问题——是不是后期没有前期写得好？有的是技术越来越好，有的却陷于无聊了，但是我感觉还是内容比较重要，我一直拿不准。90年代这些老作家技巧都好，但越来越有只写给他们同行看的感觉。比如我们读他们早期的作品，都有一种伤痛的东西，后面的作品，包括立超说的《长恨歌》，有没有无聊的东西在里头？她真有那种思想的构想吗？还有一个是我们怎么评价一个作家？在北京这个地方有一种风气比较坏，都是在说好话，都是在表扬别人，上海还好点儿。我就看到薛毅教授当着王安忆的面批评她的《启蒙时代》，分析很精彩和很犀利，当然是说哪些地方写得不好，为什么会出现这种问题等等。我不知道我们这个工作坊用什么方式来介入这个作家。从我个人阅读经验来讲，我所以对这些年的批评不满意,并不是我不做批评就对批评不满,恰恰是因为我缺乏批评的能力,就是好的"作家论"看不到了,像王安忆,像莫言,像韩少功没有一篇把他这几十年哪些地方写得好哪些地方写得不好说清楚,比如我们在30年代看到的李长之写的《鲁迅批判》,《鲁迅批判》实际上就是"鲁迅论",就是鲁迅的创作论,他就说鲁迅写不了长篇,他只能写短篇,他是个战士。他的这些评论我们今天看都没有过时。比如我们说王安忆没思想,以前有生活,《骄傲的皮匠》我觉得越来越编了,现在感觉她完全没生活了,完全是用技巧来写作了。那一代人在他们早期都有生活,比如那批写农村的都有合作化的经验、有农场的经验,张承志有知青经验,王安忆也有,她在徐州、在淮北待过。我现在弄不太明白什么是好作品,感人的作品好,那不感人的作品就不好吗?我实在弄不明白。《长恨歌》看了以后就是一个失望,他们都有这个问题,他们这批老作家到了最近十几年大部分长篇小说都让人失望。他们不是不想写历史,一个大作家应该写他生活过的这段历史,但是他们没有这个能力。我看不太清楚,我也不知道该用什么方式来介入。

李陀:你说的这个问题其实是一个整体性的问题,就是近些年的批评越来越简单化,使得我们面对复杂的文学现象缺乏多角度、多层次、多样化的批评,而且这些批评应该相互冲突,我觉得缺这个。造成的就是你说的这个问题,我们到底应该怎么看这些作家。这些作家我感觉一方面把问题说得很简单,一方面他们又很复杂。比如他们刚才对王安忆的评论,有几个地方我觉得挺好,就是他们的角度都不一样。陈华积说的《米尼》转向小市民写作,这个挺重要的。胡红英说的王安忆其实没有信仰,她通过辛苦的写作来找信仰,这也挺有意思的。我觉得中国有些作家到了90年代以后,包括我自己,开始糊涂起来了,我们应该怎么看我们的社会,我还没想到过有的作家通过写作来寻找信仰,如果你的说法成立的话,挺有意思的。但是,这需要证明,世界文学有过这种写作,就像《马丁·伊登》。杰克·伦敦原来是信仰进化论、社会达尔文主义,但是他写完《马丁·伊登》

后开始幻灭，觉得进化论、社会达尔文主义行不通，其他作家也有过这种现象。李立超说的"布尔乔亚"问题，这话题在中国很久没人说了，她把"布尔乔亚"突然说出来了，这也挺有意思。总而言之，我们这个开头不错，开始寻找各种不同的角度来讨论这些复杂的文学现象，如果能形成冲突就更好了，就怕大家意见比较一致。程老师刚才说的问题，我觉得从各种角度、各种立场、各种层面来讨论，来解决我们到底该怎么看最近的文学现象，到底什么是好作品。说句实话，我到现在还是靠直觉，但这是不对的，我曾经给格非的《戒指花》写过评论，我说的是实话，我读小说都是从中间读起，不从头读，中间一读，有意思，吸引我，我才从头读；中间一翻，比如马原的新作品《牛鬼蛇神》，我站在书店一读，没劲，买都不买。但是我这种太靠直觉的阅读恐怕也对付不了程老师刚才提出的问题，就是到底什么是好作品，这确实是一个很复杂的问题。在80年代的时候，跟阎纲他们冲突，他们说是好作品我们说不好，我们说是好作品他们说简直就是胡闹，但是现在又开始重现这个现象了，到底什么是好作品，确实是个问题。

程光炜：我刚才在想一个问题，是写作变复杂了，批评变简单了，我们没有理解作家，还是说过去作家是走在我们前面的？在90年代以前，作家是走在最前面的，他们不断让你很兴奋。现在是我们走在前面了，他们倒退了，还是他们走得太远了，我们跟不上了？比如刚才红英说的，"三恋"其实挺土的，我那时候读感觉一点都不土，很激动，人的欲望、潜意识、男女之间等等。我那时候已经结婚了，好像没有得到那种程度的开发，所以我说她是走在前面的。但是现在看她们的作品，感觉没有启发我，写这些陈词滥调，我觉得都是没必要去写，我觉得《长恨歌》那种对上海的理解都是陈词滥调，《生死疲劳》也很陈词滥调，它并没有回答你消灭了乡绅阶级给中国社会到底带来了什么影响，他总是戏剧化地把地主弄来弄去的，我就觉得是他走得太远了，我们跟不上了，还是他跑后面去了？我对批评家也不满意，李敬泽的批评有时候把他们说得一塌糊涂，我不服气，你把他们说得那么坏你要拿出道理，陈思和又把他们说得特别好，我也觉得没道理，就是你凭什么说他们好，凭什么说他们不好？是不是生活变复杂了，批评变简单了？现在我们都必须面临一个现在的生活远远比过去 80 年代比较简单的生活复杂，作家在面临这个问题，我们从事批评也面临这个问题，这就使得我们和作品对话很困难，我没有办法单纯来谈一个作品，没有能力去回答这些问题。

李陀：这是需要大家一起来解决的问题，而不是靠一两个人苦思冥想，不是靠一个人的批评实践来解决的，所以我说需要群体。大伙儿说吧。

程光炜：庆祥说说吧，我很想听听你们这个年纪的人怎么看待这些老作家，他们现在对这些老作家不感兴趣，他动不动就是张悦然啊，我对这也不满，你为什么不批评老作家？他可能是嫌这些老作家太土了。

杨庆祥：比如说张悦然写不好短篇，我认为我的评论比她的作品好得多，她要从我的批评里找东西来矫正她的写作。包括一些 60 后的作家也是这样子，但是你们那一代我就搞不清了。

程光炜：当你看了庆祥发表在《文学评论》上有关张悦然的文章就发现，80 后的作家比批评家站得低。这次我们在 80 后批评家那个会上，南帆还是陈晓明发言，说 80 后批评家比作家站得高。我不知道我们现在这个年龄在一线非常活跃的批评家，他们到底比作家站得高还是低？我搞不清楚。我自己没有能力说自己站得高还是低，但是我实在不满，我总是觉得他没给作家、没给我提供什么。

李陀：老程，这个问题不是我们一两个人能解决的，就得靠一个批评群体呀，在争论当中解决。

刘汀：我说点儿我自己的感觉，前面老师都提到王安忆，她的长篇我都看了，都说她是一个海派作家或是上海作家。我是内蒙古人，对南方的感觉差异特别大。我去过上海几次，但是总感觉王安忆是上海的外人，她不是一个本真的上海人，就像我们很多人住在北京，但你不是老北京人，老北京自己才觉得是一代代传下来的。王安忆的写作也有这种感觉,她也许意识到自己的身份不是传统的、本质上的上海人,所以她的写作有一种模式,就是她的主人公总是被推到一种非常陌生的境地里头,像《富萍》,像《上种红莲下种藕》,像《遍地枭雄》,都是被拉到一个陌生的境地里,发生故事。她的这种叙事模式和她的身份意识相关。她是从南京到上海,1954 年出生在南京,1955 年随她的母亲到上海,她想到自己身份的时候,肯定会想到"我原来不是上海人"。她又要写上海,后来又被定义为上海的代表作家,肯定有一个错位,所以《长恨歌》的第一段,写弄堂的一段,我就觉得特别刻意,刻意要有上海的味道。我觉得最别扭的地方是她用的"的"字特别多,尤其是在不需要用"的"字的地方,比如弄堂是什么什么的,阁楼是高高的,整个一段大约有一两千,我感到这是一种特别刻意的写作方式。我就在想王安忆的小说、她的整个写作是不是跟她的身份意识的差异性有关系?刚才还讨论到王安忆的写作没有思想,是文字性的,是技术性的,是感受性的,不像有的作家要预设一个,我要写人,写人性,这种写法现在看来是主题先行,但是你回看托尔斯泰、陀思妥耶夫斯基的时候,他们先行的这个东西又是正确的,强有力的,现在我们很多作家是没有这种东西的。他们只是不停地找素材,没有本质上的冲动了,他在想素材的时候,素材本身就成为他小说的结构。我自己也写小说,我在和一些年轻作家交流时,他们就会说这个素材太好了,就像之前和蒋一谈老师聊天,他说我现在有两百多个题目要写,我就很震惊了。

李陀:你说这个我觉得挺典型的。

刘汀:不是有一个想法在他脑中想了千遍万遍终于出来的东西。现在的作家过个一两年都会出一部书,他有生活的考虑,他一定要写。我对王安忆的整体看法是这样的,我个人也不是特别喜欢这种类型的作品,过于琐碎,缺乏一个整体性的、深邃的思想的支撑,反而使得这些碎片化的东西看起来很绵密,但是你摘掉其中一段不影响任何叙述,所以这些作品我感觉不够劲道,反而不如她的一些短篇、中篇。

程光炜：刘汀思考得特别好，他给我一个启发，王安忆这一代人写得好的作品都是写个人的困境，你看《本次列车终点》的陈信，好多年很想回上海，但从来没敢想过，终于回来了，不知道自己要什么。"妙妙""米尼"都是她，都是她自己的困境，他刚才讲《遍地枭雄》《富萍》都是写别人的困境。我上午看到伯林在谈马克思的时候，他说马克思说的很多可能都是偏激的，但都是说他自己的东西，伯林很欣赏他这一点。刚才庆祥讲得很诚恳，我们的工作坊不是什么现场的批评，也不是历史的批评，而是诚恳的批评。他比张悦然站得高，我看了那篇文章，张悦然真没有想那么多，鲁迅还是巴金，你往哪个方向去，她根本没有这个意识，他在给张悦然指路。

李陀：我觉得刘汀说了一个很好的问题。我们现在的写作思想就是一个大问题，到底什么样的作品有思想性，什么样的作品缺乏思想性，这确实是一个很大的问题。

梁鸿：我也看了杨庆祥的两篇论文，他的评论写得非常好，里面的复杂性完全展现出来了，后来我找来张悦然的小说看，发现好像我找不到那么多感觉。我想说的是如果我们的批评过于大于小说文本的话，那该怎么办呀？就是说她的小说没有承载你的批评，你叙述的所有复杂性、叙述的所有的内涵，在她身上其实没有找着，我觉得这也是批评的一个困境。你的小说没有承担起我的批评，那我们的批评家该做什么呢？你这么丰厚的思想、这么复杂的分析，其实她的小说本身并没有，包括作家本身的创作也没有支撑起来。批评大于了小说本身。刚才提到王安忆的小说，就像程老师说的，我也感觉当她写个人经历与时代相关的时候有一种痛感在里面，这种痛感不管是用虚构的方式还是用其他的方式，我最近一直在看她的《天香》，我就在想，她花了这么多笔墨，甚至找到了很多历史资料，她非常非常用功，小说里面有关刺绣的流派、针法等等写得非常仔细，她是非常真实地、踏踏实实地在写作。但是这跟她小说整体的精神结构的关系到底是什么呢？我一直在想这样一个问题：不管你的材料有多么扎实，你对社会物质层面上的认识有多么真实，但是你怎么达到精神层面的真实？

我觉得《天香》具有特别大的封闭性，结构的封闭性、逻辑的封闭性、精神形态的封闭性，那种自足性特别强。很多人都把《天香》和《红楼梦》相比较，也许王安忆内心有致敬的想法，但是我们读《红楼梦》，那种痛感、能冲击你心灵深处的东西，它是有的。我读了《天香》始终找不到这一点，找不到能冲破小说本身的结构，能和你、和读者的精神相结合的地方，它太自足了，没有办法和你的精神发生碰撞，这样一种精神的自足性，导致艺术的张力没有了，当她面对历史的时候是没有办法的。包括莫言的《生死疲劳》，我读完也比较失望，我们本来对他是抱有很大期待的，因为他花了那么多笔墨让西门闹变驴、变猪、变狗，但是小说内核是非常简单的，他对土改内部的逻辑没有找到比我们更好的、更复杂的理解力。如果作家不能打开历史内部的复杂性，那么我们还在读什么呢？我们能从中找到什么呢？你的文字那么华美，给我们的可能就是一种物化的东西。我觉得王安忆这点特别明显，虽然你感觉到她的文字在流动，但却是漂浮在上层，跟故事本身、精神是没有关系的，这样一种文字的物化、修辞的迷恋。包括莫言，他对"说"的欲望太强了，一旦开始写作，他对文字的欲望超越了对描述对象本身的欲望。如果说文字的流动完全自足，那么它怎样打开一个历史空间，怎样打破艺术的自足来完成与我们今天的关系？如果小说的结构没有张力、没有打开性，它就没有办法完成它所要给我们的东西。我当年读《天香》时做的笔记有一条是"舒适的倦怠"，你读完以后觉得很舒适，你不用思考，你哭也行，你不哭也完全可以，它跟你之间完全没有关系。我觉得这种"舒适的倦怠"与当代成名作家对现实生活的理解有关，我感觉50后、60后作家对生活都已经进行远观了，而不是参与的感情，我觉得这点特别重要，虽然他们一再声称文学是在参与生活，但是他们内心深处并没有那么真诚，并没有一种血淋淋的挣扎之感。

杨晓帆：我觉得王安忆是一个没有思想的作家。读王安忆作品我有两个特别强烈的感受，一个是她的小说自足性很强，其实不是自足性，而是她自我阐释得特别多。她的小说必须先建立一个背景，她每一个长篇前面都要花特别多的篇幅、用很多独特的细节，比如说这是上海的弄堂，比如说这是一种什么时代氛围，她需要对自己先进行一个阐释，感觉她怕别人说她没有思想。正是因为她自己感觉到自己的思想是贫乏的，所以要对自己进行这么多阐释。就像大家刚才提到，在小说之外的各种评论、对话里面她的自我阐释也是特别强的，她很爱讲我为什么要写这个情节、我想要干什么、我的意图是什么。另外一个感受是她的感觉特别充沛，但是她给的阐释是观念，观念不等于思想。很多小说给我的感觉是观念性特别强，但是并不代表他们有思想，包括贾平凹、莫言，他们在做大历史叙述的时候，他们是有观念的，你不能说他们没有历史观，但是那种观念是很封闭的，不等于思想，而他的感性又是特别充沛。我觉得王安忆在感觉把握上是特别好的，她的小说叙事重复性很高，她所叙述的故事其实就是一个"被安排的人生"，她的故事永远是平和的开始，之后"秩序"被打破；被打破的方式，比如说如果是一个女孩子的故事，通常就是这个女孩子本来就不安分，像米尼、妙妙，她们的堕落不是因为城市、不是因为外来的诱惑让她们堕落，她们本来就不是一个安分的女孩子；另外一种情况是出现了意外，这个意外导致了秩序被打破。结尾时秩序一定会重建，重建以后这个人物就一定会特别皮实。这就是她一直追求的文学观念。王安忆的小说结构其实不复杂，虽然她的实验性很强，她也写农村题材，也写上海，也写历史，现在又写像《天香》这种想处理明清史的小说，但是她的大体结构还是比较一致的，比较重复的，其实她是一个经典意识特别强的作家，她很想做一个大作家，但是在思想层面上，他们这代人还是比较贫瘠的，所以会写得特别勉强。我的感觉是她的写作是一种依附性的写作，为什么她在80年代的写作很能打动你？一方面她有她的个人经验，她把个人经验带进去了。在80年代有一种共识，他们的经验是可以分享的，这种经验的分享可以让王安忆的依附性写作具有能够被理解的可能性，她不需要自己去阐释，读者自然能够明白。但是到了90年代以后，整个社会氛围就是没有思想性的，这个时候她的写作再怎么样找思想，最后都发现她所依附的对象、资源越来越观念化了。我们的批评家也跟着走，阐释上海的都市文化、消费主义、市民阶层，但是到底什么是上海、什么是上海市民，这些东西本身还没有定论，她的小说本来可以呈现一种比较复杂的状态，但是在与批评的对话中变得越来越观念化，最后你就可以抽象出一些观念，比如说上海市民就是她写的王琦瑶那样，变得越来越符号化。在这样一个过程中，她的依附式写作变得越来越窄，她的复杂面也就被封闭起来了。

刚才讲到批评和写作的关系，我们对作家写作的要求是要有思想性、要有深度，如果他没有思想是不是就不要拼命写得有思想、有深度？是不是只要把他所感受的时代氛围陈述出来，让他的写作更驳杂一点，然后让批评家来承担阐释思想的功能？批评家也不是给一个观念、抽象出一个宏大叙事，而是批评家提出不同的观念，他们之间形成一种张力，这种张力使得小说成为一个开放性的文本。从这个角度来看，我反而觉得王安忆的小说其实会触及一些问题，那个问题本来是开放的，像刚才立超讲的"布尔乔亚"覆灭在无产阶级的汪洋大海中，这一点很有意思。其实她抓住了中国社会的主体，中国的小资产阶级就是王安忆所写的"无产阶级"，这部分主体的精神状态是什么？他们的生活应该怎么样去把握？她提出了这些问题，批评家可以继续去阐释，但是她没有必要在小说里去解决这个问题。我对王安忆后来的小说越来越不满意就在于，她试图去解决那个问题，《天香》就很明显，她已经没办法在当代社会去解决，所以她要用一个历史叙述去解决这个问题，这种解决很勉强。

杨庆祥：批评怎样来面对这些好像已经被经典化的作家，有两种不同的路径。我们现在很混淆，其实应该分得很清楚，就是把它放到文学史的谱系中去阅读，比如《天香》，如果你是一个学者，就把它放到文学史中去阅读，她早期怎么样？现在有什么变化？它肯定有它的意义，对于一个作家来说，她写出一个作品，它就有意义。但是批评不应该这样子，我觉得批评应该有另外一个系统，批评应该也有一个同时代性，批评不是把你这个作品很简单地放在作家个人的写作谱系中来评价，而是应该把它放在同时代的思想环境、精神背景，还有其他作家创作的同样题材这样一个谱系里，应该从这个角度来评价，这样会更贴切一些。这两个系统经常搞混淆了，搞得我们很麻烦，搞得我们很多评价非常含混。从批评的角度看王安忆，我觉得她不是一个大作家，我觉得我们今天的文学史对她那么呵护，我们出版界对她那么好，批评家都不敢说她的坏话，但她不会成为一个大作家。我们还有一个概念很混淆，就是大作家、大文学家，我们是从文学的角度来要求他的，不仅仅是从写作学上的意义来要求他，但是我们现在也把它们混淆了。他写得不错和文学没有太大关系，写得很好、写得不错是文学最基本的要求，我们现在把最基本的要求当作最高的要求了，这是最要命的。大作家就是一个文学家的要求，那么他就应该有他的社会面向、历史面向，有对人性非常复杂的展现、深度的开掘，甚至开创一种我们想象不到的生活，这才是一个大作家。程老师讲得特别好，为什么那时候我们读王安忆的短篇、中篇感觉很好？因为她开创了一种我们当时没有想到的生活，为什么现在没有呢？她止步了，她没有开创想象生活的新方式。所以，我觉得王安忆90年代的写作，从《长恨歌》之后所有的写作有一个特点是：不动，不走，停滞。作品不走一般有两个情况，有一种作家非常聪明，像卡尔维诺，像王小波，他不走，他是绕出一个小观念、小智慧出来，这个也很好。王安忆她不聪明，她既绕不出来也不走，最后造成一个结果就是你读她的小说感觉到冗长、乏味、单调、自足。长篇小说一定是在走，它的人物在走，它的场景在走，王安忆的作品不走，《长恨歌》不走，《天香》更不走了，我都没有办法读下去。这个作品没有必要从开头读，随便从哪个地方读起都行，它就像把很多小品文糅在一起。为什么会出现这种情况？很多作家都有这个毛病，他们都在追求一种非常安全的写作，也可以用李陀刚才讲的话，是平庸的写作，他们特别有安全意识，就是他们觉得把这个小东西弄得文通字顺，弄得比较圆，那就OK了。他们没有想到一个真正有创造力的作家是要打破禁忌的，我们生活的禁忌，美学的禁忌，道德的禁忌，你只有在打破这些禁忌的过程中展示你非同一般的眼光，你才是大作家，但是王安忆没有。我把王安忆去监狱采访的手稿找来了，我读得非常细，米尼、阿三完全是她所采访的一个女犯人故事的复制。很奇怪的是，她采访了十几个女犯人，她却选择了这个女犯人作为米尼的原型，为什么呢？她先讲了所采访的另一个女犯人，这个人让她觉得特别恶心，因为长得特别丑，虎背熊腰，皮肤很差，她是学校的体育老师，她勾引两个十几岁的学生成功了，然后被抓进监狱。王安忆讲了这样一句话："这个女人的故事让我觉得恶心。"她觉得罪犯也应该是一个优美的罪犯，这是一个作家的大忌，她不敢打破人性的禁忌，她把人性永远想成一种表面上很优美的东西，我觉得这是她一个很要命的地方。从《长恨歌》到《天香》，她的整个写作都是非常保守主义的，如果王安忆有历史观的话，她就是一个保守主义的历史观。我在最近一篇文章里写到《天香》，王安忆总是想象有一种静止的东西，就是刚才大家讲的秩序感。通过知识考古，找些材料堆砌，然后小说就完成了，所以我觉得她不能成为一个大作家正是因为这个。她没有办法摆脱她对生活、对人性肤浅的人道主义想象。批评怎么样面对、处理这些不是大作家的作品，这些"经典化"的作品？我一直认为中国的批评系统不独立，总是跟在作品的屁股后面跑，这是批评家的大忌，就是你觉得这个作品写了什么东西，然后我做一些小阐释。不对，批评不应该是这样的。真正的批评是什么？我觉得你不管这个作品写了什么东西，你可以把这个作品作为你批评的对象，这样作品才能跟着批评的方向往前走。我一直认为西方比我们做得好，西方有一个很严密的批评系统，这个批评系统是一个防疫系统，很多写作可以在里面被排斥掉，但是我们现在没有做到这一点，我们现在还有好多批评家要求我们跟着作品后面跑，我觉得这个是不应该的。如果你的作品够好，配得上批评，那我可以跟着你的后面跑，如果你配不上，那你就只能做个对象，用你的作品来阐释我的观点。这恰恰是批评以后努力的方向。有可能会矫枉过正，但那是另外一回事。

王德领：我做了十几年文学编辑，正好我编了王安忆的一个集子,王安忆本人也接触过,我觉得我们的讨论非常有意思。我觉得王安忆的中短篇写得比长篇好,长篇基本上没有一部好的,《长恨歌》给人一种断断续续的感觉,没有张爱玲作品中元气淋漓的上海,她和上海始终是隔的。去年年底我去上海和程德培老师、《收获》一个副主编、金宇澄聊天,聊写上海,他们就认为王安忆对上海是隔膜的。金宇澄有一个作品叫《繁花》,北方人很难读下去,因为他是用上海话写的,弄堂里的上海人特别喜欢,他是在上海文艺出版社出版的,他说我不能拿到北方出版。有些地方我们能感受到他的意思,但是语言和我们北方不一样,我觉得王安忆是在用北方话的书面语来写上海。上海人认为王安忆写上海是隔的,她是一个异乡人写上海,而认为金宇澄写上海是地道的,从语言到描写的生活方式,都是地道的上海。这种对比的视角很有意思,就像刚才同学们谈到的。

王安忆最近一个中篇《众声喧哗》不知道大家读了没?我感觉《众声喧哗》还是不错的,从中可以看出王安忆对时代的思考不完全是平面化的,相对中国女作家来说,王安忆还是走在前面的。她写了上海这个中国最喧哗的大城市里的三个人,两个沉默的人和一个说假话的很喧哗的人。去年6月份发在《收获》上,后来上海文艺出版了单行本,这个小说写了她对时代的思考,在这个喧哗的时代我们怎么沉默,我们的沉默有什么意义。其中她对上海的描写和其他人不一样,她对都市是很有感觉的。我发现我们现在很多作家一写都市,笔墨立刻就软了,往往以西方的眼光来写都市,包括写北京,用批判的眼光,写都市的邪恶,写外乡人在都市的艰难,但是王安忆是用欣赏的眼光来写都市。我觉得她和上海处得很近,她极力想发现上海物质化的魅力,都市内核里的诗意,她对物质化时代诗意的追求,还是值得肯定的。另外一个,近几年大家谈到王安忆思想的贫乏,可是她的阅读量非常大,可能是中国作家里最大的,基本上是在书斋里面,好像阅读成为她写作的一个来源,生活的贫乏可能是她90年代写作中思想贫乏的原因。

李陀:这是王安忆的一个大问题。

王德领：她想在书斋里写作，但是她又没有博尔赫斯那种书斋里的想象力和学识。

李陀：博尔赫斯那是胡编，他的胡编是依靠他非常庞大的知识储备。

王德领：对，他是通过对知识进行想象，和莫言通过生活来想象都是一种特别巨大的想象力。王安忆和北京的刘庆邦两个人有一个共同的问题，就是细节。对细节的描述事无巨细，通过细节来写作品。

李陀：在王安忆眼里，刘庆邦是最好的作家。

王德领：他们两个人的共性就是中短篇写得特别好，长篇都不行，用细节来写长篇肯定写不好，从技术上就过不了关。

杨庆祥：你有一个观念我觉得可以商榷，王安忆在女作家中走得最前，但还要看是从哪个层面，中篇我觉得方方写得比她好。

李陀：这我跟你完全相反。

杨庆祥：昨晚我刚看完方方的《琴断口》《万箭穿心》，我觉得《万箭穿心》真心写得特别好，她的气场特别足，你看王安忆的作品，感觉她有点装。

王德领：方方的中短篇水平不齐。李老师谈到纯文学，我感觉纯文学还是有标准的，北京作协前两天开了80后研讨会，我发现80后作家现在也非常着急。

李陀：他们着什么急？

王德领：他们觉得自己的青春写作已经到头了。

杨庆祥：他们知道自己写的东西很差。

王德领：他们要突围，但是又找不到方向。

李陀：他们自己明确这么说的？

王德领：对。

杨庆祥：非常明确。上海有一个80后女作家周嘉宁，她说以前的东西可以写，但是不应该拿出来发表，都是被不良的书商骗了。

王德领：因为我做出版所以知道一些不在话语热点的作家，比如像西北的红柯，他的很多写作是在我们的话题之外。

李陀：我很早就注意他了。

王德领：他有一个小说叫《乌尔禾》，我觉得是中国特别重要的一个经典，中国新时期以来十个最经典的长篇小说他能排一个，但是没有多少人注意他。他的作品我读了很多遍，每一遍都有新的收获。虽然我们的文学批评注重理念和个人趣味，但是还是要重视文本，重视文本细读。

李陀：咱们现在涉及的问题很多呀，我首先提点儿不同意见。在我的经验里头，所有的大作家对城市都是批判的，把城市看作资本主义文明发展的邪恶毒瘤，但是这些大作家写得又不简单化，不是直接骂城市，比如像狄更斯、陀思妥耶夫斯基、巴尔扎克，他们是把城市问题放在一个更大的历史背景、更大的人类发展当中来看待的，所以我不太同意你说的在城市里找诗意。你说城市里有没有诗意？有诗意。有没有作家写城市里的诗意？也有。但是，今天以资本主义作主导的历史发展给城市带来的问题，在一定意义上说，是集中了资本主义所有的灾难和问题。我不知道有本书你看了没有，就是大卫·哈维写的《巴黎城记》。他引用了大量的巴尔扎克的小说，他是通过巴尔扎克和马克思来读解巴黎的。但是你说的那一点我很赞成，就是现在写城市是个大问题，在人类历史上从来没有过这么大规模的城市化。在狄更斯的时代，或者在巴尔扎克的时代，比我们中国今天的城市规模是差远了，可是他们那么早就把城市当作他们写作、批评的主要的题材和对象，在今天我们作家应该重视这个问题，应该把重点放到城市上来。可是我现在遗憾的是，好多对农村生活比较熟悉的作家不乐意做这种转移，还继续写他熟悉的农村，这也不是不可以，但是从策略上来讲他就吃亏了。因为现在读者大量都是城市的，你没事老去读他们那个村儿？从策略上来看已经不是很合适了。但是熟悉城市的作家，我又不满意，像张悦然，像方方，就是没有巴尔扎克、陀思妥耶夫斯基、狄更斯那种把城市当作人类文明的所有问题集中的一个场所来看待，而是把城市当作题材，不是当作一个我们需要认识的对象、我们需要面对人类如何生存、什么是人类最合理的生存方式这样一个巨大的问题来对待。城市不应该是一个题材，而是一个大问题。

你刚才说好的文学是有一定标准的，我也提点儿不同意见。这个问题特别复杂，最好不要把它简单化，可以从几个不同层面来讨论什么是好作品。一个就是经典化。自从70年代女权主义、后殖民等理论兴起之后，经典化问题遭到质疑，有人认为经典化是一个历史过程，一个历史现象，是由意识形态在后面做支撑的，已经被经典化的作品是可以被怀疑和批评的，这里就涉及好坏作品的问题。再一个是那样一个时代已经过去了，就是建立一个统一的文学秩序，一个统一的批评标准，哪个作品好大家都说好，哪个作品不好都说不好。大家可能都没注意到，在托尔斯泰眼中莎士比亚是非常糟糕的一个作家，他认为巴尔扎克写得也很坏，托尔斯泰有自己的批评标准。但是在那个年代大家都觉得托尔斯泰怪，觉得他偏激，其实不是的。其实就是不同的政治立场、不同的意识形态背景对作品的要求、艺术趣味不一样。比如说有人特别迷蒲宁，但有人就认为蒲宁是一个三流作家。有人认为得诺贝尔文学奖的都是好作品，但是前两天我刚看完俄国帕斯捷尔纳克的《日瓦戈医生》，写得怎么那么差啊，他会写小说吗？我们离建立一个统一的批评标准的时代远了，现在是一个多元的世界，所以我说为什么要建立一个群体性呢？在一个文学群体里，大伙儿的文学批评能不能形成一种共识？跟另外一个群体产生激烈的冲突？这是我最希望的，你说好的我说不好，我说坏的你非说好，这样的话文学批评就活跃了，活跃了以后读者就能够做选择了，现在达不到这一点，我希望咱们的工作坊能造成这样一种局面，我们的群体和另外一个群体发生冲突，你个别的挑战没有意义。我80年代的经验就是这样，比如我写一篇文章挑战阎纲，或者写一篇文章挑战刘梦溪，那是不可能的，人家根本不理你，但是出来一群人，吴亮啊，程德培啊，孟悦啊，黄子平啊，十几个人一块儿挑战，他没办法了，他只好应战，应战就发生争吵，最后是一方得胜。标准问题很复杂。这是我的意见。

杨庆祥：我觉得今天的讨论非常好。谢谢大家。

韩少功的问题

时间：2013 年 6 月 8 日下午 14：00
地点：中国人民大学人文楼 7 层会议室
与会人员：
  主持人：李陀 程光炜
  主发言人：朱厚刚 李云雷
  讨论：刘禾 杨庆祥
    各高校青年学者
    中国人民大学文学院中国现当代文学博士生
本次录音整理：董丝雨

  朱厚刚：各位老师、同学下午好，现在把我最近看韩少功的一点心得跟大家汇报一下，请大家多批评指正。我讲的题目是《人生出路问题的持续思考——从〈西望茅草地〉到〈日夜书〉》。

  首先介绍一下他的知青生活的背景。1968 年 12 月，未到政策规定年龄的韩少功主动报名下乡，落户湖南省的汨罗县天井公社茶厂插队，他 1974 年结束六年的知青生活。他的创作是从《湘江文艺》开始的，但是当时并没有在全国范围内产生影响。直到 1978 年他在大学的时候在《人民文学》发表了《七月洪峰》和《夜宿清江铺》，才使得他声名鹊起。这两部都是相当于"伤痕文学"。后来开始有影响力的作品是以知青生活为题材的像《飞过蓝天》《远方的树》《西望茅草地》这些篇什。1996 年的《马桥词典》在"词典"这种文体的掩盖下，他书写的其实也是插队所在地马桥的故事。他 2002 年的长篇小说《暗示》的叙述人也是知青。直到 2012 年的最新长篇，他依然把《日夜书》的取景框对准所谓的知青岁月留下的几乎要伴其一生的梦境。主要写茶场知青的穿着还有生活习性、精神爱好、他们的说话以及思维的习惯还有在他们日后返城的聚会与命运的流向。从这简单的梳理中我们可以看到，在韩少功的记忆深处始终包裹着一个精神的内核，那就是知青情结。由此我们也可以看到，中国当代作家其实都有自己擅长甚至十分在意的书写内容。比如说莫言对乡村物象的描写，还有上海作家叶辛对知青题材的长期不倦的书写。在韩少功的作品序列里，从早期的《西望茅草地》到最新的长篇《日夜书》，他其实都是在写知青题材。我认为这是他小说写作的不变。

在我看来，《日夜书》是这样一部作品，就是韩少功将知青生活与后知青生活贯穿起来，在更长的历史时期里去看曾经的知青一代，在知青运动以及其他政治运动包括改革开放之后命运的沉浮。这里的后知青生活，正可以把小说当中吴天保场长以及梁队长等基层干部在新时代的生活状态，陶小布在官场的见闻以及遭遇，马涛的域外经历，郭又军的家庭生活变故以及他与女儿丹丹的父女关系的处理，还有贺亦民的自学成才，与最终为了替哥哥争一口气无意杀人的举动，都囊括起来了。因此，作家的历史视野就变得阔大起来。小说细写这些已经人到中年的人物的命运，其实指向的是青年人在不同历史时期的出路问题，因为知青一代曾经年轻过，现在这些与郭又军女儿一般年龄的青年人也面临着人生前途抉择的问题。韩少功在《日夜书》末尾的"附记"中就确定无疑地指出来，他说本书的写作，"得助于小安子也就是小说当中的一个安燕的一个部分日记，还有聂泳培、陶东民、镇波、小维等朋友的有关回忆，使书中的某些故事和人物得以虚构合成。"我觉得小说家这样的表白其实是有某种用心在的。这与他在90年代以来的用思想性随笔关注国内外的重大题材的写作方式其实取得了某种呼应。《日夜书》也在过去与现在之间不断地闪回，他用这种结构方式，是为了突出知青时代的生活对知青一代的深远影响，比如说像白马湖农民的生活环境使得小说中的叙述者"我"对个人性格的复杂性、生存处境的尖锐以及人间真情的不灭，有了更多的了解，这也构成整个小说的背景性语境。

《日夜书》既写知青生活也写后知青时代的生活，涉及官场还有国外的活动经历、国企的状况以及家庭教育等话题。但这些问题都可以归结为人们在时代潮流里的人生出路问题，这里主要讲两个方面：

第一，是知青的出路问题。首先来看一下知青运动的简单材料。1978年的时候，知青运动由中共中央宣告结束，1978年的10月31日到12月10日，长达四十多天的"全国知识青年上山下乡工作会议"召开，这次会议拟定了一个会议纪要，在分析知青运动的原因时讲道："这些问题从根本上说，是林彪'四人帮'的干扰破坏造成的，他们破坏党的领导，破坏国民经济，破坏文化教育事业，使知识青年就业和升学都很困难，他们破坏毛主席有关知识青年问题的一系列重要指标的落实。"在这，我主要关注的是《纪要》提到的"知识青年的就业与升学"问题，因为对知青一代而言，这是切身相关的。这在后来的电影《高考1977》里有很多的呼应。我觉得这是《日夜书》着墨最多的地方，比如说郭又军的下岗问题，他所在国营厂完蛋，自己又迷上了打麻将，最终自杀身亡。

1950年出生的社会学者折晓叶在《城市在转折点上》一书中说："运动中无暇顾及50年代初期生育高峰时出生的大批青年的就学和就业问题。从1968年起，只好在全国范围内掀起第二次城市人口向农村迁移的活动。在1968—1970年间，全国约有1000万城市知青被迁入农村，使城市人口比例急剧下降。这虽然暂时减缓了城市在就业方面的压力，但却给已出现剩余劳力且生产濒临崩溃的农村地区带来了巨大的压力，而且由于农村无力解决这些青年就业及生活等各方面的问题，大量青年纷纷要求返回城市。"我认为这是很重要的方面，知青运动的终结意味着回城人员的剧增，再一次面临着出路安排的问题。因为就业不单单是赚钱的问题，其实还有心理的作用，也是个人能否融入社会的表现，这一代知青有一种心理创伤，我觉得跟这一点有很大的关系。这是知青文学很快就面对的题域，如王安忆的《本次列车终点》、孔捷生的《南方的岸》都直面了这个问题。对现实的关注是韩少功一向的风格，《日夜书》站在更加久远的历史落脚点去看。《日夜书》就是沿着这个脉络下来的，接着写知青们回城后的生活，思考的是知青运动的历史后果。这里显然有一个时代转型的大背景，从这个背景里去看知青的不同命运，就有了一个更加有效的切入。

在青年人寻找人生出路的过程中，《日夜书》中贺亦民的经历颇有代表性。他母亲早逝，父亲讨厌他，他孩童时期就要帮着家里干重活，在外受人欺负。他由于外貌的原因受人欺负，哥哥刚开始是很照顾他的，最终也不太睬理他了。他在这种无爱的感觉里开始了流浪生活，他把父亲打了一顿后做了窃贼。这种无爱的形象在其他作家那里曾得到集体性的书写，如莫言的《透明的红萝卜》中的黑孩、《枯河》里的小虎等。为了找到活路，贺亦民努力成为一名掌握技术活的电工，他以一种剑走偏锋、十分怪异的方式掌握了技术，小说中有十分详细的描写，他在那个时代获得了六十多项的发明专利。但是有意思的是，在时代的变化之后，由于所谓的知识产权意识以及政治体制的限制等原因，他的技术失去了用武之地。在经济浪潮中他去深圳开办了公司，但因没有管理能力而最终破产，这其中也有针砭的意味在。因为《日夜书》涉及的面很多，所以我只能就我关注的一两个方面去看。总体来看，贺亦民是属于积极融入社会生活的那类人，郭又军与贺亦民实为亲兄弟，在安分与不安分之间有着完全不同的人生命运。这种人物设置让我们不由得想到《平凡的世界》里的孙少安和孙少平，以及浩然在80年代的小说《苍生》里的田保根和田留根兄弟。

知青在后来发觉知青运动其实是一种噩梦般的献身的经历，他们是受害者。由于这种经历，他们这一代人形成了迥异于社会其他人群的一种性格，或者一种精神气质。这种精神气质的自我确认的确让他们在后来的时代里独异于人。随着时间的流逝，他们通过各种活动来纪念自己的这一经历，举办各种大型的知青回顾展，写回忆录、纪念文集、重返知青旧地，举办各种知青的演出，这些活动本无可厚非。从知青运动牵涉到的各个层面看，知青一代的特殊之处在于他们把历史的后果都领承了，但他们也并不完全是无辜的受害者，因为知青仅仅是知青运动涉及的一部分人，还有很多的人其实是无声的。他们的这种态度使得有些人不融于后来的社会。下面讲到的就是这样的一个人物形象。当然，我们也要注意到，由于知青群体的庞大与全国各地的不同情形，定然会使得这一时期的历史面貌不是整齐划一的，要注意历史的复杂性与偶然性，尤其是在将文学与现实生活对照阅读的时候。马涛便是一位值得探讨的人物形象。马涛的扭曲性格，他对亲情的生硬的利用（就是他在"文革"时觉得自己是精神领袖一样的人物，他对家人其实是一种剥削似的利用，尤其是他对他的妹妹），还有之后他在国外过的虚假的风光生活，都可以看到这种知青精神气质的负面效应，这里隐约也指向"十七年"的理想教育的问题。格格不入的现实与他这种性格的乖戾形成了恶性循环，终究他是过得比较差的一个人，他周围有固定的追随者，也许就是他的妻子了。相反，小说里写到的一个叫"酒鬼"的猴子倒是有了人的特点。在这种对照当中，对知青群体中如马涛这一类人物的态度是很鲜明的，同时这种对照也更加表明了人性本身存在的弱点与漏洞。马涛的狂妄自大、固执到底，看起来有抵抗与拒绝的意味，但是这样的抵抗与拒绝其实是没有太多价值的，至少在个人生活层面，他的抵抗是无效的，他应该说是一位失败者，属于从过去历史中走不出来的人物形象。在小说的叙述中我隐隐地觉得他试图成为一个精神领袖，但是这种精神领袖的欲望其实包含着一种危险的倾向。由此可以看出某些历史事件对个体心灵的长久戕害。但是有些人却认同于这种宿命，继续受虐般地认同原来的生活模式而一直不愿改变。透过贺亦民和马涛不同的经历，我们可以对照看出他们在时代大潮中的人生选择与不同结局。

第二，是农村的出路问题，其实也就是农民的出路问题。韩少功主要是通过写农村的基层管理者来表现这个问题的。另外，文坛上一些表现西部大开发扶贫问题且获得鲁迅文学奖的中短篇小说也是延续这个思路。在对乡村基层干部的书写上，我想把《西望茅草地》、2009年在《人民文学》发表的中篇小说《赶马的老三》与《日夜书》放在一起来谈，可以找到三部作品的某种内在连续性。《西望茅草地》主要写张种田这样一个革命时代的有功之臣抱着赤诚的爱国之心，用革命时代的管理方式来管理农场，但最终失败了。这写得有伤痕控诉的意味，但这里带有特殊时期的历史印记，当时所宣扬的政治话语其实没有有效地去改变农民的生活。《赶马的老三》写老三这位"党外人士"凭着一种顺应民间社会生活法则的智慧在上级和乡民之间周旋，成功地管理了所在的村庄。这小说有意思的就是由于老三的管理成绩突出，上级想颁给他"优秀党员"的奖章，最终查档案时发现老三不是党员，因为他父亲受伤后不能履行党员义务，他一直替父亲去交党费开党员会议，最终成为村书记且一干就是十几年。这种意外也是政治话语与乡村文化话语相冲突的一个表现。新世纪以来，韩少功其实过着半乡下半城里的生活，他与村民的接触也更加频繁，他对农村的思考也在继续。在《日夜书》中吴场长和梁队长两人对外部政治的抵制与对亲情的顾及，韩少功带着认同之情写来。小说专门写了农民用另一种话语篡改了强行进入乡村的革命话语，使得革命话语在这里是无效的。在这几个小说里我们可以感到韩少功考虑中国农村基层组织建设的问题。而这是影响中国整个社会发育水平的一个重要指标。香港社会学者古学斌在《地方国家与中国农村发展——一个西南村落的个案分析》一文中指出："在后改革开放时期，中国地方的国家权利并非像部分学者所言的那般被严重削弱，相反是不断地加强。贫困地区农村相反也面临着更加频繁而艰巨的经济干预。而这些干预，使得贫困地区的经济更加脆弱。"他还指出，"贫困地区的民众依然无法摆脱国家干预、地方干部的干扰，他们被推向商品经济，进一步陷入生存的困境"。不一定是贫困地区，国家的干预、地方干部的骚扰是乡村社会比较有代表的现象。

李陀：你这国家干预，地方干部骚扰是什么意思？我觉得你老是不清楚，谁干预谁？谁被骚扰？

朱厚刚：是乡村生活被骚扰。

李陀：被什么骚扰？

朱厚刚：被国家的某些政策或外力。

李陀：哦，这个意思啊。

朱厚刚：当然，地方干部有好的，也有不愿意从农民利益的角度去进行乡村治理的。在乡村社会和国家之间，基层干部其实是一个承上启下的人物，他起着政策的传达或者往上汇报的功用。他们对村民的态度决定了他们是否愿意在强大的国家权力之外为村民谋取一定的利益（因为目前还看不到国家权力控制松缓的迹象）。赶马的老三就是作家以赞美的口气来写的一个人物，其实也是说：乡村自有其生活的逻辑，强制渗透性的管理并不能给村民带来更多的幸福，也很难说是有效的乡村管理。韩少功在访谈时曾说，"我在这本书里，写了几个同辈人在几十年的跌跌撞撞和摸爬滚打，从中引出一种人生的感怀和思考，如此而已，这些描写不一定是精彩，但首先必须坦诚，直面纠结和痛感。事实上不管是对这些同辈人的赞美还是批评，对于我来说都是有痛感的"。我想，这种痛感同样也体现在对于乡村社会未来无法预料的命运的担忧上。

我还想加入一个参照，2011年上海作家叶辛出版了他的第十本写知青的小说《客过亭》，他用知青聚会和探访知青插队旧地的方式来串起整个小说。他讲述了带着知青身份的各色人在现时期的表现，一个个的故事逐步展开。但是读后感觉他侧重的还是知青时代的情感纠葛与人生经历，对往事的眷恋之情其实是很强的。韩少功在《日夜书》里对知青时代的缅怀之情要相对弱一些，思索的东西也更多些。

我就讲这么多，谢谢。

李云雷：简单谈论一下我的想法。我回头再去看自己写的那个文章，重新又把《日夜书》看了一遍，我想怎么来谈韩少功？因为韩少功是一个非常重要的作家，大家都比较熟悉他的作品。就他自己的创作来说，有这么几个特点。一个就是他在不同的时期都在不断地突破自己，从最早的《西望茅草地》到寻根文学，然后到90年代的《马桥词典》，新世纪出的《暗示》，还有后来的《山南水北》和现在的《日夜书》。他每过一段时期都会把自己的创作向前推进，他写的内容，和他自己的写作方法都在推进。这是跟很多作家不一样的一点。因为80年代以来很多作家的想法，包括那些美学观念，还都停留在一个固定的位置上，但是韩少功他不停地在变。第二个特点就是他不光写小说，同时还在写思想随笔。他跟思想界有比较密切的联系，他的一些文章会提出新的命题，比如说"假小人"这样的。还有一些我文章里写到了但我一下想不起来。第三点就是他自己的文学的边界及实践。从早期的《海南纪实》到《天涯》，他后来辞去海南作协的职务，到湖南去，他自己的这种实践跟他的创作也有密切的关系。还有另外一点就是他的翻译，翻译米兰·昆德拉，这些都构成了他整体的文学的一部分。所以我们来理解韩少功应该从不同的角度，把这些东西都综合地考虑进去。

他的特点表现在两个方面，刚才我们也提到，一个就是他跟思想界保持密切的联系，但是他又不做纯粹的理论性的思辨，他的思辨总是从经验出发，然后跟理论有一个互动。比如像我们看的《马桥词典》《暗示》里面的很多词条，他会用乡村里的一些具体的生活经验跟一些理论命题，包括语言理论、社会理论等，有一个互相切磋、互相参照。这让他跟那些单纯的理论家也不一样，他会有一些直接来自生活本身的智慧。这智慧让他在理性思考的时候也保持一种感性的体验。另外就是他不拘泥于某一个具体的立场，比如我们一般说的左派或者右派，但是他又同时关心左派和右派的一些问题，并且通过他自己的方式，介入到这些理论思考里面来。思想上的特点也被他代入了小说的创作里面。所以他特别是90年代以后的实践，都带有实验的特点，从《马桥词典》一直到《日夜书》。

接下来再谈谈《日夜书》。刚才朱厚刚也谈了具体的一些东西。这个书对我来说，值得关注的是这么几点。第一是它跟韩少功以前的小说不太一样。我们也看过《马桥词典》跟《暗示》（《暗示》一般也算长篇小说，都是特别不像小说的小说），《暗示》回归了他早期的像《西望茅草地》这样的比较像传统小说的小说，但又加入了类似《马桥词典》里面的一些讨论，所以这个小说其实把试验跟他的早期的故事情节、场景结合在一起。我觉得这是值得关注的一点。

第二点就是他写知青生活，是把知青生活与后知青生活结合在一起。他其实是从一个大的时间跨度，大约四十多年，从知青开始到现在这样一个大的跨度，来重新去看当时下乡这些人物，他们的命运跟他们的性格。这个视野就跟我们当时的那些知青文学，像梁晓声的作品，有很大的不一样，就是有很多悖论性的命题，一方面说自己受苦，另一方面在教育孩子的时候，又说当时我们背150斤重的粮食还爬山，这成为他自豪的一种东西。一方面是悖论式的情感，另一方面是跟以前知青文学封闭性的空间不一样，他把它拉到更大的视野去看。像刚才厚刚也提到，他写海外的生活，写官场生活，就让我们看到知青后来的生活史，这生活史可以让我们重新去看他们当年的知青生活，给这一代人留下了什么样的东西。我觉得可以从这一点去思考。

第三点就是这个小说的结构也特别有意思，我读完之后归纳了一下，其实他写的重点是这样两组人物，可以说是两家人。一个是郭又军和贺亦民、小安子、丹丹他们这一家人，是叙事的一个集中的点，另外一点就是马涛、马南、陶小布，还有他们下一代。最重要的就是马涛跟郭又军、贺亦民这三个人物。这三个人物在小说中并没有从头到尾的叙述，好像类似有点纪传体，但又是把他们每一段分开然后再连接起来。他们每个人都有自己的特点，比如说像贺亦民，他是一个发明天才，早期受过一些创伤。他的命运可以说是表现了一个科学天才在我们现在中国的生活轨迹。郭又军则是回城以后进工厂、下岗工人这样一个脉络。马涛是比较特殊的一个人物。马涛很容易让我们想起80年代一些知识分子的表现，我觉得有很多韩少功他自己对自由主义知识分子的批判性的东西在里面。他们的生活理念和他们实际的生活态度之间的反差特别大。这些人物的生活都是戏剧性的。但韩少功有意避开了这些戏剧性，用写生活故事的方式把这些人写下来。在这两组人物之外还穿插了一些另外的人物，像姚大甲、吴天宝、梁厂长这些,这是一个层面。第二个就是他小说中写到那些自然的层面,比如那个猴子,大概占了两三节的篇幅;他写那些自然风景、抒情的跟思辨性的段落,也有很多,这是一个层面。第三个层面就是他纯粹思辨性的部分,包括小说的最后一节,大家有没有比较集中地关注?我们很难猜测他是用谁的视角在看,好像是从一个远空的、宇宙的视角来看地球,看这些东西。他突然把视角拉得那么远,其中还穿插了一些关于身体、性欲的思考,这三个层面交融在一起,形成了这个小说总体的一个结构。

第四点,我们对韩少功的理解就是,他是一个智者,一个隐士。但是他的不足在什么地方呢?他作为一个智者,会对一些很明显的东西有自己的回应,比如说《日夜书》就避开了叶辛那样的写作方式。我们现在文学界最大的一个缺陷,或者不足,就是温情主义,跟回忆视角的泛滥,每个人都好像历经沧桑地在看这些东西,韩少功他有意地把这些东西淡化了。韩少功不足的一点就是他没有把真正的感情投入到他小说中。

李陀:能不再选择一些温和的、温情主义的词语来批评他吗?你可以说尖锐的。你自己说温情主义,自己也在犯温情主义。对韩少功批评有什么不可以呢?不用那么谨慎。

李云雷:韩少功作为一个思想家,最需要去关注人物思想的变化和彼此间的冲突。我觉得韩少功在这点上没有去做,可能也跟他自己的写作方式有关系。他可能习惯于在自己的随笔里面表现这些东西,而不用小说中的人物去表现。我们看小说中的马涛,就好像是一个比较漫画化的人物。其实按道理来说,他应该有他自己的内在生活逻辑和思想逻辑。韩少功如果把马涛的思想逻辑充分地写出来,再批判性地去看,可能会更加有力量。我就简单地说这么多。

李陀:上次没发言的那些女孩儿和别人能不能争取先发言?上次说过的可以晚一点儿说。要不然的话女孩们老往后退干吗啊?没发言的人也争取发言。第二个意见就是发言一部分针对他们俩,一部分是我对韩少功的看法。咱们上次讨论的缺点是发完言那两个人给搁起来了，最后就变成了我特别不喜欢的那种，每个人都像放录音机，没有交锋，没有针对性，没有挑战，就把自己这点话说完了，我就完成任务了。我觉得咱这个工作法能不能有点改变？不是说我来了我露一手，我说几句，别人爱说什么说什么，跟我没关系，特别是做主题发言这几个的意见，我们多少得有些反应，或者赞成，或者批评。我对韩少功的写作有什么看法也可以说，但总而言之就是这两者之间能不能有个兼顾？

魏华莹：我先说说吧，我觉得我对韩少功……

李陀：等等，你对他们两人的发言有什么意见没有？

魏华莹：他们两个人的发言我觉得角度不一样。朱厚刚可能更多的是把知青作为切入点，然后考虑更多的是韩少功给知青带来的思考和反思。李云雷可能是看韩少功整体的创作，包括韩少功的新近作品和以前的差异性。

李陀：我插一句话，我指出你的表态什么都没说。就等于对他们俩你没说什么意见，既没批评也没赞成。下面人的发言我希望你们有针对性。不是客观地说他说了什么。

魏华莹：我感觉他之前在写知青的时候，非常细腻，但他写现实的时候就明显很跳跃。是不是没有自己的一个精神痛点？没有这样一个感性。另外对于厚刚提到的知青运动的历史后果，在这个作品中，他有这么强烈的一个反映么？包括对于下一代人的事，我是有这样一个质疑，我觉得他没有很好地处理这个问题，就像云雷说的没有很好的思辨性。

戴潍娜：我也简单说几句。刚刚云雷谈到韩少功的思想随笔不断把经验和理论结合在一起。其实我读韩少功的时候，最关注的也是他的文本的形式，和他的叙述技巧。最近有一本书，刚刚出来，题目叫《当世界年轻的时候》。我没有看过，但我觉得这个名字……

李陀：刘老师写了一篇序。这本书非常重要，我稍微插一段话。我们14号要在清华大学甲所搞一个这本书的座谈，张承志、韩少功、格非都参加，我和刘禾教授也都参加。这本书的确非常重要。

戴潍娜：这个名字非常重要。这个名字不断提醒我们这个世界已经走过了一个健全的儿童期，和一个可以直接进行到每个人心灵的激情的、革命的青春期，而进入到一个无痛无爱的中年期。那就不得不关注一下这个世界的中年期以及与之相对应的中年期的写作方式。我记得某个西方的文论家好像说过，作家分为两种，一种是狐狸，一种是刺猬。狐狸就是像巴尔扎克……

李陀：谁说的知道么？伯林。

戴潍娜：狐狸就是很全面那种，刺猬就是某一方面比较突出那种，像波德莱尔他们。但我觉得可能在这种中年期的写作当中，这两种品质都已经不能够完全地合乎标准了，这两种品质都已经不够了，因为我们在面对一个充满分岔和分支的时代，所以这个时候韩少功选择的文本形式是一种很聪明的方式。他找到了一种与这个时代相对应的充满分岔和分支的写作。现代以后，当代的写作都陷入到了一种对现实生活和破败不堪的心灵的描写。小说的完整性以及对完整的心灵情感的描述已经失落了。韩少功有一种很强的自觉，比如说他的长篇随笔，还有他的词条写作，以至于他现在的《日夜书》这种不断枝枝蔓蔓分岔的叙述方式，是对中国转型社会的一种很好的历史叙述。明清以后，中国社会其实就在不断地——好像化学术语中的"衰变"这个词一样——把鞭子甩出去，筛出去了，然后在这种不断的筛选中寻求一种新的超理性的结构。韩少功这种比较像"零食性"的写作，零零散散的写作，恰恰是对这么一个不断地往外筛的转型社会的拾遗补阙。所以我觉得这是一个很好的重塑历史的方式，与这个时代对应的一种分岔似的写作。

不同故事的价值，很大程度上其实取决于它的未来的解读空间，就像一个寄居蟹的壳一样，是否能够容纳后世想要的、宣扬的精神。韩少功的这种零打碎敲的写作方式，提供的容器虽然很小，但是有无限的组合可能性。我另外还有一个感觉就是，当代的写作往往被污染了，就是我们都是通过观念和逻辑去与一个虚拟的世界发生联系，没有真正的本体体验。最彻底地反映到作品中的就是诗歌。诗歌它在恢复语言的触觉方面，拥有对心灵长驱直入的力量。但大部分的写作可能都是在中间状态，就是与互联网时代若即若离的这样一个态度。我有一个感觉就是，韩少功的写作是与互联网时代的彻底合流。他的写作的品质和互联网在质地上有接近的地方。具体我也说不上来，但是有这么一种感觉。

张岩：我接着说一下我对厚刚师兄还有李云雷老师他们两个的看法。我觉得朱厚刚他可能更多是运用社会学的角度，想透过《日夜书》，来反观知青运动对知青的影响以及对农村生活的影响。这是一种切入角度，因为按照韩少功他本身的实践追求，或者他在写作当中透露出来的对现实的看法，可以看出他实际上希望通过自己的写作构建起所谓公平、正义性或者一种道德秩序。李云雷老师他是强调韩少功创作的连续性。实际上我比较认同他这一点。因为在韩少功整体的创作脉络当中，其实都有一种理论的影子，一直都是出现的。他理论素养很深，是他的一大优势。从《马桥词典》到长篇随笔或者长篇小说《暗示》，一直到他的《日夜书》当中，都有一些观念，在引导他进行这种创作。但是这个观念有的时候可能会让我们对他的小说形成一种争议。我们发现，他的小说，因为这种观念的影响，在形式上形成一种新的探索，他不是传统小说那种线性的，不是传统的注重情节的创作。如果我们把他跟当代的其他一些作家，比如说像莫言、阎连科比较的话，可以看到，他们在描写历史的时候往往采用线性的历史趋势，所谓宏大的或者家族的这种趋势，而且展示出一种语言流。但是韩少功的小说创作中没有这些特点，相反他是比较节制的。他的词条，可能刚好对他不去走莫言或者阎连科的创作道路，有一种制约作用。他的每个词条当中也有感性的抒发，我觉得他是受到了他理念的影响，所以可以有这种深度的挖掘。但是对更多的读者来说，可能不太能够接受。这可能会成为一个问题，因为你的作品没有形成一个读者群的话，大家对你的创作很难形成一种比较全面的或者说比较有深度的认识，这其实是有问题的。读他的小说是比较伤脑子的，包括《日夜书》，我们在阅读第一遍的时候可能对其中的人物，对要构建起的一种传统的情节故事，是存在一些问题的。

还有一点就是韩少功在做这种探索的时候，实际上始终有一个资源一直都没有放弃，就是他对于西方，对于外国文学的吸收。他是一个比较聪明的作家。他认识到中国当代作家的经验资源，或者说学术资源，都是比较缺乏的。他其实是在这两个方面下了很多的功夫。

杨晓帆：李云雷老师讲的一个点我比较感兴趣。他讲到韩少功的《日夜书》，指出他在反思层面上过于温情主义。在形式上，前面几个同学也都讲到了，就是觉得《日夜书》写得还是比较庞杂。我的阅读经验很有意思，我是只读了节选，然后恰恰选了从贺亦民的一段故事开始。贺亦民的这个故事大概有十节左右，这十节里面我们会看到有三种叙事，一种是贺亦民讲的，特别具有历史感，有点传统小说的这种感觉。第二种叙事就是叙述者的思辨，特别强调地讲了器官和生殖的问题，这部分我觉得特别能代表韩少功的那种思辨性。里面还有一个叙事就是"我"，在贺亦民的这段里能看出"我"是隐匿在整个传奇故事的背后的，其实与贺亦民的生活有交集，然后他也反思他自己的人生，但他的反思都是停留在一个特别抒情的层面上。所以你会看到这样的三种叙事，一个是很强调故事性，一个很强调思辨性，还有一个很强调抒情性。这三种东西交织起来，构成了韩少功小说的一个特别独特的形式。包括之前的《马桥词典》，后面的《山南水北》，都有这样的一种形式在里面。我最近在读张承志走火入魔的时候，看他和韩少功的区别，就看到形式上的这种区别特别明显。张承志的小说特别有整一性，你也不能讲它是不是一个传统意义上的小说，但你感觉上不需要区分思辨和抒情，它在一定程度上就像一个长篇叙事诗一样，有特别强的抒情性，很强的整一性。但是韩少功三种叙事形式在他小说里面呈现出来的是非常强的张力的关系，没有办法被放到一个整体中去，所以我就在想，他们两个其实面对同样一个思想问题，就是怎么样去转换和释放他们的那种知青生涯里面被截去的那一段思想感情。不光是对于张承志，对于韩少功来说也一样，是他们两个非常重要的一个问题。而且不断地在重返，对张承志来说他的这种寻找方向是特别带有整体性的，比如他去接近内蒙古游牧民族，接近哲合忍耶教，他最后能够找到一个大的叙事。我后来去买《当世界年轻的时候》是因为我在读张承志。就因为他背后有这样一个整一性的叙事支撑他，所以他的这个抒情叙事能获得一个整一性。但是你会看到，从寻根文学开始，韩少功已经不写知青了，《爸爸爸》之后看不到知青、强调文化寻根这样一个过程。我记得以前我们课堂上也都讨论过，寻根文学出来的一个很大的背景就是我们把知青文学、知青的这样一段具体的历史抛除在青春之外，然后这一代人才能够站到文学的主流舞台上去。因为在一定意义上，他们的历史是暧昧不明的，有问题的。但是恰恰到90年代以后，这样的生活环境导致他要重新回到知青生活的时候，韩少功他没有一个特别明确的立场，也就是他背后不可能有张承志这样一个整一性的叙事。那么你没有办法确定立场的事你不可能采取那样一种方法来写小说。所以我之前也在想另一个事情，为什么韩少功没有办法写一个传统意义上的长篇叙事小说？不管是《马桥词典》还是我们说的《暗示》，包括《日夜书》，它都不像是一部长篇小说。所以我觉得可能也恰恰是因为他的立场上的这样一个问题，还有他面对知青生活的问题，能够让他避开那个整一性。避开整一性导致两种后果，一种后果就是提供一个我们所要求的那种特别有深度的反思，特别具有批判性的这样一个视角，但是另一方面也使得他可以有反思性的视角，因为如果你太强调整一性，强调抒情或者故事，就很容易变成厚刚讲的怀旧思潮中对于知青的一段叙述。你怎么样回避你那段知青经验？你只能采取这样一个视角或这样一个立场。所以我觉得其实韩少功的叙事是非常有困难的。如果他没有办法给知青这段生涯找到一个像张承志那样的叙事的话，他就只能站在这样一个中间位置，既不怀旧，也不可能进入到像张承志那样特别强的批判和反思当中去。所以我觉得这也是《日夜书》中呈现出来的形式上和内容上的问题。

李雪：我是在微博上看到韩少功要出新书了。其实我对韩少功不关注，我觉得我很难理解他。韩少功在70年代写的知青小说，在80年代写的《西望茅草地》和现在写的这个《日夜书》，可以对照着来看，他在不同时期是怎么处理知青生活的。《日夜书》我只看了前半本，有点不满足感，因为我觉得他没有给我提供一个对知青岁月的新的理解，没有冲击到我。最近我们的口述史、散文、回忆录，这些东西有很多关于知青生活的，韩少功在他的叙述中，没有超越这些东西，包括女知青的失身、秘密地写诗和读书、进监狱、各种各样的农场里发生的野蛮的、粗俗的事件，和农民的又野蛮又质朴的感觉，这些东西都是在以往的知青小说中有所涉猎的。所以我觉得韩少功他没有给我提供一个新的东西，来震到我的内心。之后我又看了《西望茅草地》，就发现他虽然没有提供新的东西，但是他描述知青岁月的立场是有改变的。《西望茅草地》里他还有一种乌托邦的东西，一种诗意的东西，但是在《日夜书》里，比如前半部写了很多关于食和性的问题，他是想把知青的生活世俗化。包括马涛这个人物，是当时很受大家崇拜的一个理论家，是在《公开的情书》里老九一样的人物，但是我们看韩少功把他处理得非常自私，非常注重名利，说到底也是一个非常世俗的也，其实是祛除了一些理想的东西，回归了人本身最残忍和恶毒的一个样貌。当然这样说有点过分，不过我觉得他已经不是那种我们所崇拜的高高在上的理论家。总之韩少功在前半部对知青岁月的描写，没有给我们提供一个新的经验。到现在为止，我们在提起知青小说的时候，可能对每一个作家写的知青小说都不满意。最早的80年代的知青小说，可能大家是在提问题，说回城之后这些知青应该怎么办。后来又出现那种怀旧的，怀念似的小说。到现在，韩少功他是有一定意识的，想写出一个反思性的知青小说，但是就像刚才几位同学说的，他的反思的力度是不够的，或者说他是站在一个什么样的立场来反思？这是他的前半部的一个问题。

后半部很感动我，因为他关注了这些有着知青烙印和知青历史的人，他们在新的历史时期，尤其在80年代和90年代，在当下，他们的焦虑和他们的痛苦。但是他在处理的时候是非常无力的，韩少功很难找到一个方式或者一种思想来解释这些人为什么是无力的，他们为什么会是这样的，我们应该怎么办。像刚才厚刚说他探讨的是一个青年人应该怎么办的问题，实际上他也是想探讨具有知青经历、知青背景的青年人，在进入到中年和老年之后，他们的出路是怎么样的，他们应该往哪儿走。韩少功提供的可能只有两条路，一条是寄情于山水，寄情于自然，另一种他觉得他很开通，一种知天命的态度。韩少功仅仅提供了自然和知天命这两个方向，其他的东西并没有给我们提供，这就是我对他失望的地方。另外我看网上有很多人吹捧，说韩少功这个小说写得非常好，是散点式的，多角度的。其实我觉得就是给每个人物写个小传记。我上学期读过后来的人写70年代的一个回忆录，我觉得他这个就像是回忆录的水平。

李陀：很尖锐啊！说得好！

戴潍娜：我想稍微回应几句李雪师姐刚刚讲的关于韩少功他对知青经历的反思不够力度。我们不能要求韩少功他有力度，因为他就是一种百度或者维基百科之类的词条式的写作。他给大家提供的就是这么一个所谓定义以及一个基本的解释，他需要你像一个网民一样用自身的经验和理解去不断填补，所以对他不能有太高的超越性的要求。

季亚娅：前面很多同学都在讲关于反思的力度的问题，这个书我是去年看过的，我从我的角度来回应一下。第一个反应是代际，刚才第一位同学发言的时候就说他认为是一个青春小说，我觉得可以这么理解，因为这个小说的第一版叫《流星雨》，我一下子就想到郭敬明，然后我就在想这一代人为什么一直不停地在讲他们整体性的一个东西，可以讲成一个大故事？为什么到了今天对郭敬明《小时代》，我们所有人的观感却不一样？为什么我们这一代人没法讲一个大的叙事？我从这个角度开始想这个问题。因为知青年代的书写是和80年代的变迁、历史结合在一起的，我当时想到的是他们那一代的情感结构，他们反复书写的它世俗化的一面或者理想化的一面，不管是性还是饥饿，还是理想主义的、红卫兵的色彩，其实都是他们一代人共同的情感结构，这个没有什么特别的地方。但是如果结合韩少功的《西望茅草地》，你会发现其实这个作家一直在提出稍微有一些不同的，不那么一样的东西。他提醒的其实是知青那一代叙事的惰性。我还是要回到历史。在《日夜书》里面，写到一个聚会的时候，他们在讲他们这些中年人今天为什么会从火热的青春沦落到这样一个凄惨的中年，他提到下岗分流的故事，提到经济叙事，提到他们之所以如此是因为懒，作者在这里有一个含糊的回应。他会将知青的政治的、经济的、文化的全方面的影响这样一个动因，变成一个纯粹的经济叙事，也就是说你们这些知青有现在中年的生活，有可能是你个人奋斗的层面出了问题，有可能是因为你懒惰。经济上的评价带来一个巨大的问题就是，对于今天的这个现实，它确实缺乏说服力，找不到一个理由，一代知青在他的文化记忆以及政治层面上的失落，完全变成一个个人懒惰的这样一个荒诞的逻辑。这其实跟《分享艰难》是同样的逻辑，我觉得作家在这个地方出现了某种游移。今天我们这个小时代以及我们年轻人对这种叙事不满意，就是因为前一种故事他讲得太过于轻易，然后这个集体运动的结构性后果变成了由个人来承担，以至于今天我们这个整体就完全变成一个个人的小情小爱。然后，我们无厘头，我们没有抒情的诉求，我们的方式跟他完全不一样，因为我们今天所要关心的那些个人的挣扎、那种命运感，跟这一代人对情感的反复书写、有点自恋的文化，形成了明显的对构。我觉得这是以前的知青文学的书写方式带来的惰性。在这本书中有些片段韩少功提出了反思，包括对上一代的启蒙者马涛80年代的叙事方式的反思，他也许在寻找故事的另一种讲法，其实应该说这本小说我们还有另外一种读法。

那么从代际出发，我要讲的是我的读法的入口是什么呢？也就是回应刚才很多同学提到的关于他的人物形象问题。我是在左翼和当代文学传统里面来读。大家都会注意到其中有一个人叫贺亦民，还有一个大家经常提到的农村基层干部叫吴天宝，他们两个人身上被大家忽略掉的一点就是,他们其实带有特别明显的二流子和流氓的气息,文化流氓的气息。他们和当代文学中《李顺大造屋》这样一个受难的农民,一个像大地叙事的、贫苦的、忍辱负重的、被侮辱被损害的形象是完全不同的。农民的主体在左翼文学的传统里面经常呈现的是这一面,但实际上很有意思的就是农民身上的丑角和二流子的一面,关于那一面完全被忽略。但是韩少功在所有的小说中,你去看他的人物形象,那些特别世俗化的,特别精明的、特别嚼舌的人身上其实都带有某种二流子或者丑角的普性。但是这个普性我觉得是被80年代文学……

李陀:《马桥词典》里也有……

季亚娅:对,这个普性没有被大多数人看到,尤其是贺亦民,我提到这个又会想到左翼文学传统一直在讲的"塑造新人",其实跟知青运动的文化政治背景也有关。其实韩少功对新人的这个情感调子完全是厌恶的,比如对马涛这一群人。但是他把他有限的温情给了贺亦民这样的人,这个人其实是一个聚啸山林的、有点水浒气的人。韩少功把他作为反对知识精英现代知识体系的一个代表人物,在他身上寄托了某种情感。张承志也有这种红卫兵情结,我觉得可能是知青一代的这些文化精英人物身上都会残留的"水浒气",这样一种我叫作二流子或者流氓气质的传统。这是经常没有被人看到的一点。关于左翼文学的谱系,还有一点我觉得在文本中非常明显的,是它的形式。他明显有两种语言,一种是非常抒情的个人化的,像一个作家那样的美好的语言,还有一种是非常精致的俚俗,就是乡里的、《马桥词典》那样的非常赤裸裸的语言。我觉得当代文学从延安开始,有一个方向就是底层民众或者工农兵他自身有没有文化的可能?文化人和语言人他究竟是不是一回事?有没有一种纯粹意义上的工农兵文学?你看它这么俗,这么像赵树理的东西,但是其实在文本中达到的是一种分裂,这个探索完全有可能就是在告诉你,这个方向是失败的。他无法用那一套语言,就像赵树理,还有那种特别俚俗的语言,来讲他的哲学和美学的问题。他在讲思辨的时候,用的全都是作家的文人的语言。这个分裂背后本身就蕴含着当代文学的两种传统。

第三点我想讲我个人的感受，这是"被逼迫的弑父"。关于知青"弑父"都有一个说法，就是像洪子诚老师、贺桂梅老师，他们会觉得他们当年的寻根写作和知青写作，其实是一种寻找主体身份和获取整体历史意义的过程。我记得戴锦华关于断层的那一代有一个很好的叙事，把他们登上历史文化舞台的中心描述成这样的一个过程。在这个文本中有一个很有意思的形象，就是刚才有同学提到的，他在写历史的时候写得很精致，但是写现实写得很粗糙。其实也是我自己的感受。这里面有两代人的青春，一个是他们一代，一个是笑月一代。我觉得他对笑月的描写……他完全不理解在现实生活中、在办公室面对的职场压力，那种竞争，那种《甄嬛传》似的压力。逻辑就非常奇怪，笑月要去杀他，他只能想象一种情景就是在强奸；或者是极限情境中，他才能想象这个小孩能来杀他。其实我读出了一种情感，就是韩少功这一代人非常希望年轻人能够跟上的，但是现在的年轻人不想"弑父"，我们关心我们地上的现实，然后他就是自己逼迫自己来"弑父"，所以他就做了一个很荒诞的梦，他呼唤着"赶快来杀我吧"。其实年轻人不管你这个，因为我们有其他的现实。我们这一代人面临的文化生存处境跟知青那一代完全不一样，知青那一代中间还有很多关于星空的描写，就是无限打开的历史星空。然后我在想这真的是非常浩渺的一代，是历史的星球问题。但是我们这一代……

李陀：我插一句，前阵子有一个文章，评论赵薇的电影《致青春》，写得不错，他说，电影进入一个"无父"的时代。你这么一说我就想起来了，现在年轻人已经"无父可杀"。那时候刘再复老说什么"弑父"，要"杀"父亲，现在这一代有父亲可"杀"么？所以韩少功急了就说，有人来杀我么？

季亚娅：他就是幻想出来一个"被逼迫的弑父"，我就是在这里读出来的。因为像年轻人我们所关心的现实不是这些，那是星空，我们要从地上的经验讲起，也就是韩少功在90年代一直讲的那个新鲜的血，我们要从我们这一代人的地方开始，而不是你所告诫我的这些,你所来呼唤我的这些。我发现他对笑月的逻辑完全是不成立的,他不了解这个孩子,他只能设想她在那个情景是被强奸的,这个很荒诞,因为这一代的生存压力,我们在职场的压力,在生活中的压力,就完全是脱节的。但是我可以看出他的焦虑,感受到他的焦虑,再回想我们应该从哪里出发。所以我整个的阅读应该是从代际出发,还有就是放在左翼文学传统里面,这两个方面。

男1:《日夜书》我之前看过,但是有一段时间了,听了刚刚大家说的,有些模糊的感觉。我先说一个,以前我们曾经去海南大学开过韩少功的一个会,那个会叫"韩少功的文学和思想世界"。云雷提出韩少功的创作当中有文学和思想的两面,但这是一个现实性的描述,我觉得这是比较明显的,很多人都谈到。关键的问题是这样一种现象,韩少功的创作给中国当代文学带来什么东西?杨晓帆的发言中也谈到了一部分。大家觉得韩少功这个作家很特别,很重要,但是我自己觉得没有。难就难在韩少功的创作确实是比较特别的,就是有这两面,一个是作为虚构的,作为文学的写法。有一个故事,或者有一个人物性格的发展过程,有很多东西掺杂进来。我们不可能把韩少功称为一个小说家,只能称他为一个作家,在这点上刚才晓帆说他跟张承志有得一比。杨晓帆刚才也说,他跟张承志有很大的区别,张承志某种程度上他的看法他的信仰,是比较稳定的。

另外就是推动他的作品的一个动力是情感因素。所以他会有属于他的读者。刚才云雷批评温情主义这个东西,我觉得他没有,可能他会去除一些情感性的东西,可能是比较有益的。看韩少功从一开始就觉得很隔,比如他的《西望茅草地》故事本身,他的叙述者跟那个老场长之间,不是像80年代那个时候的,比如说像路遥的东西,你要么是喜欢要么是拒斥。韩少功的东西有张力在里面。在《日夜书》里面,刚才云雷提到一个纪传体,就是他跟中国传统的关联。比如以前《马桥词典》的时候,他是学国外的一些东西,学塞尔维亚的那个作家。但是《日夜书》当中,中国传统的东西,比如说纪传体也好,笔记体也好,都融到了里面。他通过讲传奇故事,把一些思考带了出来。云雷刚才一开始提韩少功在某种程度上是向文学回归,这个向文学回归不仅仅是他有一些故事,有一些完整的人物穿插其间,而是因为他的书的结构方式上有某些因素,跟我们中国读者传统的阅读习惯连接上了,这个我不知道是不是有益的。

还有就是"文革"经验。"文革"经验对于韩少功来说很重要的是,知青这段经历对韩少功的文学创作意味着什么?韩少功几乎所有的比较重要的作品都要回到这里。因为他思考的是,他的原点,对他来说就是方法论,"文革"经验某种程度上有方法论的意义。这个方法论是什么样的意义呢?刚才李陀老师觉得那个批评是非常尖锐的,有的同学说是网络写作似的,有的同学说是回忆录似的,我自己倾向于比较同情的理解。我前两天刚好看一个美国电影,讲南非曼德拉上台之后整个的和解时代。他们有一个口号叫"真相和和解"。和解,就是通往自由之路,和解的道路是通过真相来达成的。所以如果我们整个中华民族在将来的发展当中有一个比较稳固的和解的基础的话,是要真正深入到历史的真相中。这也许是我代替韩少功在说。他的经验是在尽可能地接近一种客观性的状态,然后再进入他的思考。思考是在真相的后面,但是你把你的经验说出来,这是一个前提的东西。我的理解是这样的。

男2:云雷说了一句温情和激情,我没有听到他的发言。我就谈一下我对他最新的小说《日夜书》的感受。我觉得这个小说其实没有离开韩少功他自己的创作,他的创作还是一脉相承的。他总是在小说里面寻找什么。他对小说的关键理解和其他作家不太一样,可以说是一种寻找意识和一种寻根意识,老是通过小说有一个表达的焦虑。其他作家我觉得是一种形象思维的写作,他是一种理念化的写作。他还是非常盯潮流的,力图和我们的时代不落伍,甚至试图走到前面,试图在小说里面制造话题。他从《西望茅草地》到现在的写作还都是没有变,我发觉很多作家都变化了,变化很大,但是韩少功变化不大,还是在他的固定的思维里面走。

总体来说,《日夜书》还是一种拼贴式的写作,一种技术化的写作。这种写作可能我们读起来有点隔，但是他这种写作不是像张承志那样诗性的。包括张炜，包括贾平凹，他们是贴着人物走。沈从文有个名言叫"贴着人物写"，现在目前好多作家都是这种写法，但是韩少功贴着理念写。这就造成他的写作和其他的作家不太一样，不太像一个小说家，他更多是像用小说来进行一个随笔写作。我发现韩少功对语言特别迷恋，他的写作像在语言的刀锋上行走。这样的话就造成了他的作品里面碎片化比较明显，他在把现实打碎，用一些语言思想的碎片来进行写作。这种拼盘似的写作也不是不可以，但他的问题是在哪呢？就是一个伟大的作品要有一个特别大的东西来把它贯穿进去，要有激情，或者是一个特别强大的理性力量把整个写作凝结在一起。但是他依然碎片化，有一些缝隙，一些连接点做得非常粗糙，甚至我们读了之后有支离破碎的感觉。这是我对韩少功一个整体的印象。《日夜书》里面，在这个理念之下，有一些人物，就好像有点漫画化。我注意到刚才有同学说小说里面有两种话语体系，我比较认可，他里面有湘西的方言，当地的傩戏，那些地方习俗。这点在他的《马桥词典》和《爸爸爸》里面都有，还有他的寻根的宣言里面也都有。另外一方面就是他的知识分子话语。文人的语言和地方方言的语言在小说里面不像在《马桥词典》里面一样那么融洽，以至于变成一种拼接，方言嵌在文人语言里面显得很扎眼，像一种拼接效果。这样就造成了小说比较肤浅，他对知青的反思也打了折扣。但是他这个形式还是有一定探索性，比如说每个人物的过去和未来交叉着写。

男3：我觉得《日夜书》其实大家谈来谈去也就是两个问题，一个是有关知青的历史问题，另一个是有关现在、现实的问题。历史问题就是知青经验怎么去进入文学。我也看了最近的几本知青小说，一个是王小妮的《方圆四十里》（不是新的，去年出了新的一版），还有大百科全书出版社出的一本很特别的知青小说叫《鱼挂到臭，猫叫到瘦》，但反响不怎么大，大家不怎么关注，也是挺有意思的。我在阅读中发现一个问题，就是所有的作家在写知青小说的时候都有"我写的这部知青小说才是表现知青的真实生活或是知青的真实心路的"这样一个潜意识。每一个人在他的后记或是前言里都会说其实知青生活是这样的，某种程度上对原来的知青小说和另外的一些叙述表示了质疑和怀疑，这也是知青小说本身存在的一个巨大的问题，就是一个人的知青记忆如何变成一个整体的知青记忆，或者一个人对于知青经验的叙述怎么变成一个整体对于知青经验的叙述。因为它不能被特别好地历史化，不能被特别好地文学化，这个就出现了问题。韩少功写知青还是挺多的，他特别的地方可能就是他写了知青后的生活，知青回城后的生活他关注得比较多。这就涉及另外一个问题，对现实的把握问题。现在的作家可能最大的问题就是他不知道怎么去写现实，怎么去把握现实，所以老去写历史，写现在的东西写完就会被骂，不写又觉得身为一个作家又不太对。所以余华的《兄弟》刚出来的时候，我就觉得写得不是特别好，我也不喜欢。但是现在看来余华还是写了现实的问题，他正面强攻现实。韩少功写的这个，刚才好多老师谈的就是知青及知青后的生活。我猜测他的创作动机是一个逆向的过程。其实也是想写现实的题材，然后要给现实的这部分人一个历史、一个来源。特别是他的小说后面有感谢提供材料的这些人，我觉得他可能有了很多安燕的日记这些材料。还有一个问题，他对现实的理解和现实中的安燕及知青生活是什么样一个关系？他是不是真的写了这些人的现实，还是他只是把这些人的现实完全作为素材，然后他重构了这样一个过程？本来是想写现实，结果又变成了从知青那儿顺过来的现实。如果他写到具体的人的话，是不是有顾虑或者是有什么样的问题？另外一个就是，正是因为他没有办法很好地把握现实，没有办法很好地处理，所以他只能用这样的形式。对《马桥词典》这样的书来说，每个作家肯定都会想到，我如果找到一个特别好的形式，我这个小说才能写好。那就是因为他没有办法在一个正常的叙事里面写出来，所以他必须借助这个东西。《马桥词典》的好处就是"词典"这个东西大家很好理解，你是一个词典，你是一个词条，我就能借助这个方式。但是《日夜书》就很麻烦，刚才晓帆那个发言启发我的一点就是那里面有三个层次，叙事的、思辨的和抒情的，我觉得他可能也有这样的考虑，但是这本身也是一个问题。他没有办法这样写，所以只能去把结构弄得很复杂，很互文，然后就特别需要批评家或者读者去解释，你解释得越丰富越好，我不设答案。我怀疑让他对自己的作品给出一个解释，他能不能给出一个清晰的解释？能不能给出一个大家觉得适合这个作品的，形式和内容能够完全契合的解释？这反而是一种偷懒的方式，我写了这样一个作品，我形式上做了探索了，然后其他的所有意义等着你们去解释，这是一个形式创新，也是一个对叙事无力的妥协。

还有刚才另外一个同学提到"弑父"，我觉得也蛮有意思的。他提到了现在的小孩不会有这种冲动。我觉得韩少功根本就没想去了解我们这一代，笑月这一代，他只是不知道怎么给他们那代人现在的生活做一个结束，他必须用一个意外事件，用一个日常逻辑下不可解释的事件来解决这样一个问题，所以他可能是利用了"弑父"情节来解决他自己解决不了的写作上的困境。我的基本看法就这几个小点。

杨庆祥：大家刚刚的发言我也记了不少，很丰富，但是我觉得仍有几个问题。第一个问题就是我觉得韩少功这个作品有点受到他表面的误导。他这本书在网上做宣传，上来就是一部关于知青心灵史啊，一个知青的大书啊之类的，然后大家好像把所有的焦点都对准知青这个问题，包括刚才的发言也都是围绕这一点。但我觉得这绝对是一个误导。韩少功的《日夜书》，知青是他题材的一个选择，他要表现的或者说他整个要描绘的不仅仅是知青这个群体，不是在这个整体里面讨论问题。厚刚说的知青的去路问题，我第一个反应首先就是他很清楚，你把这个作品读小了。他不是简单地在反映知青的去路问题或者是知青的就业问题，这只是他的一个底色。这是我们特别要注意的一个问题。知青这个人物，在《日夜书》里面只是一个观察的角度，或者是他借助这个群体来写这个故事，他不是要彻底地围绕着知青去写，这是我的一个提醒。

第二点就是通过大家的发言，我们这里也需要警惕一个问题，就是有一个非常严重的阅读的割裂感，我们是特别强调这一点，刚才季亚娅、李雪她们都谈的这个问题，就是我是一个 80 后，我的经验怎么怎么样，让我觉得你的经验是有问题的，就是以我的经验来验证对方的经验。我曾经有一阶段觉得这是很好的一个经验，但是我现在很怀疑。我以前在复旦开会的时候，也是一个 80 后，陈思和的学生，他基本上每一次开会，每一个讨论的时候都会说我是 80 后，我觉得这个作品应该是怎样怎样。有时候我们夸大了这个割裂，这个是很有问题的，一定要注意。而且大家就是互为奇观化，都把对方当成一个奇观，我把你妖魔化，你把我妖魔化，这个有问题。

我昨天碰到也是 80 后的中国作协的岳雯，就问她《日夜书》你看了么？她说看了。我说你觉得怎么样，好看么？她说不好看。我就问她为什么，因为我觉得还可以还挺好看。她说先是来一段思辨然后搞一个传奇故事，这个老掉牙了，没意思。我就想这种阅读就是过于感性，过于尊重自己的经验，有的时候阅读可能要放弃自己的一些经验，你怎么把自己的经验放弃，这是一个很具体的问题。我记得刘禾老师以前在我们开会的时候就说过我们怎样去读一个作品。其实这个东西很重要，怎么去读？我觉得我们还是应该回到这个小说文本的结构本身，看它所携带的那些历史问题，我觉得这是一个相对稳妥的阅读方式。甚至我们要把韩少功跟这个作品割裂开来，不要太多去谈论韩少功与这个作品之间纠缠的这些东西，而把这个作品当成它现在就是这样一个结构，它就是这样一个存在，然后我们怎么找一个入口进去，我觉得这一点非常重要。如果我们总是谈阅读的割裂，经验的割裂，老是局限在知青这样一个角度去进入的话，会把这个作品读得很小，它本身的很多意义就没有办法释放出来。这是我讲的前面的两个前提。

我自己在读《日夜书》的时候，从写作的角度看韩少功，我不同意一些人的观点说他的写作很生硬，我不这样认为。因为他有他写作的路数，我倒是认为他的《日夜书》相对于《马桥词典》《暗示》看起来显得成熟了很多。这个作品从写作的技巧上来看基本上找不到太大的毛病，很值得一看。而且还有几个很大的特点，比如说他的作品中动词用得很多,短句子比较多。他会一下用四五个短句子来描绘一个事件,场景的转换比较,其实对韩少功这样的作家来说,这个其实是非常不容易的。就是通过这种方式我觉得是达到了以前李陀老师在谈到《波动》时说的"快"的问题,就是节奏,你怎么把它写得快一点。我发现韩少功的《日夜书》的节奏不会给你带来太多的阅读上的障碍,这一点是值得肯定的。现在很多时候我们不去看长篇就是因为觉得阅读上有很大的障碍,读不下去,尤其是现在这个视觉化时代,我觉得首先你把小说写得能够读下去,这是一个最基本的要求,这一点我是比较认可他的。

第二点就是韩少功的小说真的要讨论的话,还是要讨论他的历史观念,这是很重要的一点。韩少功的小说里面有两个坐标,一个是60年代这样一个坐标,还有一个就是90年代这样一个坐标。事实上韩少功试图在他的作品里面建立一个互相观看的坐标系,然后来互相观察对方的这一段历史。所以这里面是有一个互为参照的历史观念,我个人认为韩少功有这个东西。相对于其他的知青小说,或者说相对于描写60年代那一段历史的小说,韩少功的小说还是呈现了更多复杂性的东西。他没有一种单一的二元结构,比较重要的一点是他没有从结果来裁决历史。我们现在很多的历史写作其实都是从结果来裁决历史。比如在写大跃进的历史的时候,我们会从大跃进后面的这个结果来看,然后就把它完全描写成一个苦难,就是这样一个东西。但是历史可能没有这么简单,从结果的成败来裁决历史,所以导致了我们对历史复杂性的不尊重,还有对历史本身的一些肌理或者逻辑的不尊重,结果就是把历史简单化了。所以在这一点上,韩少功他至少在试图超越这样一个二元论。但是我在这里面也发现了一个缺席,韩少功在《日夜书》里面几乎是从60年代直接跳跃到90年代,这中间的过渡我没有看到,而且非常明显,他基本上就是从60年代,从知青那一段一下子就跳到市场经济了,这中间按照我们的常识,不是有一个80年代的过程吗?没有,我不知道他是怎么考虑的。从历史的角度去看,我认为韩少功这个作品的一个特点,就是它是网状的,我们经常讲它是碎片化的。如果我们用建设性的话讲其实它是一个网状的结构。网状的结构有一个优点就是能够打捞出一些历史性的细节出来，它有一个打捞的功能。这是我要讲的第二点。

　　第三点我认为韩少功有进步。我个人为什么认为他是很有进步的呢？从他刚开始的写作，尤其是从《马桥词典》到《暗示》，还包括《山南水北》，他有一个明确的指向，他在自己的写作中也谈到了，他就是要通过一个所谓的词语的历史，或者是一个民间的生态史，来重构文化的版图，有这样一个意图在里面。他在《山南水北》的后记里面谈到这一点，很明确。所以我一直以为他有一个文化的情结，事实上这个文化情结，我觉得是十分危险的，任何静态的、静止的或者是固态的这样一个文化的东西，我觉得都是危险的。韩少功从寻根文学开始一直有这种文化情结，好像找到了一个文化，就可以立即把我们解放出来，拯救出来，道家的、儒家的，阿城他们这些人都去找，包括韩少功后来一直在找这样的东西，包括刚才大家提到的他频繁地使用乡土方言、生态史这样一些东西。但是在《日夜书》里面，韩少功的文化情结减少了很多，实际上这就是韩少功的用力之处。他为什么要写90年代？我不认为他是要写知青这一代到了90年代怎么生活的，这只是一个很表面的东西，其实他背后要通过当下性的这样一个东西，来将文化的静态的东西解构掉，或者是把它排除、过滤掉。在这里面他要呈现的是更复杂的经验，没有一个很静态的文化的东西在这里。这是他很进步的地方。他以前一直还执着于建构一个文化的东西，这个文化的东西很有可能是没有这么有意义的，没有这么有生产性。到《日夜书》里面，他通过这种当下性，削弱了景观性或是静观性的文化情结，这是他的一个进步。在这个进步里面他有一些另外的东西，比如说他把历史背景弱化了。基本上我个人就是这么几个观点。

　　李陀：第一部分我说什么呢，今天的开题开得比较好，是一个很尖锐的话题，我最怕开那种温温的、客气话的那种。所以我要感谢程光炜老师，大家至少没有顾忌地说自己的意见，而且彼此之间发生冲突。但我觉得这个冲突还不够,我希望我们有吵架,我们能吵起来,现在彼此都是相敬如宾,这不可能产生好的学术,也不可能产生特别精彩的思想。精彩的思想、精彩的理论,一定是在冲突中发生的,所以我觉得今天我们有进步,我希望下一次,或者下下次我们会更尖锐,冲突更激烈。

第二部分我想谈谈我对《日夜书》的看法。我跟大家有些不同,我提的观点不知道大家觉不觉得有道理。我特别同意杨庆祥说的这不是一部知青小说,我不知道大家为什么都把它当作一个知青小说看。相反我认为,这部小说是关于知识分子的小说,而且是在近几十年来第一部成功地思考当代知识分子问题的小说。但是他的切入点是知识青年群体,他们的历史境遇,他们在历史中的命运。这一点我也很赞成,为什么呢?我不知道大家有没有看过我和北岛编的《七十年代》,我写了篇序,我的序里就说80年代那批知识分子,他们是在历史的夹缝里,包括光炜,包括刘禾教授,都是在那个历史夹缝里面生长起来的。这个历史夹缝包括上山下乡,因为程光炜老师、刘禾教授都是上山下乡的知识青年,这一代的下乡的知识青年,后来到80年代,成为中国知识分子最活跃的、最富于想象力的,在政治和文化上有野心的这么一个群体。而这个群体到了今天,你们想一想,我不用多说,他们已经进入中国思想、学术乃至政治舞台。用这个群体的转化来考察中国知识分子,我觉得是一个很好的切入点,当然也有别的考察点,比如说右派那些知识分子,比如说80年代这批更年轻的知识群体,这都可以是我们思考中国知识分子,特别是中国当代知识分子所存在的问题的考察点,他们的命运,他们在中国历史中的位置,他们给中国历史带来的贡献以及他们给中国历史带来的祸害。思考这些的时候,从知识青年的这个角度入手我觉得是很好的策略。这个策略我觉得在《日夜书》中是成功的。当然由于《日夜书》这个写作风格很怪异,大伙儿有各种各样的描述我觉得都对,包括谁说的网状的结构也好,还是碎片化的。包括他把80年代这一段直接割舍掉了,在60年代和90年代来回往返,这个结构也是很怪异的,我觉得这是他有意的。有一部分可能是作家写作的策略需要,如果你80年代写进来的话,这很难写,这得写三部书,不是这个字数所能容纳的,所以这可能有策略的问题。但也有什么考虑呢?可以考虑到这样尖锐,非常尖锐。比如程光炜老师他给我讲过他的知青生活,而我跟他成了朋友之后我也了解他现在的生活,如果把这两个年代做对比的话,是特别能够反映中国这个知识群体的特征、思想状态、历史命运。但是由于《日夜书》的怪异,他有些东西大伙儿可能……我是能接受,他有点儿漫画化,他两个给大家印象特别深的人物,就这俩兄弟,还有马涛,尤其马涛他给漫画化了。我不知道你们熟悉不熟悉一些人出国后在国外的表现,其实跟马涛是很接近的,让他们回国以后他们就成了漫画人物。我敢说,一些人现在回国后准是一个漫画人物,所以这点我们的视野还得开阔一下,不能像杨庆祥说的那样,就是我是80年代的,我看得不舒服,这不真实,不是这么回事。我觉得我们的视野还要开阔,因为什么呢,马涛这个漫画化的人物,我们要放在国际视野当中,所以韩少功在写马涛这个人物的时候他的漫画化是有道理的,只不过可能由于我们的政治经验,或者我们的国际视野不够,所以觉得这个人物写得可能有点过了,我个人认为这个人物还可以更漫画化一些,这点说实话韩少功的功力不够在哪呢,他不能像《好兵帅克》那样,把漫画化写得跟写实主义之间勾连那么自然,我劝大家回头看看《好兵帅克》,他能够在漫画化的这种写作和写实主义写作之间产生很平滑的滑动,杨晓帆发明的词,形成一个"整一性",这个词不错,我希望大家要敢发明词,别老用人用过的词,一个批评家自己一篇文章里都是别人的词,这是耻辱,这点咱们向杨晓帆学习。就是说这个漫画化这样的形象刻画,跟写实主义的人物刻画之间怎么能完成一个整一性,这一点我觉得韩少功没有实现,所以大家看的有点别扭。但就漫画化本身来说,我觉得这其中的深意我们应该是理解的。我们知青这个群体有走到那头的,还有走到另外一头的就是贺亦民,这个人物写得也漫画化,尤其写他在跟国际大公司打交道要求专利权的时候,那一段尤其漫画化。这个漫画化跟马涛的情形有点相仿，这个漫画化本身是含有深意的，某种意义上是很深刻的，但也是没有达到《好兵帅克》那样一个水准，这个技巧问题没有好好解决。但是这个人物也非常有代表性，这里含着一个什么问题呢，就是知识青年这个群体，进入80年代，再到90年代，他们的分化问题，他们各自的不同的命运问题。但也有很正直的，非常正直的，这种正直的人就比较默默无闻，就不能上大讲堂，就在那写了一本书又一本书，但是没有人注意。你们注意，知青这个群体里被判死刑的人不少，你们多看看新闻，不要老盯着文学，如果你不知道知青群体有多少已经被判了死刑，你根本不可能理解韩少功在写什么。韩少功他在极力写知识群体的分化，其中还有一部分就是平庸化。原来知识青年在80年代个个意气风发，说句实在话，以我个人经验，我都想象不到我们80年代这批人到后来会出这么多市侩。那时候都是很优秀的人，都对学术，对理想，对知识充满了热爱，他怎么后来到了90年代就都一下子变成市侩了呢？在这些问题上我觉得我们要有一个更大的视野，来看韩少功《日夜书》。可惜的是我说的时间比较长了，我不可能做一些具体分析，按说是应该做一些具体的文本分析来论证我说的这个看法，我将来有机会还是想写这个文章，目前我大概时间来不及。但是我就觉得赞成不赞成我这个看法不重要，没关系，你可以坚持你对《日夜书》的读解，诗无达诂，文亦无达诂，不可能有统一的认识。批评家的精彩，就是每个人都有每个人的解释，就看谁的解释有意思，谁的解释精彩，所以我这个读解对不对不重要，重要的是我希望大家要注意知识分子问题，注意文学写作在今天怎么能够把知识分子题材，当成非常重要的写作领域来加以对待。因为今天中国的命运在某种程度上跟知识分子的政治立场、政治行为，有很大的关系。而且，我们现在的文化，变成今天这个样子，也跟中国知识分子有极大的关系。无论是思想领域的这些重要冲突，还是经济思想上的重要冲突，都是这个知识群体在鼓动，在搅和，在生产，所以我觉得我们的作家，能够像韩少功这样这么注意知识分子题材的人太少了，还是不断地写农村，还是不断地写"我们家那旮旯儿"，不断地在写自己的知青经历，或者是写小市民的小情小爱。最近我觉得有个现象就是小市民文学，小市民文化的集体发展，写小情小爱，从80年代开始就有，这样的作家我从来就不以为然，到现在写小情小爱，成了文学包括诗歌最重要的内容。我们的文学应该有更深刻的想法，有更大的抱负，这是最重要的。我对《日夜书》的读解可能是不对的，但是我呼吁我们要注意、重视知识分子问题。我就说这么多。

刘禾：我是来旁听的，但是我觉得很惭愧的是，《日夜书》我没看完，没拿到书，在电脑上看太辛苦了，所以我对《日夜书》不能随便说话，但是听大家刚才的发言有一些感受。前两天我和李陀还有北岛去看黄永玉（画家），他已经90岁了，他说我不是90后，我是九十后。刚才杨庆祥这个批评我觉得比较准确，我也不认为韩少功写的是一个知青小说，把他拉得太低了，我没办法从他那里得到更多的关于知青的生活的信息，而且那也不是他小说的主旨，或者是使命。的确韩少功对于知识分子的关注已经很长时间了，包括他的《马桥词典》、他从前的写作，他是比较一贯地关注知识分子的思想状态的这么一个作家，而且是非常非常重要的一个作家。我觉得没有必要把他的小说化作知识分子小说，也没有必要从小说的角度过多地纠缠他的写作意义，他其实在小说的形式上做了很多的努力，每一部作品都在突破自己，至于他做得成功不成功，我们可以来评价。这是一个方面。另外一个方面呢，没有必要把读者自己很快地先定个位，强调自己是80后还是90后。我特别奇怪就是为什么要把人这样分类？就像把商品分类，几代几代这样，而且我也不清楚这个和商品的分类是不是有关系。苹果第五代，苹果4S，苹果3G，然后大家都自动接受了这个分类，自己的身份也被商品化了，而且认同这个东西，但是究竟这个是什么东西？是不是需要思考？我觉得这个东西不必进入文学阅读，文学阅读应该自动地抵制这些东西。所以我们现在先不着急自己站在哪儿，首先是他有没有挑战我的思维的前提，这个作品有没有对我自己的有限的经验提出挑战？我觉得这个特别重要，而不是说我给自己定个身份来判断这个有没有符合。上次我们在讨论路遥的时候，我就注意到了有一些对于路遥的讨论是把路遥的作品作为镜子来照自己，我觉得这是种非常自恋的阅读。因为当你拿一个文学作品做镜子来照的时候，你可以和它形成各种各样的镜像关系，你可以否定或是躲避，但是这个是朴素的阅读，我不是说读者不可以和作者形成镜像关系，这是最朴素的一种阅读，这是第一步。但是批评家就应该站得更高一点，而不是满足于镜像关系。我当然不能展开来说镜像关系有哪些表现，但我觉得我们怎么样阅读文学作品这是一个问题。首先应该提出来怎么进入文本，不是说我会认字我就会阅读文学，绝对不是这样的。因为大家现在还是在学习阶段，我觉得恐怕要重视这一点。当你面对一个作品的时候，你很快地被引导，还是你很快地找到一个切入点，能够进入作品。刚才杨庆祥说是因为媒体的误导，媒体说这是一个知青的小说，大家受到误导，我觉得作为中文系的博士生，抵制媒体的误导这是第一个反应。因为媒体那些人……

李陀：这很难。我相信他们整天拿着手机看微博，那是他的生活他怎么抵制啊。

刘禾：再一个就是说，假如能够成功抵制的话，媒体说这是什么，我说这不是什么，如果能第一步做到这一点的话，那么下一步就是你比媒体站得高一点的阅读的经验。先说阅读经验，这是一种知识的积累，它可能比普通经验更重要，不是个人经验，那么你就可以从已经积累的对文学的理解，开始进入，那就可以不满足，比如我就不会满足这是关于知青的经验，或者寻找比别人进入小说更多的经验。个人都有个人的经验，我觉得文学不是处理这个问题的，跟这个一点关系都没有，比方说大家都读卡夫卡的《变形记》，那个不是关于甲虫的经验，你先假设你有陌生化的一个关系，你假设你是一只猫，你就看不见知青。你的经验是什么？阅读也需要一种虚构，你虚构自己，你不是每天在人大校园里走来走去的人，你虚构你自己是在跟文学发生关系的话，和韩少功的关系发生虚构的话，这就是非常有意思了。那么你就可以观照你自己的局限性。每一个读者，我不光说是人大的,中文系的博士生,我是说一个有素养的有了一定的文学阅读量和知识积累的,我还不能要求大家有一点历史,这个东西得花时间,得随着年龄的增长多读书才能增加,哪怕没有那些积累,就是一般的在文学阅读中获得的那些敏感度,就能让人进入一个文本,不是一般的读者所能够进入的那个角度。我觉得这个角度特别重要。那么李陀刚才说这是关于知识分子的反思、知识分子的一本书,这个角度就会出现,要不然的话就不可能出现,但是他刚才说的是有一定的阅历,他有一定的思考,读了大量的历史还有文学才能获得这个角度,所以杨庆祥也是,说不是知识分子小说,肯定不是的。就像卡夫卡《变形记》不是关于甲虫的小说,是另外一个东西。我觉得我们的文学阅读能够获得这样的一个进入的角度的话,可能就比较有意思。我不知道我说清楚了没有。不是说要拔高,不是说要进入一个高度,而是说一个切入角度,如果没有这个角度的话是什么都看不见的。

我再说关于韩少功的《马桥词典》,我在哥大的时候他们介绍《马桥词典》,有非常好的英译,非常吃惊,因为这个译者是英国人,他能在语言层面上游戏起来,这个非常不简单。我第一次知道《马桥词典》被翻译我还特别怀疑,我觉得这个不可能的,因为这是语言游戏。刚刚几位谈到韩少功对语言的重视,所有的作家,一个称职的作家都应该重视语言,不重视语言的那种无意识的写作的,所谓仅仅刻画人物形象那都不是特别高明的作家,一定是在语言上能够游戏起来的,这是一个大的游戏的意义。韩少功是能够做到这一点,居然这个翻译除了个别的有几章他处理不了,有几个词条他处理不了,他在前言里说我把这几条删了当时我就不能原谅他。但是他凡是能处理的那些我就非常吃惊,然后我让哥大的本科生读,他们读了英文翻译的小说以后,受到很大的震撼,因为他们说这本小说改变了他们对中国的看法。所有的在他们的经历中,读到的关于中国的,这本书改变了他们的看法。至于怎么改变的那就很复杂了,我就不能多说了。但就是说关于韩少功对语言本身的重视这个是非常重要的。我觉得恐怕大家应该多注意一点。这可不是小事,为什么呢,文学就是关于语言的，而韩少功是特别自觉地来做这件事。他做了很多方面的试验，的确他也把方言放进来，来丰富现代汉语写作，而且他思考语言作为人的社会存在的根本性，这个问题，我觉得他比其他作家都做得自觉。刚才有些同学提到他和思想理论的关系，我觉得文学当然不能跟思想对立起来，至于他这个理论性有多强，那是另外一个工作。国内经常把理论和思想混用，好像理论就是思想，当然不是。我认为韩少功在处理思想和语言的关系，他总是在这个层面来发挥。而且他是中国很独特的一个作家，并不是因为他不能靠直觉写作，不是这样的。他对语言的反省达到的高度是其他作家达不到的，这个在很早的时候他就在叙述人的形象的构造上已经开始试验了。叙述人永远在反省他自己跟社会之间的张力的关系，无论他走到哪里。

最后我还要说一点就是比方说《马桥词典》，这因为我比较熟悉而且我评价特别高，知青只不过是一个借口，是一个外面的人到了马桥，他永远在处理一个人到了一个陌生的地方，以及这个地方见了一个陌生人，他永远在这个边界上。为什么语言变成了一个特别有意思的思维的对象呢？恰恰是语言，我们大家知道你进入外语，母语和外语之间是有一个边界的。现代汉语普通话和湘西方言之间都是有边界的，为什么？就是因为陌生性，你听不懂。那么韩少功把这个语言之间的碰撞以及谁在里面谁在外面这个不断的交往的困境作为他思考的对象。因此如果作者说我在他的写作之外我是80后，我在外面，那么谁在里面？谁在社会里面？谁在社会外面？谁被社会接受？谁是被社会排斥的？文学永远在思考这个困境。文学最成功的人物往往就是跟这个世界格格不入的人物，因此这个陌生性本身，就是特别有意思的问题，无论是《马桥词典》还是到这里，一个人和他的时代格格不入，这是非常有意思的，任何一个最伟大的文学都在处理这个问题。陀思妥耶夫斯基可以从宗教角度来进入这个问题。一个跟这个时代完全合拍的人，他是成功人士，能不能当成功人士的这种焦虑恰恰反映出某一种社会的心态。好多作家当然是与这个抵触的，所以说谁在里面谁在外面，谁属于这个社会谁不属于这个社会，本身就是韩少功始终在关注的一个焦点。因此他肯定不是关于谁是知青谁不是知青,而文学永远在处理谁是甲虫谁不是甲虫,在一个隐喻的意义上,是处理一个最根本的困境。我没有读到"猴子"那一段,但是我也不惊讶,就是猴子会出现,就是这个异类的问题。知青进入马桥本来就是一个异类,但是知青发现马桥里面还有异类,那个道士马明,那个不洗脸不洗澡不像正常人一样吃饭,像神仙一样,那是马桥的异类,对知青的叙述人又是马桥的异类。韩少功永远在关注这个异类,当你面对他作品里的异类的时候你突然想到你跟这个世界是什么关系,你不是异类,你很合拍。他一定要把文学本身最关注的问题揭示出来,他在持续地思考这些问题。我就说到这儿。

程光炜:我觉得这次比上次好多了,我们也是在找一种实验性的方法,我们想做成当下性的东西,前面一个作品后面一个作品,找到一种结构,文学史的结构。今天就有点这个意思。

苏童的短篇与长篇

时间：2013年6月29日下午14:30
地点：中国人民大学人文楼七层会议室
主持人：李陀　程光炜
本次主发言人：张莉　李雪　岳雯
与会讨论：中国人民大学青年教师、博士、硕士
　　　　　北京其他高校青年教师、博士、硕士
本次录音整理：董丝雨

李陀：我跟光炜我们两个老回忆80年代，我说80年代最好的时候就是说话没有禁忌，想说什么说什么，那时候我们根本不承认大批评家的权威性。我记得有一次张洁和周扬吵起来了，吵得很厉害，但周扬也很好，一点没有表示出不高兴。我忘了争吵的经过是什么了，但张洁其实有点盛气凌人。但我觉得气氛非常重要，所以有时候和我、和光炜都可以吵，你们彼此之间更应该吵，就是大家一定要有争论，我来来回回就这么几句话，一定要有争论，有一些大胆的想法，评论就寄托在你们身上了，反正我们80年代所谓的"新批评"现在是溃不成军，我也是溃不成军里面的一个逃兵，也是很狼狈的。但是我们一定要说真话，没有真话就没有批评。我本来这话应该结束了，我最后说点功利性的话，张爱玲这个作家我不是特别喜欢，但是我承认她是我们非常非常重要的几个作家之一。我之所以不喜欢张爱玲就是因为她的思想太小气，她的小气里面有时候也说一些很对的话，她说"成名要趁早"，对吧，奉劝各位，成名要趁早。但是你要成名的话你们不能这么老老实实的，这样你们成不了名，一辈子充其量也就是在文坛上跑场子。我们80年代这些批评家溃不成军，我自己也很

彷徨，所以希望真的在你们身上，要有锐气，有朝气，我希望以后有光炜在，我们这种活动一定不会就这一次，会是经常性的。我相信在光炜这儿我们一定能够建立一个新的批评群体，类似80年代的一些批评群体一样，一定有这个可能。

张莉：很高兴受邀参加"当代小说国际工作坊"的讨论。我记得去年还是什么时候程老师组织过一个小说的读法讨论会，我特别地向往那个活动。这次我也使用了文本细读法，从两部具体小说文本《西瓜船》《河岸》入手。我的主题是关注苏童小说中对"文革"记忆的反刍与探秘，讨论他近年来小说创作上发生的重要变化。

在分析这两部小说之前，我想说一篇苏童很多年前写的《红桃Q》，它收录在小说集《十八相送》里，这个小说我非常喜欢，是我上大学的时候读的。它讲述了20世纪70年代一个少年和他的父亲在上海的旅行。父子俩先是在旅社里看到墙壁上的血，有人怀疑是人的血。从上海回家的火车上，他们看到四个男人，三个穿军大衣的年轻人带着一个老人，他戴着口罩。四个人进了厕所，老人没有出来。在厕所的地上，父亲和"我"看到了"我"丢掉的红桃Q，以及牌上的鲜血。多年后，父亲和长大了的"我"一起讲起了那个老人，"你那时候还小，你看不出来，父亲说，他不是哑巴，肯定不是哑巴，你没注意到他的口罩在动，他的舌头，他的舌头被，被他们，被……""我父亲没有说下去，他说不下去，他的眼睛里一下子沁满了泪……"这个小说到这就结束了，但是那个时候对我触动特别大，我记得当时我是在春日里读这个小说，但是感觉浑身很冷。我觉得一部好的小说就是可以改变人的体温的。

我觉得这个小说很典型，它里面有很多苏童小说的重要元素，比如说恐怖的气氛、鲜血、暴力，还有就是香椿树街，还有"文革"。几乎可以说苏童从来没有走出过他的香椿树街，从苏童的青年到中年三十年的时间里面，只要他写城乡，故事一定会发生在香椿树街。他不断回忆，甚至可以说是不断地"反刍"他的少年记忆。在这个记忆中，暴力和死亡是两大关键词。《城北地带》《刺青时代》中，我们可以看到暴力无处不在，死亡无时不在，它们共同推动故事和人物命运走向不可知的境地。

我主要想说的是苏童写作中暴力书写的一个变化。暴力书写是苏童创作的一个关键词。在20世纪中国小说史上，暴力叙事是经常和历史、革命联系在一起的。暴力被视为革命的必要方式，在革命历史中，它具有合法性，一旦它与革命结合，也有宏大叙事的意味。在苏童以及其他先锋派小说家那里，暴力、鲜血被剥离了这样的革命的功能。在苏童等人早期的小说中，死亡是常常发生的，暴力也是一样，但并没有承载多少沉重的内涵。

我看了一下以前的研究资料，二十年前人们对苏童的研究，其中南帆曾对先锋文学有过一个分析，王德威老师在文章中也引用过南帆的一个说法，他说死亡及悲剧在先锋作家作品中"失去了社会学或者心理学的深度……先锋小说之中悲剧的意义已经转移到叙事层面上。死亡不断地出现，但死亡主要是作为一种叙事策略巧妙地维系故事的持续过程"。也就是说"尸体即是叙事悬念——就像许多侦探小说都喜欢用尸体作开场白"（南帆《再叙事：先锋小说的境地》）。在这个论述的基础上，王德威有一个说法——因为王德威关于苏童的研究在苏童研究领域很有名，就是《南方的诱惑》——就是，"苏童一辈的作者从不汲汲探求死亡之所以发生的动机。宿命成了最好的借口……究其极，他们所爱好的是死亡景象而不是死亡原因"。

我觉得把这个论断放在1995年《红桃Q》的分析里面也是成立的。在这样的背景下我想讨论的是苏童发表于2006年的一个小说，叫《西瓜船》。《西瓜船》这个小说也发生在香椿树街，有鲜血、有争斗、有偶然的死亡、有愣头青小子……就是因为买西瓜，香椿树街生生起了一场争斗，一个年轻人把另外一个年轻人杀死了。就是买西瓜这个年轻人他的妈妈和卖西瓜的发生了口角，然后这个年轻人为了给他妈妈报仇，就去把那个男孩给杀了。而那个卖西瓜的男孩是松坑人，他们之间之所以杀或被杀都是有误会的。一般情况下苏童的小说到这里就会截止了，在《西瓜船》里面，这个故事才刚刚开始。这个死去的年轻人是福三，后来福三他所有的乡下亲戚都跑到这个陈素珍——就是她的儿子杀死了福三——都跑到她家里来跟她评理。本来他们一直在好说好商量，在冲突要化解的时候，农村的人看见了陈素珍梳妆台旁边的饼干。就是说一个杀人犯的母亲居然还有心情吃饼干，然后就又发生了一个冲突，更大的冲突，这些乡下人在香椿树街派出所被带走了。与血有关的争斗是"虚写"，苏童和松坑人一起看到了陈素珍家卧室里的"饼干"，乡下人面对饼干的愤怒将城乡之间的壁垒书写得合理、结实、坚固，这成为小说最有力量的根基。但这不是结尾。

接下来苏童讲述了一个年迈的老人，就是福三的母亲。隔了很长时间以后，福三的母亲来到了香椿树街，人们以为她要寻仇，但她其实是来寻找那个船，就是杀人发生地的那个船，卖西瓜的那个船。她为什么要来寻这个船呢？因为她儿子卖西瓜租的这个船她必须还给人家。但是河里面已经没有那个船了，所以她就央求香椿树街的人帮她找船。那么她就不断地回忆很多年前她也来卖西瓜与香椿树街居民的这种关系。然后所有的香椿树街的人们就开始帮她寻船。小说最后终于找到这个船了，福三的母亲就划着船回去了。在这个小说里面它的一个主题就是寻找，寻找我们遗失的东西。在《西瓜船》里面苏童首先使用了"我们"这样一个说法，他以前的小说里面也使用"我们"，我们马上想到那是少年的"我们"。现在我们读到"我们"的时候，能够感觉到有一个穿越时光的目光，就是他不仅仅是当年那个少年人，而且还有很多年后的那个少年人的成长。小说的结尾讲到母亲划着船要回到松坑，回到老家去，然后他说："看得出来她是要告别了。福三的母亲要和码头上的人告别，可是离得远了她什么也看不清，看不清楚码头上站立的哪些是香椿树街的好心人，哪些是酒厂堆积如山的黄酒坛子，她就突然跪下去，向着酒厂码头磕了个头。……就这样，松坑的最后一条西瓜船，也在九月的一个黄昏离开了酒厂码头。据去过松坑修理拖拉机的王德基估算，此去六十里水路，定要在水上过夜了。福三的母亲毕竟年纪大了，她摇船的姿势看上去不像其他松坑人那么流畅,也许是累的,她摇得很慢,船也走得很慢,看上去不是她摇着船走,是船领着她向下游而去。船向河下游而去,那是松坑的方向,福三的母亲虽然眼睛不好,松坑的方向应该是永远记得的。"当写这一段时他不是一个少年人的眼光,他是用一种中年人的目光,那种不易察觉的悲悯。暮色苍茫中身影黑而模糊的母亲以她的存在照亮了香椿树街麻木而庸常的心。像许多先锋派一样,苏童的写作曾经是零度叙事,他不动声色地注视着这个世界,这个世界也因那不动声色的注视和叙述而变得荒诞、虚幻、无聊。但是,创作生涯日渐长久,尤其是中年以后,读《西瓜船》再读《红桃Q》,我们就会发现苏童的注视发生了隐秘的变化,有复杂的慈悲心,有对人间世相同情的理解——叙述人不再是袖手旁观者,他的情感和体悟开始有参与。

从对这部小说的阅读出发,南帆和王德威老师早期的认识或许应该修改一下。在这部小说中,苏童详细写了暴力和死亡发生的原因,以及死亡带来的人们的心境变化、世事变化。整个故事是有逻辑的,也并不破碎。苏童以往小说很少会有对暴力原因的探询,他写少年打斗,只写他们被荷尔蒙所激荡。而《西瓜船》里,小说家虽然使用的还是一个少年视角,但多了世事洞明。这个小说家注意故事,注意来龙去脉,现实逻辑,他不仅仅写了一种偶然死亡,还写了何以死亡以及死亡之后的结果。死亡在这里并不轻易,它是沉重的,这个故事是现实的,现世的。他有渴望了解一切都是如何发生的欲望。从《西瓜船》我们可以看到这个小说家十年间,从1995年到2005年,他开始对一切是如何发生这个事情有了探讨的欲望。

这也是苏童的"文革"记忆与通常我们所认识的那种"文革"记忆所不同之处,有某种"另类特质"。《红桃Q》里面也有"文革"的记忆。"文革"是中国作家叙事的重要资源,新时期以来,作家们都喜欢使用一种控诉者的姿态来表达对那个荒诞年代的否定。而在苏童的文学研究资料里面,我发现很多批评家有一个看法就是:"在苏童香椿树街的故事中,虽然少年们的成长是在混乱的'文革'岁月,但'文革'只是作为一个遥远的背景出现的。小说常常于不经意间出现'七五年之夏是属于少年小拐的'(《刺青时代》),这是他提到文革时说的一句话,'印象中这是一九七四年,某个初秋的傍晚'(《舒家兄弟》),'我告诉你那是七十年代初期'(《像天使一样美丽》)这样的句子,只是暗示了故事发生的模糊的背景。……'香椿树街'的故事是另类'文革'记忆,少年视野里的'文革岁月'充满了日常的灰暗和绝望、躁动的青春和梦想、对暴力的迷恋和激情。"我觉得特别典型性的就是姜文的《阳光灿烂的日子》,他有同样的一个对"文革"的态度。整体来讲,在苏童早期的小说里,大部分时候对"文革"的写作是虚写,少年个体的成长是实写。

但是他2009年的小说《河岸》跟他以往的小说有很大的不一样,这个小说写的是"文革"时代的父与子的命运。儿子与父亲之间是对抗的——儿子非常憎恨父亲,是因为父亲带给儿子耻辱,使他来历不明。父亲为什么给儿子带来耻辱呢?就是因为他父亲当年是漂在河上的孩子,被认定是烈士邓少香的后代,父亲从此成为受人尊敬的人,生活一帆风顺,并且有很多的女人向他献媚。可是,他的父亲突然得罪了别人,大家开始对历史进行重新"考证"和"推翻",父亲可能不是邓少香的后代了——父亲可能是妓女的孩子,又或者是别的什么人的后代,父亲成了来历不明者。他需要忏悔,需要认罪,需要检讨所有由血统带来的背叛以及性/权力掠夺,他需要被剥夺。

小说令人无法忘记的一幕是关于审判与坦白。小说使用了少年偷窥的视角,他看到父亲向母亲坦白他曾经的所有偷情。房间里有母亲高亢而愤怒的声音:"库文轩,坦白从宽,抗拒从严!"透过孩子的眼睛,我们看到父亲像狗一样跪在母亲脚下,他撅起了屁股,向母亲展示光荣的鱼形胎记。他后来开始在地上爬,"母亲的脸转到哪里,他就往哪里爬,突然,他一把抓住了母亲的脚,嘴里吼叫起来,……看我的胎记,我是邓少香的儿子,是真的!看啊,看清楚,一条鱼呀,我是邓少香的儿子,你别急着跟我决裂,决裂也别离婚,离了婚,你以后会后悔的!"这是苏童小说创作以来非常尖锐,非常有震撼性的一个细节。这场景是癫狂的，因为不是来自革命的与正统的，是卑贱的与边缘的，所以它便是可以被污辱与被损毁的。这部小说使我们认识到，"个体的存在是不具备主体性的，必须依赖于历史和他人的认同"。《河岸》依然有逃亡和寻找的主题，但它还让我们看到，一个人的命运与历史息息相关。

苏童对于历史写作有一段经典的话，他说："什么是过去？什么是历史？就是一杯水已经经过沉淀，你可以更准确地把握它、看清它。什么是过去和历史？它对我是一堆纸的碎片，因为碎了我可以按我的方式拾起它，缝补叠合，重建我的世界；我可以以历史观照现实，也可以不观照；我可以以历史还原现实，也可以不还原。"（苏童：《急就的讲稿》，载《寻找灯绳》，江苏文艺出版社 1995 年版）

在苏童的研究资料里面，他因为这段话一直被视为是新历史小说的代表作家。苏童有绮丽的关于历史的想象，他喜欢天马行空的想象，而不一定遵循现实的、历史的逻辑。但是，在《河岸》中，苏童开始感兴趣的问题是，个人历史际遇如何发生，为什么会发生。《河岸》中追踪了一个人的历史以及这种历史带来的命运的吊诡，同时，他也对历史叙述进行了一次颠覆，从中我们可以看出苏童对于历史的复杂性的认知。虽然父亲的自我断根令人同情，但一个事实也需要正视，即库文轩是"出身论"的受害者，也是"出身论"的受益者——如果没有那个烈士后代的出身，他不可能那么轻易地获得女人们在床上的殷勤，而他不断地对性事的坦白株连了另外的家庭，并带给个人无穷的悲剧。

所以在这个小说里面父亲是有罪的，"挥刀自宫是赎罪之旅的开端，却不是精神自救的起点，他成了一个幽闭的、扭曲的沉默者。这个父的形象无法承担对子一辈的精神引导，而且，这个幽闭者最有象征意义的就是他成了儿子成长中的监视者，尤其是监视儿子身体成长中的性的觉醒"。所以在《河岸》里面我们可以看到他既是受害者，也是施害者。

整部小说读完，很显然，苏童意识到的是，使父亲由河到岸，就是他有一个隐喻：河是边缘的，岸是正统的主流的，但是由于父亲的出身，香椿树街的人们就不允许他在岸上生活，必须在河上。所以由河到岸再由岸到河，在苏童以往的小说里他多数时候会归之于宿命，但是这个小说里面因为有出身论这样一个东西，所以使人意识到是无形的政治巨手以及父亲本人的卑微，才是导致他命运的一个很重要的原因。在这部小说里面，历史不是天马行空的，而是有它的现实逻辑。但苏童还是跟他以前一样，还是不断地强调父亲身上有一个鱼形的胎记，"我"后来身上也有一个鱼形的胎记，有一个在水中生活的宿命，他还在强调这个。你可以看到他既有宿命的一部分，又写了具体历史所造成的这个结果。既书写了漂流的成长故事，也书写了具体的历史岁月。《河岸》比苏童以往的小说都显得厚重，有说服力。我欣赏苏童的改变，看重他面对现实和历史的转变。我觉得，选择重述少年记忆，是因为他们意识到重新阐释这种记忆的重要性。当年写作时，他们很少会有强烈的批判和审视意识，而到了中年，他们对世界和历史有进一步认识的时候，他们选择重写，这值得关注。

最后我想说的就是不同的代际作家对"文革"历史的叙述。我读苏童的小说的时候也可以看到余华的《兄弟》和毕飞宇的《平原》，他们是同一代也就是60后作家，然后他们会不由自主地重写"文革"，但他们写的"文革"大部分时间使用的是少年记忆，是对少年记忆的不断反刍。我们可以看到因为他们在"文革"的时候的确也是不谙世事者，或者他们就变成了一个旁观者、窥视者，他们不断地去书写那一段记忆。但是这些作家在他们的成名时期基本上已经把他们的少年经验写了一遍了。为什么在他们中年的时候要不断地去反刍呢？我认为他们更看重的是对他们以往书写少年记忆的不满，他感觉到了某种东西的匮乏，所以他不断地补充他生活中的一些细节。实际上在补充的过程中是他历史意识的转变。他们开始意识到重新审视历史时记忆的重要性。在当年写作的时候，他们很少有强烈的批判和审视意识，而到了现在，他们重写"文革"的时候开始有对历史的另一种理解，所以他们选择重写，而不是逃避。我和庆祥参加另外一个会的时候，庆祥分析过50后作家的历史意识，我觉得他的一些看法可能不算太准确，他提到50后那些作家比如说阎连科还有贾平凹，他们都喜欢使用智障儿童的视角去书写"文革"，尤其是《古炉》，是用智障孩子书写"文革"时期的那些黑暗。我觉得这些50后作家他们也意识到书写"文革"时的某种缺陷，他们也在不断地重写。庆祥有一个看法特别好，他说这些智力有缺陷的人其实是规避责任的，他是不承担责任的。这显示了他们那一代人对历史的理解，他们渴望书写，但不愿意承担，智障儿童只是呈现，也躲避判断，这是50后作家对"文革"书写的问题所在。

我觉得与50后作家相比，60后作家在这方面是很有勇气的。但是同时我也觉得做得不是那么好。就比如说我看《河岸》的时候，一方面觉得刚才提到的那些细节非常震撼，但是另一方面你还是会意识到，当他还是用少年视角的时候他是在偷懒。比如说如果他使用一个不受限的视角的话，父亲和母亲那种很激荡的心理，这种心理的搏斗就能更好地表现出来，尤其是这里面讲到很多他母亲为什么会爱上他父亲，他母亲是一个播音员，她内心怎么要离开他父亲，这些他只是用几段话带过。我们也知道苏童是书写女性的高手，就是在文学批评领域里面。但是他遇到这个人物的时候，就是说他遇到具有现实逻辑，也就是情感逻辑的时候，他滑过去了。以前的小说他只是会写某个女人发疯撒泼或者她很不可理喻的一面，但是一旦遇到一个这样有逻辑的，有个现实逻辑的人物的时候，我觉得他是心有余而力不足，所以他就错过去了。所以他写父亲的时候也是父亲只是变成"我"成长的阴影，父亲到底是什么样的？什么时候父亲出现？父亲就是不定期出现，只要这个小孩干坏事父亲就出现，为什么父亲会知道他干坏事？为什么父亲会来警告他？这些逻辑是没有的，到后面又重新回到了他早期小说的路线，不再按照逻辑走，所以《河岸》就是一个一半的好小说，不能算是全部的好小说，他后面放弃了难度。尽管我很欣赏苏童近几年创作发生的变化，但也不得不说的是，苏童小说有某种"惯性写作"的倾向。读《河岸》时，我对苏童再次使用儿童视角深为不满,因为,如果使用一个不受限的视角,这小说会写得更为尖锐、阔大和有力量,会直接进入母亲和父亲激荡的内心,对历史的探秘更为深入和深刻。只可惜,他挖到了一个宝藏,但没有去选择一种更有挑战、有难度的写作方法,他浅尝辄止,这令人遗憾。

这就是我的看法。

李雪:1987年"先锋年"过去之后,我们很清楚地看到先锋作家一直在谋求自己的变化。我们都知道苏童是先锋作家中最不极端,小说最具有可读性的一位,也是具有危机意识,一直在调整自己的创作的作家。不过苏童的调整跟别人不太一样,苏童的调整是一种以不变应万变的微调,我们其实看不到他特别复杂和大的变化。他一直立足于城北地带,立足于香椿树街,不断地遥望枫杨树故乡,以南方小巷中的街坊邻里为基础来建立人物谱系,我们看到他笔下的人物无论是小的,大的,成长的,都是街坊邻里,大家都是熟人。从他的近作《河岸》《黄雀记》可以看出,苏童通过这些年的创作,他已经越来越明了自己的优势、局限和写作方向,我觉得他是想回到最初的"南方的诱惑""城北地带"和"少年血",在以往的写作惯性下渐渐试探着开拓小说的历史视野和增加小说的时代感是他当下的一种写作策略。这种写作策略也注定他的小说不会发生翻天覆地的变化,稳中求进步,这样的进步空间有多大也可想而知。

如果我们回忆一下他90年代以来的三部长篇小说《武则天》《我的帝王生涯》和《碧奴》,我不知道各位老师和同学怎么看这三部小说,其实这三部长篇都写得差强人意,就是给人一种"打酱油"的感觉。当然《武则天》和《碧奴》都是命题作文,一向以虚构见长的苏童也许因为命题的限制无法尽情发挥,虚构得略显轻佻和滞涩。《我的帝王生涯》应该是他可以尽情发挥的小说,但我们读后也许会不满足,虽然有评论者将这部小说抬得很高,但我觉得它提供给我们的不过是对命运的感叹,对人性种种的细微展示和历史虚无的再次印证,如果将这部小说纳入到苏童的创作脉络里来看,唯一不同的是"架空历史",并且把诗性的语言发挥得淋漓精致。实际上,无论是架空历史,还是有明确的历史时间,历史对于苏童都不过是"布景",他反复叙写的是个人的命运和欲望。另一方面,网络文学中架空历史的小说大量出现,有谙熟网络写作的人将苏童的《我的帝王生涯》与网络上架空历史的小说作对比,认为苏童尚不如网络写手有想象力。这里我要为苏童辩解一下,网络文学的重点是可读性和娱乐性,越离奇越好看,苏童是一个严肃的纯文学作家,他架空历史的落脚点还在于对人性的考量上。不过,无论我们读苏童这一时期的小说,还是他的创作谈、随笔,可以很容易看出苏童的问题。作为一个知名的严肃作家,他的写作观念过于窄小,他迷恋叙述的快感,写一个故事对他不过是完成一次充分发挥想象、并且把玩文字的奇幻之旅,如果他一直坚信写作不过是通过叙述来自娱自乐,并且以代入感很强的、诗性的、具有画面感的语言裹挟着读者与他一起完成一次奇幻之旅,以强制的代入来获得自我满足的话,那么他真的可能沦为仅供娱乐的写手。当然以苏童的聪明,他不会沦为一般意义上的畅销书作家,就像张清华老师定位的那样,他优雅的写作很有可能成为更高阶层——中产阶级的消遣。

90年代以来,苏童一方面以历史为布景,任意挥洒虚构的热情,另一方面始终占据着他的根据地,《城北地带》《菩萨蛮》再度演绎少年故事和市井小民的卑琐人生。一种是不太严肃的,略显空洞的所指,一种是重复以往的经验,以新瓶装旧酒。聪明如苏童,肯定意识到自己的创作危机,这种危机不仅是他自己的,也是余华等很多从80年代走过来的作家共同有的。新世纪伊始我们对这些成名的作家有所期待,但往往又觉得对期待已久的长篇不满意,有时会觉得作家写出很奇怪的小说,比如余华的《兄弟》,我的感觉是作家有点迷惑了,他们越来越不清楚什么样的小说是好小说,写着写着不知道写什么好了。

2002年,苏童的《蛇为什么会飞》出炉了。这部长篇乍看起来不像苏童的,因为他写得很笨,很滞,缺少苏童以往写作的那种灵性,很多人认为《蛇为什么会飞》写得不好。我当时看,也觉得写得不好，现在把它纳入苏童的小说体系，参照着来看，我觉得《蛇为什么会飞》是苏童创作史上值得标记的一部。这不仅仅是苏童开始贴近现实的一次尝试，重要的是写作观念的调整，他突然知道一个作家要具有创作的生命力，不能仅仅停留在叙述技巧上，而是应该真正面对他所在的时代和匆匆而过的时间凝结成的沉重的历史。从苏童的人物谱系来看，《蛇为什么会飞》实际完成了城北地带香椿树街少年的一次成长，他第一次让那些少年长大成人投入到商品经济的大潮中，出入于写字楼，但具有热血少年气质的香椿树街人即使从市井移动到最繁华热闹的站前，也是不适应的，长成的少年在新时代的身份失落和在现实生活中的失败也暗示苏童向现实尝试性的靠拢以失败告终。我们会发现苏童一旦失去依托童年记忆的想象和虚构，他的抒情在现实面前便无法发挥，非常具有可读性的苏童的小说，到了《蛇为什么会飞》变得很不具有可读性，我读起来觉得非常泄气、沉重和拖沓。可以说，苏童无法离开童年朦胧的记忆，他的经验无法成长，人物无法成长，他只能回头看过去朦胧的童年片段，借助朦胧的片段将过往审美化，他的小说才能够继续下去。不论怎样，《蛇为什么会飞》毕竟是苏童一次挑战自我的尝试，他的一次向现实的靠拢，虽然无效但是很具有过渡性质的这样的一种尝试。

在《蛇为什么会飞》后，苏童发现此路不通，又想别的办法，这样他就过渡到《河岸》。在《河岸》中，他再度回到70年代，回到少年期，对河的固有的情结，使他再度展开一种新的虚构，这样苏童就又抓到了他的优势在哪里，他应该回到哪里。只不过这次，苏童很刻意地将"文革"引入到小说中，并且"文革"不仅仅是一个被后置的舞台背景，"文革"与人物并驾齐驱，水乳交融，每个人都具有某种政治身份，操持着政治话语，并受政治戕害和嘲弄。但如果将《河岸》看作"文革"小说，是不合适的。我们无法追究，是不是余华写《兄弟》，写"文革"的荒唐和暴力刺激了苏童，人到中年的苏童很明白，他如果要成为一个重要的作家，就不能不对历史和时代发言。新世纪以后的苏童说了这样一段话，挺不像他说的："很多伟大的小说,其实是穿越困难的伟大的叙述,而伟大的叙述,大多从狭窄出发抵达宽阔,从个人出发抵达社会,从时间出发抵达历史,用巴尔扎克的话来说,一个人的心灵史,可以是一部民族的心灵史。"这样一个沉迷于虚构和叙述的作家,沉迷于对个人人性、欲望、命运的渲染的作家,竟然提到一个"民族的心灵史",应该可以看做他向我们发了一个重要的信号,让我们注意到他开始有变化了。我一直认为苏童是个很聪明的作家,《河岸》以它的政治隐喻,如苏童所料,为他加了分,虽然有评论者说,小说只不过对以往惯用元素的综合,不过还都承认"文革"的前置增加了小说的厚度。当然,我也觉得《河岸》之于苏童是一次进步。但有几点需要注意,第一,"文革"虽然被前置,但苏童对"文革"的理解和认识是观念性的,而且是普遍观念,他对"文革"的认识并没有超越或挑战我们对"文革"固有的认识,无论是血统论、由血统论带来的歧视、是非的颠倒、政治制造的荒唐和对人的异化等等这些都是不新鲜的,如果苏童坚持自己写了一部反映"文革"的小说,一定会遭人诟病,但苏童很低调,低调中有为自己开脱的成分,他又说了一段很重要的话:"读者与作家面对一个共同的世界,他们有权利要求作家眼光独到深刻,看见这世界皮肤下面内脏深处的问题,他们在沉默中等待作家的诊断书,而一个理性的作家心里总是很清楚,他不一定比普通人更高明,他只是掌握了一种独特的技巧。"这里我们看到,苏童说他不能够给你们看到内脏里面最重要的问题,第二我不能给你们任何诊断。我跟你们一样,我也是一个普通人。你们能看到的东西我能看到,你们看不到的东西可能我也看不到,我就是这样一个人。这里强调的技巧指就是叙述技巧,就是说苏童不强调对"文革"的反思和剖析,并且他清楚地知道与老三届、老五届等具有红卫兵身份和知青身份的作家相比,他对"文革"的体会不是那么深刻,"文革"之于他只是少年时的迷梦和狂欢,是一种仪式式的印象,如他所说:"我一直认为60年代的一代人看待'后文革'时代,由于一种无可避免的'童年视角'影响,书写态度有点分裂,真实记忆中的苦难感有点模糊,而革命所带有的狂欢色彩非常清晰,这样的记忆,悲哀往往更多来自理性,是理性追加的。如果说这一代人对于革命有焦虑,那是理性的焦虑。"所以,《河岸》中对"文革"的理解是事后对"文革"的知识性判定,是观念化的"文革",苏童真正想处理的不过是特定历史情境中个人的反应,这种反应包括他所一贯擅长写的欲望、男孩青春期的性萌动和性幻想,还有一直存于他小说中的美丽而不安分的女性抉择。意向、政治隐喻在小说中明显地存在,显得很刻意,并且很不含蓄地多次通过别人出现画外音"历史是个谜"。最刻意而突兀的是慧仙这一女性人物的出现。全文围绕库氏父子展开故事,多数时候,儿子库东亮是叙述人,通过库东亮的眼睛来打量世界和人物,慧仙作为库东亮的性萌动的投射者,顺理成章地进入到库东亮的视域中,但我们会发现,当慧仙被选作"铁梅""上岸"后,脱离东亮的视线后,她的故事仍在继续,但是不存在于库东亮的故事里了,而一个全知全能的叙述人出现了,慧仙即使脱离东亮,她的故事还在被讲述,而且她的故事暂且隔断了库氏父子的故事,占了大量的篇幅,以库东亮为主线的故事竟然被慧仙的故事掐断。苏童花大量笔墨写这个人物意义何在?这就使我们不得不注意慧仙在小说中的功能。第一,慧仙的"铁梅"和"红灯"帮助苏童完成了一次非常明显的政治隐喻,我们都知道"铁梅"和"红灯"象征着什么。并且借慧仙的命运沉浮实际暗示了"文革"的潮起潮落,暗示了"文革"的结束和一个时尚的烫着卷发的80年代的到来。慧仙是政治暗语也是时间坐标。第二,苏童丝毫不肯放弃自己的优势,描写一个不安分的女人是他的写作惯性,这种写作惯性是他没有办法摆脱的。第三,苏童的库氏父子故事遇到了困难,他无力展开库氏父子的河上故事,以慧仙来解困,拖长这个有关政治的叙述。我的意思是说,有关库氏父子的故事的叙述遇到了困难,所以他把慧仙拉到故事中,以此增加故事的容量。这就引出需要注意的另一点,就是关于"河岸"。无论是苏童还是评论者都关注河与岸的隐喻和辩证关系,我关注的不是河与岸的对立,我想每一个读者在拿到一本书,看到书名、翻看几页后都对即将发生的故事和结局有了预先想象和推测。在我没有看小说之前,听到题目,听一些人讲述关于小说的只言片语和苏童自己的解说,我以为库氏父子上船后将展开一个游走的故事,顺流而上,随着主人公的游走以其为视角讲述在开阔世界里的见闻。结果通读小说,我发现这不是一个游走的故事,故事基本发生在船停泊的时间段里,就是一个船停泊在河岸的故事,河与岸不是对立的,河与岸只有紧密联系在一起的时候,主人公才能既讲述船上的故事,又讲述岸上的故事,并且岸上的故事一直占主导,库氏父子的被排斥与出行只不过是一个必要的政治仪式。余华的一个写作惯性是通过人物出走,来遭遇世界,比如《十八岁出门远行》,通过"我"出走来邂逅世界,发现世界的种种。苏童的一个局限是苏童不出走,他只能局限在一个狭小的自认为安全的空间来偷窥世界和传达偷窥中的自我体验。这造成苏童只能写"一枚邮票"那么大的地方,所以故事始终没有离开油坊镇,这个在船尾偷窥的故事单薄而简单,如果我们祛除政治隐喻,不过是两个男人的欲望故事,一个老男人的欲望之罪和一个年轻男人欲望的萌生、膨胀和压抑。慧仙的出现是对这个被局限在河岸的窄小故事的解救,慧仙上了岸并且走到更远的地方,结局也是慧仙远走了。我们难以想象,如果没有慧仙,这个故事将如何继续,虽然她的出现很突兀,并且在中间游离了主线库东亮的故事。我觉得由这个女性人物可以看出苏童的写作习惯和写作困境。慧仙一消失,苏童很快以仪式(儿子盗碑的执著表演和父亲与碑同沉河底的悲壮表演)结束了故事,而无法展开一个现实的故事。无论我们如何来评价《河岸》,是简单、刻意还是气量小,我觉得苏童努力地将他所习惯的个人故事融入大的历史情境中,是一次有效的和有意识的聪明的尝试,或者说他还是比较成功地将大的历史事件融入个人故事中了。当然他的历史叙事与张承志比起来要简单得多。这是一个没有个人反思和博弈的历史叙述。

《河岸》结束之后,《收获》刊登了《黄雀记》。其实《黄雀记》有23万字,《收获》只刊登了18万字,我看了之后觉得苏童的变化还是很大的,他叙写现实的能力增强了。在《蛇为什么会飞》中,想象的能力遭遇现实变得很笨拙，《黄雀记》则以诗性的、灵动的、充满想象力的语言带动了一个颇具时代感的现实故事，而且在这个故事中，他第一次让香椿树街的少年成长并且长成了，从他们十几岁一直写到他们三十几岁，并且通过他们的人生经历和成长，带动了一个关于时代的故事。苏童很聪明，书还没出版，他便给予小说具有时代感的提醒，他说小拉是80年代当地最流行的一种舞。小说乍看起来云里雾里的，其实情节很简单，分三章，每章以一个人物牵连出时代、情节和各色人物，第一章以男主人公保润引出人物和70年代末、80年代初一桩强奸案的发生；第二章以另一个男主人公柳生为线，引出改革开放以后的各色人物，做小生意的、成为大老板的、很具有时代标志性的"公关小姐"等等；第三章以女主人公仙女为线，展现了商品社会中各色人的生存状态和命运，并且将强奸案中的三个人的感情叙写完毕。小说是虚化时间的，你找不到明确的时间点，但一些细节不断向读者昭示着时代的变化。我觉得这是苏童将诗意的想象和时代结合得最好的一部小说，诗性的叙述解救了他面对现实的无力。他仍旧不善于剖析社会和反思当下，他擅长的是抒情，是观念性的人性挣扎与救赎，是细致的性的萌动和泛滥，是人性恶中的善的升华，所以故事依旧是老故事，香椿树街的故事，强奸案和三个人的情感纠葛都是他最善于铺排的，重要的是他在主线故事的基础上，含蓄反映了时代的变动和隐痛，人的情绪与时代水乳交融。结局在残酷的现实中出现了吟唱赞美诗一样的场景和意境，开头第一个出场的丢了魂的肮脏的祖父抱着红脸怒婴，摒弃了卑琐和愤怒，营造出恬然宁静的氛围。就像刚才张莉老师说的，她突然发现在苏童的小说里出现了一种悲悯。我想在这个《黄雀记》中，悲悯的情绪虽然在前面的时候掩盖得很深，但结尾这种悲悯很明显。《黄雀记》是以荒诞开始，以罪恶开篇，以谋杀结局，以宁静为尾声的，结尾处有一种深情的悲悯在，这也许是苏童对世界的新的态度。同时，可以发现苏童的"现实主义道路"似乎好走了很多。

不得不承认，苏童的小说很具有可读性，而且代入感很强，如果我们去读的话，你会发现你被强制地拉入到这个故事中。以前庆祥师兄说，评价一个小说好不好看，是最基本的，但是我们真的发现现在很多小说写得不好看。我想苏童的这部小说无论写得是好是坏，最起码可以说，这是一部好看的小说。

岳雯：我先扯两句闲天，当时杨老师说讨论苏童，我觉得苏童挺简单的，不如韩少功、张承志那么复杂，不用去分析左中右，我觉得还行，就答应他了。然后很晚才开始做这个事，结果做的时候才发现我又上当了。一个你看着很简单的作家，其实你很难去打开他，因为他的那些东西大家都是谈了再谈，好像一谈到苏童就离不开说他的意象怎么样，少年视角怎么样，这些话题都比较陈旧。所以我觉得我现在谈苏童也挺冒险的，我就谈一些个人的看法吧。

我今天主要围绕一个问题谈，就是为什么苏童写得好短篇小说写不好长篇小说。其实苏童是以短篇小说爱好者自居的。我是 2007 年入行，长中短篇小说都看，但我记得从我入行以来基本没看见他的短篇出来，特别少，零星的篇目。但长篇是三年一部，卯足了劲儿要写长篇，2006 年是《碧奴》，2009 年是《河岸》，现在又推出了《黄雀记》。以前都是短篇，短篇还好看。我其实是能理解他的，他在现在最好的时候，五十多岁有精力有体力，能写大东西的时候，想留下一部可以标示苏童的一些小说。不能说我们一想起苏童想的都是《妻妾成群》《红粉》，这些听上去好像不是那么回事。苏童想写一部别人一说能够提起来的小说，但结果怎么样我觉得还是由历史由时间去分晓吧。

《黄雀记》，我读的就是《收获》少了 5 万字的那个版本，但是为什么他少了 5 万字还是不影响基本阅读？苏童自己也说删完了之后发现精练了好多，说明这 5 万字可能就是延伸出来的，不是那种核心情节。首先读完之后我想到的是苏童的一部短篇小说，那个短篇小说不是特别有名，很普通的一篇，是《人民文学》2003 年第 5 期发的《五月回家》，就讲永珊带儿子回城去探亲，她经历了人去楼空就突然想去看看老屋，整个过程都扭和着她儿子的不感兴趣、不配合、不情愿。小说是这样写的:"白菜是一个废墟迎来了离别多年的永珊和她的儿子,晚清的、民国的、社会主义的砖瓦木料混在一起,在五月的阳光中哀悼着过去的日常生活,现在的这种宁静哀悼被来访者给打破了。"我之所以想起这篇小说,倒不是因为写得有多么好,我是觉得它更像一个隐喻,象征了苏童的长篇小说在今天的一个遭遇,就是他要回到家乡,可是家乡已经成了一片废墟,在废墟上凭吊也变得非常荒谬,而且和下一代有着一个不可跨越的鸿沟。

关于长篇小说和短篇小说这个问题,我想从三个方面来谈。首先我想介绍一下这个小说写的是什么,这个小说的意义在什么地方。第二个部分我可能会谈论一下苏童的这个长篇小说有哪些以往的东西,就是有哪些短篇小说的元素,第三个我具体谈为什么他的长篇小说写得不好。

我第一个问题谈这个小说写的是什么,刚才大家都说他又回到了香椿树街,似乎这样一个地方隐藏了苏童所有的写作秘密。其实这只是从我们研究者的角度看,对作家本人而言我觉得没有我们想的那么神秘,他们写小说不是就写一天到晚世界发生了什么事?天天在那回忆我少年时都遇到了哪些人哪些事?他可能遇到一个情境,比如说今天坐公交车来人大,他可能看到一个什么情境,这个情境突然诱发了他写小说的冲动,但他会怎么做?他一定会把地方放到香椿树街去写,他不是说那些东西都是少年的。他这样写有什么好处?因为苏童特别愿意写短篇小说,他只有通过这种量的积累,把这些人物全都串联起来,使这些人物有不断的出场不断的重复的效果而被读者熟悉,也更加加大他短篇小说的力量,我觉得是这样一种非常实际的考虑。他非常愿意这样写,所以他需要给自己辩护,他有一个访谈就是说香椿树街是他小说中非常重要的一个视角,他说看到有一个书评在批评他,他不是不能够容忍别人批评,但是他不明白为什么要这么批评他,问他你为什么要一辈子写香椿树街呢?老是陷在这里走不出去是怎么回事?苏童自己说我担心的问题不是自己是不是陷在这里的问题,而是陷得好不好的问题,是不是能够守住一条街,是否能够在这里写出有价值的东西的问题。他甚至这么说：要写好这条街，对于我来说是一个非常大的命题，几乎是我的哲学问题。这话说得十分义正词严。我明白作家这样说是为了强调香椿树街对他本人的意义。我们读到的香椿树街都非常熟悉，处于青春发育期的南方少年，情感意识不是那么安定，然后"少年血"，这林林总总的一些特质。这些大家都会把他放到地理上的因素，就像王德威写了"南方"的意象，但是我觉得香椿树街与其说是空间的不如说是时间的。他写的其实不是南方的这个街道有什么意义，他写的其实是他非常感兴趣的七八十年代的绘形。对于集体记忆而言，七八十年代，就像李陀老师《七十年代》这本书成了文学青年的圣经，大家都读，就是有很多集体记忆的东西。但是对于一个少年人而言，七八十年代可能是贫困的、黯淡的，我们可能会发现这是一个后设视角，因为我们生活在那个年代可能感受不到当时的贫困和黯淡，我们说当时多么穷一定是现在我们生活好了，富裕了，能天天吃得上肉了，然后回想起来七八十年代我们吃不上肉，特别穷，那时候衣服都要凭票，所以他其实是向过去回望的这样一个姿态。所以他尽管用的是那种当下的语态，但隐藏的是一个后设的视角。我们一谈到这种后设视角就会想到怀旧这个词，怀旧就会想到发黄的泛着光晕的照片，这是我们对于怀旧的概念。但是我觉得这里面的怀旧是像《五月回家》中写的全家福的照片，背景一看就是画出来的布景，画的是北京天安门，是这样一个黑白色的、很粗糙的或带有宏大意识形态投影的这样一个过去的时刻。《黄雀记》里面有这样一个不起眼的细节，当祖父被送到省城医院以后，他的房间就租给了邻居，开了一家时装店。苏童说它浓缩了时代的奢华，堪称时尚典范，墙纸是金色的，地砖是银色的，屏风是彩色玻璃的，柜子是不锈钢的，吊灯是人造水晶的，它们罗列在一起发出炫目的、竞争性的光芒。这些词汇都是以前苏童不常用的大词。我们今天读这些词不会觉得这是什么奢华的词，而是会觉得特别的土，金色、银色、不锈钢、人造玻璃，土得不行。所以这里苏童也在不停地说是什么什么的，是金色的，是银色的，像这样一个句式的反复运用，他其实是有反讽的意味在，是在讽刺那个年代，或者是凭吊那个年代的匮乏和黯淡。文学史上经常说的一句话是"以乐景写哀情"，这个细节可以看作"以奢华写破败"的实例，它预示了商品经济将要对香椿树街经济的彻底的改造，也传递了处于夹缝时期这样一个躁动不安的氛围。那么仅仅是破败可能是不值得追溯的，苏童为这个时间点染上了另一层属于人的活力和青春，像电影院、工人文化宫的旱冰场都是荷尔蒙聚积的地方，所以我觉得这部小说最重要的关节点是青春的莽撞与冲动，如果没有保润与仙女的约会，就不会有80块钱旱冰鞋押金的争端，没有这80块钱的争端，就没有对兔子的处置，没有对兔子的处置就没有小拉之约，没有小拉之约就不会发生水塔里的暴力事件，也就没有三个少年的命运大挪移。所以在苏童笔下，年轻人因为无所事事常常混迹于街头，街头就是年轻人获得社会启蒙的最佳场所，然后在绵延不断的暴力当中，在对异性的揣测当中，这些少年终于走向成熟，这是一个属于时代的景观。我刚才讲的这两点是想说我们对一个时代的回忆，如果是单色调的，那样是不够的，生活的最大意义是创造了意志混成，它把两个完全不一样的美学效果叠加到一起，让这样一个效果具有很大的价值，就是它既是很贫困很破败的，又同样是属于青春的，是值得怀念的。我觉得这个路子被大家都认可了，大家都在这么走，这不是一件多么神秘或者多么值得说的一件事，像大家都在讨论的《致我们终将逝去的青春》，其实也是用这样的路数，大家一看大学的宿舍里多么脏，90年代的大学多么破败，但是那个时候的青春是多么美好，都是用这样一个路子。所以我觉得苏童的意义在于他把那段时间进行了一个绘形。把大时代隐喻在身后看不见的背景里，小青春是活跃在香椿树街上嘈杂的身形，他们用这样一种方式偶合在一起，散发着诱惑，让苏童回到过去。我顺便说一句，苏童所建立的这样一个价值时间，把时间范畴赋予了价值，他这样一个价值时间范畴影响了很多后来被称为70后的写作者，比如徐则臣的"花街系列"，就截取了香椿树街的"水"的元素。再比如大家都很推崇路内的《少年巴比伦》和《追随她的旅程》，他就是把香椿树街上的少年的无聊与暴力都挪移到苏州,然后发挥得更加淋漓尽致。我指出苏童的这两位学习者并不是为了凸显作家苏童有多么伟大,而是旨在体现苏童赋予一个时代的意义,很可能成为一个文学传统,他通过写作者的笔墨逐渐传递下去,直到形成另外一种集体记忆。就是说我们今天看到的小说也好,电影也好,他传递的时间价值这样一种范畴也好,他会不停地慢慢改变我们对个人、对过去的回忆,变成我们大家都拥有的一种集体回忆。这是我谈的第一个问题。

  第二个问题是苏童回到自身。刚才我提到"回到家乡"的小说,其实"回到家乡"并不仅仅意味着回到自己的少年记忆,还意味着回到他熟悉的这样一个写作天地。假设苏童作品的粉丝来阅读《黄雀记》,他会感到非常亲切,一些很熟悉的符号意象汇到这个小说里来了。这里我想到一个特别好玩的事情。程永新在宣传《黄雀记》的时候说苏童的灵气又回来了,结果就有人拿这话去采访苏童,说有人说你的灵气又回来了,这事你怎么看啊。苏童说我的灵气从来就没有离开过我(大家笑)。其实我理解程永新的意思,是说他经过《河岸》,《河岸》现在普遍的评价并不是那么高,觉得他写历史写得不是那么好,所以就认为苏童放弃对那段历史的追问,回到他非常熟悉的香椿树街这样的一个少年的时光,他又回来了。而苏童认为他一直都在写这个东西。那里有很多非常熟悉的事情,我举一些例子,比如说仙女这样一个人物,大家一看就觉得特别熟悉,苏童特别擅长写那种特别漂亮、美得不可方物、美当中又很娇蛮很任性,然后不拿自己的美当回事,最终这样一个女性被摧毁的故事,仙女就是这样的。刚才李雪说的在结尾出现的那个怒婴也很有意思,这肯定是有寓言色彩的。我觉得苏童也特别擅长把婴儿引入到小说文本里,像我们大家都很熟悉的有《食婴记》,有巨婴,当他无力处理的时候他经常会写这样的婴儿,好像婴儿出来就是一个神授的奇迹。仙女怎么会突然间生了一个满脸通红的婴儿?然后这个婴儿命名为怒婴,好像这个奇迹就把这个小说推到一个不可知的境界。这个其实也可以理解,就是说他会运用婴儿这样一种意象,让小说从平常的日常生活中拔地而起,使其脱离开日常生活，进入到另外一个世界。再比如说马也是承担了和婴儿差不多的叙事功能，就像马在《黄雀记》里面简直是凭空而生，好像不知道为什么柳生就突然要替仙女去讨债，讨债的对象就是仙女曾经恋爱的一个马戏师，马戏师说我现在一贫如洗你就把马牵过去吧，然后就写这个人物牵着一匹白马经过香椿树街，就特别渲染这个意象。后来好不容易找到一个地方把马安排好了，结果第二天清晨发现这个马自己脱开缰绳然后在香椿树街不停地奔跑，后来不知道奔跑到什么地方去了。它很神秘地来又很神秘地去，他就想留下这么一个非人间的意象。这又让人想起苏童的一个很有名的短篇叫《祭奠红马》，我觉得这个马在这里和婴儿承担的一个相同的叙事功能。他要借助这样的一些道具来实现对现实的变形，从而把我们带到一个既实又虚的世界里。像这样的地方还有很多，比如说小说的结构，刚才李雪已经向我们详细介绍了他分的几章，我帮她补充一下这些题目。第一章是保润的春天，第二章是柳生的秋天，第三章是白小姐的夏天。然后我们就会看到苏童特别喜欢用季节来对应，特别喜欢写季节，他写的很多短篇小说里都有季节，比如《肉联厂的春天》写春天，《我的棉厂我的家园》写夏天，《樱桃》写秋天，《三盏灯》写冬天。从这点可以看出苏童不是那种线性的进化论者，他是一个循环的历史观的信徒，因为他很信奉季节这种东西，季节是循环往复，春夏秋冬一个循环结束后又开始另外一个循环，他会用季节来对应人世的轮转。所以我们从章节题目上就可以理解小说人物的境遇，比如保润的春天就是保润被青春的蓬勃力量所掌控，所以他不能自持，犯下了这样一个罪恶。然后柳生的秋天就是说柳生在躲过牢狱之灾以后非常小心谨慎，夹着尾巴做人。那么白小姐的夏天我们就会感觉极盛，但是这个极盛后面又预示着衰败的情境。这就是我谈的第二个问题，也就是说苏童在《黄雀记》这部小说里面运用了非常多的自己很熟悉的、很得心应手的元素，所以我们读这个小说不会觉得有多么新鲜，苏童又回来了。

第三个问题是我对苏童的长篇小说的一个判断，这也是我自己命名的,我就说这是一个短篇小说化了的长篇小说。为什么这么说呢?它更像是很多短篇小说的集结,如果你把许多小节拆开来读,会非常有趣味。但是如果放在一起,似乎一加一的效果反而小于一了。这么说比较冒险,很可能会被大家质疑,短篇小说和长篇小说真的有质的差异么?难道不能说这样的长篇小说代表了未来长篇小说发展的趋势么?我尝试回答一下,谈一些我的阅读感受。我觉得除了历史小说以外,长篇小说面对的一个很重要的问题就是如何处理当下现实,包括历史小说,我们知道虽然它写的是历史,但是它也可能隐含着对现实的一个判断,就是根据现实去写历史。关于这一点,巴赫金的一个说法是值得参考的,他说长篇小说是唯一在形成中的体裁,因此它更为深刻、敏感、本质和迅速地反映生活本身的形成,只有正在形成中的东西才能理解形成。他说长篇小说是一个近代文体,它不像诗歌、史诗这样是一个原始的、始发的文体。就像诗歌、史诗,我们说鲁迅阐述了诗歌怎么产生,劳动的时候我们要喊号子,这样诗歌就产生了,他是根据人的那种自身情欲、自身境遇,处理人的问题的时候产生的,所以诗歌实际上是一个原发性的,是一个更古老的体裁。但是长篇小说是一个近代的体裁,像我们都知道《堂吉诃德》对那些骑士小说的戏仿,它是从其他小说嫁接过来的,它有这种变形,它是通过戏仿讽刺其他体裁的时候产生的长篇小说。长篇小说之所以成了近代文学发展之戏剧性变化的主要角色,就是因为它最好地表现了新世界形成的倾向,它是由新世界产生,并在一定方面和这个世界具有同样本性的体裁。长篇小说在很多方面预示了并正在预示着整个文学未来的发展。他还说长篇小说把意义上特有的未完成性以及未定型中的现代生活带到他们里头来。这个话虽然比较绕但其实表达的意思非常简单。长篇小说和我们这个世界是同源的,它解决的是我们这个世界最新出现的问题,所以它是一个在形成中的体裁。巴赫金讲长篇小说的语境是把史诗作为比较的对象,因为史诗讲述的是绝对的过去,它讲述的一定是已完成的故事,和作者也好和听众也好是隔着一个史诗距离的。现在我们不怎么谈史诗了,除了少数民族例外,好像史诗已经在我们生活中绝迹了。把长篇小说和短篇小说相比较,我们也可以非常好理解。短篇小说写的是一个场景,一个画面,它是静止的,所以它可以凝固在一个时间段,就像我第一点中分析说它是为时间绘形。短篇小说特别能充当这样一个功能,它可以凝固在某一个时间段里头。但是长篇小说不是,它必须写出时间的一个变化。如果说我们看一个长篇小说,可能经历了很多年,这个人物的性格一点变化都没有的时候,我们会批评说这个长篇小说写得不好,因为我们觉得人都会有变化而这里面没有变化。长篇小说它会写出人物的时间变化,因为它的时间是一个绵延的时间,势必就会和当下有所接触,所以它就会涉及一个怎么处理当下现实的问题。怎么处理当下现实,现在已经成为当下中国作家的一个死结,像现在闹得沸沸扬扬的《第七天》,它所掀起的轩然大波就是。比如陈晓明就认为中国作家处理现实问题的困难是来自于历史情境,从1949年就开始了,因为1949年以后我们陷入了一个规定情境,我们所处理的现实都不是我们直接接触到的现实,都是观念化的现实,我们是通过某一种二元对立的观念来处理现实。哪怕是80年代以后这个情况也并没有变得多么好,包括现在我们处理现实问题,比如我们会谈贫富的对立,其实这还是一种观念性的现实,也是站在二元对立的立场上来处理现实的。对于怎么处理现实,苏童也是非常踌躇。他在谈到《黄雀记》的时候就一直说怎么把当下的问题提炼成永恒的问题,要囊括过去和未来这是一个问题,就是说你写现实的时候不能单单就现实写现实,要把现实提炼成一个永恒的问题。所以有人就拿他这个话说是对《第七天》的批评,批评《第七天》是一个新闻串烧。但是这段话其实是苏童自己的一个死结。我觉得像余华和苏童这些经过先锋洗礼的作家,他们不可能回到现实主义的道路上来。就像张莉老师刚才讲的,你在《河岸》里为什么不能不用少年视角?就直接是全知全能视角,你写出每个人的生活,我觉得苏童和余华他们都不可能这么做。因为他们不可能回到现实主义,他们必须得采用一个视角来讨论问题,他不可能老老实实地贴着现实去写,比如程老师怎么想,李老师怎么想,杨老师怎么想。他们必须得依附一个叙述者，必须得依附一个叙述视角来谈论问题，他们要有自己的姿态和角度。苏童自己的说法很形象："我投向现实的目光不像大多数作家那样，我转了身，但转了九十度，虚着眼睛来描写现实"，这是非常有画面感的一段话。他看现实的时候是侧着身子，转了九十度嘛，虚着眼睛去看，这个现实必然会发生变化。在《黄雀记》中也是这样，我们可以发现，当他处理过去的时光的时候，他立刻陷入了一种非常真诚的怀恋当中，就连青春的暴力都变得特别怡人。他写宝润将仙女捆起来的场景，这种暴力描写得非常迷人："1、2、3，数十二下，一个少女神秘的肉体世界被镇压了，那个世界天崩地裂，发出喧嚣的碎裂之声，碎裂声穿透她的皮肤，穿透她的身体，回到水塔里。4、5、6，数十二下，莲花就在身上开放了，她的手上留着铁链子冰冷的触觉，还有她皮肤上的体温。7、8、9，十二下，数十二下，数十二下，莲花街上的莲花借此开放了。"就是这样特别美的文字，你如果不仔细看你根本想象不到他在描述一个少女被绑起来。作家在描绘过去的时候用了非常写意的手法，但当他笔墨接触到现实的时候，就变得漫画化了。比如白小姐带着一群小姐给暴发户郑老板庆生，就是这样一个例子。我觉得这构成了一个非常奇异的效果，现在和过去的区别通过漫画和感伤的对比体现出来，这可能也是作家传递出来的情绪。当下于我们是非常荒诞的，青春消失在过去的时光里，至于现实究竟是什么样子的，我们已经无处可追寻了。这样的美学效果究竟怎么样，我们还可以再讨论，但是至少巴赫金意义上的长篇小说在苏童这里止步了，就是说他基本上不去探讨个人对现实的影响，没有一种对现实是什么样的探讨，他不处理当下和现实的关系，他只是虚写现实，把现实进行一种漫画化的处理。这是我讨论苏童长篇小说的一个方面。

苏童在长篇小说里亟待解决的另外一点是深度模式的问题。我们知道长篇小说这样一个文体蔚为大观是在18世纪，19世纪末20世纪初达到了一个巅峰，这并不偶然，它有它的历史哲学的基础，它相信这个世界是整体的，我们是可以把握的，我们可以通过规律的探寻把握这个世界的绝对精神。所以我们看到像那个时候不管巴尔扎克也好还是福楼拜也好，像托尔斯泰就是典型的，他们写的小说都是非常史诗性的、厚重的、历史进步的、大容量的社会生活。这些都是在欧洲近代历史哲学影响下的长篇小说的刚性规定。现代中国的许多小说是在欧洲的传统下影响形成的，五四以来的长篇小说都是在这个基础上形成的，这是中国现代长篇小说的主流。所以一般来说，短篇小说是对现实生活的偶然性、叛逆性的发现，但是长篇只是关于某种伟大的理念，和关于世界整体性构成的观念，所以说长篇小说有它的质的规定性，是读者需要作者通过长篇小说提供一个新的关于世界的思考。那么从这个角度看，《黄雀记》在整体性上贡献不大，它有对社会的思考，比如苏童自己也在充当着解释者的角色，比如祖父丢魂，如果把它截出来也是一个很好的短篇小说，祖父把魂丢了可以隐喻为灵魂的迷失，商品经济要来了，大家灵魂都迷失了。再比如保润为祖父打的民主结、法治结，我们都很熟悉"民主""法治"这种词，那么读到这个可能会会心一笑，认为这个隐喻暗示了中国社会的状况。问题在于我觉得这些隐喻虽然很巧，但是它们都是单军作战，没有构成集团的力量，没有彼此声援、彼此补充，也没有把现实这样一个历史进程包容进去。这就是为什么说《黄雀记》看上去更像一部短篇小说化了的长篇小说。

另外还有一些技术上的问题可以去挑剔，比如目前从小说的材料上看它撑不起一部长篇小说的容量，他讲的三个少年的强奸事件，充其量是一个中篇，根本到不了长篇，我们印象中的长篇一定是多个角度、多个线索，可是这里它没有。再比如他在结构处理上，以季节为结构，我觉得中国作家在处理长篇小说结构的时候都显得力不从心。现在大部分都是依着时间线索写一百年，从1900年写到1999年，结构创新我现在看到的最好的例子是阎连科的《日光流年》。苏童以季节的流变对应人的情绪、安排小说的情节很别具匠心，但也不是很新鲜。像去年鲁敏发表的长篇小说《六人晚餐》也用的是这样一个结构，六个人每个人渐次讲一个故事，互相有重叠有补充，有互相构成张力的部分。所以这就是我的一个看法：苏童的《黄雀记》不错，反映了他的原有水平，但它依然是一个短篇小说化了的长篇小说。

程光炜：刚才大家都谈得很细。苏童和余华都有这个问题，就是转型，先锋小说上的自我被充分打开，但这个成长没有完成，没有长成一个成人。所以他处理这种史诗性的、历史性的问题就没有办法完成。岳雯讲得很好，她依赖这个叙述者，来责怪他对历史问题认识的不足，宽阔性、深度性的不足。

梁鸿：刚才程老师说的，我读苏童小说的时候也有这样的感觉，他所有的成长小说其实说是成长小说，但都是未完成的成长小说。李雪她刚才讲得特别好。他实际上在后半部分用了全知的视角，就是已经脱去了那个少年视角，但是他并没有成功，他其实是脱节的。所以他自己一遇到困难的时候，他就儿童去了，就回到惯性写作去了。

杨庆祥：刚刚这个问题，大家谈的比如他如何成长啊，这个成长的一个前提是我们希望他成长，就是我们希望他成长为一个百科全书式的或者像托尔斯泰这样的一个作家。这样一个成长在当下的语境中，是不是本身就有问题？因为我看20世纪的这些比较重要的作家，比如李陀老师比较喜欢的库切，还有帕穆克，都符合一个叙述者在铺设一个长篇，都没有办法找到19世纪的那一些东西，所以我觉得这可能不是中国作家的问题，而可能是一个世界作家的问题。

李陀：我不太同意庆祥说的。第一就是说好像咱们也没有对他们有那么高的期望，反正我自己没有那么高的期望，但是希望他不断往前走。第二我觉得关键不在这，关键就在于中国这个现实，跟国外作家的现实不太一样。我这也是一种假设，说出来让大家讨论。我不太喜欢说那些很确定的事情，我爱说那些没把握的意见，因为只有没把握的说出来大伙儿才能质疑，才能一块儿讨论。中国21世纪，其实在某种程度上，很像19世纪，跟西方成熟的中产阶级社会里的写作，是不太一样的。只要我们看一看今天中国社会现实，回头看一看巴尔扎克的小说，何其相似啊。反而我拿我们的小说，不要说回到19世纪，你就跟20世纪初一些大的美国作家相比，我们不会感觉到像读巴尔扎克那么贴心,那什么原因呢?我觉得是因为社会环境可能跟19世纪有相似之处。第三,西方不出我们希望的这种大作家,我觉得不是一种历史必然,而是带有一定的偶然性。你看最近那部小说出来已经预示了一些变化,就特别厚的那本,我都没看完,一个南美的作家写的。不管这个小说写得如何,你就看这西方作家已经开始在探索新的小说模型,新的小说方向。这个话题可以谈得很开。

陈华积:我来说两句。刚才听大家的发言我收获很多,特别是刚才几位都提到作家如何面对当下现实这样一个问题,后面提到作家在面临当下写作的一些困难。我最近也在翻一些老作家的创作,像贾平凹的《带灯》,他也像苏童"香椿树街系列"小说一样,会把那些七八十年代的小说情境重新带进当下,他会不断发展他小说中的人物在当下的一些遭遇,在当下他会面临一些什么样的困境。比如说像贾平凹的《带灯》,通过他近些年来对乡村政府这些管理人员的一些体会,重新来介入对当下的认识和评判。由这里我想到一个问题,作家怎么来发展他的写作世界、精神世界?特别是当今作家因为生活好了,活得岁数也越来越长,他必须要面对一个当下,面对社会的变化。这一点是跟现代一些作家非常不一样的地方。他们不断会被现实介入,然后他们会重新去思考和现实之间的关系。但是在现代作家这一块,特别是鲁迅,他就只有一个启蒙的主题,他不断去把一些新的东西纳入到启蒙的体系中来。所以我们会看到鲁迅在这个主题上越走越深。在当代作家中,我们看到大家都会评判他以前写得怎么样,现在写得怎么样,好像他的写作是一个断断续续的或者是一个分裂的事件。但是如果我们能从现代作家写作的路向来看,他们之间的差别又是很大的。能感觉到现代作家是要有一个比较完整的世界观,有一个写作信念,他一直都坚持着这个东西,一直都写这个东西,比如说鲁迅他一直在写启蒙这个主题。那么回到当下作家,我们当下的作家他有没有一些写作信念?或者他这个写作信念随着现实的介入虽然有一些丰富,但是假如没有这样一个很坚定的写作信念,他会走到什么样的一个地步?这是我思考不成熟的地方,希望提出来和大家讨论一下。

杨庆祥：对，好的作家我觉得他能控制他当下的生活，能够把它转化为自己的一个东西。但是我觉得余华至少在《第七天》里面他没有控制好，他被那个东西带着跑了，这个就很傻，所以我稍微回应一下。

程光炜：前几天我和庆祥在广东听一个诗歌朗诵，朗诵帕斯捷尔纳克，我一直提醒自己，我是一个专业学者，我不能被他带走，但我还是克制不住，流下了没出息的眼泪。诗人他不会被带走，不会被现实带走，他有一种力量给你，撞击你。我说不出这是一个什么东西，其实这就是我们当下的一个问题。我们不可能要求所有的作家都写现实问题，但是这群当代作家里面确实看不出有谁做得好。

王德领：程老师说的这个非常有道理，作家应该有这样的信念。他的早期和现在还有一个一以贯之的东西。比方说韩少功的启蒙观念，他从地域文化来整合自己的思想，在作品里面表达自己的理念，张承志一直在求索，甚至从红色资源里面挖掘自己的理想。但是为什么他们没有达到像鲁迅那样一以贯之的成熟？可能还是他的主体力量不够强大，他容易被话语裹挟着走，他如何能找到自己的方向，如何能确立自己一个写作的超强的信念？甚至比如在一些社会变动、个人的变动之下还能坚持自己？这是一个比较大的话题。

张莉：我觉得现在的作家面对世界的态度，就是他用什么样的方式介入现实，对很多作家就构成了一种挑战。比如贾平凹写的《带灯》，他跟带灯（女主人公）之间的关系是靠短信。小说里面有很多女性发给他的短信，发给里面的"我"，"我"是一个人大代表，是个作家，作家怎么了解乡镇这方面的事情？是通过短信，通过他人的转述。我认为这个很危险，带灯实际某种程度上属于贾平凹女性形象中的乡镇里面的唐婉儿，就是不断地写对他的爱慕，然后这个人最后给她回短信。我觉得贾平凹面对现实的时候，他自己已经进不去了。《高兴》也是这样，他是靠以前的一个邻居给他讲在现实中面对的很多事，然后写了一个小说。《带灯》也是一个问题，是靠第三者的陈述，而且他的问题是他对于这个女性也好，男性也好，他对于他们所有的叙述都是认可的,就等于是一个录音机。我觉得这是一个能力问题,是一个思考和判断的问题,面对现实的时候中间隔了一层。涉及《第七天》,他是靠微博,靠资讯来介入生活,所以我们每一次说贾平凹,他是写了一个现实的,余华也是写了一个现实的东西,但为什么我们感觉他们是隔的呢?就是因为他们有一个拐棍,而这个拐棍他用起来舒服,所以他就一直这样用。现在我觉得是能力问题,是意识问题,他们生活中不会遇到这样的问题。所以云雷评价《第七天》评价得特别好,他认识到了这个问题,指出他是靠知识写作,而不是靠经验,所以是非经验性写作。贾平凹也遇到这个问题,包括他不断地写,余华也是,他是靠他的知识和观点去写作。

杨庆祥:作家通过媒介感知世界的能力、想象世界的能力非常重要。

程光炜:他的暴力写得很有意思,比如首钢那边拆迁,往西发展,他就从这个角度写的。那个拆迁的人去做拆迁户的工作,说房子不是说"你们的房子",是说"咱们的房子",然后老太婆就哭,这样做工作做通了。就是你怎样把这种东西变成一种文学,报告文学有这样的东西但写得不好,我看了以后才知道,我们在高校待着也不知道老百姓的困境。

杨晓帆:我就讲讲我的想法。苏童是我上本科以来最喜欢的作家,我看过《碧奴》以后彻底失望了,然后就再也没有看过他的长篇。所以很惭愧,他后面两个新的长篇我没看过,但是刚才听完大家讲的,觉得理解一个作家,首先是他的时间坐标很重要。所以我觉得对于苏童来说,第一个就是张莉老师特别强调的他有一个缺失的六七十年代的"文革"记忆,就是他已经被排除在一个整体观的历史之外。苏童是一个90年代的作家,他最重要的几个中短篇都是90年代以后写的,而且写得非常出色。在2000年左右他开始写长篇,我们把他看成一个90年代的作家的时候,就存在一个问题,程老师把这个问题概括为先锋小说作家他们怎样对自我进行一个新的处理。所以我觉得如果把苏童看成一个90年代的作家,他的知识构型在80年代形成，所以他跟余华这代人，其实是用一套现代主义的知识来写作。在面对90年代日常生活的时候，他的写作用的是他在80年代形成的一套现代主义的知识。所以他从写作之初就不是直接面对现实生活，比如像路遥这种经典现实主义作家，面对的是社会生活素材，然后进行创作。苏童的技巧性就显得非常强，所以像李雪师姐她们都会强调他的抒情性这个问题。刚才师姐讲到一点很有意思，讲他的意象。我们会发现苏童的意象特别多，而且构成他自己的一个传统。当时我听到这个的时候想起这特别像宋代以后的文人画。文人画好像自己形成一套典故，一定要用典，这个典是他们自创的。苏童的小说里你会发现他用的很多典都是自创的意象，比如"少年血"，他基本上《刺青时代》以后所有的成长系列里都会看到这个"少年血"意象。他的意象一定是靠他自己不断的积累，以这样一个系统来形成他的一套写作。他为什么这么依赖于意象？在这点上，这种所谓的现实主义和现代主义之间有很大的差别，很像本雅明讲的，现代主义的写作依靠的是寓言，寓言是破碎的，它没有一个整体性，但是现实主义写作依赖的是象征，象征在一定意义上是有一个整体性的，有一个宏观的历史意识。所以我们看标题，他说这个《朱雀记》本来想用《小拉》，后来他不用这种特别具有时代所指的词汇，改成了《朱雀记》。苏童说连余华看到这个题目都连连叫好，但是你真的去看《朱雀记》，我当时脑子里想到张洁的《沉重的翅膀》，你光看标题就能感受到一个是现实主义作家，一个是现代主义作家。他在80年代形成这样一个知识，用这样一套技巧来处理他在90年代生活的时候，是很有局限性的。他没有办法直接面对那个生活，他是以意象为中介来理解他所面对的生活。还有一个，苏童很特别的，我简单查阅了一下他的年谱，发现他的生活按照我们现在来讲是一个特别无趣、特别顺利的青年人的生活。他唯一有点特殊的就是他得过肾炎和败血症，那个时候他在病床上待了很长时间，正好是和"文革"很相似的一段。所以你就会发现他处理"文革"记忆，处理成长，处理少年时期的暴力和死亡，就觉得真的能打动你。然后1980年他18岁出门远行去北师大读书了，1983年21岁发表他的处女作，发表诗歌，发表作品，然后到了1993年31岁的时候第一次出国，到1995年频繁在外面访问，你会发现他的生活经历很匮乏。这样一个匮乏的、躲在一个屋子里的写作，你只能通过一个房屋的一角去看世界的时候，一定是很闭塞的。刚才我就在想，余华和苏童两个性格差别很大的人，他们的关系为什么那么好？我觉得他们两个总是捆绑在一起。我有一个个人体验，我在美国的时候有一次很偶然遇见他们两个，然后陪他们去华尔街，他们都要看华尔街，我发现他们两个差别特别大。余华就是李雪说的，他到那匆匆而过，拍张照片，然后他就跟这个世界接触完了，然后他就去看一看房价怎么样，他对这个比较感兴趣。苏童是一路上都不讲话，好像也没有什么事情能打动他，那天唯一让苏童两眼放光的是他看到一家红酒店。所以你看他与现实生活接触的那种方式。我刚才一直在想一个词，余华我觉得有一点像伙夫的感觉，伙夫的世界就会很拉拉杂杂，很快而且没有慢下来去想，所以余华写东西你会觉得他没有思考，然后很快就写出来了，他是靠他的技巧和语言的结构能力来写作，所以他的长篇就写不好，因为他没有办法沉下心来想一想。苏童的问题是他很有耐心，有一种很闷骚的气质，他不是那种标准的青年，坐在那里各种诗情就出来了，苏童可能需要坐在那里很久很久突然有一个爆破点，然后那个爆破点能激起他的欲望写作。所以为什么他短篇写得好？我觉得短篇小说很多时候是依赖那个爆破点的。短篇不需要很多很复杂的情节，也不需要很惊艳的日常生活，但你只要在日常生活中抓住一个点，就会写一个很好的短篇。但长篇是不可能靠这种方式结构起来的。所以我也对这个问题很感兴趣，就是为什么苏童写不好长篇？师姐也讲了好多这个方面的问题。我自己还有个感觉就是他写长篇的时候，包括这批作家还有余华他们现在想要靠近历史，想要靠近现实生活，一开始的素材都是从一个社会新闻、事件开始的。我想到像司汤达的《红与黑》，也是报纸上一个很小的事件，写成了长篇，但是为什么这个长篇你会看到有很多的内容但像苏童他们就没有？然后我想到一个问题就是细节的问题，你会发现苏童、余华在中短篇里是很善于写细节的,但是长篇小说所需要的细节是你要站在人物之外,给人物所生活的舞台赋予细节,赋予的细节能够搭建起历史背景。但是余华和苏童的长篇,虽然也写社会事件,但是他们的事件是靠小说里的人物给出来的细节,所以细节是特别有限的,那个细节不可能铺排得很大,只能在小说的人物能看到的几个点上把细节陈列出来,所以像苏童、余华的细节是描述出来的,但是我觉得像司汤达,还有一些经典现实主义小说家,他们给的细节是叙述出来的。叙述和描写有很大差别,所以我觉得在这点上也能看出现实主义和现代主义的写作肯定是各有利弊,不能简单地说谁更好。我们的问题恰恰在于,现在我们看中国当下的现实,是一个非常现实主义的现实,如果你用现代主义,一个20世纪的方式赋予它一个寓言,说它是那种现代人颓败的生活,是没有办法打开这个容量的。所以我觉得在当下,作家可能还是应该回到一个现实主义式的思考,不一定是现实主义的写作方式,但你回到现实主义的思考的时候,再来看一看这些我们已经把它高度标签化的生活背后有什么内容。不然我觉得这种写作就跟新闻媒体没有什么太大的区别,就是你给的都是非常快速的一个结论,特别快速的一个感觉,但是是没有内容的。我自己会觉得我在现实生活中最需要的是一个分析,不是需要一个感觉,因为我们这个时代是感觉爆棚的一个时代,是感觉爆棚和信息爆棚,但具体的部分是需要时机去酝酿的,那个部分是我感觉苏童比较欠缺的。

杨庆祥:刚才晓帆讲的我也有同感,就是刚才讲的苏童描写的捆小女孩的那一段,我觉得这是一种很表面化的写作,就是他没有深入到事件和情景之中,他是一个文人化的写作,柄谷行人在《日本现代文学的起源》这本书里谈到日本有个巨大的发现就是重新发现了北海道的风景,他说以前在日本所有人描写北海道这个地方都是说辽阔,浩淼,风景壮丽,他说你去北海道一看不是那么回事啊,这是一个很荒凉的地方,没有那种感觉,为什么我们这么写呢?因为我们有一种阅读的程式和审美的程式化的东西在里面。整个中国的古典文学其实到了晚清,基本都变成这样一个东西了,所以用白话文把风景重新解放出来,这是一个大的变化。我认为在80年代的先锋写作,经过90年代意识形态的改造之后,实际上形成了一种固化的风景,回到了固化的戏剧程序。如果对这个东西没有进行全盘的反思的话,整个作家的历史观和现实感就不会被打开,因为他已经在这个风景里面生活了。现在的问题是这十年来中国的现实在倒逼这些作家们要重新把这个风景打破,那么这时候就考验作家的能力了。有的作家或许能够突破这个风景,来重新发现另外一道风景,不过这些血淋淋的沉重的现实,你怎么把它转化成小说?你会发现余华、苏童他们依然还停留在以前的风景里面,其实他说他也在写现实,只不过他写的现实和我们认识到的现实不是一样的,因为他那个现实是被80年代的先锋文学风景化了的。我觉得现在是一个很重要的时刻,格非、余华、马原,这些人全部都要重新来面对这个世界了,做一个大调整,现在就看谁能够调整得更好,目前为止我觉得他们都是失败的,没有特别成功的。

程光炜:我第一次见洪子诚教授介绍来的几个台湾博士生,他们有些话我都很吃惊。他们说你们大陆的学者怎么把80年代的先锋小说捧得那么高?他们写的那么差。台湾学者认为那些作品实际还处在习作的水平。我就在想一个问题,刚才庆祥讲得很好,他说风景。我不觉得自己和苏童、余华是两个时代的人,我比他们大不了多少,是同时代人,同时代的人我们都有个双重阅读,就是说我们都读19世纪的作品,他们不可能没读过巴尔扎克、托尔斯泰,我们也读了许多先锋小说。我就感到有点疑惑,感觉先锋小说读了很多,其实经过这么多年以后我是在筛选这些东西,我意识到先锋小说很重要的一个是突破当代文学的观念。但是我为什么还是把19世纪文学看成很高,他们怎么没有?而我们是一代人,是有着共同的阅读记忆啊。我想的原因就很简单,就是我不从事小说写作,我不晓得作家的难处,但是我觉得他干吗没有跳出来?前两年,因为评奖的缘故,我总是碰到80年代一位很有名的先锋小说家,他每次都隐隐给人文坛大佬的感觉,让人觉得很不快。而他的话题和文学意识呢,还停滞在1987年那里没有动，一个丧失了自我反省意识和超越意识的作家，为什么还被别人奉为上宾呢？说到这里，那几位台湾博士生的讽刺就出来了。其实也不是一个先锋小说的问题，我们其实有着共同的背景，你不能把他从我们之间剥离出来，说他只属于现代派的作家，就像好多人在借用鲁迅，不是说鲁迅有多了不起，而是我们用中国的作家来说服他们。李洱有一句话讲得很好，他说中国当代作家没有现实主义传统，他自己在反省自己。这个问题怎么来看我没有太想清楚。

杨晓帆：刚才我有一个感触，就是文人恶趣味，刚才庆祥兄一讲我就明白了，批评也是这样吧。80年代以后先锋小说被抬得这么高，这个文人恶趣味就变成一个标准了，他们自己，比如马原，他觉得我这个叙述圈套就特别迷人，就不停地写那个叙述圈套，然后这个东西就变成他的一种趣味了。刚才张莉老师说苏童小说中的成长都是未完成的成长，但是他的小说都是特别成型的小说，他们会逃避小说写得有一点危险，小说可能有不完整，有一定的问题。他们可能都回避这种可能要冒险的状态，一定要把小说写得特别完整和精致，然后会出现这种文人恶趣味，因为这种文人恶趣味的片段是最容易被批评家挑出来进行新批评式的解读，需要对历史负责不需要对当下负责，你从文学到文学，就可以进行一个解读了。所以这是一种很方便的写作，很方便的批评，我觉得这个环境就是一个很方便的环境。还有一个就是我想到了穆时英他们这一拨30年代所谓的先锋作家，他们也面临着一个转型的问题，但是穆时英他后来转而写长篇，他也面对了从中短篇到长篇，从一个文人恶趣味的现代主义的东西转向面对中国现实这样一个过程。30年代那样的一批先锋作家，一批所谓的现代派作家他们怎么转变的？我觉得可以变成一个很好的参照，作为一个思考的方式。

程光炜：90年代批评为什么那么关注小人文学，就是现在看来不是那么很好的作家？为什么不去关注一下大作品？我觉得会造成今天这个局面，比如90年代，一些先锋批评都在搞欲望叙事，现在看来那时候有些观念真是没意思。

张莉：我觉得在2000年或者是1999年其实先锋文学就到了一个重估的时候，它其实应该是一个节点，但是并没有。他们的失败被我们当作一个偶然的事情，所以今天我们再重新看的时候，需要重估80年代的先锋。

程光炜：不要再重复90年代那一系列的东西。所以我们给李洱，给现代文学馆搞了一个创意讨论但是讨论得不好，云雷他们都参加了，讨论当年的四李一邱，就是60后几个人的对话。李洱、李敬泽、李冯、李大卫和邱华栋。他们其实谈得挺好，他们在谈什么呢？谈正在发生的事情，比如个人叙事和宏大叙事之间的关系，有好几个基本概念。那天我们说的话都很乱，不太集中，可能没做好功课，叫《九十年代谈话录》，可以给李老师看看。

杨庆祥：他们都意识到了问题，意识到写作脱节了。

程光炜：对，他们都意识到了作家自己身上存在的问题。我觉得在我看来，这个对话录比90年代站得高。今天看来有价值的东西、那个对话录留下来了，很多90年代批评都没有留下来。90年代批评的大毛病就是跟着作家跑，去屈就，迎合，我觉得这个是很大的问题。

杨庆祥：所以我说是后知后觉，汪晖他们在90年代，提出整个思想史要重写了。我们后知后觉，文学还是那一套，新历史主义，虚无主义，欲望叙事，身体写作，卫慧、棉棉，很糟糕。

李陀：林白、陈染、卫慧、棉棉，这些作家的出现应该让我们反省，作出比较深刻的检讨，但是没有，所以我们失去了检讨的机会，有点可惜。

程光炜：这个关节点之后和余华、苏童的写作绝对是有关联的，不管是有意识还是无意识，我觉得是有关系的。你得把这几个人放在转换的过程中。

张莉：我有一个看法就是余华写完《活着》《许三观卖血记》之后有一个张清华老师的评论《文学的减法》，他同时让余华从这个评论里面吃到了很多甜头，之后《兄弟》就越来越简单，然后到《第七天》，我觉得他有某种偷懒的东西，而且他也意识到他可以找到缝隙了。我觉得评论是挺好的，很别出路径，但是作家吸取的东西，有问题。《兄弟》很简单，而且他自己意识到自己在做减法。

程光炜：我觉得办这个工作坊是对的，一定要站得高一点，去检讨他们。我们可能说得不对，但那都没关系。

李陀：我很怕听"对"的话。尤其是"文革"后的一些会，老说"对"的话，我很害怕。

王德领：为什么余华这些作家写不好？还是因为他们用80年代象征的东西来处理现实。

程光炜：晓帆说的是知识性的，说得对但是不全部是这样。

李陀：真有一个区别，你有反省能力，他们没有。我觉得这是一个根本区别。批评家应该帮助作家反省。

李陀：我说几句。我觉得今天的会很满意，是一次高水平的讨论。就苏童而言，我个人同意大家的意见，他的短篇小说我可能评价更高一点。这也是冒险的，但我一向是冒险的。我觉得他是可以列入世界短篇小说大师里的这么一个小说家，他的短篇小说到了一个很高的境界，所以他的成就其实是在短篇上，而且很多作家的成就都在短篇和中篇上，比如莫言，我们放在世界文学史上莫言的短篇和中篇都拿得出手。但长篇确实遇到了问题，我有点同意刚才光炜说的长篇小说基本没有什么太成功的作品，都是一些说得过去的。

今天的发言好在哪呢？我觉得有很多洞见，当代文学批评有希望了。前几年说老实话我是灰头土脸的，尤其在90年代，虽然我在国外，但通过各种渠道关心文学批评，我灰心丧气，觉得文学批评怎么这个样子，自己总想做点什么。但是出于怯懦，或者出于能力，做不了什么。今天我觉得可能是我对年轻人的估计不足，所以这几年我老跟朋友说咱们还得在年轻人那里找希望，有人讽刺我。参加咱们这个会四次以后，我更坚定了，我觉得我们文学批评有希望了，一定可以有一个新局面，我非常乐观。具体我也提一点意见，你们将来写文章能不能分两类，一类是学术文章，你们靠这个当教授，这一类也得写好,这是一种规范。但是学术文章说老实话,要想出类拔萃,要想鹤立鸡群,要想不同凡响有点困难,因为学术规范有要求,比如全面、言之有据,这不是不可以,但是另一方面我觉得学术写作有帮助的是在写学术文章的时候有些策略。我有什么意见呢,比如张莉说苏童的写作是另类"文革"记忆,这个另类"文革"记忆能不能专门写出大文章?我觉得你们受学术训练的影响都有点全面,每一次发言都分点,其实真正的好文章都是从小地方突破,包括现在的学术文章都是这样。比如说有一本非常著名的研究资本主义的书就研究烟草。还有《巴黎城记》,是我见到的当代左翼理论或者马克思理论里写得最好的一本书。这本书它从地理学切入,并不像我们熟悉的经典马克思主义,是地理学著作,又借助巴黎空间的研究,是巴黎空间和历史变化的研究。你们至少应该读一下《巴黎城记》里面的"蒙马特高地"这一章,所以我建议无论写什么都好,不要大题大做,要小题大做。大题大作也有成功的,就我们中国现在的现实来说,小题大做更符合。还有苏童小说老放弃难度,这也是很好的文章,你可以从这个角度切入,把苏童的方方面面都研究到,为什么非要从《红桃Q》说起然后《河岸》?我觉得应该讲究写作策略。我觉得刚才李雪她在揣摩写作策略。这点我们应该向作家学习,他其实是很狡猾的,老在揣摩读者,可是我们学者写作老不揣摩读者。再比如新历史主义小说,这个荒唐的说法是谁提出来的,胡说八道。新历史主义是一个非常学术的概念,跟小说写作一点关系都没有。新历史主义是哥伦比亚大学一群研究莎士比亚的学者提出的一个概念,是一个学术概念,和文学没有关系,这叫望文生义。如果有人提出新历史主义小说首先得界定跟西方新历史主义没关系,然后进行自我解释。从这个突破口可以研究批评的混乱。还有一个好文章,"偷懒"。关于中国作家"偷懒"的事情可以写一篇大文章,写得非常漂亮。"偷懒"的历史背景、文学史背景、个人背景。李雪说苏童"微调",这就可以写一个很好的文章,为什么"微调",怎么"微调","微调"背后的意识形态和历史背景是什么。你这样写文章就有人爱看,比如《作为微调小说家的苏童》，我保证看的人很多，这就是一个写作策略问题。凡是发现自己有洞见的时候，这个洞见要变成一个聚光灯照亮自己的写作，而不是把光芒分散开。比如李雪说《武则天》基本是"打酱油"，这个说法很好，新历史小说都是"打酱油"。最早赵玫就开始写武则天，把新历史主义写作变成"打酱油写作"，那么如果写这么一篇文章我觉得会引起震动，为什么你对历史的处理采取一种"打酱油"的态度？这是怎么回事？要做具体分析。你把"打酱油"写成一本书，可能学界不接受，但你写成一篇很棒的文章，它就会使得你的学术写作在两端受益。批评写作和学术写作两端受益，适当的时候把"打酱油"搁在书里面，也就被接受了。所以这就有很多策略问题。比如说李雪说童年失忆化，这是很多写作的共同特点，尽管苏童写作里暴力、血、性暴力、欲望暴力，但这只是一环。我最喜欢的一本小说集是《乘滑轮车远去》，把最好的短篇都收在里面了。我在美国讲课的时候有时候就讲苏童对动词的运用，怎么用动词。还有岳雯的"大时代小青春"，这个概括挺好，作家在大时代里都迷恋自己的小青春，写得那么深情、漂亮。苏童的小说就写得很漂亮，尤其《神女峰》里面的几篇，但也有不忍卒读的，比如《白沙》就是小资文学的典型，这是一个最恶劣的浪漫主义的现代版。这里显示了他的转型的可能性，《大气压力》写得真不错，写一个学生去投诉的时候碰见自己的物理老师，物理老师开旅馆了，这么一个邂逅。从这个小说又看到了苏童的希望，苏童不是说完全不能转型。还有就是季节对应人生，这可以写成很好的文章，又是文本细读，但里面又充满了历史分析和意识形态分析，从文本细读我们可以看他的季节和人生是怎么对应的，那么为什么他采取这样一个写作策略，这种写作策略是什么样的美学观念，什么样的历史观念，什么样的人生态度造成的。这是一种形式主义的、唯美主义的但又十分有效的写作，这里又充满了历史。而且这些观念文学史上有人提出过，但你给增加了一点东西的时候就很重要。长篇小说的形成问题，你提出自己的看法，这些看法在以往的文学史中有人提过，但是你增加的东西你要特别珍惜，要保护起来。你说长篇小说是在对以前其他某种类型小说的反讽中形成的，这个想法很精彩，以前有人说过但没有你这么直接。也许我的见识有限，但如果我判断正确，你是在讲一个英国小说作家，非常有名，后来翻译成中文，叫《小说的兴起》，瓦特那本。他主要讲出版业，讲市场商业，但是没有讲从内部怎么继承怎么反拨，这就很有意思，这样的东西应该写成文章而不应该混在一个发言里，特别可惜。还有你说的苏童的小说想处理历史，但处理的时候必须得依赖叙述者，这个很有意思，说到点上了，是技术性的分析，但是这个技术性的分析后面有非常大的历史内容在。这个叙述者的形成是80年代先锋小说中的一个很大的贡献，对叙事艺术的讲究，对中国小说叙述有很大贡献的。过去在中国小说里，除了30年代施蛰存他们之外基本都是全知全能的叙述角度，是对西方19世纪的一个简单模仿，叙述在某种意义上是简单的，但是80年代小说给叙事突然带来一次革命，就发现现代汉语在叙事上有什么样的可能性。包括马原的叙事圈套，他那么自恋，旋在圈套里出不来，但这个叙事圈套也算是一种贡献。他们写不成长篇，原因很多，今天我觉得大家分析的都有道理，如果我说技术性的分析的话，可以从这入手，我没有说如果把他依赖叙述者这一点说清楚，就能够说清楚他们长篇小说为什么写不好，但如果从这介入，那么我们就可以把长篇小说写不成功的其他方面的原因带进来了，而且可以做一个很细致的文本分析。我说来说去就一个意思，我们将来写文章能不能更讲策略，把自己的洞见突出出来，把自己的洞见变成一个对人有冲击的论述，而不是全面当中夹杂着好的东西，那样非常可惜。如果说我们学术性的写作由于规范要求不得不这样的话，那么我们写批评文章的时候，就可以采取更好的策略。将来你总有机会把这些东西放在你的学术著作里的，那时候人们也就认可了，现在之所以不认可只不过是平庸的人太多，你要跟平庸作斗争的时候，你就得讲策略，因为平庸的人就喜欢听一二三四，突然你说了这么一句大时代小青春是什么意思的时候他马上就不舒服，就给你搬弄一些他熟悉的某些批评家，一套一套的都来了，说得振振有词。这样的批评家怎么到现在这么得势我觉得没办法，所以你们都要注意，写作要有策略，我们批评家写文章的时候也要讲策略，包括我们写学术著作的时候也要讲策略，这是非常非常重要的，对学术规则和学术规范我们要采取适当的反抗，完全的反抗会影响前途。到了写批评文章的时候这个尺度就宽多了，而且在这里锻炼自己特别的写作能力，那么写学术著作的时候也会帮助你，避免那种全面平庸公正。总而言之我觉得今天让我印象很好，这个活动应该坚持下去，我们一定会有很大的收获，而且不是一般的。我希望未来咱们批评界出现类似80年代"新批评"的这样一个群体，第一说真话，第二讲道理，第三我们有很好的学术素养，很好的知识储备作支撑。

程光炜：感谢大家很高学术质量的讨论意见，它激发了我们一些想法。然后就是几场讨论，尤其从第二场开始，渐入佳境，各有特色。上次对张承志是一个攻坚战，另外就是要谢谢外面批评家的到来。而且还有尽管是自己人，我也要谢谢庆祥，这一次组织很不容易，因为博士生处在毕业季，人心涣散的，怎么组织到一块，很麻烦，人不多，事很多，我觉得很圆满。谢谢大家！

贾平凹的小说世界（上）

时间：2014 年 6 月 9 日下午 14:30
地点：中国人民大学人文楼二层会议室
主持人：李陀　程光炜
本次主发言人：李云
与会讨论：中国人民大学青年教师、博士、硕士
　　　　　　北京其他高校青年教师、博士、硕士
本次录音整理：赵天成

杨庆祥：当代小说国际工作坊是人民大学和哥伦比亚大学长期合作的品牌项目，每年我们的形式都是请李陀老师过来主持，由我们这边的青年学者或者是在校的博士生做主讲，主要的讨论对象都是当代比较重要的、经典的一些小说家。去年我们讨论了张承志、韩少功、苏童、王安忆。张承志那场整理出来的录音稿还没有发表，但是大家已经通过邮件在互相阅读，反应特别好。上次我在外边开会，碰到北大的几个老师，还说我们的讨论做得非常成功。上次我在北京看到韩少功，他对我们的讨论也非常满意。所以这种小规模的、非常聚焦的讨论，其实是非常有效的，而且能够和文学史、和现场写作真正有效地互动。所以我们就想把这个项目长期地做下去。今天我们非常有幸再次邀请到李陀老师，还有刘禾老师马上赶到。今年我们讨论的作家是两位，前面两次是贾平凹，后面两次是莫言。形式还是由一位青年学者主讲，其他同学还有一些老师随时进行讨论。我们这个活动范围很小，但是希望大家都能够参与进来。今天是第一次，我们邀请到了上海大学的青年学者李云主讲。今天现场的这些老师我也简单介绍一下。哥伦比亚的李陀老师，这个就不用再介绍了。程光炜教授、张洁

宇教授、陈阳老师、王敦老师，还有在校的硕士生和博士生。好，我们请李陀老师讲两句。

李陀：我们能够生活在21世纪是非常非常幸运的，为什么？因为21世纪是一个跟20世纪完全不同的新的时代，21世纪和20世纪的差别远远大于20世纪和19世纪的差别。我个人的看法，20世纪基本上是19世纪合理的、逻辑的发展，但是21世纪不是。21世纪在一定程度上是对20世纪历史的否定。因此，当21世纪的帷幕拉开的时候，我们面临的是一个从来没有的所谓全球化的时代，或者说是一个时刻。在这个时刻，所有在20世纪被认为是长久的、有价值的、可以确定我们明天的走向的那些东西全都在崩塌。这是一个混沌的时代或者时刻，这是一个朦胧不清的时刻。我最近给《七十年代》的第二辑写了一个短序，我说这是一个让人忐忑不安的历史时刻，只要不是糊涂虫，每个人几乎都是忐忑不安的，不知道我们未来走向哪里，不知道现在的世界我们应该怎么看，不知道明天要发生什么事情。20世纪不是这样，19世纪也不是这样。19世纪的人们接过了启蒙主义以后，对明天是非常有信心的。他们认为，一定有一个更好的社会在等着他们。所以，同学们，我希望你们多看看一战前后的历史。一战前后有很重要的一段历史，我觉得我们现在的知识界研究得不够，就是那时候知识分子的那种崩溃感，因为启蒙主义所许诺给他们的那个世界没有实现，带来的是一次特别可怕的世界大战。一战过去以后，人们又开始充满希望。因为十月革命，因为社会主义运动，又带来了我们对于明天的新的向往，新的期待。所以整个20世纪不管充满多少悲剧，很多人还是认为明天是非常清晰的，某种意义上是可以预见的，就是所谓前途是光明的，道路是曲折的。但是到了20世纪90年代以后，人们这些期待也崩塌了，给我们留下的就是全球化这样一个比历史上任何时候都有更大规模的不易，更大规模的控制，更大规模的压迫，和使得这个压迫尽量显得更为温柔、更为合理的现状。所以，这样的一个历史时刻，也许对一些普通人来说，除了迷茫以外做不了什么，但对在座的诸位，你们都是未来的学者，未来的批评家，未来的理论家和思想家，对于这样一个群体来说，面临这样一个时代是何等的幸运。因为什么都要从头说起，什么都要从头想起，什么都要从头建立。没有多少确定的、不可置疑的、坚如磐石的理论和思想家在你们头上。我说的都是这种大话，也可以说是空话、废话，但是确实我们对这个大形势得有清楚的了解，好决定我们应该做什么。我多羡慕你们啊，你们多年轻啊，你们都是才种，每个人都有大把的时间，这些时间你们都花在看手机、看微信上是何其可惜。（听众笑）人应该有点儿大的志气。要不然为什么要读博？我就不明白。

杨庆祥：这里还有硕士生。

李陀：哦，还有硕士，那就干吗非要读研究生？（听众笑）其实完全可以读一个职业学校，或者早早地去从商。所以，如果大家没有这样的志向，都去卖肉去好了，尽早发财，然后买房子，娶媳妇儿，嫁人。是吧？平平安安过好日子，不错。我们不能要求人人都有深刻的思想，人人都要思索现实，人人都要思考未来，这个要求太过了。但是我们至少，要求一个民族，要有一部分人，就是所谓的知识分子，是管这事儿的。他生命的意义、生活的意义，就是这么一件事儿，没有别的。所以在这种情况下，大形势就特别重要。换句话说呢，大形势是不是对我们有利，就特别重要。或者说，我们是不是生在一个幸运的历史时刻就特别重要。我终于把话从大话里头给说回来了。我跟光炜，我们都属于进入老年了，光炜应该比我还年轻一点……

程光炜：也是近老。（听众笑）

李陀：我们可以做的事情跟你们没法相比。很多事情，像我跟光炜，要是脸皮厚一点儿的话，我们可以说我们做了应该做的事儿，剩下的都是别人的事儿了。但是如果严格要求的话，就有惭愧了，我们又没有做好我们应该做的事儿。因此呢，我对咱们人大，特别是程光炜老师，举办这个会，和他有这么一群好学生，每次都感到特别欣慰。因为你整天都听到很多坏消息，杀人啊，抢劫啊，恐怖分子啊，贫富差距啊,房市要崩溃啊,我们整天碰到的都是这种消息。所以一个人在这种消息里头,要是能够像一棵树那样,不被坏消息的风暴刮倒的话,得有一点能支持他的东西。这种东西呢,我在咱们这个研讨会上,和围绕研讨会所聚起的群体上,我觉得我看到了。所以每次回来都还挺高兴,见着朋友我也宣传。我也跟他们说,你们吃饭的时候也别老说坏消息。我现在最怕的就是和知识分子一块儿吃饭。和什么教授啊,作家啊一块儿吃饭,他们不谈学问,不谈作品,不谈艺术,不谈哲学,跟小市民一样,专门谈坏消息和小道消息。哪个消息最刺激人,哪个消息最无聊,包括谁离婚,谁嫖妓,谁吸毒,这都非常重要。说老实话,如果是胡同里的小市民说这个不奇怪,他不说这个说什么呢?但教授、作家聚到一起,还是这个,我就觉得很难过。所以有的时候谁要是请我吃饭,我得好好想想这人在饭桌上可能说什么,他要是属于那种人我就不吃了,我听够了。我干吗啊?但每次到人大来,到咱们这个研讨班上来,都觉着好像进了一个森林一样,呼吸着新鲜的空气,没有那么多的污浊。我说点儿不客气的话,我希望这些都不是假象,我希望这是真实的,希望这森林不是舞台背景,希望森林释放的是真实的氧气。最后就是说,我们有这样一个群体,这样一个气氛,都是不容易的。我们都是很幸运的。所以希望大家抓紧不多的时间,尽情地抒发或者是释放自己的思想。还有最后一句话,还是我以前强调的,要有碰撞。我再说一遍,任何有意思的思想,一定是碰撞出来的。我才不信孤独是写作的源泉,那都是扯淡,都是神话,都是故事,都是一些无聊的文学史家在瞎说八道。我们深入到文学史或者艺术史,如果较真儿的话,就会发现所有那些伟大的人都有敌人,都和自己的朋友碰撞,和别人碰撞,才出的思想。所以我觉得咱们这个讨论班唯一的不足,就是碰撞不够。简单来说,就是不吵架。而且现在的年轻人都不习惯吵架,那么早就老了,都未老先衰,一个个都很圆滑,说点不同的意见都拐弯抹角的,这我觉得不好。咱们最好就是有不同意见,有争论,有讨论。李云今天说的我就希望能有人出来说,你说的这个不对,甚至说你说这个根本就是没有根据,瞎

说，完了咱们跟李云吵。这样就好。我就说这么多。（听众鼓掌）

李陀：别鼓掌！这都官场那套，咱们这是人大。（听众笑）人大要这干什么？

程光炜：李云，接着说吧。

李云：那我直接开始了。我是准备好了来当靶子，因为现在正好是上海大学的期末，我也一直在想今天到底讲什么，直到前几天才确定要讲《商州》。为什么要讲《商州》呢？因为我觉得通常这部小说被认为是失败的作品，所以现在如果你到CNKI（中国知网）上去看，对这个长篇小说的研究是相对比较少的。但这个小说我读完之后，它的形式或者说写法又给我留下了很深的印象。关于它的形式，较早有一个研究者叫费秉勋，他认为这个小说是比较"先锋"的。他当时还专门写一篇文章分析《商州》的形式（费秉勋《贾平凹商州小说结构章法》，《人民文学》，1987年第4期），他说《商州》一共分八个单元，每个单元都有三节，第一节与后面两节都没有直接关系，是一种史地民俗的述写，后面两节才讲故事。八个单元都是如此，是非常规整的。这种结构呢，既是《商州初录》的继续和发展，渊源于中国古代史籍，同时又深受拉美结构现实主义文学的影响，主要是借鉴了《胡利娅姨妈和作家》的"章节穿梭法"，这是当时费秉勋的一个观点。他认为这样对于《商州》来讲，在表现社会背景方面造成层次感和立体感，而且贾平凹这样写在担负这样的使命时是更直接、更概括、更中国化的，并且更有利于发挥贾平凹散文笔调的优点。今天再回过头去看《商州》的话，我觉得可能不应该再停留在80年代那种在形式、实验的意义上展开某种对纯粹结构的分析。我可能更关注的是，费秉勋所提到的更为深广的"社会背景"是怎么通过具体的形式被呈现出来的。说到这一点，王德威在讨论从沈从文到李永平以故乡为原型创作的、被他命名为"原乡文学"的作品时说："原乡的观念或关系个人追本溯源的欲望，或牵扯宗族法统的感召，或表现地域山川的特质，可谓众说纷纭，各有道理。"但是王德威无意于分析这些道理，"只希望跨出一般地理上或空间上的定义范畴，探讨其所暗藏的历史动机及社会意义"。他认为："只有我们将故乡视为一种时空向度的指标，文化、意识形态力量的聚散点，方不至落于卢梭式的浪漫公式中。"对这种提醒我是没有异议的。不过具体到《商州》，它是一个高度空间化的文本，可能我们在讨论《商州》的时候，王德威所提到的那种一般地理或者空间的定义范畴，在我看来某种程度上正是通向文化、意识形态力量的入口，或者说正好是与文化、意识形态力量紧密结合的。所以，接下来我对《商州》的文本解读多少会受到文学地理学的一些启发。在文学地理学的层面，文学作品不仅描述了地理，而且作品本身的结构对社会的结构形式也会做一些阐释。我们通常认为文学作品都是带有"主观性"的，但是我认为这种"主观性"并不是一种缺陷。事实上，正是这种"主观性"，可能言及了地点与空间的某种社会意义。

首先，我关注的是贾平凹如何进入《商州》的写作。我们都知道，《商州》这个小说事实上有两条叙述线索。好像有的同学没有读过，顺便介绍一下，小说一开始就讲了一个不愿意披露姓名的后生，他从学校毕业之后，在省城西安工作。工作以后他有诸多的不满，所以决定要返回诞生地商州去考察地理、风情、历史、民俗，想动笔写一本商州的民族学和商州的风俗学著作。这条线索呢，为了讨论的方便，我把它命名为"发现之旅"。那么，另一条线索我把它命名为"追捕之旅"，就是三个警察追捕因为动手反抗以势压人的队长，而被控扰乱社会治安、聚众闹事、侵占集体地盘，又行凶打人的一个底层市民，叫刘成。刘成在逃亡途中与漫川皮影剧团演员珍子恋爱，最终悲剧收场。关于第二条线索，待会儿我会分析。现在我将集中讨论第一条线索对于全书的意义，因为它涉及这个小说如何产生，并且依据何种视角来展开叙述的。我把我讨论的第一个问题简单地命名为"发现之旅——道德地理"。

大家可能注意到，小说所叙述的第一条线索，是从一个后生的角度来切入的。这个后生，其实可能和作者贾平凹之间有某种对应关系。资料显示，1983年一过完春节，作者贾平凹就回商洛去了。差不多两年的时间他遍及商洛地区的每一个县,有的县去过三到四次。贾平凹在这个地方人也很熟,可以很容易地找到向导。这些向导很多是对下边很熟悉的干部,他们可以一下子把贾平凹带到那些发生过剧烈变化的乡镇当中去,带到曾经发生过悲欢离合的传奇故事的三家村去,坐在那些当事人家里的热炕或者火炕上,和他们一起生活几天,观察、了解他们的心理和性格。基本上《商州》,包括他的"商州三录"的写作,都是这样一种采风式的写作。那为什么展开采风式的写作呢?这与贾平凹在《二月杏》被批判之后试图突破自身的写作格局有很大关系,对此黄平在他的博士论文里已经有很详细的考察。但是这个"后生"的故事对贾平凹的采风或许还可以有某种补充和参照的意义。

这个后生,在小说中也即将身体力行地开始一段采风式的写作。这个举动源自于八年来的省城生活已经令他产生出一种"厌烦",这种厌烦通过大段的城市空间被描述出来。因为很多同学没读过,正好我也想,反正下午嘛,跟大家一起读一下这个小说。他的"厌烦",小说里是这样写的:

> 这座省城,最炫耀于世的是保留着完整无缺的明代城墙,东西南北四大城楼威武壮观,虽然没有了铁皮铜泡包镶的城门和吊桥,但冬夏春秋门洞飕飕凉风,使经过者无不为之动容。城北的广漠上十八座帝王皇陵,及王公伯爵文臣武将的墓堆,积土石平地崛起,使本地人得以因列祖列宗曾受命于天的历史而得意忘形,和使外地人来到这块皇天之下、后土之上而惊目咋舌。但是,这黄龙赤风的风水宝地,反映在这位后生的心上,并没有"皇恩浩荡"的幸福,却感觉到城墙有如商州的四山周匝的沉闷,以致当他参观所有皇陵时隐隐感觉到的一种滞凝气息,尤其每每置身汉大将军霍去病墓前的石马群雕中,就激动不已,也惶恐至极。

这是对于古代建筑的反映。接下来他还写到他所身处的现代生活：

> 吃水是方便的，厨房里龙头一拧，水便要哗哗流出，但水是漂过了白粉，其中可能没了细菌，却也没了甘甜，只有以茶遮味。他不曾到隔壁家去串门，甚至不知那人家姓甚名谁，因为人家也不曾到他家来走动，亦不知道他姓赵钱还是孙李。他也整月整月不往大街上去，街道上总是人头攒拥，步行艰难，谁也不认识谁，谁也不注意谁，只是看十字路口的红绿指示灯：红灯亮了，停止；绿灯亮了，通行。偶尔车辆相碰，发生语言交流，却是一种不共戴天的咒骂，且立即汇集涌来围观者。……人与人的关系极像是两个哑巴生人相遇一样隔膜。更使他头疼的是在他的单位，一沓一沓收来和发出的公文，公文上是各个部门按上的一个一个图章，和负责人书写得十分流利的朱色圆圈。几案上的电话在拼命嘶鸣，五分钟一次，三分钟一次。没完没了的会议，香烟的消耗量越来越大，茶杯里的茶垢愈积愈厚。……在按照固定节奏流逝的时光之中，既缺乏动人心魄的事件，也缺乏令人企羡的奇遇。这位后生便想到公园去了，公园的面积不能说不大，但自然都是人造的，……当狼虫虎豹关在铁笼子里任人围观的时候，野物的兽性，使围观的人却暴露了人性之外的动物属性，少男少女们就可以当众拥抱，一个甜蜜的啃，竟使众多的人皮起栗色。

这是他在省城的生活的一个简单的描述。有趣的是，在这一段描述之前，有一个对他童年生活的交代。他的童年可以说过得非常艰辛，近乎残酷。但是在经历了"商州"这样一个"文明世界"和"人造景观"之后，他反而觉得以前那样艰辛得近乎残酷的童年岁月，现在回忆起来越来越是一种享受。于是他决定，要重新回到商州去。所以在这里出现了一个有趣的状况，就是充满野情野趣的商州山地成为他重新被发现的"风景"。这也是我命名为"发现之旅"的原因。这种

"发现"显然与后生在省城沉闷、凝滞、隔膜的某种现代心理体验是有关系的。但事实上，我不太清楚80年代前期西安的城市状况，应该说80年代中前期的西安并不能算真正意义上的现代城市。我觉得贾平凹在这里有意做了相对夸大的处理，模拟了某种现代主义的疏离感。关于"风景的发现"，柄谷行人有过讨论，他认为风景的发现必须有两个条件：一个是"颠倒"，一个是"内面的人"。如果说"内面的人"在这里是因为这种疏离感而成立的话，那么某种"颠倒"的装置也在贾平凹的叙述中被暴露出来。在他的小说里面，有这么一段话：

> 他（后生）慢慢竟产生出一种哲学提问：商州和省城相比，一个是所谓的落后，一个是所谓的文明，那么，历史的进步是否会带来人们道德水准的下降而浮虚之风的繁衍呢？诚挚的人情是否还适应闭塞的自然经济环境呢？社会朝现代的推衍是否会导致古老而美好的伦理观念的解体或趋尚实利世风的萌发呢？他回答不了，脑子里一片混乱，只直觉感到在这"文明"的省城应该注入商州地面上的一种力，或许可以称做是"野蛮"的一种东西吧。

这个想法最终驱使他的采风实践成行，而且是以一个城里人的身份。这显然对应了我们在现代文学里经常看到的、经典的"离去—归来"模式，离去也好，归来也好，都是围绕"家"进行的，由此衍生出有关地理的写作。我们也在很多文学作品里面看到，一篇文章中有标准的地理，就像游记一样，是家的创建，不论是失去的家还是归去的家。许多作品中关于空间的故事都验证了游记的这一规律。主人公离开了家，被剥夺了一切，有了一番作为，接着以成功者的身份回家。"家"被看作是可以依附、安全，同时又受到限制的地方。所以，怀旧小说据此产生了。通过说明现在的一切无法回到过去的样子这样一种结构所创建的"家"的概念，我们可以说都是一种怀旧小说的模式。这种怀旧小说充满了对过去的回忆。但是否据此就可以认为《商州》算是怀旧小说呢？如果我们细读文本可以发现并没有那么简单。这篇小说试图使地理风貌与社会语境不断协商，但仍然不可避免地产生一些裂隙。

我们接着来看后生的行进路线。他一路经过武关、山阳、刘塬、棣花镇、商县、达坪、照川坪等等。如果说之前涉及城市空间的描述，那么在这样一个行进的过程当中，贾平凹努力营造的是一种被阉割的现代都市人造景观之后的，一种地方风物的形塑。所以他一开始就定下一种基调，旅行一开始就要转向自然文化的层面，而且他每一章节的写作都有这样一种模式：先是对地方风物，或者说是地形地貌及历史状况做一番介绍，然后再转向与之相关的物产人物的介绍。比如说第二单元武关，他介绍武关的时候先是介绍了武关的地形：

> 如果说商州是八百里秦川的门户，那么这门户上的一把铁锁，就该是武关了。打开商州地图，或者是全国的地图，没有不标出武关的……武关上也仍有一原石大碑，写着"天下第一关"的隶书。……之所以为关，关在险峻，俯空下视，可见丹江从秦岭下行四百三十里，到了此地，南北两山相对靠拢，北形如盘龙，南势如卧龙。

整个后面都是地理风貌的介绍。介绍完之后，贾平凹对武关今夕的人物群像作了刻画，比如介绍不求富贵坚守武关的现任镇长，还有史书中为夫报仇性格刚烈的烈女、"文革"中保护古代药树而牺牲的公猪老杜。之所以提到这些人物是因为，贾平凹坚信地方风貌与地方精神存在着某种内在的联系。比如关于武关，他说："这武关正是好武好强之地。或是这里民众的祖先当年都是军兵的缘故吧，或是这里自古以来为军事要地吧，至今无论男女，刚强的秉性就一直遗传下来。"这种将地理特性赋予道德化寓意的做法在接下来的几个单元中屡见不鲜，比如第六章"达坪镇"，作为商州最深的山，因为原始落后，脏

病极易在此地产生。在讲到达坪的时候,特意刻画了达坪的地理特征:

> 这里最大的特色是潮湿,什么都长着绿苔。人家的屋舍,一劲儿高垒墙头,似乎如树一样,不惟横的发展,只图竖的空间。所有的瓦槽长满鲜嫩的植物,如宝石花一般。墙基处,檐水沟里,蛐蛐成群,湿湿虫涌堆,经常有女孩儿们在屋后阳沟里小解,会从沙土里冲出一只绿背的青蛙,甚至一只癞皮的蛤蟆。那树长到了极致,各个通身上下繁衍了附生草,有的叶细如毛,有的叶大如钱,而藤蔓之类,则蛇一样纠缠而上,又匍匐而下,随风曳动,森森幽幽的令人疑心里边生满了蛇和鬼魅。人们已经习惯了在这种水浸浸的空气里生活。

这是达坪的自然状况。但是在这样一种状况之下的达坪人,"他们的心胸却出奇的善良,和他们打交道,他们总是吃亏,外地人都在嘲笑这里的人,但外地人却又在说这里的人好,这可能就是'吃亏是福'的解释吧"。而且后面,还反复渲染了达坪镇人这样一种单纯、豪爽、义气的本质。所以读到这些段落,我们可以很明显地感觉到,对于风土,贾平凹强调的是天然的奇、峻、险,或者是耸人听闻的蛮荒落后,对于人情,他则有意为之地彰显他们善良淳朴或野性生猛的一面,因为这些正是城市文明所缺乏的,也是后生所极力要找寻的。因此与其说这些"风景"是被发现的,更不如说是被建构的。但这种凝固"风景"的建构可能更多只能停留在想象层面。因为从达坪的例子我们已经看到,某种被贾平凹视作侵蚀和破坏的力量正在产生。在达坪呢,修了一段公路,这条公路的修建,使达坪打开了门户。达坪人"对那开来的汽车,视为天外之物,来一次围观一次,而成群的狗也汪汪大叫,追赶十里八里不能歇下。每当山雨冲坏了路面,他们会自动前去修补,直等着汽车开过,将那泥水溅他们一头一脸,还是笑笑的,甚至路垮得厉害,一时修不起,他们就砍了树木,搭了桥

的模样,这便常要以众人的合力做了桥墩,让堵塞的汽车从头上肩上的桥面碾过"。与外地人打交道,最开始的状况是这样:

> 有一年一位外地人路过这里,正是冰天雪地的日子,他滚了坡,僵硬在雪窝里,是一伙山民将他抱回,烈火不能烤,就轮换着用热身子暖活他,而三个正坐月子的妇人三天里挤了七碗奶汁喂他。他姓什么,叫什么,官职多大,学问多深,山民们没有问他,也没必要问他,他走了,挥挥手也就罢了。

当"路面越修越宽,车辆越来越多"的时候:

> 外来之人也几乎每一家都有出没的,但这些人会带来五颜六色的塑料制品,化纤布料,甚至有了录音机,录下他们的话又让他们听;有了照相机,照下他们的影又让他们看;却随之那些药材,兽皮被他们讨换而去。当然,与这些外来人打交道,有得益的时候,但更多的是吃亏,是占了小便宜吃了大暗亏。他们渐渐就仇恨起那些人,和那些人吵,骂是不会的,理也辩不过,因为外来人硬时大硬,软时大软,说天道地,满口雌黄,翻脸就不认账。

这是达坪所发生的变化。在这里,公路是将城市罪恶输入农村的重要媒介,很显然随着市场的普及,随着公路和运输的发展,带来了遥远他乡的产品,也对达坪的"地方性"产生了破坏作用,一些标准化的商品样式或者时尚也因此在乡村里频频出现。在《商州》第五单元,涉及了在贾平凹看来唯一能算作城市的商县。商县最开始是一个县,但是随着80年代政治体制的改革,商县市县分开,而且这一次市的权力更大,也就是说商县逐渐变成一个特殊的城市。在贾平凹看来,在这个特殊的城市里:

> 声色玩娱之具充斥，人们不是蹲在墙角，撩起衣襟捏手论价，而是货栈里有经纪人，旅社里有采购员，甚至专门专户制了牌子：×× 驻商办事处，××× 工厂推销部，总而言之，这里是特殊的城市：头包缠巾，脚穿草鞋的山民和肩披鬈发，足蹬高跟的时髦女子混杂，卖草鞋粪笼、扁担、挠手和售太阳帽、杜丘镜、录音机、洗衣机的同居。

在这里，商县作为一个特殊的城市或者一个模拟的城市，在市县分开之后，它的堕落基本是不可以逆转的。关于商县的堕落从前面所述的 70 年代商县的变化转入 80 年代：

> 随着这个城市的兴起，外来人员的影响日渐复杂，本市之人思想腐蚀，风气混乱，人们普遍对太洋的东西反感，又对土气的东西鄙夷。世俗之破坏更为老年人深恶痛绝，他们哀叹现在喝"西凤"烈酒的人逐渐变少，而崇尚啤酒；看秦腔的人少，听音乐会的多；叹羊肉泡馍再不能算上桌之饭，而各家大小饭店皆以南方人甜软口味为主。

社会风气逐渐发生了变化，甚至有做奇装异服的、嫖客暗娼的、拐卖妇女的、聚众赌博的、百无聊赖游手好闲的，"各种社会的、政治的、经济的问题都在商县重生"。至此，我们已经看到这种关于乡村景观的作品，如何广泛运用了关于社会衰退和社会变化的思想，它们表现在人们如何谈论地理景观，乡村生活如何解释社会生活和行为举止的道德地理。贾平凹所设置的城乡二元对立及附着其上的道德指向，通过后生所至之处的"风景"已经基本明朗，但是我们看到，从这种自然的"风景"转向"风景"里的人，也就是男女性别角色的塑造，我们又会对这部作品的理解增加一重复杂的向度。那接下来讨论的第二个问题，我简单把它命名为"风景化的男女——性别地理"。

现在就转到我们刚才所提到的第二条线索：追捕之旅。匪夷所思的是，这次追捕被贾平凹很奇怪地放置在商南地面无名河边的一片毒蛇猛兽出没的树林里面。他们出现在一个类似于原始森林的地方。所以一开始我们就看到一大段风景描写，这段风景描写非常原始，我就不念了。紧接着还铺陈了蛇吞青蛙等非常难得一见的恐怖场景。在这个意义上，追捕被转化为蛮荒之地的探险，所以当我们读到这几个警察碰到一男一女一丝不挂地撑着竹排出现在无名河上的原始场景时，已经见怪不怪了，这个一丝不挂的男人被描述为"这是条粗糙的汉子，光着头，满腮帮的胡子，胸口上，胳膊上长着黑浓浓的毛，一张口，喷一股酒气"。可以说这个男人周身洋溢着后生所期待的、省城男人所缺乏的某种野蛮的"动物属性"。值得注意的是在这样一个充满男子汉气息的人旁边，警察之一顺子时不时地眼光就和那个女人相碰撞，因为这个女人生得"娇小生怯"，但是"眼睛生亮"，她拿眼睛看顺子的时候，顺子觉得她"似乎是将所有的月光都收据在眼睛里边了"。这种桃花源式的刻板溢美使人不能不揣测顺子和这女人之间会产生某种情愫。但接着读这个小说会觉得奇怪，就是不知有意还是无意，贾平凹最终放弃了或者说遗忘了这段伏笔。不过，这段追捕的开头似乎预设了《商州》中男女叙述的基本框架，美好到几乎没有瑕疵的本地女人将受到顺子这样的外来男性的注视，并且注定被其征服。在第二条线索中，主要的故事——刘成与珍子的爱情故事，几乎就是这样一种预设的结果。

相比警察的追捕，刘成的逃亡似乎并没有传奇色彩。警察在森林里十分艰辛地实施追捕行为，但刘成实际上很轻松地投奔了他视钱如命的外爷董三海，就在他的杂货铺里帮忙，在帮忙卖货的过程中他结识了珍子。对珍子容貌的直接描述并不多，在书里有这么一句："一个二十四五的女子，腰肢柔软，胸部高隆，是正在开着的一枝花。"另外还借皮影剧团煮饭老太婆的口表明，"珍子是漫川的人尖儿，漂亮，又能干，绕她转的男人很多，她一直是受宠的角色儿"。事实上仅凭这样两句，已经够读者想象和揣摩。因为在第三单元关于山阳的介绍中，贾平凹花了很大的篇幅不遗余力地渲染山阳女子的美好，而珍子作为其中的"人尖儿"自然是姿色了得。但比较奇怪的是，这样一个出众的本地美女，却几乎没有任何铺垫地爱上了逃犯刘成。最大的原因应该是刘成商州市人的身份。我们来看，有一晚刘成和珍子在竹林邂逅，他们有一段对话。珍子说她非常讨厌漫川这个地方，她问刘成"你什么时候回商州市，要是能在那儿生活，一定很自在，我烦死了，漫川，这些人像狼一样，简直要吃了我！"然后刘成说："商州市有什么好的？我却喜欢这地方。"珍子说："你是市上人，才说这种话！要你一辈子住在这里，你愿意吗？"刘成说："我可以死在这里！"珍子又说："你们市里人就是吃不透！"这是他们的第一段对话。然后第二天他们又相遇了。刘成夸珍子穿的裤子很好看，珍子说："你取笑了。商州市里的人都穿了喇叭裤、牛仔裤了。我们太土了。"刘成说："不，真是好看呢。如果你穿上西装，你一定会压过商州市的所有女子。但你这身打扮，商州市的女子却永远达不到这么庄重自然。"接下来有好几个地方都直接或间接地重复强调了刘成的身份优势，比如说皮影剧团的同事，就是珍子的同事，都跑到杂货铺来围观刘成，然后还跟刘成说："你是商州来的人吗？"刘成说："我叫刘成。"她们说："我们早知道你的大名了！你不是董三海的外孙吗？不是给珍子送过香料吗？"然后刘成脸都红了。接着她们就告诉刘成说："你当了贼。"刘成说："为什么我当了贼？"女孩子们都说："你偷了珍子的心。"后面还有很多追求珍子的本地男性，都很不以为然地说："到底是城乡差别。多少人缠珍子，都搭不上茬，他一来就挂上了！"这些在强调刘成的身份优势，同时感情也在迅速地发展，感情发展的迅速程度甚至让刘成自己在征服之夜也产生了怀疑："他怀疑了自己真是自己吗？一个盖漫川的女子会这么快爱上一个商州市来的人吗？"刘成的这种怀疑，我们完全可以理解，因为他并不是什么大人物，作为商州最底层的小摊贩，他是卖饭求生不能，被当地的队长欺压，而且最终被队长用表面合法的手段驱逐出了那座城市，失去了在那座城市生存的权利。尽管如此，刘成依然对珍子构成了致命的诱惑。有意思的是，贾平凹在众多的本地追求者中着力凸显了一个卡西莫多式的人物——秃子。秃子不仅丑得惨绝人寰，而且以粪尿生意作为谋生手段，可谓丑陋肮脏的乡村畸人。这样的乡村畸人无论多么痴情，也肯定难敌城市中人刘成。所以接下来无论刘成是进监狱，还是去华山做捞尸人，珍子都发扬了山阳女子忠贞的品格，始终义无反顾、死心塌地跟着刘成。当然我们前面也讲到，这段爱情最终是以悲剧收场，因为秃子执意要将他所认为的坏人刘成从珍子身边赶走，于是向警察告发了刘成的行踪。之前追捕刘成的三位警察继续他们的使命，依然来追捕刘成。这个时候刘成的罪名被换成了拐卖妇女，最终由于华山的山洪暴发，刘成为了救警察而死亡，珍子殉情。但出乎意料的是在这对恋人死后，几乎所有的人对他们的态度都发生了180度的大转弯，比如秃子突然醒悟到自己一直误解了刘成，也误解了刘成与珍子的真爱；吝啬的外爷董三海这时也掏钱厚葬珍子和刘成；连警察也面对奔腾的河水流下了祭奠的眼泪。为什么如此呢？最主要的原因当然是刘成在华山山洪暴发的当口救了追捕他的警察，但是如果我们往前追溯，还会发现贾平凹其实一直在为刘成最终的性格定论做各种铺垫，比如当在城市的生存空间受到挤压的时候，刘成的暴力反抗为其平添了一层正义和血性；在做捞尸人的过程中，贾平凹还借其师傅的口肯定了捞尸这一职业选择的伟大，他说"这一行为活人做好事，为死人做好事，他当七品的五品的官也不见得就比咱行的好事多"。至此或许我们可以明白，刘成正是后生所寻求的那种理想人物，刘成和珍子的爱情象征了充满等级秩序的城市空间和愚昧落后的乡村世界之外最后的美好。但当他们死去，桃花源肯定将不复存在。

　　接下来我想通过第三部分继续把文本的解读再往前推进一点。第三部分我把它命名为"暧昧的改革叙述——经济地理"。

　　事实上，桃花源的崩塌并不奇怪，因为我们已经非常明显感觉到，前面这些叙述和故事，贾平凹讲得非常辛苦，非常笨拙，因为这些都是他高度想象化的产物，或者带有某种夸张的痕迹。正是借助这些想象和夸张,随着第二条线索走向终结,后生完成了他出发前那段所谓的哲学的追询,并实现了自我的找寻和体认。在小说第八章,贾平凹终于让后生在华山上喊出了"我也是商州人!"因为他看到了他的同乡在华山上当背砖人,他觉得这样一种艰辛的工作只有他们商州人才能够承担。所以他"感到了十二分的自豪和得意;随着一气儿登上南峰,果见顶上有一巨石,酷似人头,但不见'海风山骨'四字……疑为天意神笔。面对正南,他终于看见了商州的丹江河和洛河,还有长坪公路和洛华公路,各在地间划一",这是这个后生在登上华山、发出自豪的吼叫之后所看到的"风景"。当然这种挖掘传统并且把这种传统重新确认为具有当前特性的生活方式,在快速转换或不稳定时期是十分普遍的。这样一种重新挖掘传统的作用类似于一面回顾过去的镜子,展现在人们面前的是他们所想要看到的,在这样的时代变化当中处于安全、稳定特性当中的自己的形象。所以当后生在华山结束了他的精神之旅之后,准备重新回到西安,也重新回到现实,但这个现实事实上从来没有远离过《商州》的叙述。我们留意这个文本,可以注意到形形色色的乡镇企业穿插在历史传说和情爱故事之间,为我们铺展开一张农村改革的地图。那么在讲这些乡镇企业之前,我找到了一些关于80年代农村改革的背景资料,或许能够帮助我们更好地理解。

1981年,全国农村工作会议在北京召开。1982年,中共中央批转了《全国农村工作会议纪要》,被称为第一个"一号文件"。文件里提出:"目前实行的各种责任制,都是社会主义集体经济的生产责任制,不论采取什么形式,只要群众不要求改变,就不要变动。"同时在这次会议上还有了一个重大的理论突破,就是"包干到户不同于合作化以前的小私有的个体经济,而是社会主义农业经济的组成部分。"到1982年的时候,十二大对以包干到户为主要形式的农业生产责任制给予了肯定。1983年,中共中央又印发了《关于当前农村经济政策的若干问题》的文件,这个被称为第二个"一号文件",进一步肯定了家庭联产承包责任制。文件下发后,在很短的时间内,实行包干到户的农户就达到农户总数的95%以上（参考李景治《农村经济体制改革的兴起与发展》，收《社会主义建设理论与实践》，中国人民大学出版社，2003）。与此同时，"三级所有，队为基础"的人民公社体制正式退出了历史舞台，取而代之的是县乡镇政府。到1984年，中共中央颁布了第三个"一号文件"——《关于一九八四年农村工作的通知》，提出延长土地承包期到15年以上，帮助农民在家庭经营的基础上扩大经济规模，提高经济效益。

这些背景都被贾平凹吸纳进他的《商州》故事里面，我们在每一章节都能够总结出一些农村的新的变化。比如说刘家湾公社集资兴办了糖醛厂，武关在农村新经济政策刺激下开展了各种营生：养蛇、养蝎、养娃娃鱼、做鞭炮，山阳的特产棕扇贸易远近驰名，刘塬、棣花镇的水泥制品厂带动了周边各镇的民办企业，商县的市场经济非常兴盛繁荣。有意思的是，或许出于政治上的谨慎，一落实到与现实政策的对应时，我们会发现，贾平凹避免了那种现代文明对于乡村的威胁、损害、削弱的道德判断，不由自主地又滑向了某种娴熟的"改革叙述"当中去。他塑造了很多人物形象，除了糖醛厂厂长程一民，以及商县市长这类敢想敢做的改革干部形象之外，我们甚至还可以看到一类更鼓舞人心的改革新人形象。比如在刘塬、棣花两镇，它们的商品生产非常成功，所以产生了很多个体户，贾平凹写道：

> 在商州市召开专业户、个体户先进代表大会，刘塬镇出席了三名，棣花镇出席了三名，而棣花镇的贾翠环，一位四十六岁的中年寡妇，专是在桥头卖油茶麻花的，每天早晨卖三个钟头，竟到地区开会时迟迟不来报到。开幕的那天早晨，只说她是不会来的了，但她却自个开着一辆三轮摩托车跑来了。三轮摩托车当然不算如何气派，但一个卖油茶麻花的寡妇开车来赴会，可是了不得的新闻！所以消息传开，她的小车和专员的小车一前一后行驶在商州市大街上的时候，好多人为她欢呼，威风倒压过了专员！

当然，这些与主流意识形态颇为一致的地方，由于贾平凹在这个阶段明显更倾心于营造一个类似于湘西世界的原乡神话，而变成了文本中碎片般的存在。也正因此，《商州》这个小说的面目显得模糊，叙述显得更为芜杂。不过，后来我们知道，贾平凹这种举棋不定或游移不决所带来的失败，将很快在《浮躁》里面得到克服。我就先讲到这里。

程光炜：后面没有了吗？

李云：最近没来得及，很多材料还没有去做。

程光炜：那你觉得这篇小说和他后面的创作有什么关联吗？

李云：我觉得在《浮躁》里面，他又在重新调整。可能在这个小说里他觉得沈从文或者汪曾祺式的写作让他很向往，他也试图去实践，也跟后来的"寻根"潮流有一点呼应。但是他觉得这样可能不太容易得到承认。主流评论界可能更愿意他去写改革小说。所以在《浮躁》里，他又把这样一些所谓碎片化的存在放大了，而那样一种"原乡神话"的叙述又被压缩了。

程光炜：从《商州》到《浮躁》，这样一个比较完整的前期，还是脱胎于改革小说，新时期初期那种改革文学，有点儿那种东西，也有点儿"十七年"的乡土小说，甚至里面还有点柳青的东西，不是太多。沈从文的那种东西要多一点。

李云：对。

程光炜：他写过一篇文章，说他在西北大学做工农兵学员的时候，无意中看到一本选集，是在图书馆里被查封的。他从那里看到沈从文的小说，他说："世界上还有这么好的小说！"但是我就想问你，这个《商州》和他后面小说的关系。他后面还有《废都》啊，《秦腔》啊，一路展开。一个作家肯定有一个完整的世界。每个人走来走去都在一个主轴上转，虽然可能会有一些变异。那你认为从《商州》里面已经能看到什么东西？或者埋伏了一些什么东西？

李云：这个我本来想去做的。但确实这学期期末我没有时间。我本来就是想像你刚才说的，从《商州》到《浮躁》，到《废都》，再到《秦腔》，我感觉到是有一些关联在里面的，但是我没有时间去梳理它。

程光炜：因为去年我们的讨论，基本上就是想在一个点上，整个展开一个作家三十年创作的脉络、走向、趣味，以及他的问题。谈张承志和韩少功的时候，都做过这种东西。她前面讲得很细。

程光炜：庆祥先说。

杨庆祥：这个《商州》，我是这么想的。我很久以前看过这个小说，前几天也去翻了一下。其实我觉得贾平凹本人可能不太愿意提到这部作品。这个作品可能在他的写作谱系里是可以被后来的写作所覆盖的东西。这里面暴露了他太多的弱点，或者是他不足的地方。我觉得你还是没有把这个表述出来。而且我觉得你这个思路有问题。我们现在再去处理这样的作家和作品的时候，如果还纠缠在这样一种对人物的分析，而且是这种印象式的分析的话，我觉得没有生产性。因为李陀老师说要碰撞是吧，我就表达一下我的意见。

李陀：所以你这么一说我就精神了。（听众笑）

杨庆祥：我觉得你这个处理方式是非常有问题的，太陈旧了。如果再以这样的方式来讨论这些经典作家的话，这样的文章，我觉得真是多一篇少一篇都没有意义。这个很糟糕。比如我刚才看你在那里读一段一段的作品的时候，其实你读的部分我觉得很有意思，但是你没有意识到这里面包含的问题。我刚才在听的时候，听到你读了很多贾平凹对"商州"城乡的地理环境的一些印象化的描述，我就发现这个描述里面有一些很嘈杂的东西。因为这种描述应该来自一个旁观者，或者就是所谓的叙述者。但是他的自我意识是非常不强烈的，所以导致他在看他的对象，也就是你所说的"风景"的时候，其实他没有看到"风景"背后的一些东西，他只是浮光掠影的描述。如果说中国的乡土写作——包括他这个也算作一种乡土写作或者乡土叙述——如果说在80年代有一个"起源"的话，这个"起源"和日本现代文学的"起源"的不同的地方，可能就在这个地方呈现出来了。也就是说，贾平凹这一代作家，从"十七年""文革"到80年代转型，其实面临一个很大的问题，就是视角的转换，就是怎样重新去认识我们所面对的这样一个所谓的"现实"。但是这个"现实"，首先是作家要有一个观念的转化。我觉得这里面有一个很重要的问题，就是说当"现实主义"变成所谓的"现实"的时候，这个作家的观察点、立足点在什么地方？这个背后涉及的可能就不仅仅是借鉴哪一个作家的资源，比如你去借鉴沈从文或者借鉴福克纳或者借鉴一个外国经典作家能解决的问题。所以我就觉得80年代写作从一开始就是有问题的。作家首先没有去清理自己，比如说你怎样去认识这个世界，或者说你怎样对目前中国发生的这样巨大的变化，或者说这些历史事件有一个充分的、比较成熟的想法，当然现在这么要求可能有点苛刻。但是我觉得当时确实是非常地匆忙，这个匆忙就导致了所有的这些书写可能都止步于一个很表面化的东西，真正内在的转化可能还没有发生。所以这个问题我就觉得非常地要命。比如说我读《商州》，一直到《废都》，我觉得贾平凹才找到一点感觉。所以我们读《废都》的时候立即能注意到有庄之蝶这样一个人。但是你读《商州》，包括后面的《浮躁》——《浮躁》好一点，《浮躁》里面有一个金狗——就是这些人物都是没有个性的人。他们的个性是贾平凹强迫着赋予的，实际上个性不应该是作家通过主观想象赋予他的，应该是历史本身塑造了这样一个人物的个性，然后作家把它描述出来，再进行典型化。这个东西我觉得也是没有做成的。所以你会发现，《商州》读完以后谁都不记得了，《浮躁》读完以后也是谁都不记得了。然后你去读余华、莫言，他们早期的短篇里可能有一两个会让你记住。这是很糟糕的问题。

程光炜：我对一个作家，尤其是比较大的作家，我总是希望看到一个全貌。比如说，假如把贾平凹的小说比成秦岭，《商州》可能刚刚是一个很低的缓坡，它刚刚出来。刚才庆祥说是一个"起源性"的东西，我觉得这个可能没有"起源性"的东西。贾平凹的高潮在什么地方？是从《浮躁》开始，《浮躁》《废都》《高老庄》，连续性的爆破，这是高潮，到《秦腔》又往下走了。你会发现一个轮廓，就是他的高潮的爆破点是在《浮躁》。他真正产生很大的影响就在《浮躁》上。为什么在《浮躁》上？郜元宝有一句话讲得非常好，他说，贾平凹是一个比较迟钝的作家，因为他生活在外省，那时候新时期文学的各种思潮都发生在北京，后来波及上海，也就是说他跟"伤痕文学"那些总是慢半拍。他说他很自卑，一直没有找到自己的优势，所以他就只能去处理乡间的这样一个东西。我的意思就是说，陕西作家的一个特点是，一定要有北京的思想才能照亮他。

李陀：你这么说人家气死了。（听众笑）

程光炜：没关系，他生气没关系。你比如柳青，柳青不存在这个问题。柳青是从中国青年出版社回到农村的。就是说他从延安再到那儿，然后再到北京。他具有这个高度以后，他带了这么一个思想回去了。回去他是要在文学中找到一个要回答这个时代的问题。那么路遥，路遥一上去就是《人生》，人生问题正是80年代的一个中心。80年代的主要问题就是青年问题，就是人生的意义。如果说那个有时代问题，时代问题就是人生问题。所以路遥一上去就抓住了一个"人生"。这个东西不是陕西作家所具备的，它是北京的思想。贾平凹这方面比较土，贾平凹到现在还是这样。他特别喜欢吃面条，有一次我们在广州碰到，一顿大宴在等着他，我都饥肠辘辘要去那个地方，我们同车。他就突然问谢有顺，有没有路边的小摊可以先吃碗面条？你看陕西人那个土劲儿！（听众笑）贾平凹骨子里的东西就出来了，就是一定要有个东西去激活它。所以我的阅读感觉就是，到了《浮躁》，他换了一种爆破，就是说他要写一个金狗，一个真正走出农村的、最后以悲剧作结局的人物，包括雷大空。当然这还是清理他前面的东西，还是没有达到他的顶点。他的顶点，从他的作品来讲，我觉得就是《废都》。我不知道李老师怎么看，庆祥怎么看，我认为他这一生写得最好的小说就是《废都》和《高老庄》。《废都》实际上我们很多次去讨论它，但一时半会儿我们还不能给它很完整的解释。《高老庄》为什么好？其实贾平凹这个人，有一次杨晓帆当面就问他，把他问住了，说你这个《古炉》的故事讲得很差。当时就在我们这个房间里头，贾平凹本来感觉非常好，来了几十家媒体，就是《古炉》的研讨会。晓帆笑眯眯地说了一句很坏的话，把他问住了。这是他的一个弱点，思想也不够，故事也不够。那么他是一个什么作家？他是一个性情作家，是一个写世情、写性情的作家。就是要让他找一个什么点，《废都》找到了。《废都》是什么呢？就是一个人进城之后毁灭了，或者是那个时代的生与死，那种幻灭，我们都经历过，80年代末之后的那种东西。后来他想找个东西缓解，就是《高老庄》。他最有亮点的，就是他暴露他一个乡下的书生，进城以后有百般的不适应，什么城市文明也好，这些东西也好。你看他特别土，一下就找了一个模特，他一下跨越好多，哪怕你找一个学生，找一个文学编辑。他个儿比较矮，他一下找一个比他高很多的。我就觉得有种特别夸张的东西，就是说很戏剧化。恰恰是在人生很慌乱的过程中，贾平凹写出他一生中最好的小说。其实后来的《秦腔》，陈晓明老师他们评价那么高，我一直认为写得比较差，我就不知道他在写什么东西。行，我就简单说这么多。

李陀：同学们怎么不说啊？

程光炜：我再说一句就行。我觉得李云应该怎么写这篇文章呢？你应该从高潮的地方进入，再回望他的这些小说。

李云：嗯，从《浮躁》？

程光炜：从《浮躁》，或者从《废都》，从这些东西再看他最初的道路。具体再怎么写我也不知道。

天成先说吧，他是准博士生，现在还不是博士。在学校的法律程序上承认了，但是到九月份才能跟我读，硕转博。这次这四讲，前面三个都是老师，从我们课堂毕业的老师，李云老师，李雪老师，还有杨晓帆老师。我们就来一点儿小创意，让一个很年轻的学生，还没成为博士的来讲一次。你先说说。

赵天成：好，前面部分我去接刘禾老师没有听到，所以我就随便说说。因为《商州》是贾平凹的第一个长篇小说，应该是在1984年，到现在整整三十年。当然可以从《商州》往后看，刚才杨老师和程老师都说得很清楚了。我想也可以再往前看，因为它是贾平凹的第一个长篇小说，但不是他的第一个小说。在《商州》之前，还有"商州系列"的一些中短篇小说，比如《黑氏》《腊月·正月》，包括《商州初录》那些东西。我想问师姐，你怎么看《商州》和之前那些小说的关系？因为我觉得，《商州》这个长篇小说对前面的"商州系列"，尤其是《商州初录》，有很多重复的痕迹。《商州初录》完全是风俗化的描写，就是去描写每一个地方。你怎么来看这些重复的痕迹？在这个意义上，你觉得《商州》这个小说是一个什么性质的小说？就你刚才总结的那三个部分，它的爱情故事、它的风俗描写和它的改革叙述，这三个部分是怎样整合起来的？怎样整合成一个长篇小说的？我觉得《商州》作为一个爱情故事很弱，是很旧很老的故事，从爱情线索上其实就是一个《孔雀东南飞》的故事。当然它穿插了一些城乡之间的摆荡，但这也不是一个新的东西，那个时候已经有了《人生》，有了陈奂生，有了很多这种东西。包括他的风俗描写，其实也不是新的东西，比如说沈从文的《长河》，我还想举出师陀的《果园城记》。其实我觉得它很像《果园城记》，因为贾平凹的意思可能是让叙述者带回来一双外来的眼睛，但是看起来他并没有真正带回来。那么在这种意义上，你说的那种道德化的风景，道德化的风俗，是否真的成立？我也有所怀疑。不过，刚才杨老师说，《商州》的人物很弱，我觉得这个倒可能是贾平凹自己有意为之。你可以记不住任何一个人物，但你可以记住商州，商州就是我要写的东西。就像沈从文的《长河》，也是什么人物都没有，但最后你记住那条长河就可以了。像《巴黎圣母院》，最终写的就是那个圣母院。我觉得这个也是可以成立的。不知道杨老师怎么看？

杨庆祥：《巴黎圣母院》我们能记住卡西莫多。（笑）怎么是记住巴黎圣母院？

赵天成：我的意思就是说一个地点也可以作为一个主角，在一个小说里被描写。

杨庆祥：那倒是，那倒是。你那个说得有道理，就是说贾平凹的这个风俗化的处理。他这个可能不仅仅是从师陀他们那里来的吧？我觉得是不是也有笔记体啊，或者是那些东西的源头，对不对？因为《黑氏》，包括前面的，其实都是笔记体小说。这涉及贾平凹的小说观念，我觉得这里面也是可以讨论的问题。贾平凹的小说观念，可能和我们讲的这种西方的小说观念不太一样，也可能有别的东西可以考虑。

赵天成：而且在1984年，正好处于"改革文学"和"寻根文学"之间。那如果我们把这种风俗化的东西搁到"寻根文学"里面怎么来看？跟其他的那些寻根小说，比如《爸爸爸》，比如郑万隆的那些小说放到一起，你怎么看？而且我注意了一下，《商州》的责任编辑就是郑万隆。你怎么来看它跟"寻根文学"的关系呢？

李陀：《商州》的责任编辑不会是郑万隆吧？是《收获》发的呀。

赵天成：我看的是十月文艺的。

李陀：哦，十月文艺出版社的。最早是《收获》发的。

程光炜：如果把贾平凹放在一个很大的历史里看，如果以后我们再追认他有什么价值，我觉得就在一个点上，就是他和明清小说之间的关系。我觉得这一块儿都解释得不够。没有这点，显示不出他和别人有什么不同。恰恰在这方面不太做研究。就像刚才庆祥讲的笔记啊，包括这一类东西，性情啊、世情啊。

李云：我觉得贾平凹身上有一种旧文人的气息，或者他的审美趣味就有那样一种东西，这在《废都》和很多东西里都非常明显。

杨庆祥：贾平凹从目前来看，当然除了《废都》，让我印象真的很深刻的还就是早期的那些，像《黑氏》《长白山》，不太像小说，有点散文笔法，有点笔记体，有点神怪的这些东西在里面。我觉得在80年代其实有个问题，比如刚才这个故事，他如果就是写一个男女的爱情故事，他可能也会写得很好。但是他一定要把男女的故事附着在大的改革的背景之下，我觉得这就是一个问题。这个问题我们前几天开会的时候也讲到了，这其实涉及作家的自我意识的调整，和他的写作姿态的问题。当代作家有一个很重要的问题,就是他们很容易被一些外在的东西拖着走。你会发现贾平凹他可能有一些——用"投机"这个词可能有点苛刻,可能不是——就是他想多方面讨好。一方面他内在的气质、内在的生命经验可能更倾向于笔记体、明清小说这些东西,但是他不会完全往这个路子走,他会往改革叙事那里走一下,像金狗。然后《废都》,他又往知识分子那里靠一下。包括《秦腔》,他都会跟着潮流,包括批评家的这样一些建构,他一定要在这里面找到一个东西。如果是一个天才,他可能会把这些东西融进去,写出很好的东西,但我觉得不是每个作家都能做到这一点。所以要是有一块东西做得很好,可能相对而言更好一些。这不是贾平凹一个人的问题,很多作家都有这个问题,这样导致自己最好的、本来可以写到极致的东西没有能够完成,完成不了。

李云:我觉得《商州》其实也是这样,就是在"寻根"和"改革"之间。这个小说怎么处理他是游移不定的。一方面,你看他一开始有一段话,我觉得挺有意思的,他说世界的发展趋势是城市化、金融化什么什么的,然后说这些发展商业和金融的政策都是英明的。就是他一定要先强调我的立场是对的,我对政策是拥护的,所以他会有那样一些改革现象的叙述。但是呢,他的兴趣又不在于此。因为80年代那个时候汪曾祺已经发表了一系列的作品,他是很喜欢的。所以当时的评论对他也很有影响,尽管那时候"寻根"的宣言还没有出来,但他已经有了一些自觉的写作实践了,《商州》就是这样的实践。所以我自己感觉,他对怎么处理这个小说是非常有意的。而且这是他第一部长篇,他又不善于写长篇,他糅合了很多东西在里面。

杨庆祥:这就涉及我刚才讲的,你处理这个作品的方式的问题。尤其是对这样一个已经有三十年历史的作品,你不能把它当成一个作品来看待,它应该是一个很多力量参与的东西。李老师等一下可以讲一讲,就是说这个作品肯定会受到,比如说杂志期刊的影响、编辑的影响,当时的哪些力量建构进去了,他只是把这些东西综合起来了。所以你不能把它看成是贾平凹一个人独自完成的作品,从这个角度进入你就把问题一下圈死了，它就打不开，它应该是由一个多方的东西建构起来的。李老师您说说。

李陀：别我说，大伙儿说。我要说的事儿多着呢，这小说和我还有一定关系呢。

程光炜：你给贾平凹编过一本书。

李陀：写序是吧？

程光炜：对，谈他的文学地理。

李陀：嗯，同学们先说说吧。

孙鹤龄：李云老师，我有两个问题。第一个问题，你提的问题很好，我挺认同的，就是你提到小说的形式安排，分几部分是写故事的。你觉得这种形式安排可以折射出或者反映出什么意识形态或者社会条件？你前面提出这个问题，但是你后面的结论我好像没怎么听清楚，你能再解释一下吗？第二个是你好像用了柄谷行人的"内面的人"和"风景的发现"，你认为贾平凹所描写的商州的风景确实是他自己的想象、自己的建构，那这种建构返回去的话，与他的主体性有什么关系？你也是提出了这个问题，但是你没有答案，所以我想请你再解释一下。

李云：你提的第一个问题就是说，这样的一个地理或者风景，它跟社会层面的意义有什么关联是吧？这个贾平凹在1983年前后有一个自述，他就说他回到商州去，展开这样一种采风式的写作，很大程度上是想把80年代他的故乡的整个风貌，包括正在进行的农村经济体制的改革全面地反映到他的创作里面来。所以他当时的一条线索，就是"后生"的这条线索，他是有点着意于类似地方志的写作，就是让你全面地了解这样一个地方。他认为这个其实还不够，不足以反映现实。可能里面涉及历史传说啊，地方志的记载啊，但是他认为还缺一个层面，就是对当下现实的反映。当下现实的反映，既包括我们能看到的物质层面的乡镇企业，那些人的经营状况，也包括人的精神世界已经发生的变化。所以他采用了这样一个形式，要达到他的写作目的。但是我觉得事实上效果不是特别好。

程光炜：他不擅长回答重大的历史问题，这不是他的强项。

李云：对。然后呢，这里面提到了柄谷行人，也提到了"风景"的发现和建构，但事实上这里跟柄谷行人把这些东西跟主体性的人联系起来有一点不一样。贾平凹这里可能试图要找寻一个自我，也确认一个自我，但是"风景"在这里是被他所征用的，或者是建构的。他可能并没有一个更深的意识，只是一方面在表层上带有卢梭式的浪漫，但另外一方面呢，我觉得他没有更大的自觉。这一段暴露得很充分，他的动机其实是非常简单的，没有我们想象的那么深，他这里用了一个词，我觉得一下子把档次又拉低了：他说他不得不回到西安，返璞归真的商州之行是有假期限制的，假期一到，他就可以走了。就是实际上，我觉得他的写作并不能够放到一个更深的层面去。

程光炜：他这个小说的结构是不是有点像沈从文的《湘西》？《湘西》就是很多零零碎碎的故事，一百多个人嘛，很多小故事串联到一块儿。

李云：对，包括他既写"商州三录"那样的散文体小说，也写这样的长篇小说，也是借鉴了沈从文的做法。

程光炜：对，结构上很像那个，一个回乡之旅。也是想把地方志，把各个地方的社会变化，包括现代文明在一些地方，比如说穿着啊，男女私情啊，都零零碎碎夹在这里面，有点模仿《湘西》。

张洁宇：但我觉得他和沈从文还是有不同。刚才其实李云讲的时候，我感觉到了贾平凹对沈从文的这种模仿也好，或者说认同也好。包括里边讲到原始的、蛮荒的男女，包括你刚才念的对女性的描写，说她眼睛里的月光，其实都是非常沈从文式的那种笔法。但是我觉得有一点不同，刚才好像天成也谈到了，就是沈从文写回乡，回到湘西，他是已经走出来，然后带着一双外面的、北京的、学院派的、教授的眼光，他其实自己有优越感，再回去写。我觉得贾平凹写呢，因为我对《商州》也不熟啊，是听李云刚才讲的，就是你讲到逃犯对美女的征服，逃犯自己都没想到他一下子就征服了那个美女，就是城对乡的征服。其实那里面"乡"是一个非常主动地迎上去的姿态，我觉得这点是和沈从文非常不一样的。其实有点像刚才程老师讲的，陕西作家想去迎合一个北京教授的眼光，和沈从文带着北京教授的眼光回去，感觉上角度好像不一样。

慈明亮：我想讲一下，刚才天成师弟提到一个问题啊，他就提到"商州三录"和《商州》可能会有一定的联系。我发现在谈到视角这个问题上，《商州初录》里面也有一些外乡人坐着长途汽车，回到商州或者在商州这边逛，就是在这里面有一个外来人的视角。我发现《商州》里就把这个视角挑明了，就是一个外乡的游子要回来，把这一块儿给明晰地写出来了。但是在效果上，我自己可能会更加偏向于没有暴露的那种外乡人的视角，可能会更好一点吧。不知道你怎么看，这种原乡的视角和外来人的视角的关系，或者说哪一种会更好一点？

李云：哪一种更好，我还真说不上。但是我觉得贾平凹在处理商州的时候，用这样一个外来人的视角是必然的。否则的话，我觉得他这个小说是很难成立的。因为他这里面有一个转化的过程，如果没有一个外来者的视角的话，可能很多问题在他这里是展不开的。必须要有这样一个预设。

慈明亮：我提供一个比较。比如说沈从文的《边城》，里面外来人的视角好像看不出来，或者说几乎我们就不知道他有一个视角，好像就是写一个非常本土化的美丽纯粹的爱情故事。那么，《商州》的这种视角建构和沈从文的《边城》那种看不出来的情况相比，你怎么看？

李云：我觉得这个也是跟当时他试图往"寻根"上面靠有一点关系。"后生"的那条线索他自始就要非常明确地提出来，那是因为他好像要非常明确地展示出他在寻根。好像是有这么一种关联。

程光炜：有目的。因为沈从文他有一个理想化的东西，就是刚才洁宇老师说的，他是一个教授，从北京来的，他首先有一个"希腊小庙"的那一整套东西。他那一套思想实际上是周作人的思想，就是要重建中国文明。重建中国文明应该从哪里开始？从汉代以前。汉代以前的社会就像古希腊社会一样，是服从自然的秩序，从生到死、顺乎其然的。所以沈从文作品的感觉非常自如。而贾平凹不一样，因为他是个当代人，我们当代人前面有一个"文学为政治服务"。"文学为政治服务"到了80年代比较弱了，但是我们这一代人的那种东西是没有变的。我读贾平凹的作品，感觉他真正写得比较自由的，要到《废都》和《高老庄》，但也还是有文学为政治服务、为现实服务的东西。是什么呢？就是他这一阶段，从1978年到1987年《浮躁》，很长一段时间他的作品里有两个元素，一个是农村改革小说的元素，再一个就是"寻根"，"寻根"肯定是一种文学流派的东西。所以你看他夹杂了很多现实的考虑在里面。但那没办法，你不写这种东西发表不了。那时文学杂志的生产都需要这种东西。

李陀：同学们怎么都不说话啊。

程光炜：因为李云一开始没让我们兴奋。

李陀：批评家应该是自己能够兴奋自己的啊。

翟猛：我想说一下。李云老师，因为我也不是研究当代的，我就想谈一下你的研究方法。刚才你谈到文学地理学的方法，我很感兴趣，但是我发现你到最后基本上没有谈到这方面。

李陀：对，我也是，特别感兴趣。

翟猛：现在的文学地理学，我用个不太合适的词，更为新潮或者更为前沿的是一种空间批评的研究方法。我在台湾的范铭如老师的书里面，看到过他通过空间批评去谈台湾当代小说，尤其是谈文学文本与空间之间的互动关系。我发现你谈的那个文学地理学，实际上还是一个单向的，就是文学对某一个确定空间的描写。实际上我觉得应该还有另外一个方向，就是文学文本所描述的空间，对于文学文本自身的形态，或者它的一些其他方面产生了什么影响。我觉得这个地方应该谈出来，我很希望听到，但是我发现不是特别明显。

程光炜：因为之前我和庆祥有些设计。天成因为承担了任务，就不断跟我说我们要讲什么？我说杨老师没告诉你我们要讲什么吗？我们就找一个点来展开。贾平凹是李云和李雪讲，结果这两个女孩子都不讲《废都》，女孩子都比较讨厌《废都》。我原以为她俩会从《废都》开始，结果李云跑前面去了。李雪讲什么？

李云：李雪讲《带灯》。

程光炜：哦，她又跑后面去了。（听众笑）

李云：因为我以前其实写过《废都》的文章，但基本上是原来那个路子。就是说把贾平凹在信上所找的这种自信，和现实生活当中这种文人的边缘化，或者说知识分子的边缘化对应起来。主要是因为我没有太多的时间，我的时间都是碎片化的，我就是想说如果要重新来讨论《废都》的话，我可能需要一点时间去重新解读它。如果现在让我来讲，基本上就是原来那样的思路，我觉得还不够，因为很多人都这样做过了。

程光炜：不是，天成问我她们讲什么，我就说随她们吧，随她们怎么着。我的意思是说，我自己的感觉，不一定对，如果从《废都》开始去讲，贾平凹的好多东西都可以慢慢理出来，包括他前期的东西，后面的也有。但我也说不好，我就觉得那个是富矿，应该往那儿去挖。怎么跑到《带灯》去了？不明白。凭我的一种感觉，批评的感觉，在《废都》这个点上，不是因为争议，也不是因为形式，是《废都》这个作品在他的作品里带有综合性。包括写法、叙述方式，还是有前期《黑氏》那种短篇的很多东西，比如那种片段性的东西。包括他后面的《秦腔》，那种文明的衰落，《废都》里面都有。李老师，你觉得我们应该找什么方式来面对贾平凹？得找到一个点吧。

李陀：对。贾平凹其实不是一个很容易研究和讨论的作家。这涉及两个问题，第一个问题其实就是说文学批评或者文学研究怎么进入，但这个我想待会儿再说。第二个就是说到贾平凹，我们现在找到一个什么，我们面对这么一个写作数量相对很大，又延续了这么多年，而且每一个作品出来都有很大的影响的作家应该怎么办，他的每部作品几乎都引起争论，一直到现在的《带灯》。《带灯》我还没看呢，不知道怎么样。对这样一个作家，我体会光炜的意思呢，是说要对这个作家整个的创作发展作一些讨论，看看能不能做一个回顾，回顾的同时要对他做一些总结，看看他有什么特点，哪些地方成功，哪些地方失败，大概这么个意思。当然这也是一个很学院的，属于跟文学批评比较远，跟文学研究比较近的这样一种视角。从这个角度看呢，我也没想好，因为如果这么讨论问题，就得把贾平凹作品从头到尾看一遍，从《商州初录》一直到《带灯》，可是我没有时间做，所以我不太敢发言。但光炜非让我说两句，说什么呢？我这么说两句吧，我觉得贾平凹，我最喜欢的作品，是早期作品，"商州三录"，再加上《黑氏》这批，就是更接近笔记体的这部分小说。抛开我个人的喜好，贾平凹最成功的作品，那当然还是《废都》。我觉得贾平凹呢，一般来说他不适宜写改革。可是贾平凹，就像杨庆祥说的那样，平凹有时候老受影响，非要写改革不可。其实写改革是路遥的事儿，不是贾平凹的事儿。因为路遥对改革，我们开会时候已经充分讨论了，路遥对改革有他自己独特的看法。这个独特的看法，是别的作家没有的，是别的作家不能替代的。所以他的《人生》或者是《平凡的世界》，能有那么长远的影响，而且在整个写改革的作品当中他的地位那么突出。可是平凹呢，对改革没有看法。我个人认为啊，他老想描述改革，他就说：哎，改革在我们农村，或者在我们小城市都发生什么事儿。我这话老得罪人，一般的来说，凡是在写改革的小说里头，我们都很难看到像路遥那样对改革有自己独到认识的这种作家，没有。比方说像柯云路，柯云路这种作家对改革的看法和官方没什么区别，大同小异，所以他那个小说出来其实是在图解改革路线，图解改革进程。他把它给相对地故事化、人物化，如此而已。不能再多举例子了啊。（笑）反正写改革的这个群体的作家不少，很少有人像路遥那样，对改革的复杂性、对改革的内在矛盾、对改革的动力的特殊分析、对改革带来的新问题，路遥都有自己的看法。在这个意义上说，咱们那个会其实还没有展开。

程光炜：咱们说前面的，说"十七年"说得比较多。

李陀：咱们那个会，好处是什么呢？好处是对路遥讨论的方方面面都照顾到了。缺点是什么呢？比如说，路遥最大的贡献到底是什么？我觉得我们就不够深入。比如说，路遥这样一个作家，他能够对改革有自己独到的看法，像我刚才说的那一系列看法，那么这些看法怎么体现在小说里的？用什么样的艺术形式表现的？他的独特观念哪些是有意思的，哪些其实是平庸的？这些都可以深入讨论。而平凹呢，我觉得这个对他来说非常困难。他擅长的，就体现在他早期的笔记体小说，和后来写的《废都》这样的小说。最近我对小市民问题特别感兴趣。（笑）我上午刚写了个短序，我就专门说了几句，就是只要进入现代社会，就有小市民这个阶层存在，但是在当代中国呢，有一个新兴小市民阶层。我在给北岛写《波动》的序的时候，特别强调了新兴小资产阶级，"新小资"，那个文章没有来得及讨论新兴小市民。对我个人来说，有一个问题就是文本比较少，我们拿什么文本来讨论新兴小市民的问题。那么最近呢，我觉得文本就多了。为什么呢？体现在微信发达以后，我们进入一个自媒体社会的时候呢，小市民手舞足蹈。因为在过去的文学秩序、出版秩序、文化秩序当中，小市民没有发言权。这个我不展开了啊，你们大概能够理解。他很难通过编辑、通过出版社，出书、上报纸，都很困难。现在有了自媒体以后，小市民来劲了啊。无数的小市民的声音从微信这类的自媒体当中发出，形成了一个可畏的，甚至是可怕的社会声音和社会舆论势力。那么这个东西呢，早期有没有表现？有表现，比如说贾平凹的《废都》。我认为《废都》是新兴小市民文学的第一个大作品。所以我觉得李云，你不要老纠缠你刚才说的那个，农村知识分子到城市以后，什么欲望啊这个那个，能不能有些更大的问题？有意思的是什么呢？贾平凹的《废都》里头展现的小市民，和以往文学里展现的小市民有什么不一样？这些小市民在意识形态上、思想上，在追求什么东西，这个《废都》倒是有充分的展示。我觉得这是一个比较新的有意思的问题。小市民问题在文学批评上有一个表现，就是什么呢？跟《废都》差不多前后吧，就是白烨和韩寒的吵架。

杨庆祥：那比《废都》晚很久了。

李陀：晚很久了啊？对。就是白烨绝对没有意识到自己是遇到了小市民啦，所以他吵不过人家，他想用一种很知识分子的，带有某种学术的语言跟小市民吵架，吵不过人家。他糊涂了。像这种表现，其实都是很可贵的文本。所以我觉得《废都》这个写作，其实是贾平凹写得最好的作品，也是最值得分析和研究的一个东西。那么剩下的，我觉得就是他早期的笔记体小说。这点上我很赞成杨庆祥刚才说的那个，就是他没有勇气沿着这条路走下去。因为从作家来说，其实很幸运的就是什么呢？他有一个东西别人不能写。刚才我上来不是说了半天幸运的问题吗？作家、批评家要是有一个幸运抓住了以后，你千万别放手。平凹这点是很幸运的，他有这么一种素养、能力、经验和生活，使他能够在笔记体小说当中充分地展现自己，而且写得那么有特色。说老实话，虽然他跟沈从文有一种继承或者模仿关系，但就笔记体小说来说，沈从文写得没有贾平凹好，语言也没有贾平凹好。《商州》，我一说《商州》话就多啊，尽量短一点。我记得我们最早是在阳澄湖笔会，有一群作家，我记得我好像是翻看《钟山》，看到《商州初录》了，我就非常兴奋，赶紧拿给汪曾祺看。汪曾祺一看也非常兴奋，于是我们在那个笔会上，私下里有一小部分内容都在讨论《商州初录》。就是这个东西中国当代文学史上没有过，凡是没有过的东西我们就应该重视。它怎么回事？为什么出现了这样一种文体？为什么出现了这样一种文风？为什么出现了这样一种写作？所以呢，连汪曾祺这样的大家，他见了《商州初录》以后都感到兴奋、感到惊讶。在这种写作上，其实平凹应该可以走得很远。但是走在这条路上他寂寞，这是一条寂寞之路。这点杨庆祥其实说得很对，很准的，但是你刚才说话说得犹犹豫豫的，不如你平时那么明快。其实这些话可以说得明快一点儿，不说就不说。贾平凹写《商州》的时候呢，其实李云你这点说得非常准确，可惜你这点没有展开，就说写《商州》的时候贾平凹如何矛盾，如何想要像《人生》那样也火一把。但是呢，他又舍不得自己发家的、使他成名的商州系列的小说写作。所以他在这里头就出现了你分析的两条路线的矛盾。李云我给你提个意见啊，也是我跟刘禾回来以后，尤其是刘禾回来以后，有的时候就特别着急，就是我们现在的文学批评有一个什么问题呢？我们批评家，或者我们学者的位置跟作家是平等的，老是在解释作家。凭什么啊？我学者比你高明啊！我批评家比你高明啊！我看到你看不到的东西，我能够分析你的灵魂，我能够分析你的写作，你作家自己做不到。某种意义上，作家就是一只鸟，他不知道自己唱什么呢。他唱的是什么，是由批评家阐释出来的；他在文学史上的地位、他写作的意义，是批评家和学者赋予的，是文学史家赋予的。作家是在整个文学生产当中的第一个环节，第二个环节是文学批评，第三个环节是文学研究，第四个环节是文学史研究，这四个环节缺一不可地构成了总的文学这个东西。我不知道我说清楚了吗？文学不是一个作家写，写完了发表就是文学，不是的。所以有时候我们在论文里经常听到"文学生产"这个词，批评家自己说"文学生产"的时候都不知道"文学生产"是什么意思。你说的"文学生产"跟"文学写作"有什么区别啊？没有区别。我们讲"文学生产"是说它是一个过程，它是一个工业。因此，我们后续的这些过程，一定要比作家高明，一定要比作家站得高，一定要发现作家的问题。李云，你就得长点志气，你不能站得比作家低！

程光炜：她今天有点谨慎，本来不是这种人。那种野性的东西没有了，显得很循规蹈矩，像个乖女孩儿。

李陀：不应该谨慎。像刚才杨庆祥说的那个我就很不赞成，说我们不应该这么苛刻。没有苛刻就没有批评，没有苛刻就没有研究！必须得苛刻，对作家尤其要苛刻，对吧？我们现在谨谨慎慎地变成什么了？变成他的传声筒，啊，我们来解释，这个作家写了什么了，他什么意思，他用什么方法，他自己想传达什么，那是读者的事儿。每一个读者都会这么说：我觉得贾平凹要说什么事儿。所以我觉得我们这个文学批评，文学史研究，一定都要比作家高。这点要有个气势，要不然不会有文学。李云你今天的发言我就有点奇怪，跟你的风格完全不一样，怎么谨小慎微、循规蹈矩的？而且还一步步解释说第一章怎么回事，第二章怎么回事，第三章怎么回事。我说句不客气的，这个既不是文学批评,也不是文学研究。所以,话说回来,说到贾平凹的时候也是这样,应该沿着贾平凹的问题,贾平凹的问题在哪?从问题的提出,完了以后我们研究他的成就啊、缺点啊,或者其他,他写作的意义啊,等等。今天李云的讨论我觉得就是问题不够,你到底要提出什么问题?尤其是什么呢,姿态不高!顶多你的脑袋有人家肩膀那么高,你应该比他高出两肩来,这样才对。现在作家很娇气,不能碰,一说点儿他的缺点就都急了。

杨庆祥:都惯坏了。

李陀:嗯,惯坏了,被我们批评家和学者惯坏了。像李云你这种研究啊,就是给人作家挠痒痒。平凹看了以后挺舒服的,说:是,我有两条线索,(听众笑)原来我还没想到,学者们一说两条线索,挺好,我写的时候怎么没想到我两条线索啊?这不行,这都给作家挠痒痒呢,是吧?我觉得尤其对这种棘手的作家,一般来说,棘手的作家是我们——文学研究也好,文学批评也好——最喜欢的对象。那种,哎呀,我又不好点作家的名字啊。点一个也行,《金陵十三钗》的作者叫什么来着?严歌苓,对,像严歌苓这种作家对我们文学批评来说没有诱惑力。我们批评她干什么?交给读者就完了嘛。交给张艺谋,让张艺谋去琢磨去。张艺谋可能觉得:哎呀,真不错啊,可以拍电影啊。那是张艺谋的事儿。所以我觉得像贾平凹这种作家,其实是我们文学批评和文学研究非常好的对象。李云说的那个就是个很好的题目,他的内在的心理矛盾,他写作中这种心理矛盾的展现,以及他的写作和我们整个文学发展和社会历史之间的张力,我觉得都非常有意思。他的《带灯》,我没看小说,我只看了评论,好像更往现实靠拢了。

程光炜:乡镇生活。

李陀:对,那么像他这种写作呢,其实是我们文学批评最好的材料,是让我们拿到菜板上使劲剁的东西。有些东西,像严歌苓的那个,你没得可剁。你要把贾平凹往菜板上剁的话,我觉得很有意思。你一边剁一边高兴,是吧?(听众笑)我就说这么多。我觉得啊,李云，你是不是让蔡翔他们给弄坏了啊？

程光炜：没有，今天主要是她可能不知道我们要干吗。沟通不够。

杨庆祥：我补充一个小的细节，佐证李陀老师的观点。我和程老师前几天在沈阳开会，讨论70后作家。就有一帮批评家和一帮作家，我正好是跟作家们坐在一起。一所大学的年轻教师，她就要求发言，她发言的题目是讲卫慧的《上海宝贝》。她不仅仅是念稿子，还用了很多的大词，比如消费啊，全球化啊，然后我旁边的两个作家就各种不屑，然后直接就表达出来，说这在说什么啊，这太差了，她怎么好意思发言。这个就让作家也瞧不起，我也觉得很丢脸，怎么还好意思讲这么久？既没有感觉力，也没有什么东西，就是在那里读一个论文体的东西，也没有真正挠到作家的痒处。这个我觉得就佐证你的观点。现在这种情况在批评界很多。

李陀：刘禾你说几句吧。既然来了，怎么也得说几句感想啊。

刘禾：我觉得你刚才说的，让文学批评家比作家站得高，像刚才庆祥说的那样，不太容易。因为站得高你必须要有足够的学识，必须要有资格，可能没有获得那个资格以前比较困难。再一个就是论文体，这种大批的文学学术生产机制，让我们的学生觉得文学应该这么去读。比如李云你刚才在读，你说是细读，但我没听到细读，我听到的是描述一个情景。如果说文学系毕业的硕士博士出来写文章，对文学的批评是描述人物关系、描述情节、描述历史背景的话，那任何一个没有经过学术训练的读者都可以说：我也可以做这些事。我的问题是，你的训练到底在哪里？你识字他也识字，你会读小说他也能读小说，你能看电影他也能看电影，你的描述说不定还没有他描述得高明。我觉得应该有一种危机感才对。你为什么学文学？是要找口饭吃吗？找个工作吗？我觉得大家应该反省一下。我能不能提几点建议？我觉得应该有点禁忌。你比方说，你要是学数学物理的话，你必须掌握最基本的技能，你在跟数学家交流的时候，就不能用现代汉语去交流，你必须用他的语言。那么文学如果没有发展出自己的分析的方法——也不是方法,国内喜欢讲方法,不是什么方法,就是刚才李陀讲的"进入",怎么进入一个作品?还是像一个读者那样拿起来从头读到尾?要是那种自然的进入方法,你就跟普通读者差不多高。所以我能不能提几个建议?你们可以不听。第一个禁忌,不要揣测作家的动机。这是读者爱做的事儿。第二,不要轻信作家的话,包括作家自己说自己是要做什么的话,他可能是在什么对话、笔谈里说的,他今天这样说,明天可能那样说。

李陀:尤其不能相信写作以后的"创作谈",那都是胡扯。

刘禾:对,有的时候是记者逼他,他不得不说话,但他今天说的话,明天就忘了,后天说相反的话自相矛盾。作者的话千万不要听,创作跟他回头说的是两码事。所以,不要揣测作家的动机,不要轻信作家的话。这是一条走不通的路,它不是对语言的分析。不要相信作家的话,我就不知道大家写论文时能不能做到?第三,不要复述作品的情节,不要描述这个人物跟那个人物说什么了。第四,更难,不要描述历史背景,来说明这个作品是怎么回事。先把这几个禁忌设了,看你还能不能讨论文学。这样才能把自己放在一般读者之上来进入一个作品,我觉得大家真的应该考虑一下。你像《商州初录》,我是很早以前看过的,我也没有看过贾平凹的全部作品。大家已经讨论过了,他的笔记小说的确是很有特点,我觉得最有意思的就是他的语言。这个语言怎么去解释?刚才李陀说为什么汪曾祺一下子觉得特别震惊?那一定是被这种语言打动。但听了半天没听到对语言的讨论,他跟别的作家的区别就在于语言。他的语言是怎么回事啊?是你平时写的那种语言吗?肯定不是。那如果说他对笔记小说有贡献的话,那他对哪一个传统有贡献?这是个"真问题"。那么你分析的《商州》,如果说有"外来者",这个是他从前小说没有的东西,那是不是也值得去分析?刚才有个同学提出,外来者是外边来的,这是不是从前的笔记小说的特点?如果不是的话,外来的陌生人的进入,这是路遥也喜欢思考的问题——内与外的问题,就是外面的声音进入,造成一个什么样的错位。关于《废都》,我压根儿就没读完,所以没有资格发言。我就觉得他早期的这些实验,尤其是他的文字,还不能说是文体,他自己创造了一种语言。那么他用这种语言来写这个地方,创造出这样一种非常有特点的他自己的世界,怎么去进入?而且他自己写的,经常是有人进入这个世界,对不对?那你作为一个分析这个作品的人,你怎么进入这个世界?这不是自然而然地从第一遍阅读中出来的。我的学生有的时候经常发生困惑,就是怎么进入一个文学作品,怎么分析,怎么发现问题?我就说你不要依照作品的时间顺序,不要从作品给定的时间进入,找一个另外的角度进入,是不是能够打破一种惰性呢?进入是非常不容易的。你要找到一个非常好的进入点,你就得比较深入全面地把握这个作品,就是真的读透了,这不是特别容易的。读透了你才会有问题,李陀刚才说你的问题在哪?因此,什么叫文本细读?这个问题可能要拿出来讨论。

李陀:对,这在国内是一个大问题,咱们是不是专门搞一个会,我们就讨论什么叫文本细读。现在人人都在说文本细读。

程光炜:这十来年最爱说的就是这个。

刘禾:反正我认为,就那四个禁忌搁在那儿,不要做这四个事,然后你试试。

关于贾平凹我不能说更多,但是我的确也很遗憾他没有继续沿着他非常有特点的语言,把笔记的文字往前推进,跟现代汉语形成某种接合。这个接合点在哪里?其实值得讨论。

李陀:他对现代汉语的贡献呢,恰恰就在这两个部分上。一部分就是他的笔记小说,他居然能够把文言因素跟现代汉语因素糅在一起,变成一种很独特的语言,这是别人模仿都模仿不来的,而且还有点陕西方言的因素,他给弄到一起。说老实话,谁对现代汉语能够有一点儿新的贡献,都是一个大家。从这个意义上,平凹也是大家。再一个就是《废都》里的语言,那个语言呢,创造性更强。我对《废都》这个小说——因为我受不了小市民,所以它的内容、意识形态和政治倾向——是不太喜欢的。但是我惊叹他的语言。他又创造了一种新的语言,而且这种语言和他描写的小市民社会是如此地吻合,也是过去的现代汉语里没有过的。就这点贡献来说，平凹已经是了不起的作家了。我们非常遗憾的就是，他对改革没有什么独到观察的时候，非要把改革加到他的作品里，那其实是一个不好的策略。如果你研究他的成败的过程的话，我觉得这是一个关节点。但是刘禾再三强调他的《商州初录》开始的语言问题呢，其实也要仔细研究。没有人研究过，就是那个语言是怎么回事？

程光炜：刚才刘老师讲的是难度很大的事。贾平凹呢，他的作品我差不多都读过。在现在这几个公认比较大一点儿的作家中，其实我最偏爱的还是贾平凹，其次是王安忆。我不太喜欢莫言和余华，他们受外国文学影响太大了。喜欢贾平凹就是喜欢他这一点。这个人不好处理，因为他的东西太多了。他有一段是大家容易忽略的一块儿，他从《浮躁》到《废都》之间，写了大量意识流小说，写了很多很多，非常好。有一次我无意中找出来的，看了很长时间。没有想到里边有一点儿《聊斋》的，有一点儿伍尔夫的，有点像汪曾祺在40年代写的东西。非常好，他比汪曾祺那时候写的还要好。我感觉跟那几个作家比，贾平凹是一个比较全面的作家，毛病比较少。你不能要求作家是一个大思想家。他体积比较大，我就觉得我现在还没有能力把他整个"拎"起来。刚才李老师说得很好，一个批评家，一个有点儿想法的研究者，你得有点"一览众山小"的情怀。

李陀：没错！

程光炜：你把这些都看了一遍，然后你得站得比他高。就说这些沟沟坎坎到底发生了什么？我看他们，就是看这么一个东西。一个作家走过的地方的山川地貌，有的路是弯的，有的是直的，有的是高潮期他非常拿手的，有的他写得很别扭。这个很难。贾平凹是非常值得研究的。他有个什么东西呢，我觉得李老师说得很好，就是他怎么看世界。他看世界和莫言、余华有什么不同？他们是同代人，他怎么看世界？这是第一个，就是用他的语言怎么去描写他看到的世界的？怎么用语言去表现的？贾平凹这个人身上有点怪，那几个作家都比较正常。莫言看着天马行空，其实莫言很正常。余华很正常，王安忆也很正常。

李陀：我同意。

程光炜：最不正常的就是贾平凹，怪，你如果同他一块儿长大的话会发现他是一个特别怪的孩子，我童年朋友中有这样的。比如说他特别喜欢写这种东西：一开篇，一块瓦从墙上掉下来了。这种都是说不清楚的东西。这个是哪个里的？好像是《废都》吧，好几个长篇小说里都是这样的。还有今天不宜出门，牛吃什么东西了，是吧？其实我对他真是兴趣太大了，但是我觉得我的问题在什么地方呢？就是缺少刘禾所说的那种，一个完整的西学性的东西，因为在中国的环境里面，接受不了很好的西学，这是很大的问题。陆建德很多次问别人，你用这个概念，这个概念从哪儿来的？刘老师说的也是，我们不严谨。

李陀：不是严谨不严谨，她说那几个禁忌，我希望大家琢磨琢磨，有没有道理？

程光炜：就是说你自己没有受非常好的训练的时候，你想拿一个很完整的东西，去对付他这么一个完整的东西，非常难。他这个怪，很有意思。他看世界很怪，他不是以一个改革者的眼光看世界，像路遥的那种方式，中间走一段时间。他也不是莫言那种，受外国文学影响很深，自己有点儿想象力。不一样。也不像余华那种很悲剧性的、讥讽的。我觉得他看世界有一个什么东西呢？其实贾平凹是一个非常自我的作家。不管世界发生什么变化，他看到的全是他自己那套东西，他的小说其实建构了他自己很独特的一个世界。这个东西是什么？我还一时半会儿弄不清楚。你看他长篇、中篇、短篇小说，不管他怎么写，他都有一个很自我的东西。《废都》达到了一个极致，当然也包括他的一些短篇。我很赞同李老师跟庆祥说的，他早期的那些东西写得太好了。就是刚才刘禾说的，他为什么不把它发展得更完整呢？这也是我们处在这么一个文学非常复杂的时期，一个作家很难把一个东西坚持下去。更何况贾平凹是一个很懦弱的人，比较容易被别人劝，被批评家劝，他是一个很懦弱的人。

李陀：你说得很对。

程光炜：我恰恰喜欢他的懦弱。我不太喜欢莫言的强势，我就喜欢贾平凹的弱，我说不出那个味儿，弱、怪，那就是他的味儿，他的味儿就在这儿！

李陀：谁拿你这个观点，就是说贾平凹不是一个正常人，去写一个研究，就有意思。

程光炜：对。你看他《废都》里面，把唐宛儿约到他家里去，对人有点儿想法，想动人家，就让人家去推那个窗户，一推窗户她的腰就显出来了。他就这一系列怪的东西，其实这也不是旧小说，这就是他特别的东西。我看这段的时候很着迷，就想他怎么会这样看女人，也不完全是性，他对唐宛儿也不完全是性，是非常美、非常有味儿的一些东西。其实贾平凹给我什么感觉？在这几个作家中，他是最自我的，非常完整，是一个中国人在写小说。但是这些东西我们现在研究得不够。还有一个大问题，我自己很清楚，就是他的东西太多。我缺的东西还太多了，在很多东西都没读到的时候，去做它很难。在他身上我就感觉到当年我想去"动"周作人，后来望而却步，不干了，周作人好多东西我都没读过。所以我其实也有一种胆怯，就是我很喜欢贾平凹，但是觉得我没有能力。你首先得有古代文学这一块儿。那天蒋寅说了一句话，他说《废都》里有《水浒》的东西，我也没想到。蒋寅啊，这个人做唐宋应该是很好的一个学者。我说你怎么会有这些东西？这都是我很缺的。

李陀：我插一句，就是《水浒》里面市民社会的描写很多。

程光炜：对，《废都》肯定没有《金瓶梅》那么精细，也非常了不得了。你到了今天写世情，还真没有超《废都》的。

刘禾：一个是读书要多，还一个就是跑的地方要多。

程光炜：对。

刘禾：你要研究贾平凹，到商州去转转，去看看啊。

程光炜：你把他走过的地方再走一走。

刘禾：对，走一遍。但这不在我们文学训练之中，问题在这儿。再一个，做当代文学不做现代文学，做现代文学不做古代文学，这个学科的分科问题极大，这不怪同学，怪这个教育体制。

程光炜：不回头进行一些现代文学的补课，当代文学做不好。同样没有点儿古典文学的底子，现代文学也做不好。

刘禾：你像贾平凹古典文学底子这么厚，你不读古典文学做什么当代文学啊。这个不可能做到。再一个，他的阅历、他和土地的关系什么的，你不到那儿去，怎么能有体会？不是说写实，你得到那儿。但问题是，我们的硕士，两年三年必须毕业，博士必须三年毕业，是吗？

程光炜：我们现在博士改成四年了。

李陀：改啦？

程光炜：嗯，改了。

刘禾：就是这些年轻的同学，没有体验生活的机会，都在考试。

程光炜：大部分同学没有沉迷在他的专业里头，只有少数人沉迷，我们到了这个年纪觉得应该沉迷了，也晚了，又老了。

刘禾：就是同学们还是得问问自己为什么学文学。如果你没有激情的话根本不用学文学，干点儿别的。学文学那就得没有阅读的界限……

李陀：其实学文学多好啊。你要到公司去，你就是一个白领奴隶。人家吆来喝去的，你根本不可能对另外一个人站得很高地说三道四啊。你对老板，别说说三道四，说一说二也不行啊。刘禾说得很对，其实文学有很多迷人的地方，要认识到这些迷人的地方。这个职业，我觉得是在当今很难得的一个好职业。别的职业你去了以后都是齿轮和螺丝钉，给你拧得越来越紧，越来越紧，越来越紧。只有文学，你还能觉得自己"哎？我还有看法"。贾平凹是大作家，批他！这个快感别的职业哪有啊？（听众笑）所以刘禾说的非常重要，我们到底为什么要学文学？文学有什么用，有什么魅力，有什么诱惑？

程光炜：贾平凹有一个写"月亮与我"的，写"我"走了30里，月亮也跟了"我"30里。多好啊这些东西，你说不出来的东西。

李陀：他把一句唐诗给化过来了。

程光炜：对，他的作品中太多这种东西了，太多的闲笔。他属于作品中闲笔非常多的作家。

刘禾：所有这些都不是在你们的论文体里能容纳的，也不是在你们的考试里所能回答的。问题在这儿，学生们在这样的体制里面，怎么能够不被扼杀？

程光炜：这个问题比较复杂。就像学徒还没出师，手艺没学完，很多野的东西还不敢弄。即使有些想法，但毕竟那几套工具他得先掌握好。

贾平凹是一个非常让人有兴趣的作家，能给你美的东西，很多作家都一点儿不美。要不就写悲剧，哭哭啼啼的，那些都一点儿不美了。他们都说《废都》怎么怎么，我觉得《废都》写得最美。

李陀：美可说不上。

程光炜：我指的不是男女的，而是小说外面有一个东西，他个人的一个完整世界。

李陀：《废都》啊，其实还有一个贡献，就是它虚构了一个世界。比如西安也好，哪儿也好，中国真正的市民社会不是这样的。他是虚构的，有点像福克纳虚构他的家乡一样，贾平凹虚构了一个市民社会。所以这点上，他的写实主义又很不写实。我们硬要拿它比的话，它确实接近《水浒》而不接近《金瓶梅》。《金瓶梅》展示的是一个真正的明代的市民社会的方方面面，《水浒》不是，《水浒》是一个故事性非常强的虚构的东西。这都是可以研究，可以讨论的，都非常有意思。但是总而言之，你得比贾平凹站得高。李云，本来你挺狂的。

程光炜：对，她本来是个比较野的女孩，现在是不是被上海给规训了，回来以后面目全非。

李陀：找蔡翔质问去。

程光炜：对，回头要把蔡翔拿过来批斗一下，怎么李云这几年变成这样子了？

李云：我觉得还是李老师说的那个，要比贾平凹站得更高。其实最开始庆祥师兄跟我联系的时候，我还是挺激动的，准备借这个契机读读书。因为说实话，我们在上大基本上不碰文学。师兄一说这个事儿呢，我就觉得读书的机会来了，重新把贾平凹系统地读一遍。但是最后，到学期末，基本上只读了两本，把《浮躁》和《商州》读了。所以我有很多东西不敢说。我觉得作品还是先得读完吧。所以我确实觉得，刘禾老师刚才的提醒是非常对的，那四个禁忌。我现在觉得我有个困惑，不知道该怎么去做文学研究，因为我很久不做了。我不知道我是做什么的。

杨庆祥：李云，其实我叫你来讲的时候对你还是有期待的，你知道什么期待吗？你在上海，我知道蔡翔老师他们在那里做那些事儿，那个又何尝不是进入文学的一种方式？他不谈文学，你可以用他的方法来谈文学啊。比如"东亚"，"东亚"也可以拿来讨论文学啊。其实我是蛮期待你从那样的一个角度来进入小说的文本的，甚至是进入诗歌。

李陀：有这可能。

杨庆祥：这个很有可能，就是蔡翔老师他们可能对这个不感兴趣了。你要是愿意的话，可以把他那个东西挪用过来，其实可能有新的生长点。应该是有。

李陀：但不管什么生长点，今天刘禾说的这几个禁忌，大家千万琢磨琢磨，是不是有道理？

刘禾：除了禁忌，恐怕大家还是得读怎么进入文本的一些有启发的文章。没有一个定式，但可能有点启发，哦，还可以这么做。

程光炜：那刘禾给我们开几篇这种文章，就是你觉得最近几年比较好的，比较文学也可以，翻译成汉语的也可以，原文也可以，给同学们看看。

你的四个禁忌里这两个禁忌我跟同学们说过，第一不要相信作家，第二也不要相信批评家。你写一个作家肯定不能按照他的想法去写。我们经常讲，也不能相信批评家。因为批评家都用自己的方式，或者是当时一个思潮性的东西。我觉得做研究肯定是要摆脱这种东西。但你另外两个禁忌就太难了。

刘禾：对，可以找几篇文章，专门研究研究。

程光炜：对，你找几篇，我们回头给学生专门研究几篇，琢磨琢磨人家怎么做的，也很有意思。

杨庆祥："新批评"有一个学者，我忘了名字了，他不是最主流的。

刘禾：不用"新批评"。

杨庆祥：不是，他有一个书，就是他专门读一个中篇，然后写了一本书，我当时就特别惊讶。但我忘了名字，回去查一下，就是看他怎么进入一个小说的。然后他用了几倍于那个小说的篇幅来论述那个小说，论述的好像是罗伯·格里耶的一个小说，那个进入的角度非常巧妙。

李陀：罗伯·格里耶的东西可别读……

杨庆祥：但是那个论述进入的角度非常巧妙。

刘禾：但是我要解释一下，进入作品的角度是开放的，不是"新批评"处理的那个封闭的对象。

李陀："新批评"的特点就是把文本封闭起来。

刘禾：文本不是封闭的。我说的最好的角度进入就是要把它打开。它同时是文学文本也是社会文本，所谓历史不是背景，历史就在里边。这个要发展出一套——不是方法，而是一种眼光，这个眼光让你能够发现问题，这个问题能够让你深入理解作品。就这么回事。

李陀：光炜，这个问题太大了，因为到国内哪个大学去吧，都遇见"文本细读"这个词儿，而且都认为自己在做"文本细读"。其实这个问题太大了。是不是你考虑一下组织一个小会啊，还是怎么着？什么方式我没想清楚，比如选几篇好文章，大伙儿看完一块儿讨论。怎么样？然后出一本小书，就是把"文本细读"这事儿彻底弄清楚了。这样的话我觉得没准儿卖得还不错，因为中文系现在多少学生呢？

程光炜：可以，可以。

李陀：类似的其他问题也不少，比如动不动"杀父情结"。"杀父情结"什么意思啊，我看现在论文里动不动就"杀父情结"。

程光炜：毛病非常多。什么家族模式、伦理叙事，特别喜欢用。

刘禾：但这个问题不是不可以提的。现在的问题是，如果不理解，以为方法就是拿来名词、术语的话，那肯定是很大的误解。

程光炜：你觉得有什么印象很深的文章，可以说说吗？

刘禾：可以，我们可以商量，给大家启发一下，就是看一下怎么进入文本。包括你刚才说蔡翔他们在上海做"文化批评"，同样他如果不会做文本细读的话，他也不可能细读社会，细读一部电影，或者一部电视剧，或者一个音乐作品。这是基本功。

杨庆祥：或者读一个商品。

刘禾：对，或者商品，读商品。关于商品是什么东西，马克思就写了《资本论》三大卷。你提醒得特别好。所以你要没有这个基本功的话，读什么都读不出来。

范国富：其实我感觉咱们的讨论，是不是回避了刘禾老师说的一个很重要的前提？我理解的就是，文学从业者的问题不是具体的方法、具体的理论的问题，而是对文学的理解问题，是文学和自我生命的关系。重建文学与自我生命的沟通，这是一个最基本的、有原点意义的问题。具体的方法，你怎样进入，那都是小道。

李陀：对，那都可以学习。

刘禾：对，你自己可以发展出方法，不用崇拜权威。崇拜权威这一点，不光是国内啊，国外也是。尤其是研究生、博士生，全世界的都是这样。这也可以理解，因为你在受教育过程中，在学习过程中，会觉得"哦，这个理论家，这个理论"，马上就崇拜起来了。这个跟科学界的做法很不一样，科学界是最新的研究是什么，最新刊物发表的是什么，然后我在这个基础上再往前走。文学基本上就是这种权威崇拜。但是你在崇拜之前，你有没有理解他什么东西值得你特别尊重？还应该学会有种判断力。我觉得判断力的获得就是分析的基本功。基本功怎么获得呢？就是从文本开始，一旦你获得这个基本功以后，你可以分析人、分析社会、分析商品、分析任何可能出现的东西。

李陀：分析《来自星星的你》。（听众笑）我们要搞一本很好的分析《来自星星的你》的书的话，一定畅销。我每一集都看了。（听众笑）

杨庆祥：你太新潮了。

李陀：不是，我好奇有什么东西啊？

程光炜：庆祥，下一次是谁主讲啊？

杨庆祥：下一次是李雪。

程光炜：李老师，刘禾，咱们下一次讨论就往这上面集中，就是贾平凹是一个什么样的作家？他是怎么成为这么一个作家的？

李陀：对，这个问题好，这就是问题。

程光炜：因为现在我们没必要说人家的好与坏，因为你在说这些东西的时候，他的好与坏已经出来了。就像你说得很好，他不善于写改革，不善于写社会。

李陀：但是他非要写改革。我的意思就是这个。

程光炜：那也没办法，那是杂志逼着他，社会逼着他。

李陀：不是杂志逼着，这一点庆祥说得好。

程光炜：他也有投机的东西。

李陀：不是投机，你别给人扣这个帽子。

程光炜：难听了点儿是吧，就是贾平凹不是一个很坚定的人，是比较弱的人。

李陀：你说比较弱还行。

杨庆祥：好，今天我们就到这儿。

贾平凹的小说世界（下）

时间：2014年6月14日下午14:30
地点：中国人民大学人文楼二层会议室
主持人：李陀　程光炜
本次主发言人：李雪
与会讨论：中国人民大学青年教师、博士、硕士
　　　　　　北京其他高校青年教师、博士、硕士
本次录音整理：沈建阳

程光炜：这次活动的想法很简单，还是想有点儿争论，不要讲得太一致了。今天主讲的也是从我们这儿毕业的，现在在沈阳师范大学中国文化研究所工作的李雪博士。她讲的还是贾平凹，方式、角度可能和李云不同。李云上次讲得不错。李雪，你放开讲。

李雪：首先讲一下，为什么选择《带灯》来讲。其实我并不是想讲《带灯》，只是借助《带灯》来讨论贾平凹，没有对小说本身做很细致的分析。那大家又要问，为什么借助《带灯》来讨论，而不是《废都》？

之前，我和李云师姐商量我们讲什么。我看李云师姐是想讲前期的作品，我就想讲最新的，我们俩最初可能都是有一个愿望，她从前期往后向《废都》辐射，我从《带灯》往前向《废都》辐射，形成以《废都》为中轴的对贾平凹整个创作史的梳理，在梳理中牵引出问题来讨论。但是，愿望是美好的，现实是残酷的，我这里要做一个检讨，梳理贾平凹创作史的工作没有完成，还只是临阵磨枪地粗读了《带灯》。读贾平凹的作品太少，让我来谈，真是没有发言权，我离开课堂工作一年，是带着一些研究疑问回来学习的，不是想给大家讲

什么，而是期待老师和同学们给我建议，为我解惑，包括研究方法的更新，包括当下我们评价文学的那一套东西是不是需要调整和变化。

我一直在用一个比较笨的方法处理作家和作品。面对一个作品，我觉得我可能讲不出太多的问题，或者讲出来的都很片面，我更想把"这一部"放在作家的整个创作史中来考虑，尤其是新作品，从作家写作的起点梳理，为什么时至今日他写出这样的一部作品，而不是别的什么样子？他是怎样一步步从开始走到今天，中间有哪些调整和变化，一直不变的、秉持的是什么，才有了新作这样的一种呈现方式？

我觉得对作家的研究可能是有三个层面的，一个是在作家的创作史中来讨论一部作品、一个问题；一个是在文学史，在与他共存的其他作家共同缔造的文学史中来讨论作家和作品；一个是历史，在作家存在的时代中来讨论他。后两个层次做起来是一个很大的工程，也需要大视野，以我的能力可能只能做到在他的创作史中来讨论作品和问题。所以在看《带灯》的时候，我是需要不断回去的，我想，只有我发现了贾平凹的起点，他的习惯动作，他的绝招，我才能知道《带灯》是怎么回事，他为什么这样来写《带灯》。

还说为什么选《带灯》来讲。《带灯》是贾平凹处理当下农村现实问题的小说。其实，《废都》是贾平凹小说中比较特殊的一部，无论西安是否能被定性为现代城市，他写的都是城市中的知识分子。而贾平凹的大部分小说都是在乡土叙事的范畴中。从最初的"文革"时期的短篇小说到《商州》《浮躁》《怀念狼》《高兴》《秦腔》等，到《古炉》，无论是返乡故事还是进城故事，都有一个乡村的底子在那里，《带灯》刚好在这个脉络里，可以接续前面的话题。在《怀念狼》里，贾平凹借乡村文明对抗现代化进程中出现的问题；《秦腔》可以说讲述了乡村文明的衰败，其实在《秦腔》之后，大家是有看热闹的心态的，都想看看乡村文明衰败后，最善于写乡村的贾平凹会怎么办，乡村是不是写到头了，像他这样的大作家再写乡村如果不能提供新的东西，如果重复，大家肯定不满意。他有可能写城市，把故事的重心转到城市中来，或者接续《废都》，但是他没有，他返回乡村的历史写"文革",出现了《古炉》。《古炉》出来之后,又到了看热闹的时候,大家都在等着看,历史写完了还写什么?贾平凹在《带灯》中写了当下。当下的乡村生活是很难处理的,但贾平凹还是写了。我们当然想知道,他到底写了什么,怎么写的,写得好不好?所以说,在讨论贾平凹、讨论他的乡土叙事的时候,怎么可以避开《带灯》呢?

还说为什么选《带灯》来讨论。我觉得我们应该关注当下的创作。尤其现在,针对当下创作的批评文章是很有问题的,面对新作品很多文章都是在做即兴的解释,或者像庆祥师兄说的,是读后感,很像中学时期的总结中心思想、艺术特色,一些批评文章没有问题意识,甚至没有观点,不能算作研究,评价标准、文学观念、历史观都是含混不清的。我觉得贺绍俊老师说得很好,要关注新作品、关注当下创作,做批评可以,但要把批评和学术联系起来。程光炜老师也一直强调,要做文学史式的批评。就是说,对新作品不仅要解释,更要有研究的态度。其实我们看作家的新作,尤其像贾平凹这样有着几十年创作史的作家,他的新作是可以激活我们对他以往作品的阐释的。在一个脉络里来看,可以把作家认识得更清楚些。我们常批评作家对时代没有整体概括的能力,选取一个横截面来写现实生活,我们的某些批评也是横截面式的,只就着一个作品说来说去。所以,我还是坚持说,我们讨论的可能只是一部作品,但讨论这一部之前,我们脑中是有很多部作品在转动的。同时,也可以借助讨论新作的机会来反思一下,在时代发生变化,作家的创作发生变化的时候,在故事被讲得越来越琐碎的时候,我们以往的评价标准、读作品的方式是不是也要相应做出调整,包括我们的历史观的调整。

现在,我们回头来看贾平凹,我是很佩服贾平凹的。我读他的作品很少,不敢说多喜欢他的作品,我佩服他的一个原因是贾平凹属于红旗不倒型的作家,他这面红旗在当代文学的历史进程中立了这么多年,每一时期都有相应的作品,是很值得研究的,他与当代文学史和当下创作有着千丝万缕的联系,甚至是我们进入当代文学现场的一个入口。其实可以以贾平凹为方法,讨论当代文学,以贾平凹为方法讨论乡村小说。实际上,能屹立不倒的作家都是有一些习惯动作、屡试不爽的招式的,都是有大绝招的,就像武侠小说里的大侠,每个人都有绝招、套路、武功秘籍,绝顶高手是能化套路于无形中,让人捉摸不透的,打败他就要破解他的招式。现在我要做的就是观察贾平凹,破解他的招式。

说起贾平凹的起点大家可能都会从《商州》之前的短篇小说开始捋,我想把他的历史拓得更早一点,从他"文革"时期的创作往后看。很多人都觉得像贾平凹这样的作家不可能在《朝霞》上发小说,但他的确在《朝霞》上发表过两篇小说,一篇是儿童文学,讲的是小孩智斗地主的故事,这种故事在"文革"时期的儿童文学中就是个基本的故事模型,打个不恰当的比方,"小孩斗地主"就好像是儿童文学的"母题",这基本是不太能发挥的类型,但贾平凹把小孩写得很生动,整个故事很有趣味性。另一篇是很短的小说,政治着眼点在"批私",写得有点虚张声势,平常的事件很用力地往"批私"上靠,真是难为贾平凹了。比起"文革"时期那么多剑拔弩张的小说,贾平凹的这两篇小说在表现斗争方面给人不痛不痒的感觉,他选择了最安全的政治落脚点、被别人操练过很多遍的故事模式,给了《朝霞》,即使在那个年代看来也是很平庸的作品。他作品的长处不在"政治觉悟"上,不在"思想深刻度"上,而在于把农村人物写得很鲜活。再看他发在《陕西文艺》上的几篇小说,也会发现,贾平凹即使在"文革"时期,也用力在农村人物和农村生活上,当然他会很明智而"中庸"地选一个当时最被认可的"斗争方向",他自己决不会在"批判"方面太用力。所以在1977年初,文学界不知何去何从,报刊上的小说还在沿用"文革"模式的时候,贾平凹可以很快适应新的环境,他的方法就是不断减少"批斗"力度,把矛盾弱化,而把作为农民的"人"作为写作的重点。政治方向在1976年底到1977年初的不明朗,不但没有让他找不到写作的方向,反而使他获得更大的自由,把自己的长处充分发挥出来。比如1977年初发表在《人民文学》上的《铁妈》，故事虽然围绕大公无私的铁妈与自私自利的富裕中农老六的矛盾来展开，却不具有斗争的意味，仅仅通过几个片段来讲述两个非常有生活实感的农民的"博弈"，带有喜剧的轻松、欢愉感。故事是"文革"故事，笔法却是民间的、古典的，读起来如同读合辙押韵的歌谣。这篇小说与贾平凹之前刊发在《朝霞》上的几篇小说相比，明显多了描述性的语言，比如对景物、人物的描写，少了说理的语句。如果把这篇小说换一个时代背景，里面的邻里故事、邻里冲突也是成立的，而路遥、陈忠实在"文革"时期的小说却是非常标准的"文革"小说，跟贾平凹那种很有韵味、乡土味浓的小说很不一样。

到了1977年下半年，文学主题已经很明确了，小说也紧随其后来表现时代主题。这一年的两个主题一个是打倒"四人帮"，一个是促生产，文学期刊上的大多小说都是围绕这两个主题非常机械地在做文章，出来的小说大同小异。贾平凹在这一阶段很活跃，很多新时期又开始写作的作家，比如张抗抗、郑万隆都在这一阶段不知道该怎么写了，停笔好几年，那为什么贾平凹顺利地出现在1977年，又很平稳地转到新时期？我们看贾平凹在1977年末发表的一篇叫《果林里》的小说，这是一篇很有意思的小说。贾平凹其实没有强烈的政治意识，以他的性情不会愿意写打倒"四人帮"，他选择写"促生产"这个主题，但他写的又不是生产，而是写一个农村姑娘爱上果园的技术员，因为这个有技术的技术员能够促生产，两人在劳动中互通款曲，眉目传情，他把爱情写得既羞涩单纯，又直截了当、明朗坦荡。小说的结尾是一个留白，跟汪曾祺《受戒》的结尾非常相似，大家后来都在赞汪曾祺的那个留白的结尾，其实早在1977年，贾平凹就用了。我想任何人看这篇小说的时候都不会关注果园的生产情况，都会不自觉地被他们的爱情吸引。在这里，贾平凹用了一个技巧，他给爱情故事扣上个时代的大帽子，然后时代主题就成为被后置的背景，在台前演戏的是有情有义的小男女。他的用语既有民间的活泼，又有古代文学的典雅，在1977年一堆沉痛的小说中发现贾平凹的小说真是很惊喜。

通过了解他在70年代的文学创作，再往后看，不难发现贾平凹的写作惯性、写作套路。在他写乡村的小说中，他写的始终是山野自然、民风民俗、民情民性这些东西，并且取法中国古典文学，形成了专属自己的既土又雅的语言风格。而且无论乡村文明、伦理遭到时代怎样的破坏，直到《带灯》，他的小说里面也都有对传统伦理道德、质朴的人性之美的坚持和对自然、鬼神的敬畏。他始终在写的和秉持的其实是这些东西，只不过贾平凹是一个政治敏感度不强、对国家问题的理性思考不够的作家，也是一个很有文学史意识的作家，他知道要成为一个大作家，被写入文学史，是要跟着时代主题走，跟着思潮走，跟着批评家走的，贾平凹与批评家的交流也很多。这样看，贾平凹其实很累，在不同时代，他都努力地参与到社会公共话题中，"寻根"他有作品，"改革文学"他有作品，对现代文明的反思他有作品，表现乡村文明的溃败他有作品，写"文革"他有作品，这几年批评界都在呼吁作家写当下、触及现实，他就又有了《带灯》。他真是一个很配合文学思潮、文学史的作家。而实际上，他的写作惯性没有变，他只是不断把那些他所热衷的乡野故事装置到不同时代的盒子里，使这些故事具有了时代感。王安忆常说"上海的芯子"，这里借用"芯子"一词，贾平凹的"盒子"变了，但"芯子"其实是没变的。即使在《带灯》中，我们看到了商品经济对乡村的不可阻挡的破坏，带来环境污染，引发道德失范，使村民赤裸裸地重利爱钱，但小说中保留了很多乡土社会固有的东西。《古炉》中村民为权力争夺，《带灯》中为金钱斗狠，很多恶的东西并不是现代化带来的，而是村民固有的蒙昧、野蛮、小农意识的劣根性在与现代化的阴暗面进行着互动。《带灯》中贾平凹的批判意识是有的，但不是明确的，批判得不狠，他对政府和村民实际都打了板子，他在里面毫不避讳地写了好几个刁民。

我下面把话题专门转到《带灯》上来。这个时候来写当下乡村，要么是对乡土文明进行历史总结的大作品，要么就是呈现当下的作品,对当下问题处理得不好就会是"挠痒痒"的作品。前面我们说了,贾平凹不是一个善于总结提炼的作家,基本是别人给他一个大题目,他自己在题目下创作他擅长的故事。而当下恰恰缺乏这样一个公共性的切中乡村要害的主题,所以贾平凹就以琐碎的方式,把乡村零零碎碎的事件和问题一一呈现出来,而且每个零碎的事件他都是平均用墨的,直到最后的群体斗殴才形成一个高潮。单看每个小故事,我觉得都是有趣的、精彩的,如果把一个事件拉长,写成一个大故事,围绕这个大故事穿插进小故事,揭露方方面面的问题,我觉得那样可读性可能更强,也可以集中笔力把乡村的现实问题写得更深些,现在这样以小故事串成长篇的写法,消解了每个故事背后的悲剧感和残酷性,有点虱子多了不怕痒的感觉。我不知道贾平凹为什么要把小说写得这么零碎,其实从《秦腔》开始就越来越碎片化。可能那种传统的有一个主线故事的写法不适合现在这个时代吧。但这样的写法真的很挑战读者的耐心,我看有些批评家说《带灯》很吸引人,读得很欢愉,我想大家是不是太客气了。可能有人会质疑我,说带灯本人就是一条主线。按说,小说是有两个故事的,一个是带灯个人的故事,她的成长故事、蜕变故事,她的心灵史;一个是以带灯为眼睛、为摄像机的樱镇的故事。但我个人觉得带灯的故事或者说带灯作为中心人物的这个形象的塑造是失败的,其实带灯是一个具有公共性的人物,这些年大学生当村官,女大学生当镇长、书记等在我们的社会话题中、媒体中经常出现,所以我作为一个读者的关注点是贾平凹要把这个近年出现的具有新身份的人物写成什么样?这是一个看点。我没看批评文章,但在一次《带灯》的研讨会上有老师说带灯是社会新人。那么,这个新人与陆萍、与知青那些我们熟悉的文学史形象有什么不同?与《公开的情书》中被分配到镇上的真真有什么不同?我对这些是有期待的。结果,我认为贾平凹并没有塑造出一个崭新的新人形象,更别提把这个形象典型化了,在当代文学史上,带灯肯定不会是一个一再被提及的话题人物。小说先说带灯是有点小资产阶级趣味的人,不久带灯就开始发生变化,第一次变化是在她目睹妇女被强行结扎的暴力场面后,然后带灯吸纸烟;带灯是最讨厌虱子的,但最后她也有虱子了,而且怎么洗也洗不掉。这是一个隐喻,暗示带灯一步步沉到这混乱的乡镇中。到这里,带灯陷入了绝境,带灯就要这样沉沦了吗?谁能拯救带灯?没人能够,只有贾平凹可以!到结尾处,贾平凹的审美趣味又开始起作用了。如果沿着一个个的现实故事来写,就会缔造成一个小资产阶级知识分子、文艺女青年的沉沦故事,但贾平凹力挽狂澜,他在最后的一小部分让带灯患上夜游症,甚至出现精神疾病症状,由此,带灯从现实问题中解脱出来,获得了山野间的灵气,有了神性、鬼性,神神鬼鬼的东西也是贾平凹一直都敬畏的。

好像我讲来讲去都在讲贾平凹的"习惯动作"。我的确是有一种恶趣味,最爱找作家的"习惯动作",其实每个作家都有,只不过有的作家掩饰得比较好。这些"习惯动作"使作家找到了自己写作的芯子、自己的写作方式,但就一个有着比较长的创作史的作家来说,这些惯性成就过他,使他形成了自己的特色,但在漫长的创作史中也成为他谋求自我更新的障碍。很多作家自己比我们更了解自己的优势和短处,贾平凹知道自己擅长的是什么,像他自己说的,写那样的东西是他的命——他是土命。

有一些老师对带灯写给元天亮的信赞赏有加,甚至说那些信体现了贾平凹向 80 年代写作的回归。但我觉得那些信恰恰暴露了前面我说的贾平凹的秉持和他对现实问题的无法解释。我是很期待带灯给元天亮的信是真真给老久的那样的信,是精神领域的剖白,是对未来问题的探讨,或者像徐则臣在《耶路撒冷》中用的方式,借溢出主线故事的专栏来探讨公共话题,尤其元天亮本身是个小官员,带灯与他讨论现实问题是可以成立的。但显然贾平凹讨论不了这些问题,他只能以碎片化的方式来呈现,所以很奇怪的现象出现了,26 封信既不是心灵史的记录、知识女青年蜕变过程的精神剖白,也不是对现实问题的理性分析,仅仅是唯美的、单纯的、直白的、火热的、浪漫的情书,当现实问题让人不知从何说起的时候,以山野自然寄情的审美手段暂时回避了现实的一切混乱、丑恶、暴力。所以,带灯其实不是新农村、和谐农村的新人,也不是陆萍、知青那样的旧人,带灯、竹子虽然是大学生,但她们的出身是模糊的,我们不知道带灯成长在城市、县城还是村镇,也不知道她的父母是什么人,她是下乡大学生,还是返乡大学生,只知道她丈夫出身于农村。带灯虽然是隆重地登上樱镇的舞台的,但她不像是一个外来者,她就是山野里的植物,吸食山野的灵气。这终归是贾平凹的路数。在给元天亮的信里,带灯说:"你是城里的神,我是村里的庙",其实就是对带灯身份的准确定位,她是村里的,并且是古老的,能给人带来皈依感的所在,所以我觉得贾平凹依然没有塑造一个新农村的新人。带灯是一个很旧很旧的山野女子,美丽、善良、浪漫。她的政治身份只不过是时代附加给她的外壳。我就讲这么多。

程光炜:我简短讲几句,然后大家讨论。我觉得上次讨论的沉闷让李雪一扫而光,我认为李雪是我们课堂上最会讲作品的几个学生之一。这一年过后还是保持着锐气,看问题很透。我觉得可以写篇大文章,以《带灯》为中心来写贾平凹。她评价得也非常客观,非常周到,也很体谅作家,尤其是她讲了好几个很有意思的问题,她说贾平凹始终是穿梭于各种历史的作家,这里面一定有他的一些招数,他始终保持一个审美的东西,这是在他的作品中一直映照着的,像一个探照灯一样,照的可能是一个旧人物,一个新人物,一个 70 年代的人物,一个 80 年代的人物,那个探照灯一直在那里。她有一个非常好的观点,一个大作家,有自己的历史,我们不能再用一个不合适的方式去要求一个大作家。从另一个意义上讲,贾平凹已经成了一个经典作家,我们现在恰恰是要把他当作一个经典作家去研究,我们现在的很多文学批评还是把他当作一个不断进步的青年,循循善诱,告诉他怎么写。其实很多批评家没有意识到。不是说他们没有见识,而是说他们没有意识到贾平凹是一个经典作家,你不能用这种方式对经典作家说话。当然,可以批评他,没有关系。我觉得李雪讲得很有趣的是,她讲得很诚恳,也让我们意识到批评家经常当着作家的面说假话;我也经常在课堂上讲,我不太喜欢参加作品研讨会,被迫说假话，你心里并不情愿。当然这也是文学生产的某一个环节。作家也说假话，以后作家说假话可以做一个硕士论文、博士论文去研究，很多作家，说假话的作家恰恰是有才华的作家。他太知道这个作家的毛病在什么地方，他故意不说。这有点像"十七年"的"群众来信"，《文艺报》特别喜欢发"群众来信"，"群众来信"和"组织评价"很不一样，我觉得作家说了很多假话和他写得非常好的文章也可以作为两条线索来看一个作家，我就简单说这么多。去年那个张承志的讨论就非常好，杨晓帆主讲的，然后庆祥和李老师有很精彩的讨论，促使我一连写了两篇文章。我觉得有个好处，我从学生身上学到了好多东西。

杨庆祥：这次李雪发言我觉得非常好，因为基本上达到了我们事先的要求，以一个作品为原点来辐射到这个作家整个的创作，我觉得这对贾平凹这样的一个经典作家是特别重要的事。而且她讲到的几点让我觉得特别有意思，比如她讲到一个，虽然她没展开，就是乡土文明在今天的中国，已经出现了新的变化。也不是说像孟繁华讲乡土文明完全崩溃了，这也值得商榷，至少是说乡土文明在今天这样一个语境下确实是发生了翻天覆地的变化，那么在这种情况下，怎样坚持一种乡土叙事？因为整个20世纪中国文学主要的一脉就是乡土叙事。前一段时间在大连开的那个会主题也是这个。批评家现在很着急，一定要作家写城市小说，这当然是没有问题的。我当时提出来一个稍微不一样的观点，我说在现代文学发生之初——我们现在讲的这种乡土文学是一个现代的概念——为什么出现了这种乡土叙事？包括鲁迅他们所写的，其实他们正好是和现代文明的转型有关系，就是说它有一个新的城市文学，一个走出去以后再回来看乡土的一个乡土叙事，这两者它应该是同构的。那么如果我们今天确实需要一种新的城市书写，或者说城市文学的话，应该有一个新的乡土文学和它同构。事实上，在目前的情况下，我们讲城市书写存在很多的问题，包括年轻的作家，我做了很多批评，更年轻的作家比如说80后、90后的城市书写是一种"伪城市书写"，关键点就在于在这样一个城市书写的同时应该有一个相应的乡土书写出现，或者说有这样一个东西、这样一种意愿。所以说，你刚才讲的就提到这个问题，贾平凹的写作，包括《带灯》《秦腔》《古炉》，还有像莫言的一些作品，你发现没有办法对它进行非常具体的界定，和以前的乡土文学好像不太一样，但是这个是不是可以被称作一种新的乡土叙事？或者说它的可能性在哪里？我觉得这是李雪提出来的一个特别重要的问题，可以做一些讨论。另外，涉及乡土叙事的问题就涉及另一个问题，比如说"新人"，我觉得这个也是非常重要的，你刚才讲到的带灯，她和我们以前讲的"十七年文学"里面的社会主义新人，肯定也是不一样的，那么带灯她作为一个人物到底具有怎样的心智？或者她有什么新的特征？这个也是李雪提出来的一个很重要的问题。我们现在可不可以、能不能想象塑造一个完全不同于以往的人物出来？无论是在城市写作还是在乡土写作中……

程光炜：带灯是一个非常少见的人，她还不是"十七年文学"中的工作队，以暴风骤雨的工作方式，是党的工作的推行者。带灯我觉得是贾平凹想象的一个人，你搞不清楚她到底是一个什么样的人，这都可以讨论。有的时候作家无意识写出的东西，真是很有意思。刚才李雪把他的故事看得很透。有一次杨晓帆当着贾平凹的面说他是一个不会讲故事的作家。讲故事还是一个概括能力，不讲大故事讲小故事，提炼的东西非常多。当然社会剖析派的作家他有他的长处。

杨庆祥：以前在谈《古炉》的时候，我和华积做过一个对话，在《文艺争鸣》上发表。当时我们谈到这一点就是，贾平凹从《废都》以后，他的叙述基本上是一个碎片化的叙述，他的整个写作是向后退的，往后撤。在《废都》里，你看他写的是西安这样一个大都市，后面越来越往后走，《秦腔》《古炉》是一个村，《带灯》是一个小镇，他是在往后走。这里面他的价值观念有很大的变化。他那种零散的故事，和中国古典小说的结构有很大的关系，他没有一个整体性的视野来结构一个小说，他把很多的小故事串起来，用网状的结构。

程光炜：李老师，我们能不能把他这个弱点朝好处想？晚清很多小说就是这样，《二十年目睹之怪现状》那一大批小说全是提不起来的，比较凌乱。这个故事和那个故事也没有必然的联系，没有一个很大的框架的东西，有一段时间是但不全是，再比如《孽海花》啊，全是这种，那个线索时续时断，人物也是，主人公好像和其他人没有一个同一性，没法"拎"起来，或者叫没有主线，我不知道他是能力不强还是有意做这种试验。

李陀：这可以讨论，这涉及晚清怎么评价的问题。对《二十年目睹之怪现状》这一类小说怎么看，涉及小说史的问题。

程光炜：因为我们谈到小说题材、主题、主线，这些都是西方文学的概念，这都是五四以后我们向外国文学学习的时候带进来的，然后我们拿这一套东西去要求中国作家，现在我们又拿这些东西读贾平凹的作品，是不是对？当然我也不太清楚，有时候这种凌乱的东西是不是也是他的一种魅力？庆祥讲得很好。我看《带灯》也是看得比较吃力，包括《秦腔》，当时评价这么高，好几个场合我都讲，我很不喜欢这个作品。后来我有一次忍不住就给洪子诚老师打了电话，问他喜欢《秦腔》吗？我以为是我自己没看准，结果他也说看不下去。这么说吧，就是当我们用一种托尔斯泰的方式去看他、要求他的时候，我们可能就不满意。因为"拎"不起来，像一堆碎豆腐。

李陀："碎豆腐"这个意象不错。

杨庆祥：我们不光贾平凹看不下去，托尔斯泰也看不下去。托尔斯泰虽然有一个主线，或者有一个整体的东西，他其实也很碎，从故事情节来讲。

程光炜：像李雪这个年龄的同学连托尔斯泰也看不下去了。刚说起乡土文学，庆祥说得很好，现在孟繁华他们有一个什么问题？就是说他一定要把一个东西和另一个东西对立起来，说乡土就必须在都市里找当代文学的活力。刚才庆祥讲得很好，就是一个参照，从小村小镇到了城市的一个作家，重新再去观照乡村的时候，他有一个参照性的视角。其实有一帮乡下作家去写都市文明，沈从文不也写过吗？写过好几篇,《一只棉鞋》《八骏图》写的也是都市,只是说不是特别都市化,他写的是教授那些东西,他也是有一个乡村经验的参照,对吧?他总是把上层社会的女性写得很虚伪,老是在偷情,这也是把他的乡土经验带到里面去了。庆祥讲它是同构性的。

杨庆祥:华莹说说,她的博士论文是做的贾平凹。

程光炜:对,她的故事多。华莹为写博士论文专门潜伏在西安,采访了好几次。《废都》的故事她掌握得是最多的。

李陀:你接触过平凹吗?

魏华莹:我见过他一次,是在一次演讲的时候对他做了提问。

李陀:你怎么不找他呢?

程光炜:他忙。约过好几次,我也约过他,时间都错开了。但贾平凹身边那些人她都采访了。关于《废都》怎么写出来的,她知道的事儿很多。

魏华莹:今天李雪讲的让我很受启发。因为我是写《废都》,所以功夫主要在《废都》之前,之前所有的小说我是读过了,更多的是看《废都》的故事。今天听李雪讲《带灯》,觉得贾平凹现在并不纯然是一个乡土作家了,写《浮躁》的时候他的乡土经验其实很足的,他写家族啊,那种乡村的思维方式啊,让我们感觉到有这样一个代入感,但是写《带灯》的时候明显就没有代入感了。是不是经过这么多年的变化,他的经验,包括他人生的思维方式也是变化的?另外,他现在似乎也是靠材料写作,你看写《带灯》的时候,他就在讲,其实是一个女干部给他寄各种各样的材料,他也是一个材料化的写作。

李陀:等等,什么是材料化的写作?

魏华莹:我就是觉得他自己没有体验这样的生活。另外,就是带灯这个人物。在贾平凹之前的写作中,在年轻的时候他写的女人是一个菩萨,为什么会变成现在这样一个女人,一个萤火虫的形象?小小的,带着微弱的光芒。是不是也和他自己人生经历包括他的身世有关?年轻时期自卑感比较强,对女人有一种仰视的心态;中年的时候写《废都》，女人更多是一种妖妇的形象，他受到的诱惑比较多；然后到《带灯》的时候，女人变成一个小小的萤火虫，要靠一个男人的光芒来维系自己的精神的力量。这是我感觉他的一个写作的走向，不知道李雪是不是赞同？

李雪：其实程老师刚才讲为什么他写得这么碎片化，一个故事一个故事的？我觉得，我们可能想得太复杂了。就像华莹说的，他就是靠材料写的，这个干部给他提供了信件，给他找了当下农村各种问题的文件什么的，贾平凹看了这些材料和文件，可能也很吃惊，然后他就想把这些东西事无巨细地写出来，但他没有一个对当下乡村的把握，通过一件事把这个问题写得很深，所以他没有办法，就把所有的细节全都写出来，这是他的一个方式。像华莹说贾平凹可能对现在的乡村不熟悉了，他已经写不出来像他80年代乡村的那个感觉了，这个是肯定的，而且当下乡村本来就是一个"烫手的山芋"，我不觉得哪个作家真的有能力把它写好。而孟繁华老师他们什么意思呢？他期待一个宏大的作品能写这个乡村，并不是说大家都不写乡村，都去写城市。他的意思是说乡村文明在溃败，他想有一个很宏大的作品写出这个溃败的过程，他认为现在就没有一个很宏大的作品把这个过程写出来。他说怎么办，这些作家全都没有能力，那我们就等着吧，等着过了多少年之后就看有没有人能回头写出来。他的意思是说不一定我们生于这个时代、长于这个时代、从那个地方出来的人才可以写。他经常举的一个例子是，讲朝鲜的历史是一个80后写得最好，他说可能过几十年一个完全不了解那个时代的年轻人，反过头回去写的话，可能才会写出这个乡村文明溃败的过程，他可能是这个意思。

程光炜：《带灯》里面有没有一个随团记者的视角，像跟着一个团在那跑？有点像那个张一弓写《犯人李铜钟的故事》那样的？当时张一弓是《人民日报》记者。《带灯》有没有一个记者的视野？因为它里面写一个矿山，一个矿工跟当地农民发生冲突，事件性很强。贾平凹肯定看了材料，或者听说过。刚才李雪说得很对，我们不能要求一个50多岁、60岁的作家跟着深入生活，获得一个他们年轻时候的那样一种生活经验，他体力上也受不了。或者说像柳青那样，在皇甫村待14年，这个也做不到。

王敦：刚才提到一个问题，就是说如何对晚清小说进行再评价。我想到一个问题，如果把贾平凹叙事的碎片化和晚清小说的作品进行类比的话，这里面涉及一个问题，就是晚清小说它虽然今天看来非常碎片化，但是在当时是非常畅销的，也就是说，从文学生产机制上来说，它是1905年科举制度被废除以后，一些文人从苏州和江浙来到上海的十里洋场寻找饭碗这样一个动机之下出现的，他的读者是当时在半殖民城市那些了解如何在当下生存而去学习现在所谓的"现代性"的最初体验的，那些小说的可读性虽然不强，但是当时在一些期刊上发表，非常畅销。每一个小故事，都有很多人去买，很多人去消费，形成了一种共时性。就是说这些小说和当时的晚清社会现代化的发展保持同步。所以从这个角度考虑的话，再对照一下贾平凹的小说我们说的叙事的碎片化，就会感觉到可读性问题。各位老师也提到了可读性问题，我就想到晚清小说它的受众和受欢迎程度，和今天贾平凹小说的受众以及我们对他进行批评和切入的方式，不太一样。为什么同样都是叙事性不强的、碎片化的东西，在一百年之前和之后形成这样一个鲜明的对照？我觉得这就涉及这样一个问题，就是比较早的时候一些学者提到的"二十世纪中国文学"的问题，也做了一些努力，好像就无以为继了。如何能把今天的一些问题和"现代性"之初的一些问题建立关联？这确实是一个开放性的话题。

吴自强：我想到一点，就是按你刚才说的，从历史的角度来讲，晚清历史小说可能和晚清当时的社会生活、生产经济变化相关。如果我们从平面共时性的角度来讲的话，小说是一种大众媒介，那么报纸同样是一种媒介，现在微信、朋友圈、微博都是一种媒介，实际上在各种媒介之间，小说是一种比较传统的思维方式。晚清的报业活动是不是跟谴责小说相关？实际上它很多小说都是在报纸上发表，看谴责小说有没有像看报刊的社会新闻版一样呢？也是铺陈其事，把它铺陈开来，一个矩阵式的故事结构提供给你，是不是晚清时候人的阅读媒介的变化造成了阅读习惯的变化？现在同样，除了小说之外我们还有网站。你看现在小说之外的报刊、网站、微信、微博全部都是碎片的、矩阵式的，把所有的各个故事铺陈起来，同时第一时间映入你的眼帘。这势必会造成潜移默化的影响，和小说的结构事实上也是同构的。

杨庆祥：王老师和自强都谈到一个问题，很有意思。我看过一本关于晚清短篇小说的发生的书，它当时很多的短篇小说，都是新闻，其中最重要、最早的短篇小说作家叫冷血，他这个名字就非常社会化。他基本上是把每一天别的报纸上刊载的重要新闻随便改写一下，变成一个短篇小说，读者反响还很好。这里面涉及的问题是，我们现在对文学的要求是不一样的，就是说对于那个时候的读者，可能你用新闻的东西拼接一个故事就够了，就能够获得很多的读者，像《老残游记》这种游记体，像谴责小说这种官场小说体，都能获得大量的读者。但是现在是一百年以后，现代白话小说经过一百年的发展以后，读者的趣味或者说他的阅读要求会越来越高。那么正好在我们现在这个时代，在21世纪，又有刚才自强讲的微博、微信、社会调查、记者、新闻、独立记者这些等等。我们知道"南方系"最厉害的就是能把每一个新闻写得特别像一个小说，特别煽情，你看了以后觉得欲罢不能。我前几天碰到一个记者，他说不这么写人家就不看，我们需要这么写，这就是这么来的。那么在这个时候，对小说家提出来的要求是越来越高。我在前年就提出过一个观点，我们这个时代其实是一个故事死亡的时代，因为所有人都可以讲一个很好的故事，我讲的比你小说家讲的精彩得多，我要看你小说家写的故事干吗？所以这个时候我们再纠缠在小说家的故事里面，看一个小说家能不能写好一个故事就有问题，这个东西已经不是很重要了。这就要求小说家不仅要讲好一个故事，而且要提供一个不一样的世界观，不一样的价值观，提供不同的看世界、思考的方式，这样的话我们才会去读你的东西，要不然我去读报纸、看微博了，很方便，一个故事很快就看完了。所以我觉得，其实莫言他们还是有可能性，如果他们意识到这个问题。

如果他们还是要讲故事，讲很多的小故事，像《带灯》这样，把那些材料全部拼起来，他们自己觉得很精彩，但读者觉得你在讲什么呀？报纸上比你精彩得多。这其实对作家提出非常大的挑战，这里面有整个写作的、阅读环境的转型。

李陀：在我们国家新文学发生这样的变化还有一个时代，就是在"文革"刚结束的时候，报告文学也是在新闻媒介不够发达的时候，文学进来代替新闻媒介，所以那个时候报告文学看的人就特别多。其实，那个时候报告文学和新闻的关系特别像你们说的晚清时代媒体和当时小说的关系。我也同意庆祥的观点，现在的好多作家没有意识到今天的电子媒体，已经根本地颠覆了我们过去习惯的文化制度、言说制度和社会生活的各项规定，完全颠覆了，作家对这点不太敏感。环境这么变了以后他还用原来的方法来写作，无论哪一种方法，包括这种想和媒体争长短的方法，我们现在不少作家都在这么写，这是一个问题。关键是，这个时代怎么写作？

程光炜：我觉得刚才讲的各种媒体，一个大众的，一个官方的，尤其是大众的互联网这些媒体，认识社会的能力是走在作家前面的。

李陀：这么说含混，我把问题说得尖锐一点。我们不是说要创造名词吗？我想创造一个，我们现在是一个自媒体时代，是一个自媒体社会。官方媒体或者说我们传统媒体的作用远没有自媒体大，当然你可以说除了自媒体外还有好多别的东西，但是形成舆论的、最活跃、最活泼、最生动、最强有力的是自媒体。这是一个人类历史上从来没有过的现象，我的说法不一定合适，但是，我希望创造一个概念来描绘、概括、说明今天这个媒体给我们的社会和生活带来的深刻的变化。

杨庆祥：我补充一个材料，就是贾平凹的书，即使我们只从阅读的角度来看，《古炉》出版的时候，是人民文学出版社出的，那个编辑跟我讲，起初其实卖不动。我知道最近这两年卖得比较好的小说是阿乙的《下面，我该干些什么》，那个卖了5万册，非常准确的数字。也是那个编辑跟我讲，路内这些作家大概只能卖1万5左右，5

万册就是一本畅销书了。但是那个小说我们在评论界是批得非常厉害，为什么呢？他完全借鉴的是《麦田里的守望者》的结构，包括他表达的那种趣味，比如"我他妈就是混蛋，你们都来审判我吧，我不接受审判"，完全就是那种混蛋的、流氓的叙事，但是它卖得非常好，为什么？它的语言感觉和它营造的那种氛围特别吸引读者。当时我跟那个编辑讲，这个小说很差啊，完全是模仿西方现代派的东西，不新鲜嘛。他说因为故事都讲尽了，你讲一大堆还是讲这个故事，所以我要看的是他这个风格，这一点也特别有提醒意味。所以说贾平凹与其费这么大力气去整合这些材料，还不如充分发挥这个笔记体，就像李云刚才讲的"又土又典雅"的语言风格。你找了一个很好的点进去。我们来为作家把个脉，作家去营造一个特别有意思的东西，可能比去写一个乡村的变革有趣得多，可能达到的成就更高。

王德领：庆祥讲得很好。刚才讲到的小说的碎片化问题，其实现在作家的写作存在很大的压力。现在出版的小说卖掉 5 万册的也有一些，像叶广芩的《状元媒》印了好几次了，写北京的民俗。刚才李雪讲贾平凹在文学史上，从 70 年代、80 年代开始一直屹立不倒，这个话题非常好。原来我在出版社的时候，贾平凹想让我帮他编一套散文集，我就帮忙编，从贾平凹 70 年代写的散文开始看，看到七几年、八几年实在看不下去了，就是拿现在的眼光来讲特假，让人感到很不舒服。像《静虚村笔记》还好一些，再往前就不太好。他的语言就是带点文人腔，但是特别做作。但是后来贾平凹的散文就变化了，变得特别自然了。我想说什么呢？贾平凹在努力地学习，他走在前面，80 年代的散文都是特别好的，《丑石》都选到课本里面了。为什么他一直在我们谈论的中心？他的一套语汇，他对乡土的处理，他对神鬼之事的处理都是很特别的。我这两天又翻了他的《古炉》，为什么他要以碎片化的方式来讲故事？像贾平凹他们这些 50 后的作家，对我们时代的一些现象他们是在描述，但流于碎片化，缺乏整体的观照；60 后、70 后的作家他们是在切入，他们有能力处理。像徐则臣最近写了一个《耶路撒冷》，他对这个时代有一个评论，他能够介入这个时代的核心部分，当然核心部分不一定找得对。贾平凹是在描述过去，对现在处理得有点隔，不自然。刚才华莹提到材料写作的问题，比如我们之前讨论过的韩少功的《日夜书》，他后面也感谢了好多人提供材料，提供一些私人叙述，这是一个很普遍的现象。现在很多 50 后的作家基本靠材料写作，像余华的《第七天》也是一个材料写作，通过材料和这个时代保持一个关联。我觉得现在几个 70 后的写作可能引起大家的注意，像乔叶的《认罪书》等等，是不是处理这个时代更有力量一些？当然，是多大程度的力量等等，都还值得讨论。

原帅：我听李陀老师刚才说，现在是一个自媒体时代，好多作家没有意识到这个问题。我一直在研究韩少功，韩少功是有明确的意识的，他在 2000 年以后一些杂文，说我们的小说家不能和新人去比我们故事的好看，小说不能和电视剧、电影比形象性。他 2008 年写了一篇杂文，说我们这个时代是一个信息爆炸的时代，我们与其多写一本小说、几首诗歌，还不如直接告诉读者什么信息是有用的。过去的时代，按黑格尔的说法是"小说是市民社会的史诗"，可能在后现代这个语境下，文学批评是在文学生产中占有最高地位的一种文体。韩少功从 1995 年以后就一直在尝试，他认为小说无法和现在这个社会进行有效的对话，所以他小说的文体一直很特别，从《马桥词典》开始一直到《暗示》，后者从某种角度来讲就不是一个小说了，它更像是很多杂文、随笔整理到一起。我个人感觉，像贾平凹这种写出《废都》的作家，你不能说他不会写长篇小说，韩少功写长篇小说，我就觉得他有点吃力。我看他的小说，他 80 年代前期的一些中短篇写得非常好，2000 年以后的一些实验性小说，我觉得写得都不好，像《四十三夜》《赶马的老三》啊。唯一写得好的是他的《兄弟》，但《兄弟》是很典型的社会主义现实主义那种套路，写一家三兄弟在"文革"中的不同遭遇。我觉得 2000 年以后写得比较好的一篇还是比较传统的现实主义。韩少功后来在小说上不太用力，他把他的精力放到了随笔和杂文上。在这种新的文学生产机制，尤其是消费主义和后现代主义的语境下，散文和社会随笔写作可能更贴近这个时代。

程光炜：现在年轻作家的作品我也不是不看，读得也不少，但看得不认真，一眼就扫过了，作品放下都记不住了，但看着还是很吸引人，有的中短篇写得不比老作家差。我很疑惑，就是现在作家还有没有必要告诉读者什么是有用的，什么是没用的？生活中很多信息是没用的。我不知道作家还有没有存在的必要？说这是一个古老的手艺，当年说普希金净化了俄罗斯的语言，当然这是一个很陈旧的话题，今天这个社会弄得我们没有信心，但我作为一个老的读者，觉得还是有必要。我对贾平凹《废都》以后的长篇小说不满意在什么地方呢？就是他做了自己不擅长的事情。《秦腔》《古炉》都是比较大的作品，包括王安忆，《启蒙时代》《天香》都是想做一个大的整体性的考量，但是你会发现他们没有满足我们这些东西，别说年轻人了，就我们这些同时代的人都不满足。我一直觉得作家比我们这些人要站得高，我倒不是谦虚，说作家是一流的，批评家是二流的，我们做文学史的是三流的。他们说我是装的，假的。我自己就很疑惑。

李陀：这一点我和你意见不同。我觉得我们作家的水平实在是不高，就他们对世界的认识水平很一般，远不如批评家。

王敦：可能乡土小说的滥觞，如果从五四往前推的话，晚清小说虽然写的是上海的都市化和西洋景，但《老残游记》，还有像吴趼人的《恨海》，其实是给读者描述中国乡土的一种趣味，而且真的是很受欢迎。像《老残游记》，作为晚清四大谴责小说之一，在当时非常受欢迎，但他写的不是上海和其他一些大都市的事情。老残作为一个郎中，是在中国的农村里走来走去，会见当地的一些官员、农民还有一些下层的民众。当时其实是一个农业社会，在现代化的转型当中，这一方面读者的需求量也很大，包括城市里的人对乡村的好奇。其实从本质上来讲，我们的乡土小说仍然是现代化以后的知识分子写的，而不是乡村本色的基层农民写的。像吴趼人的《恨海》，其实写的是北京两对官宦人家的子女在义和团变乱之后一路往南方迁徙的故事，写的也是中国的农村。如果我们考察乡土小说的基因、读者的需求以及这种叙事的原型的话，可能会带来一些启示。它不只是鲁迅、许钦文等人的影响，而是内在需要这样一种东西。这种小说对当时的读者认识中国农村、认识中国的变化都发生了很大的作用，而且销量极好。当然它是碎片化的，我们今天的乡土小说也是碎片化的。所以，二者对照，可能也能够提供一个第三方的角度。

杨庆祥：我觉得这里涉及一个很重要的认识论的问题，这可能是一个很要命的问题，我们40年代对乡土的想象可能是那样的，50年代还是那样的，到了现在80年代、90年代还是那样的。我看那些乡村作家他们讲自己在哪受的影响，最多的是费孝通的《乡土中国》这本书。所以这是一个综合性的工程，如果我们对乡土性的认知，永远停留在费孝通的层次上，那么乡土叙事怎么可能出现另外一种书写方式和想象方式？德领兄刚才讲到乔叶的《认罪书》，她写的是"文革"的遭遇，她怎么去认识"文革"。大家都觉得很好，80后也开始认识"文革"了。当时开研讨会，我看了一下书的后记，我说你这样根本不行，还不如不写，因为她在后记里写感谢哪些人为她提供了对"文革"的认知，朱学勤什么的。我说那你这还是80年代的那套认知啊，完全没有提供新的认知，一个80后的认知和一个50后、40后一模一样，那我为什么读你的书？如果整个人文学科没有往前推进，一直停留在那个层面的话，我们很难想象一个作家提供一种新的方式，除非是个大天才，他能够整个融会起来。

李陀：我要和你辩论，我不同意你的观点，我认为作家可以。我们看俄国文学史上的三个作家，托尔斯泰、屠格涅夫和陀思妥耶夫斯基，都在和当时俄国整个知识界辩论。大家回去仔细看看这三个人，屠格涅夫最可怜，两面被围攻，左派也攻击他，右派也攻击他，说他所提供的俄国社会现实和新人是错误的，左派右派都攻他，所以屠格涅夫的日子非常难过。托尔斯泰更是，一方面他受到整个俄国文学界的尊重，因为他是一个伟大的作家，另一方面对他的思想批评得很厉害，因为当时俄国不管是斯拉夫派也好，社会主义派也好，东正教的原教旨主义这一拨人也好，都不赞同他的思想，但是托尔斯泰坚持。比如托尔斯泰有一个历史观，他说历史根本不可能由人民控制。大家回去可以看看他对波罗金诺战争的描述，那个我在少年时代读了非常不舒服，为什么呢？库图佐夫元帅当时在我心里是个英雄，但在托尔斯泰笔下开会就打瞌睡，那些参谋开会根本就不听，认为没有用。他写拿破仑，认为拿破仑对整个战争无能为力，一个士兵都控制不了。这是托尔斯泰对历史的看法。这个看法惹怒了很多人，比如说像我这样在少年时代挺崇拜拿破仑的人；也惹怒了很多历史学家。最后说陀思妥耶夫斯基，看他的《群魔》，上来就讽刺车尔尼雪夫斯基、别林斯基，讽刺当时很多思想家。恰恰是作家可能为这个世界提供新的世界观、新的看法。因为什么呢？作家的一大优点是不受学术和知识的限制，他可以自由地思想，自由思想的前提是要有学习和知识。普希金，一个诗人，懂希腊文、拉丁文；托尔斯泰希腊文、拉丁文根本不在话下，德文、英文、法文也不在话下，他对历史提出看法是因为读了那么多书。我们读了什么呢？说不客气的话，我们的作家都是文学青年，就读文学作品，哲学读吗？历史读吗？艺术史读吗？基督教史读吗？国学史读吗？全都不读，就读文学，整天和你说博尔赫斯，那就写不出好作品。你有没有气魄和朱学勤辩论？你有没有气魄和汪晖辩论？你有没有气魄和现在比较著名的思想家和理论家辩论？我再说一遍，我们真是低估了路遥，我到现在为止都为自己感到非常羞愧，我的职业是批评家，但我那么长时间忽略了路遥，忽略的原因就是说他写作技巧粗糙，觉得他不高级，但今天重读他，发现他对中国革命、中国改革完全有自己的看法。所以这一点，李雪刚才再三说到一个词，说每个作家都有自己的习惯动作，有自己的绝招，这个我非常喜欢。李雪站得就比作家高，她不是在解释作家，她在找作家的问题，她进入的角度很怪。贾平凹的习惯动作是什么呢？是从《朝霞》就开始的对传统乡土眷恋的那种小趣味，除了《废都》，他无论写什么，都永远不离这个绝招，表面看起来都变了，实际上根本没变。这样贾平凹就根本不可能对农村提出一个独到的看法，这一点说实话还不如陈忠实。陈忠实也有这个问题，他对历史的看法来自于几个学者给他提供的知识。他比贾平凹独立一些，但是他对中国近代史，对

1949年之后这段历史的看法不独特，没有新鲜的，都不如路遥。这一点我既跟程老师观点有分歧，跟庆祥也不一致，作家应该有见识和勇气，要有独立的见解，能够像托尔斯泰那么思考，像陀思妥耶夫斯基那么思考，像屠格涅夫那么思考，而不是随大流，更不要说随报纸。一个作家随报纸就完了，那算什么水平啊？那连喉舌都算不上，要当好喉舌还不至于那样，这是第一层。第二层，换句话说，的确我们的作家也有困难，我也同情他们，你要知道跟托尔斯泰、陀思妥耶夫斯基辩论的人都是最棒的思想家，别尔嘉耶夫、皮萨列夫、赫尔岑，他在这个水平上思考，我们现在找谁辩论？

程光炜：他们当时有沙龙，这是俄国文学最好的传统。

李陀：这个意义上我们又说了，在座诸位身负重任，你们要把中国的思想水平和学术水平上升一个高度，让作家有营养，不是说让作家照着你的思路去写作，而是作家在反对你的过程中形成自己的看法。说乡土，人家福克纳也写乡土，我们看看他，哪个思想家、评论家敢说福克纳想的就是从我那来的？不可能的。所以我觉得这个讨论涉及一个很大的问题，我觉得我们批评界恰恰应该两方面都说，一方面作家要对我们这一段让世界知识界都迷糊了的历史提供一些看法。我补充一点，不只是我们中国的知识界，全世界的知识界都不知道拿中国怎么办，一些重大理论家在讨论中国问题的时候都把中国隔过去。只有那些右翼思想家，把那些套话，会来回说。凡是认识到问题复杂性的批评家都很奇怪，他们都不提"文革"，不提中国革命这回事，尤其对现在的改革头疼，不知道怎么办，不知道怎么认识中国。而我们中国给他们提供的材料都是《纽约时报》喜欢的材料，很简单的一些材料。中国真正的复杂性，让整个世界知识界都头疼，只有个别人，像巴丢出来说了一些他的看法，还有斯洛文尼亚的齐泽克，他也出来说了一下看法，都值得我们参考。但是这样的人是少数。这样的问题谁来碰？当然我们中国人自己来碰。只有我们自己来谈我们自己的问题，把我们的问题放到世界历史之内，看看我们中国到底发生了什么事。屠格涅夫的《父与子》，在当时俄国形成了那么大的影响,为什么?沙皇都拿他没办法,也不让禁。沙皇可以流放普希金,因为他跟沙皇说他会站在十二月党人一边。沙皇最多流放他,而拿《父与子》这一批小说没办法。正是这一批小说,唤醒了俄国的一代知识界。关于这个问题,我们要复杂一点,我们承担的任务更重一点。我喜欢李雪的发言,她说她有恶趣味,这个恶趣味不错,就是要探求作家写作的那些隐秘,那些动作,那些毛病和问题,对不对还可以讨论,特别是针对贾平凹这样的大作家。但至少,她不是在解释贾平凹,或者为他辩护,她敢于说我知道你不知道的事,你写这么多你不知觉,你有诀窍,你拿它忽悠我们,把你的写作遮盖起来。李雪没有展开。贾平凹讲了很多悲剧,但所有的悲剧都用这种对乡土的眷恋化解掉,这是非常深刻的。这不像路遥,他的悲剧没法解决,你说高加林的悲剧到底怎么办?你说吧,我要是高加林我也不知道该怎么办,我到底是留在村里,还是到县城去呢,还是到北京去呢?这是一个不能解决的问题。只有这些不能解决的问题才显示这个人物的悲剧性。而贾平凹这里头,悲剧眼看就不可化解,就要成问题了,他就来一段不同风格的那个趣味,让你又温馨又难受,有的时候是神神鬼鬼,有的时候是乡土民情的醇厚,那种农村令人向往的人情关系,那种农民的小智慧,农民的狡猾,这都让我们觉得非常有意思,但是都不能把我们时代的悲剧,把我们碰到的困境用那么尖锐的形象揭露出来。这一点李雪提得非常有意思,但是还是太温和。我要是你,我会写一个"贾平凹写作中的习惯动作",用这个标题展开个大论文。自从陈平原、汪晖他们提倡学术化以来,我们的理解有点问题,或者说西方学术有一些新变化大家没有注意到,并不是都是那种四平八稳的才是学术化写作。最近翻译了几本书,不知道大家看了没有,一本书讲古巴烟草的,从烟草这一个东西进入,讨论整个资本主义的发展。同样的主题,我们现在的题目可能会是《加勒比海资本主义发展的若干问题》,我们觉得只有这样才在做学术,人家不是,人家从烟草就切进去了,其实是对整个资本主义发展的讨论。所以我们现在的学术研究也可以再活泼一点,文章的深度不在于你的题目之大,或者你论证的全面，而在于你的深度，唯一的要求在于你要有材料。还有一本研究"波士顿倾茶事件"的书，也是这样。总的来讲，如果知识界不提供足够的知识给作家，作家就很难对一个时代做出自己的独特的观察和概括。这一点上我们文学承担的任务非常重，文学批评、文学研究承担的任务也非常重。我们应该带动学术界，带动理论界，80年代在一定程度上曾经有过这样一点儿苗头，有的时候理论界觉得文学提出的这些问题我们还没想过，这是可能的。

程光炜：80年代那一批小说，我从上大学开始阅读，也就是从1978年开始，我自己感觉从1978年到1985年是作家在帮助我们认识生活，没有人能替代作家。就我当时的年纪，就是作家们帮助我理解中国发生了什么，过去发生了什么，哪些做对了，哪些弄错了。但是这个在1985年就停了，停了之后，我这几年在看什么呢？我都是看经济学家、社会学家的东西，比如我举一个也不是很有名的杂志，但也聚集了不少有名的学者，叫《开放时代》，办得还不错，有一批一流的学者。我觉得帮助我认识生活的是这一帮人，搞经济学、政治学、社会学的，搞农村经济史的，真是受了很大的启发，但是没办法转化到自己的工作里来，也是不满足。但是他们给我最大的帮助是提供了一个很大的框架，一些很有纵深感的东西。后来的作家更多是小说家，不是知识分子。也许过几十年看，今天可能出现了一批大小说家，但不是什么大知识分子，甚至达不到中等知识分子的水准。中央电视台做了一个很长的节目，我从始到终看，就是托尔斯泰的葬礼，他死了的时候，整个俄国人都在给他送葬。俄国人为什么尊敬他？因为他帮助俄国人认识了自己的历史，认识了今天和未来的问题。我很赞同李老师对路遥的看法，路遥笔下的高加林和孙少平是问题，他的问题解决不了，这就是它的魅力。高加林不知道到哪里去，是去县城好呢，还是回去？孙少平也是这样，他没给我们答案。我们读这二十年的东西，好像没有这些东西了，他们好像越来越在一个文学圈子里写作，就是面对几个批评家，或者面对几个他们看得起的作家，他们的范围非常小，这个问题非常明显。像刚才讲的，他们一谈就是博尔赫斯、马尔克斯，你看莫言的获奖演讲，就不是一个知识分子说的话，还是作家的话，不是知识分子的话。我就感觉，现在我们对他们不满意，就在于认识生活的能力，就是说这一代作家不能帮助我们去认识生活了，害得我一个搞文学的人去读经济学家搞的东西，接受了也是二级水平的。大政治家不该只是经济学家、社会学家，还应该是文史哲的知识分子。就说文学有很多种功能，但是有一种功能不会过时，就是认识生活的功能，否则我们看作品干吗呢？研究文学干吗呢？如果它是一个很次的、很一般的、很没落的东西，没必要为它花费一辈子的时间。

李陀：而且文学很多功能都被自媒体代替了。

程光炜：当你看到周围很多信息是没用的时候，你会想到很多文学其实是有用的。文学史家是收拾历史的人，就是还没做好准备，以后这三十年肯定得有做文学史的人站出来指出作家哪里不对。就像刚才说的，出了一批大小说家，但是没有出知识分子，作家这个群体没有出知识分子，这是我们感到很遗憾的，就是说新时期文学这三十年，作家帮助我们认识生活的功能到1985年前后就停止了，为什么停止了呢？我就不知道了，但是那个时代是起作用的。我们是那个时代的过来人，那个时代的文学发挥了什么作用啊？最高了吧，比哲学、思想史，比什么都站得高。后来的很多成果，包括李泽厚、刘再复都是从作品中出来的，从作品中获得激情和高度。过去我们以为李泽厚是从50年代的康德讨论中出来的，我却以为他是从那批优秀的小说家、知识分子身上获得了一种激情，或者像刚才庆祥讲的获得了认识世界的一种方式，具体是什么我们讲不清楚。

杨庆祥：有个可能就是80年代那一批人水平都不算高，知识分子也不怎么样，他们就显得高一点。刘再复写的那个《文学的主体性》，现在看来太简单了，就显得作家认知能力要强一些，后来慢慢就衰落了。而且我觉得作家的资源非常单一，小圈子化，就读那几本书，资源的汲取非常单一，只吃一种食物，而且很迷恋，每天吃。

程光炜：以前我不知道作家每天怎么生活，以后发现他们说来说去就那几个作家，卡夫卡、博尔赫斯、马尔克斯，听得耳朵都起茧子了，如果你的写作靠这些推动的时候，你就觉得没什么东西了。

杨庆祥：我们上学期讨论了一下张承志，发现他很不一样，他从伊斯兰教那里汲取营养，他的风格就完全不一样。现在很糟糕的是作家们非常单一，而且只看一些国外的，国外一流的都不看，就看那种麦克·尤恩啊，安吉拉·卡特啊，这个还不错，吉根啊，都是在他们国家卖得还不错，但可能也就是二流的水平。

程光炜：我看帕斯捷尔纳克一个回忆录，才知道为什么他能写出大作品。他父母是大作曲家，从小就出入很高端的沙龙，耳濡目染，在他家出出进进的都是俄国大知识分子。你会发现作家们没有这种土壤，后天又不去补课的时候，他怎么能给我们这些东西？怎么带我们去认识生活？有的事情也没有办法。

杨庆祥：是不是还有一个问题？当下一些大的资本家、经济学家也不愿带着作家玩，所以当下作家他们内心其实也很脆弱，不像那些时代的作家一样，有足够的自信，和每个领域第一流的人物打交道，现在不是这样。

程光炜：俄罗斯文学中有一个贵族传统，托尔斯泰、普希金啊都是贵族。

李陀：这点我说一点儿，我之前没太注意。高尔基的出现让俄国所有的作家都生气，我自己看了历史资料才知道，因为我自己是一个很热爱高尔基的人，我想象不到高尔基的出身会得罪那么多人。高尔基是底层出来的，他是俄罗斯作家里唯一一个不是贵族的作家，他是个学徒工，他是个流浪汉，这个人写出小说来以后让他们非常生气：哪儿冒出来的一个人，他竟然写作？贵族社会的那个傲慢和排斥到这种程度。其中有一个人，因为高尔基把文艺复兴时期的画家 Anilico 的名字说错了，那个人就讥讽他，说这人连 Anilico 都说错，他还写作？你说贵族社会一方面构成很丰富的滋养，知识的、思想的、哲学的，但另一方面也带来歧视。早晚会被革命冲破的这么一个阶层，他们后来的没落也造成了他们写作的激情，比如蒲宁，这是一个非常复杂的现象。所以我们大伙千万不要碰见作家就马上敬礼。像托尔斯泰否定莎士比亚，否定但丁，看不起巴尔扎克，这些都是最伟大的作家，他全都否定，绝对不像咱们这里。咱们一听说博尔赫斯这样的作家马上就大地震。每个人都有自己心目中特别尊重的作家，也有不以为然的作家。比如我最近看海明威的作品，长篇小说写得何其之差，我都奇怪我少年时会这么喜欢他，这么差一个一个作家。回头看他的短篇写得何其之好，《白象似的群山》，绝了。我这个年纪才开始有辨别能力，一个作家哪些作品写得好，哪些作品写得差。我最近看托马斯·曼的《魔山》，我也不以为然，这是一个很笨的作家，没有灵气，不像巴尔扎克那样，但他靠他的笨也成功了。我们千万不要说："莫言，啊，大作家！贾平凹，啊，大作家！张炜，啊，大作家！"别这样，他们是你研究的对象，你绕他后面去看看，别老看他正面，正面谁不正襟危坐？

陈华积： 我们重新回到贾平凹这个作家来看，他在精神上确实是矮人一截的，他父亲受到了"文革"的冲击，他童年都是在战战兢兢中度过的。他回忆录里写他童年时因为他父亲犯事被拉去谈话了，一家人就挤在阁楼里等待。这种成长经历对他造成很大的阴影。他自己也在1980年左右，写了一些批判干部的文字，批评木柴检查站禁止山民砍伐，对这样的事情进行揭露。那个时候的贾平凹可能有一些想法，想要批判一下制度和人性的阴暗面，但随之而来的是1981年的"笔耕事件"，陕西文坛就要他检讨，说他发在《延河》上的一些文章破坏了公职人员的形象。贾平凹也参加了研讨会，没发言，会后提交了一份比较长的检讨书，之后停笔了很长时间，到乡下走访采风，随后出来了《山居笔记》《商州三录》这些作品，他开始用一种新的眼光来看农村的人情世故，用一种启蒙的眼光来看，写了《鸡洼窝人家》《腊月·正月》《小月前本》，都是写农村生活的，写改革开放政策下农村出现新的一些变化。我们可以理解为贾平凹避开了政治话题，不再去写它，只去写人性光辉的一面，把它展示出来。李雪也提到，贾平凹有一些习惯动作，这可能是贾平凹一贯的创作风格。

最早可能是在"文革"期间,在地方水库上缺一个会写大字报的人,因为贾平凹会写字,就让他去写水库的新闻,他就在那时候找到一本孙犁的小说,没有封面。我们知道孙犁擅长写农村的人性人情,这可以说是贾平凹最早的启蒙老师,应该对他的影响很深。后来我们可以看到贾平凹不断回到农村,书写农村的人性人情,到1985年左右的《浮躁》,原本想冲破自己,最后做了一个妥协,让金狗隐居了。可能贾平凹最大胆的一次是《废都》,写一个知识分子的精神的颓败,这一次豁出去了。但这之后,我们看到贾平凹又回到批评的氛围当中,虽然他不以为然,这时候他没了热情,没有胆量直击现实,后来的《秦腔》《古炉》《带灯》,都觉得很远。《带灯》太琐碎了,让我很震惊,和以前风格不一样,我甚至以为这是一部很失败的作品,可能是我自己阅读期待的问题。我觉得贾平凹最后没能冲破自我。在这样一个环境之下,他可能以前完成了使命,像李雪刚才讲的,他可能只能不断重复自己。我感觉像50后的作家,受"文革"的冲击,首先丧失的是精神的独立,写出来往往是一个被阉割的东西。陈晓明写过一篇文章,就写被阉割的《秦腔》,我觉得贾平凹的写作是很有症候性的写作。

某同学:谢谢老师!首先我是学经济学的。刚才大家说的文学家是不是要有一个很丰富的知识结构,能够向大家传达对世界、历史的一个认知,给大家带来新的东西,这个我有自己的认知。我们经济学界有个挺著名的经济学家叫弥尔顿·斯里德曼,1976年诺贝尔经济学奖得主,他有一个理论,就是说打台球的时候,我们作为研究者并不需要知道台球手是怎么打的,不需要知道球手怎么训练,他只要有自己的一套理论,比如牛顿力学,知道反射、摩擦,只要知道球的走向,能够预测,他的理论就是成立的。而作为一个圈内的人可能有历史主义或者相对主义的视角,他可能需要去和作家打交道,和他身边的人打交道,采到第一手的资料。但作为读者,在现有的知识结构下,我只希望他能带来启示就够了,比如我读《白鹿原》《蛙》,可能之前就对计划生育,对农村群族结构有一些认识,我只需要这些作品能带给我一些想法。至于它们是不是能传达那么多意义，比如像《心灵史》那样能够告诉我历史是怎么样的当然好，但一百个读者有一百个哈姆雷特，这样也挺好。根据我自己的经历，贾平凹就能给我带来不一样的感受。还有一个说作家有自己的评判标准，我也有一点看法。我们知道纳博科夫有自己很独特的视角，他看不惯萨特、陀思妥耶夫斯基。而作家是否能给我们带来一些东西，是否也和作家的培养机制有关？比如萨特是从巴黎高师出来的，那里汇聚了一大批大师，各方面积累都很丰富，我们的作家大多都是社会培养的，不是学校培养的，不太注重学校的积累。

李陀：我们如果回顾文学史，两种情况都有，都不少。前一种比如高尔基，后一种比如萨特，还有契诃夫从医生转行也变成了一个伟大作家，但有一点，总的来讲，20世纪后半段世界上没出现什么出色的作家，这和什么有关呢？这跟作家班的出现有关，特别是美国，聂华苓她们最早办的，创造性写作，专门学习写作，没出一个好作家。

王敦：这位同学，我想知道你看过《蛙》之后的实际感受，喜欢这个作品吗？

某同学：因为对计划生育，我们经济史也有一些材料，看了书之后，谈不上特别喜欢，但觉得还不错。

李雪：我现在读小说很绝望，我觉得50后、60后作家很难有新的变化，很多东西都在预料之内，很多东西还达不到预期，70后作家中短篇是写得很精彩，但是他们是讲故事的人，会讲故事的人，不是思想者，就像石一枫说的我们只是写作者，不是思想者，他们提出的问题不是自己想出来的，是社会公共话语提出来的。而80后是学院写作，基本都是硕士、博士，还有写作专业出身的，像甫跃辉很多作品就是在向大师致敬，没有自己的东西。他写进城青年的东西都是批评家给他的，我甚至觉得像黄平师兄给他写的评论，庆祥师兄给张悦然写的评论，然后他们就沿着评论的路子往下写，没有新的东西。

王敦：是不是有文类的转换？就是说让人民群众，或者说让很大一部分人口获得文艺感染的艺术形式是不是在变？比如像科幻小说，还有日本动漫、动画，很多的读者，他们的制作都很精心，叙事也很复杂，像宫崎骏啊，是不是就代替了19世纪到20世纪的长篇小说？

李陀：你说的这个我特别同意。现在有一个趋势，世界各国电视剧在各个方面在全面替代长篇小说。人们过去看长篇小说，现在都去看电视剧了，这给作家带来很大的麻烦，讲故事你讲得过电视剧吗？现在的作家还不敏感，世界变了，电视剧的故事、情节、结构比你长篇写得好的时候，你怎么办？我就不信《带灯》粉丝比得过《来自星星的你》，说老实话，《来自星星的你》我都看得眼泪哗哗的，一边看一边讽刺自己：你还是批评家呢，你还是做文化研究的呢，你还对消费主义文化写了那么多的文章，完了你现在为这么一个东西还眼泪哗哗的。这是个挑战，《来自星星的你》的这种挑战非同寻常，这是一个巨大的挑战，可作家一点不着急。

王敦：动漫可能是非常严肃的，比如宫崎骏画的《龙猫》，里面的植物都是现实中有所本的，查资料就得费时很久，不亚于一个作家体验社会生活的艰辛。

李陀：这还是小的方面，宫崎骏提出的社会问题才可怕，他的动画片居然涉及女性主义问题，这我们作家想都想不到的。

陈芝国：前面提到费孝通的《乡土中国》，包括晚清小说也有乡土叙事，但是我们如果把《老残游记》和鲁迅的作品对比一下，还是有差异的。而在鲁迅和费孝通之间差异却不大，很相似，两人都生活在江浙地区，同一片时空下。江浙地区有地主、佃农，需要反封建的乡土经验；在西北、华北实际情况就不一样，费孝通的经验只适用于江浙一带，四川、长三角、珠三角，我们1949年以后的很多小说，包括延安出来的比如赵树理他们，恰恰是以西北、华北为故事背景的，他们主要是自耕农，没什么地主，有钱不买土地，放高利贷，买商铺。我要说的问题是，他们的经验不是来自现实的，40年代以后的作家他们的经验来自对鲁迅、费孝通经验的借鉴和模仿。赵树理和柳青的差异非常大，但是都来自鲁迅的反封建、反地主，实际上又没有地主可反。另外一个问题是,刚才庆祥兄说70后作家的写作不能够提供新的世界观,和朱学勤一批学者高度一致,而我以为作家不在于提供新的世界观。我认为这不是新旧的问题,而是他有没有自己的独立意识,能和知识界进行思想和意识的搏斗,形成自己的独立意识,至于这个意识是新还是旧倒是不那么重要。

李陀:我们过去太强调新旧,文学史上思想比较保守的作家倒是很深刻,像蒲宁啊,例子很多。特定的历史时期要求作家有新思想,文学本身不一定,反动作家、诗人也会有很深刻的思想。比如说改革,应该各种看法都出现,让读者去选择,不断给读者刺激,提供不一样的而不是雷同的东西。

范国富:我想说80年代的作家,如果考虑一下整体背景,他们是从"文革"走过来的,"文革"并不是由那一批知识分子争取或者反抗而结束的,它是由政权、政党叫停的,他们的许多作品和当时的主流思潮是共鸣的,作品很多,影响也很大,但是80年代是作家繁荣而不是文学繁荣。文化也是,比如李泽厚,谈的是他对思想史的描述,而不是他本身。今天的文学谈的不是文学是作者,这本身就有问题,今天的文学阅读和批评都有职业化的趋势。拿俄罗斯作家做参照,今天的作家是很有局限的,就拿唐慧女儿案为例,微博下边你可以看见各种评论,他们给你的思想张力比文学给你的要大,那么文学在今天该干什么呢?作家应该也要思考,他们更多是对以前经验的复述,更多是在讲故事。讲故事是文学的一部分,但作家不该仅仅讲故事,文学也不仅仅是讲故事。同样讲故事,托尔斯泰讲伊万·伊里奇之死,很小的故事,但传达的东西是穿越时代穿越国别的,但是当代文学没这样的东西。

杨庆祥:这涉及一个很重要问题,我们现在对80年代的想象过于乐观,80年代整个创作文化都是非常单一的,把那些作家聚拢起来,你会发现趣味很单一,其实还是"听将令"的写作,还没有分化出多元的、审美的文学趣味,这是一个惯性式的写作。今天的年轻作家依然如此,刚刚萌发出一点自己的东西,他立即服从社会问题的思路，去写社会小说，最后写的都是报纸提出来的问题，电视台提出来的问题，社会学家提出来的问题。

范国富：说得苛刻、刻薄一点，就是有作家没文学，或者讲作家都在争名逐利。

程光炜：这么刻薄啊。

王德领：就跟原来说有诗人没诗歌一样。

程光炜：诗人还好一些，欧阳江河的《凤凰》，肯定比这些小说要好多了。

王德领：诗人好一些。我最近看一位山西作家的长篇，写农村的，她的东西就是照抄《白鹿原》的，人物设置，历史观念，不光思想，人物也一样，当时一看，这不是《白鹿原》吗？

程光炜：那胆子真大。《白鹿原》还是很认真的，陈忠实在至少三个地方查了地方志，下了功夫的，记了很多笔记。作家的小说要都这么写，小说的质感、现实感会好很多。

王敦：卢卡奇说到现实主义小说对社会的整合性，总结历史发展的过程，这个非常好，但操作起来不太容易。后来现代派也是有模式的，比如说王小波借鉴卡尔维诺，他不是直接去说当下，他像乔治·奥威尔一样，把社会、政府、经济、文化的模式给予寓言化的处理，那么确实在二十年里不断都有读者，现代派不一定就让作家做中国的博尔赫斯，他也可能有一定的革命性，也能完成当代文学的部分拯救和启蒙使命。

李陀：大家都说说就有意思了，咱们到这儿来应该有点理想主义，给文学带来一点儿新鲜空气，要文学的大格局发生变化太难了，无论政治、经济，还是个人的压力，都影响我们。文学变革挺难的，但文学还是有希望的。俄罗斯文学在普希金以前就是对法国文学的模仿，普希金以后也就不足二十人，这二十人使得世界上所有的有影响的学者、文学批评家、政治家，很多人都觉得最好的文学在俄罗斯，比如基辛格，他也持这个看法。这里面文学家不过二十个，最好的批评家不过十个，但他们还有一批画家、音乐家，所有的加起来不到二百人，但创造了一个时代，从农奴解放到十月革命。这点上，在座的应该都要有一点理想，这个课堂大家都要珍惜，都参与进来，争个一塌糊涂。

程光炜：好，我们今天就到这里。谢谢大家！

莫言的历史结构（上）

时间：2014年6月21日下午14:30
地点：中国人民大学人文楼二层会议室
主持人：李陀　程光炜
本次主发言人：赵天成
与会讨论：中国人民大学青年教师、博士、硕士
　　　　　北京其他高校青年教师、博士、硕士
本次录音整理：樊迎春

程光炜：今天我们讲莫言。主讲赵天成是硕转博，今年9月份开始跟我读博士。他也准备了一段时间。之前我们跟李陀老师也说过，学生在这里可能讲得不好，但没关系，重点是把话题打开。莫言没获奖之前，我们谈他是一种方式，他获奖之后可能对我们谈他有一点影响，不过也没关系，我们还是把他看成一个作家。好，我就简单说这些，天成开始讲吧。

赵天成：好，今天我主要是讲《生死疲劳》。上次李雪师姐那一场讲得非常精彩。话题打得很开，也很有辐射性。我也想沿袭她的方式，希望能引发大家讨论的兴趣。今天天儿比较阴沉，别把大家讲睡着了就好，也希望今天的讨论热度可以在上次的基础上再升温。因此呢，我想尽可能多谈一些我自己的观点和看法。我的方式基本上是"提问题"的方式，对于问题的解决，有的我还没有想好，有的可能不够成熟和完整。我的报告是一个邀请，有请大家跟我一起来完成今天的讨论。

在之前沟通的时候，程光炜老师和杨庆祥老师对我的要求都是强调要有历史长度，就是一定不要在讲的过程中拘泥于一个作品。对于

历史长度，我的理解是要将莫言、莫言的长篇小说写作，还有他写作中的现象和问题，都放在一个"史"的脉络中考察。这个"史"的脉络，我主要在三个线索上来谈。一个是莫言的个人创作史，今天我是以《生死疲劳》为发力点，从这儿来"拎"起莫言的创作，同时向前后两侧辐射和展开。我涉及的文本包括《红高粱家族》《丰乳肥臀》《檀香刑》和《蛙》，从创作的跨度上来讲是从1986年到2009年，前后二十多年的时间。第二条脉络是文学史的脉络。从文学史来看，特别是从中国当代文学史来看，莫言肯定是非常重要的一个作家。而且当我试着用整体性的方式进入莫言的写作的时候，我发现莫言是很适合以文学史眼光来打量的一个大作家。但他的创作究竟可以放在怎样的文学史线索中来考察，其实是一个很难的问题。所谓文学史的描述，按韦勒克的定义，是将文学看做一个与时代同时出现的序列。这就又涉及我的第三条脉络，就是当代史。我所选的五个长篇，最后还是集中在历史书写这个问题上。历史书写的问题其实也恰恰是莫言饱受批评的地方。我知道有很多读者，很多专（砖）家——有些是"板砖"的"砖"——当然也包括我，都不太喜欢莫言的长篇小说。（听众笑）但我想还是要历史化地来看莫言的长篇创作，这里的"历史化"主要是指一种带有情感距离的研究态度。就是不管喜欢不喜欢，都要客观看待它的价值。

我也会指出一些莫言长篇写作中的问题。第一次讨论会时刘禾老师讲了她的细读的"四不"原则，我受到刘禾老师的启发，也是附庸风雅，为自己制定了指出莫言创作问题时的四个要求。第一，要有文本支撑。就是要有具体材料作为实例。当然我今天是谈创作，所以文本就是我最好的材料。第二，要有历史同情。我常常想，讲一个作家的创作有问题，这个"问题"其实可以细分。哪些是个人创作的问题，哪些是他们一代人的限度？还有哪些是作家的问题，哪些是环境的问题，会不会有的问题是我们研究者自己的问题？这些都要去考虑。第三，要避开批评标签。我所说的避开，不是说要回避这些，而是说把曾经对于莫言的批评也当作问题，当作研究对象来处理，而不是作为不证自明的东西而轻易接受。程老师曾写过一篇关于莫言的文章，就是写莫言与文学批评。程老师的写法就是讲"魔幻化""本土化""民间资源"这些批评话语是怎样和莫言捆绑在一起的。我所说的要避开批评标签也就是在这个意义上讲的。第四，要充分考虑作家的特点与长处。其实"盲视"与"洞见"往往是并存的，我想通过理解作家的"洞见"、长处，或许能找到新的理解作家的"盲视"和缺陷的方式。这四点是我给自己设定的限制，其实只是让自己别太草率和着急地指出问题，但在实际操作的时候我发现很难达到。不过虽不能至，心向往之吧。

刚才也说了，我在谈莫言创作问题的同时，也会兼及莫言的评论和研究中的问题。当然这二者有时分不太清楚。我的一个感觉是，莫言的研究水平是中国当代这些大作家里面最低的。说来说去好像很难超出那些东西，比如感官、生命意识、本土、魔幻、民间等。也就是说对于怎样处理莫言缺少办法。我的基本看法是，评论圈对莫言的阐释其实一直没有超出莫言自己对自己的解释，莫言小说的"重复"远没有对莫言小说的评论的"重复"来得多。当然，我初涉文学研究就已经感觉到，其实贴着作家谈是最难的，就是说如何能让我的问题从作家的身上生长出来，而不是用我们的问题去套作家。我再次邀请大家和我一起来思考这些问题。

我给今天的报告设计了一个小的主题："莫言的小说世界。"我将以《生死疲劳》为中心切入，主要围绕三个问题展开：第一，莫言小说世界的基本逻辑；第二，通过对莫言所征用的两种资源——古典小说传统、历史，特别是当代史的考察，来探讨莫言的小说世界的搭建方式，并且看看背后有没有一些潜在的问题；第三，莫言的小说世界与真实世界之间的关系。如果我们跳出文本，从外部——从文学与历史、文学与社会之间的关系来讲，莫言的处理方式是否有效？由此我最后会谈谈莫言长篇创作的主要问题在哪儿。

我们现在就进入莫言的小说世界。在这儿我先亮出我的第一个观点：莫言的小说世界是中国当代作家中最完整的。我觉得这也是莫言的长篇写作最重要的价值。大家知道，伟大的小说家们往往都有一个自己的世界，他们的世界和真实世界有重合的部分，但是也有他们自洽的逻辑，从这个逻辑上来说它又是一个完全不同的独特世界。比如哈代的威塞克斯、福克纳的约克纳帕塔法、马尔克斯的马孔多，莫言可以在这个层面上被提及。而且莫言小说世界的连贯性、整体性，它的容纳量、规模和万千气象都是非常重要的价值。我这里所说的"小说世界"，不管是威塞克斯、约克纳帕塔法、马孔多，还是高密东北乡，都是一个空间的概念，但是小说又是时间的艺术，所以它在时间上展开的幅度也是我这里考量的一个尺度。因此我这里提出的"小说世界"实际上是综合了时间和空间的概念，包括时间和空间两个维度。

关于莫言的小说世界，首先有两点要提示。第一，莫言的小说世界是建构出来的。高密东北乡是可以从中国地图中指认出来的，但莫言的高密东北乡又不是一个在中国的版图上真实存在的地方，它是被莫言构筑起来的。我觉得莫言暗中给一些日本学者出了难题，日本学者有一种研究的方式，他们把研究做得很细，一定要实地考察，到你的地方去看山川河流、地貌沿革等等，我很怀疑这种研究方式在高密东北乡是否奏效。莫言的高密东北乡是以农村为背景的地方。莫言是农民出身，他有丰富、真实、细腻的农村生活经验，但他又对这种经验做了抽象化的处理。

这就是第二点，莫言的处理方式。我觉得他通常都是先把世界"陌生化"，我把它称之为一种"棱镜"效果，就是说他在经验世界的边上建立另外一个世界，经验世界的现象在这里通过折射被显现出来。这种效果在早期是通过无限放大感官的感受力来实现。大家都会想到《透明的红萝卜》里的黑孩，但其实还有一个更早的例子。有一个小说叫《民间音乐》，里面有一个小瞎子，他的眼睛看不见世界，心灵的窗口被封锁，他与外界交流的通道就变成了他的"两扇大大的耳轮"，所有内心的痛苦与欢乐都堆积在耳朵的扭动之上。下面说到《丰乳肥臀》。初版的《丰乳肥臀》上来的第一句是这样写的:"在光滑整洁的宇宙中,数不清的天体穿梭般运行着。它们闪烁着温馨的粉红色光芒,有的呈乳房状,有的是屁股形。它们好像是随意运动,其实却遵循着各自的轨迹。"这是什么?这里虽然是以第三人称叙述造成一种似乎客观和郑重的腔调,但其实这就是上官金童感知世界的方式,是上官金童的认识论。所以在这里就已经预定了在《丰乳肥臀》这个小说里面的游戏规则。到了《檀香刑》,《檀香刑》里面有几个叙述者,其中有一个叙述者是傻子,叫赵小甲,是一个fool narrator,他上来就要找一根虎须。他说:"俺娘说,老虎满嘴胡须,其中一根最长的,是宝。谁要是得了这根宝须,带在身上,就能看到人的本相。"拿这虎须一比划一看,哎,李陀老师是个老虎。再一看,哎,杨庆祥老师是个兔子,大概就是这样。(听众笑)然后赵小甲就一直在找虎须,他老婆眉娘不知道从哪就给他弄来一根金黄色的东西,其实好像就是一根屄丝吧,他通过这个一看,世界上的人还真的都变了。这其实就是一种把世界变形的方式。这种方式发展到《生死疲劳》,就是六道轮回的逻辑,这个待会儿再说。我觉得莫言的这种方式可以称之为一种哥白尼式的颠倒,就是经验世界中的历史和现实的重要因素都可以在小说世界中找到,但是规则和逻辑是莫言来制定的,看世界的方式是他小说中的人物的。这样莫言就是在试图搅乱经验世界的秩序,毁掉一种常规的认识论。这也是莫言的小说世界与真实世界之间最基本的逻辑关系。由此我们也可以理解一些经常在莫言小说中出现的小的装置,比如说伤残、病态、怪癖,还有动物的灵性,其实它们都是一种把世界陌生化的方式。这个可以视作李雪上次所说的惯用招数,但我并不完全是在否定意义上来看的。我觉得作家都有惯用招数,而且用什么招数不重要,关键还是要看是否有效。如果每次都能把秦始皇刺死,也允许你荆轲只是一招鲜。

下面我就进入《生死疲劳》,来考察莫言小说世界的两种基本材料、基本资源——一个是古典小说传统,一个是历史,特别是当代史,并由此来看莫言的小说世界是如何搭起来的。我先最低限度地给大家介绍一下《生死疲劳》的情节,这个故事是从1950年1月1日讲到2000年12月31日，起点是新中国成立后的第一个新年，终点是新千年的开始。故事的一个主人公叫西门闹，是个地主，但其实是勤劳致富的那种地主，在土改中被枪毙了，就到了阎王那儿，阎王也知道他冤枉，答应让他转世为人，但每次又都骗他，就这样西门闹反复轮回了五次，前四次都在畜生道，第一次驴，第二次牛，第三次猪，第四次狗，第五次是大头婴儿蓝千岁。还有一个主要人物是蓝脸，原来是西门闹的长工，也是西门闹捡回来的一个孩子。他在合作化时期坚持单干到底，因此受到很多迫害。蓝脸的儿子叫蓝解放。《生死疲劳》的叙述方式是蓝千岁、蓝解放两个人互相讲故事，有时候是蓝千岁给蓝解放讲，有时候是蓝解放给蓝千岁讲。

不知道大家有没有看过《生死疲劳》的宣传语。在书的封底上，写了一句很有意思的话：向古典小说和民间传统致敬。即使我们说莫言在80年代中期受到福克纳和马尔克斯的重要影响，但其实在莫言的创作中，古典的、民间的、传统的东西一直都在。大家知不知道莫言结集出版的第一本书，叫《透明的红萝卜》，是"文学新星丛书"的一种？里面的序就是李陀老师写的。李陀老师当时抓的重要的一点是什么呢？不知道李老师自己还记不记得，是意象的营造，并且他由此将莫言的小说与古典美学打通。阿城对莫言给他讲的鬼故事一直念念不忘，阿城说"莫言讲的鬼故事的格调是唐朝以前的，但是语言是现在的，我由此知道他是大才"。阿城讲得精彩，所以我一直记得。《生死疲劳》的特殊之处，是这些传统的东西主要通过形式因素被展现，因此更为明显，比如章回形式，大家都能看到，但对于研究来说又很难打开。这里我试图着眼于内在精神的层面，看看能不能找到一些打开的方式，并且揪出一些背后的问题。

《生死疲劳》确实征用了很多古典小说模式，比如一个是双胞胎的模式。《生死疲劳》里有两对双胞胎，西门金龙和西门宝凤是龙凤胎，还有黄互助和黄合作。双胞胎模式就是长相相似的一对儿，他们的性格和命运却发生很大程度的乖离，或者因长相而导致一些误会或者误认，这其实是古典小说中的一种模式。第二个是，儿子继承父亲的模式。我这里说的主要是外在的，特别是相貌方面的那种继承，比如儿子长得和父亲完全一样，或者继承父亲的一些突出特点，外貌上的重要标志或特殊才能。《生死疲劳》里面的蓝脸、蓝解放、蓝开放这三个人，是三代人，他们的脸上都有蓝痣，我觉得这也是一种古典小说的模式。还有第三个是一夫多妻的模式。这些模式也是后来的武侠小说当中惯用的模式。此外还有一些套语，比如说"爪哇国""也是合当有事""按下不表"等等，包括里面有一个抗美援朝的英雄叫庞虎，他出场的时候对他的描述是"面如重枣，目似朗星"，这非常像是《三国演义》的描述。这些都是细枝末节，但总体上营造出来一种氛围。

我觉得更为重要的问题，是与古典小说的历史观念的关系问题。我要说到的是循环史观。大家看《生死疲劳》，它的首尾的结构，很像《三国演义》。《三国演义》开头的第一句是"话说天下大势，分久必合，合久必分"，到了最后，三国归于晋帝，最后一句话也是"此所谓分久必合合久必分也"，这样它在首尾结构上也形成一种循环。在《生死疲劳》里，开篇第一句是大头儿蓝千岁说"我的故事，从1950年1月1日讲起"，这也是这本小说的最后一句话。于是在《生死疲劳》里面，六道轮回，还有这种章回体的形式与它的历史观就形成了某种具有共同指向的呼应。当我们看《林海雪原》《铁路游击队》这些"十七年文学"中的"革命历史小说"的时候，它们也用章回体，但是放弃了循环史观，采用的是进化史观，以配合那种目的论的历史，也就是"从胜利走向胜利"。关于这个问题，黄子平老师有非常好的研究。莫言早在《红高粱》里就反这种进化史观，当时他是一种退化观，《红高粱家族》中一开始就写到"长大后努力学习马克思主义"，但听了"我爷爷""我奶奶"的故事，让"我在进步的同时，真切地感到种的退化"。在这个意义上，才有"我爷爷"和"我奶奶"在高粱地里那样的原始激情的张扬。

而在循环史观之下，所看到的就是一种治乱交替的"超稳定结构"。《白鹿原》里其实也涉及这一问题。白嘉轩有一句非常有趣的话，说"我们的白鹿原变成鏊子了"。"鏊子"是方言，就是烙饼的饼铛。意思就是饼在里面颠过来倒过去，今天这个得势明天那个得势，但不管谁得势，它的基本结构是不变的。就是当一种秩序被打破之后，又是一种旧秩序的恢复。由此我们看到，同样的一段历史，既可以被看做混乱无序的，但如果换一种参照系，也可以看做是"超稳定结构"中的一个阶段。《生死疲劳》在非常浅的意义上运用佛教的"六道轮回"观念，包括用章回体的形式，实际上也是试图更换一种打量历史的尺度。更换参照系，就有可能产生对事情的不同看法。但是，《生死疲劳》的这种历史观有没有问题，要结合下一部分来谈，这里暂时按下不表。

莫言对传统的征用，常常被他自己表述为"回归到民间去""为老百姓写作"等等这些话，这可能也是我们考察"民间"问题的一种方式。但我的感觉是，他所说的这些话，实际上都是一种谎言。我所说的谎言不是在道德层面说他骗人，而是说这是一种讽喻的说法，其实跟在《檀香刑》的后记中说的"大踏步撤退"是一样的，都是一种修辞手法，实质不在于"撤退"和"民间"，而无非是一种艺术创新的姿态化表述。当我们去看莫言长篇写作的预设读者、生产渠道包括他的叙事技巧，我们可以说他几乎是绝对意义上的纯文学写作，是一种面向知识分子的写作。而且我很少看到文学圈以外的莫言粉丝，我感觉比余华的粉丝、王安忆的粉丝都要少。一般我听到的说法都是：莫言获了诺贝尔奖啦，就去买了一套莫言的书回家看，看了一点，每次看都睡着了，看不下去。我没有做过具体的调查，这只是我的感觉。另外，我觉得莫言说他自己是"讲故事的人"，这里面也有一个误解。因为当我们说"讲故事的人"的时候，我们往往只重视"故事"，而忽略"讲"，但对莫言来说，"讲"和"故事"二者同样重要，甚至"讲"比"故事"要重要很多。"故事"对他来讲只是素材，"讲"就是叙述，就是小说技巧，而且莫言从来不是一个靠故事取悦读者的作家。

下面我要讲莫言小说世界的第二种重要资源，就是历史，特别是当代史，并由此切入莫言的历史书写问题。首先，我觉得无论莫言承认与否，我们都不能低估莫言的史诗抱负。我把我讨论的五部小说分别按创作时间和故事时间给大家排一下。按创作时间来排，《红高粱家族》是第一个，1986 年；然后是 1995 年的《丰乳肥臀》；2001 年的《檀香刑》，2006 年的《生死疲劳》和 2009 年的《蛙》。按故事时间呢，《檀香刑》是 1900 年前后；《红高粱家族》是 1923 年到 1940 年；《丰乳肥臀》基本上接着《红高粱》，是 1939 年到 90 年代；《生死疲劳》刚才说了，是 1950 年到 2000 年；《蛙》的起点基本跟《生死疲劳》一致，也是从新中国成立一直写到现在。我们先看这五部作品覆盖的部分和重合的部分，它们覆盖的是中国的百年历史，当然从晚清到 20 年代那一部分有断的地方。而重合的部分，《丰乳肥臀》《生死疲劳》和《蛙》这三部小说的故事时间基本是一致的，实际上是把新中国成立以后的当代史以不同的方式讲了三次。如果把这三次细细地比较的话可能可以做出一篇很大的文章来，但我这次没有时间对这三篇小说做非常细致的阅读，这里只是要说，这么一排，莫言写历史的野心，和他用力的重心，就可以看得很清楚了。而且这五部小说尽管有各种各样的不同，但是我认为都可以视为严格意义的历史小说。我采取的标准是，他们都是以历史事件作为情节的重要推动力，或者说，历史事件和历史中的重要问题对主要人物的命运有重要意义。

《生死疲劳》一共有五次轮回，其中每一次在畜生道的轮回都跟当代史有一些基本的对应。第一次是驴，驴覆盖的年代大致是从 1950 年到 1958 年，主要对应的是合作社，特别写到了 1958 年的大跃进和大炼钢铁。第二次的牛，差不多是在 60 年代中期，主要是从后期的人民公社一直写到"文革"，到最后牛的命运是被充公了，但是它拒绝在公社土地上耕种，结果被西门金龙打死了。第三次轮回是猪，主要是"文革"后期。第四次是狗，对应的是改革开放，像开公司、婚外情这些东西都进来了。

上面是一些大致的描述，我认为关键的问题是要找到莫言理解当代史的线索。我看《生死疲劳》的重心还是在处理合作化问题。我的观点是《生死疲劳》是对《创业史》的一次重写，也是一次反写。莫言称《生死疲劳》的主题之一就是农民与土地的关系，他说1949年之后，农村的变迁实际上还是土地的问题，而农村改革小说根本上也应该围绕这一问题来展开。我之所以说是对《创业史》的重写，是说它们在一些细微的地方有很精妙的联系。比如说，梁生宝是梁三老汉的养子，而蓝脸也是西门闹的养子，这是第一个例子。第二个以亩产竞赛为例，在《生死疲劳》的第31页，区长对蓝脸说，蓝脸，你可以暂时不入社，你就和合作社竞赛吧，我知道你分了几亩地，到明年秋天，看看你每亩地平均打多少粮食，再看看合作社每亩地打多少粮食，如果你的亩产比合作社高，那你就继续单干，如果合作社的亩产高，那时候咱们再商量。这个很容易让我们联想起《创业史》里的郭世富要和贫雇农搞"和平竞赛"的那种"竞赛"式的情节模式。

但是《生死疲劳》对于《创业史》这种"合作化"主题的处理方式，只是把《创业史》里面的观念完全颠倒过来。《创业史》里面正面的一方到了《生死疲劳》里都变成反面的，《创业史》里面的英雄人物在《生死疲劳》里都被"矮化"，而反面的一方都被抬高。原来说地主多么坏，这里就说西门闹怎么勤劳，怎么善良，又怎么被冤枉。《创业史》里不入社的都是坏分子，而这里不入社的蓝脸就被塑造成某种意义上的英雄形象。莫言在写完《生死疲劳》以后接受李敬泽的采访，他说如果以《金光大道》或《创业史》的方式来写，至少在形式上是陈旧的，所以他想换一种形式。那么，当莫言用"循环史观"来反"革命历史小说"中的"进化史观"，又在"合作化"这一问题上对《创业史》进行反写，看起来他一直是在对抗，一直在对抗主流的叙述，但实际上他对抗的对象都已经死去了，所以他实际上很安全。而因为他所对抗的对象已经死去，他的对抗也是毫无效果的。莫言的问题就在于，他的观念只是与《创业史》和"十七年"的"革命历史小说"相反，他就已经满足了。他没有意识到，

90年代的那些观念兴起以后,他的理解方式已经变成了某种通行的观念。

从这里我们切入最后一个问题,我不认为莫言的问题在于以狂欢化和魔幻化的方式处理历史,而是说历史的复杂性仅仅被这些所谓"狂欢"的手法替代了。我们看莫言小说首先看到叙述的重重迷雾,当我作为一个研究者,费尽千辛万苦,拨开这一重重的迷雾的时候,看到的却是一无所有。就像我小时候听的马三立的相声,有一个段子叫《祖传秘方》,讲一个人痒痒,看到街上有个人卖治痒痒的秘方,买回家一看是一个纸包,打开那个纸包里头还是一个纸包,再打开这个纸包里头还是一个纸包,接着再不断打开纸包,到最后一个纸包打开,里头就俩字儿:挠挠。这就有点儿像莫言的长篇小说给我的感觉。(听众笑)

这里也就说到荒诞或者说魔幻这种中国当代小说的写法,到后来有了一种猎奇的趋势,都是去展现奇观。越奇越好,越怪越好,越耸人听闻越好,就用"奇"的程度作为一种标准。但我觉得,通过荒诞和魔幻的方式,实际上是一种将世界陌生化的方式,可以达到对世界更深一层的理解,并在这种层面上展现人类的命运,所以说荒诞的背后应该是有高度的。我觉得莫言的问题,当然也不只是莫言,这一批当代作家,他们的荒诞或魔幻的问题都是缺少高度。这种写法的终极可能还是要走向哲学,这可能也是这一代中国作家的限度,如果与福克纳和马尔克斯相比,就能看得很清楚。福克纳在《喧哗与骚动》中对于"时间"的表达,连萨特和加缪那些法国的搞哲学的人都很佩服。

因为这个问题,莫言的长篇创作缺少艺术力量。但是哲学、思想的力量只是一方面,我认为他的长篇还缺少一些打动人心的力量,这个问题可能还是在对于文学的一些基本主题的处理和表达上,比如爱与死,比如对时间的感受。莫言早期的中短篇,里面都有一些超语境的东西,当我们去阅读它、去研究它的时候,你可以把它作为一种历史档案处理,读出其中的社会历史内容。当程光炜老师去读《白狗秋千架》的时候，他可以看出"参军"这一事件对于这个小说、对于莫言、对于那一时期农民生活和命运的决定性影响。但如果作为一个普通读者，你没有这种同时代人才能具有的生活经验的话，那些更为抽象意义上的经验，如人的不安感，人的孤独感，包括在《白狗秋千架》的最后，人被迫赤裸地面对自己内心时候的恐惧和复杂的感受，是可以超越语境而直指人心的。我觉得这是莫言长篇小说中所缺少的东西，可能也是他的长篇缺少力量的另外一种向度。

下次晓帆师姐会讲莫言对 90 年代、对现实的处理，所以我没有讲这个问题。但我觉得，不论是处理现实还是书写历史，莫言都不擅长社会剖析和政治介入。而且就像刚才所说，他在思想和观念上都比较陈旧，没法给我们提供太多可以研究和借鉴的东西。莫言的长处，我认为在于他的语言和想象力。比如他语言的色彩和声音，他文字的画面感，他调动人物和驾驭文字的能力。而他的想象力，既使他可以建构出一个完整的世界，也让他得以在处理经验的时候在虚实之间游刃有余。但是，他的长处恰恰给我们研究他出了一个难题，往往跟我们的研究方式对不上点儿。我们的研究一般擅长处理那些涉及大问题、思想性比较强的作家，对于写作技巧的好坏有时不太看重。因此，莫言的长处在某种程度上是很难被现在的理论话语收编在内的。这也是我没有想清楚的问题，也想听听大家的看法。

最后，我回到最初提出的一个问题，当我说历史和传统是莫言小说世界的材料的时候，我是在文学内部来谈问题。那如果我们从外部来看，如何看莫言的小说世界与真实世界的关系，如何看莫言小说中的生活画面与其所反映的历史之间的关系？他的小说，《生死疲劳》以及其他，对这些关系的处理是否有效？

好，我就先讲到这里，谢谢。

程光炜：天成是人大本科上来的，基础本来就比较好。硕士期间他又跟李今老师学习，受了现代文学的训练，有现代文学的场域在。

李陀：嗯，讲得不错，真的不错。

程光炜：李雪的那个方式是单刀直入的，贴着一个作家，天成有一个"史"的东西,也有小说理论,也有很多分析。我就简单说一下以前没有意识到,或者不太多去想的问题,就是他讲的莫言的研究低于莫言的创作,这点我还基本认同。目前为止我们还没看到一篇文章或者一个人能把莫言的很多东西从当时给他的那些定位中拉出来,什么感官啊,童年视角啊,想象力啊,或者再加点民间,都没有把他拉出来。第二个说他缺乏社会历史的分析能力,这不是莫言一个人的毛病,这一代作家都有这个问题。什么原因?我觉得很复杂。像路遥的长处恰恰就是唯物论的、辩证法的那一套东西,但这批人都放弃那一套东西了。莫言的长处主要在想象力和语言。我们现在的研究好像是没有一套东西来对应他自己这一套,可能会有问题。我们对他要求的是史诗的,有社会剖析的态度的,这些东西跟莫言的东西是否能对接?我曾经试着以这种方式去谈论《白狗秋千架》,但这种方式是他自己不一定认可的。他内心肯定有那些东西,合作化、参军那些。但用这方式分析一个短篇可以,中篇可以,但面对一个长篇的话,就不知道用什么来对它。我就讲这些。

杨庆祥:我觉得天成讲得挺好。有几个非常重要的东西这里都谈到了。第一个,就是程老师刚才也说了,关于莫言的研究。我昨天还看了《莫言研究资料》,是山东师范大学编的那套当代经典作家研究资料,把三十年来关于这个作家研究的重要文章都收进来了,我确实没有看到让我特别激动的文章,没有说看到就忘不掉的文章。贾平凹的有,李敬泽写的那个《庄之蝶论》,你看了就知道真是好,非常有意思。莫言的没有。但这是不是就说明一个问题,就是莫言很难进入?我也没有写过关于莫言的文章,因为在我的阅读经验里,我不是很喜欢莫言的写作。他给我印象比较深的是他早期的,《民间音乐》《售棉大道》,我比较喜欢。后来的《红高粱》系列也很喜欢,再后来的作品也会看,但没有那种互动的感觉。

第二点我想说的是这一代作家,50年代出生的作家,就是现在的第一线作家,他们的问题不是写作技巧的问题,他们的问题是历史的问题,就是你说的历史观的问题。我觉得这个问题可能也不仅仅是作家的问题，整个人文知识界都要面对这个问题。我们现在不管是意识形态还是大众媒体，还是具体的每个个人，我们对三十年来、六十年来，或者往更远的推，现代以来的这种历史虚无主义，这种和历史的调情，这种没有把个人经验和国族的叙事和反思结合起来造成的后果，今天全部爆发出来了，这是灾难性的后果，今天还在上演。我一直坚持一个观点，对于这批50后作家，我们的后续研究，不要再去谈什么写作技巧问题了，没有任何意义。他们的写作技巧，比如莫言，你谈来谈去，谈他和马尔克斯到底有什么区别，他们的区分度其实不是很高。包括余华，他的写作技巧，几篇文章也就谈完了。但是他们的历史观怎么处理？他们和共和国的历史，和整个现代的历史的关系，这其实不是小说的问题，是观念的问题。他和古典，和中国整个传统的那种勾连，我们怎么去处理？这是非常要命的问题。目前我们的批评家就是站得不高。李陀老师说得很对，批评家不是你要有多高的水平，而是你要有个很高的姿态和眼光，你要从很高的历史观的角度把他们劈开，那才是有用的。要不你就是一直跟在他后面，你讲这个故事了，我再来帮你把它讲一遍，这是没有意义的，没有任何生产性。

第三，你刚才说的有一点非常重要，莫言《生死疲劳》的写作高度内化了《创业史》的写作，这是一个非常好的切入点。这个也恰好是莫言的问题，你会发现莫言对历史的书写是简单地止步于反对《创业史》，或者说把《创业史》的写作简单地置换，像个反光镜一样，或者像哈哈镜一样把它丑化一下，这一代的作家的问题恰恰就在这个地方，就是他们只是简单地止步于一个颠覆。最近因为阎连科老师要做一个活动，我也就多想了一点这个问题。我们可以把历史简单地做一个分层，历史其实有三种存在的形态。第一种历史就是历史上发生过的事，史实的、史料的历史；第二种是编纂过的历史，我们接触的基本上都是编纂过的历史，比如说意识形态、历史教科书等。历史教科书一直是一个被争夺的高地。还有大众传媒的编纂，这使得我们平时接触的都是这种历史；第三种历史就是莫言他们写的历史，还有柳青他们写的历史。所以你会发现，莫言他其实只是在第三种历史里面兜圈子。我觉得他真正应该做的是通过第三种历史回到第一种历史，就是说历史在他的作品里不能只是一个简单的参照系，他只是把历史简单地作为一个背景，就像幕布一样，人物在这布景中展现意义。其实我们对一个作家的要求，或者说对一个思考者的要求，应该是他把这个幕布扒开，看到里面的东西，进行重构，然后给我们提供一种历史的认知。我觉得这是这一代作家都没有做到的。当然，有人试图去做，比如说张承志和韩少功。所以有时候我觉得把莫言和韩少功结合起来会是一个无敌的作家。（听众笑）可是很遗憾，我们不能这么做。我就先讲这么多，回头再讨论。

程光炜：莫言达不到韩少功和张承志的思想的高度，但韩少功和张承志的思想又落实不到一个小说的实践上。《心灵史》好一点，但也是综合性的文体，比较芜杂，不是那种纯粹的小说。我认识两个写过新历史主义小说的作家，他们也写这些反思革命的小说，影响也比较大。有一次我和他们一起吃饭，喝茶聊天，我出于好奇，就向他们询问几本我看过的书，还是我没有下过太多功夫去看的书，比如关于托洛茨基的《先知三部曲》和托氏本人《文学与革命》这几本，就问他有没有看过，或者有没有找一些历史档案来看，他说没有。我就问那你怎么写反思革命啊？你这些东西从哪来啊？借这个事情我想说的问题是，现在的作家都没有下功夫去读这些书，他们太依赖艺术想象，就觉得依靠想象就能解决这些问题。陈忠实好一点，他写《白鹿原》之前，看了一两年的地方志，收集过史料档案等。

杨庆祥：这就是我说的那三种历史，一直在兜圈子，他觉得前面人写的也是想象，那我再反着写就OK了，其实这是解决不了问题的。

李陀：历史题材是现在中国当代作家的深渊，一个一个粉身碎骨。他们自己还不知道。

程光炜：咱们几年前就说过这个问题，一写历史小说就出问题。

杨庆祥：一方面是严重的历史依赖症，因为他们写不了现实，只能写历史，但他们又不能激活它，这需要内在的力量。所以你发现他们写历史小说，写不过通俗小说作家，比如说唐浩明，他写的《曾国藩》我觉得比他们写得都好。

李陀：也写不过电视剧！

杨庆祥：对，也写不过《甄嬛传》。

程光炜：唐浩明他们是读史料的，包括二月河等人，他们都读了很多东西，下了很多功夫。

王德领：我来说两句。我觉得天成讲得很好，他说到了这几年最值得我们反思的问题，就是作家的历史观问题。不光是莫言，还有很多其他作家，像写"反右"，写"文革""土改"，他们都是一种"反弹琵琶"的姿态，这是文坛上普遍的一个现象，他们都没有给我们提供更多的东西。像山东有个作家叫尤凤伟，他写过土改，也写过"反右"。他的写作其实和莫言也没有本质的区别，就是把原来我们丑化的角色英雄化，把原来英雄化的角色矮化，都是这个路子，成了一种模式。这个模式值得我们反思，但好像还没有人研究过。今天天成把这个问题提出来，我觉得很有意义。另外他提到两部作品中都有的"养子"关系，说这是不是有什么深意，这说明我们的历史观念还没有超出"十七年"。我们说"十七年"作家的历史观是有问题的，但现在我们作家的历史观同样有问题，而且这个问题也不比"十七年"作家的历史观念问题少。我们说"十七年"的作家在一种流行的历史观里写作，我们现在的作家也是在流行的历史观里写作。作家没有下很多功夫去读史料。我现在看《古船》，《古船》发表比较早，好像是在1986年，《古船》里的历史观现在还没有一个作家写的能超过它。为什么《古船》的历史观让人觉得好，因为张炜当时是分配到山东的一个档案馆，他看了有关"土改"等等的很多一手的资料，所以他在里面提出的很多问题，不是说多深刻，但现在都没有作家能超越。但我们看莫言的历史观，就像天成刚才讲的，我们拨开他的想象，拨开重重迷雾，却没有看到什么内核的东西，我们就比较失望。这也是很多其他作家普遍的问题，甚至很多其他作家还没达到莫言的程度，这是非常值得我们认真反思的。像刚才其他老师提到的，张承志，他有一个特别大的关怀，他对整个世界、整个历史，有超乎我们想象的关怀。他想自己建构一个东西，但这个东西建构得是不是合理，还值得讨论。但他在努力，他给我们提供了一个和我们流行的观念不一样的东西。他虽然没有像西方作家那样提出特别深刻的、触及我们灵魂的、属于整个时代的东西，但他至少提供了一个方向，一个深邃的、让我们感到可敬的高度。像现在很多历史小说也是有一个高度的，但都只是流行观念的演绎，我觉得这是非常可惜的。

另外一个是刚才天成提到的古典传统。关于这一点对莫言的批评还比较少，这方面的研究也不多。我发现现在有些人在做《聊斋志异》和莫言的作品的比较研究。我想莫言的民间通道，就是和民间文学的关系，好像和志怪的传统，比如《聊斋》这类的比较接近，尤其是他的一些短篇小说，像《嗅味族》啊，《夜渔》啊，都是一些神秘的东西，和我们的鬼故事有一些联系。

第三个是我觉得我们对莫言的研究是不是应该超出我们既定的框架，我们对他的魔幻、想象力、感官、声音意识，还有童年视角等等，是不是还应该有一个更大的、对他的作品的整体的研究。从他早期的作品，从《售棉大道》开始，到模仿西方作家的作品，到目前的作品，从一个更大的、整体的关怀出发去做的研究。目前对莫言的评论往往是一些细枝末节的。好像很多人把握贾平凹比较容易，莫言把握起来就比较复杂。像他有很多文本是和西方有关联的，又和中国的传统联系比较紧。我们现在做当代文学研究，往往对古典的东西不太熟悉。莫言虽然没受过太多教育，但从他读书的谱系来看，他受古典的影响还是比较大的，这点我们都还没有关注到。

李陀：关于流行历史观，你能不能写篇文章啊？就讲流行历史观对我们写作的影响。回头咱们商量商量，这是个好题目，抓住了一个大问题。

杨庆祥：关于"古典"这个问题，我觉得天成刚才说得很含糊，我们一谈到这个问题就都很含糊。因为中国的"古典"太多，其实这是要特别谨慎的。我个人其实很少会觉得莫言和"古典"有什么关系。为什么？因为我觉得你说"志怪"，其实在《聊斋志异》和《搜神记》里面，"鬼""怪"其实并不构成另一种生活的方式，当时的人们觉得这些东西是真实存在的，构成了内在生活的一部分，当然这个具体的要请教古典文学研究者。但我觉得至少在莫言那里好像不是那么回事，在他那里刻意的东西特别多，他是在装神弄鬼，而不是说他真的觉得那些"鬼"或者"怪"有它本体的存在意义或价值，他对它们的描写是有鲜明的政治或是现实的指涉的。所以我说在这一点上是要做区隔的。我在看一些日本文学的时候，我觉得他们做得比我们好。比如说，他们的魂，"生魂"的传统，在他们的现代作家里面一直有这个传统，从大江健三郎、川端康成，一直到村上春树，他们的"生魂"的传统是非常强大的，他们真的认为这些东西是存在的。

李陀：神仙和鬼怪，在古代的文化传统和写作里面，是被作为一个现实事件来对待的。而在我们今天的作家这里，它们是"符号"。

赵天成：《中国小说史略》里在评志怪小说的时候说，"幽明虽殊途，而人和鬼皆实有"，这是当时人们的观念。

杨庆祥：对，所以我说莫言《生死疲劳》里面的六道轮回，我就觉得用得非常糟糕。因为无论是在佛经里面还是中国古典的说部里面，这个轮回就是真实的生活的一部分，"人间道""畜生道"等，这时你就会发现，我们有革命的传统就是不一样的。你会发现香港和台湾的作家，他们对鬼神这些东西也比我们有感觉。

程光炜：就是经过无神论教育以后，这些作家都认为这些是不正常的、不好的东西。

李陀：不是说他们认为是不好的，而是说经过这么多年的无神论教育之后，人们认为鬼神、狐仙这些东西是不可能存在的。这和港台人是绝对分开的。

程光炜：对，在古代，这些被看成是生活的一部分。人在现实生活中实现不了的东西，带到阴间去实现。这个社科院文学所的石昌渝的《中国小说源流论》里说得很清楚,他跟我谈到过一个观点就是"人鬼恋",志怪小说有一个中心就是"人鬼恋"。他说在几百年的一个很长的时期里,有钱的富家小姐非常喜欢"凤凰男"——有才气的那种书生,但她没办法嫁给她。所以很多作家就写这些东西,写这种"身世之感"。刚才庆祥讲的,志怪小说,比如《聊斋志异》,作家写来有身世之感,非常沉痛。他写的那些女孩现实世界里确实得不到这些东西,所以她只能在另一个世界里得到。

李陀:光炜,你要强调一点什么呢,就是那个时候人们真的相信有鬼!

程光炜:对!有神论嘛!他们把这个看做一个正面的东西,是对人生的一种补偿。

李陀:你说"补偿"我老觉得不够。这是他们现实生活里就存在的东西。比如说你们现在这些年轻人看不到的,50年代,"文革"以前啊,北京的老太太是非常相信财神爷的,过年过节她们迎财神都是非常认真的,她们根本不认为那是一个符号,她们认为真的有一个财神爷。她们去请他来保佑他们全家的平安。还有村头的土地庙,路过的村民绝对相信他们村有一个土地爷,在呵护着他们村,绝对不是一个符号。但现在,经过这么多年的无神论教育,革命以后,大陆人不可能还相信这种东西。

程光炜:鲁迅小说里还有这种东西,《祝福》里面,祥林嫂,捐门槛。这是典型的从古代小说过来的。祥林嫂非常痛苦,她通过这个东西能获得一种拯救。假如莫言《生死疲劳》里面的人有通过这些东西获得一种拯救,那就能打动人了。刚刚天成有句话说得很好,关于理解作家,就是无神论这个东西,有时候是一个时代的问题,也就是一个作家的限度。有时候就不是作家的能力问题,而是你就生活在这个时代,你没法要求他有鲁迅那样的一种志怪的传统,这都非常复杂。关于莫言,我们确实应该站得更高一些,不是简单地站在一个批评他的角度上谈论他。这代作家,为什么都没有超出新闻报道的结论?他们都是一种流行史观,他们为什么没有比这个站得更高?可能不是这代人的能力问题。无神论长期的影响,让你很难超出新闻报道,两报一刊。我们这一代人基本是两报一刊把我们框在这里。

李陀:不,还有南方……

杨庆祥:南方系!

李陀:对,南方系!那个力量很大。我觉得流行史观主要是南方报系推动的,两报一刊推动的东西对作家影响不多。

程光炜:对,我们会提出一个问题,假如一代作家站得比报人还低,就像天成昨天在我们讨论课上说的,那作家写出的就都是常识。当作家没有比常识站得更高的时候,问题就有了。现在是报人的史观在影响年轻人,而不是作家,而恰恰应该是作家在引导年轻人,但现在作家没有办法去承担这个责任。

杨庆祥:其实这里还涉及另一个很要命的问题。五四以来新文学传统太强大,作家的写作都是局限在新文学的传统之内。像志怪、武侠、演义,这些传统全部被排除了。

程光炜:现代作家都是无神论者。

杨庆祥:对,所以这个文脉没有被接续起来。这几年我发现倒是有新的希望,比如说网上很多类型小说,有大量的志怪、搜神、变异,"鬼"回来了!其实这对文学来说是个好事情,不再是单一的,也就是我们说的纯文学内部有分裂。关键是50后这批作家没有意识到这个问题。

原帅:我就是天成说的那种人,莫言得了诺贝尔文学奖后我买了套《莫言文集》。这次为了准备讨论会,一直在看《生死疲劳》,但看了两周也没有完。先说一些感性的东西吧。看《生死疲劳》,先看目录,一看是个章回体小说,但进入文本之后发现,除了题目是章回体之外,内容还是莫言的。我其实很同意杨老师说的,内容其实有些装神弄鬼,我觉得莫言就是在人物的描写方面用了古典小说的一些白描的套式,他套用的最大的可能就是"轮回"这样一个概念,但内容还是大量的莫言的感官式的描写,很铺陈。第二个呢,是他想通过动物的轮回来写一段大的历史,我就想是不是像乔治·奥威尔的

《1984》和《动物农场》一样要表达一种深刻的东西，可能是我抱的希望太大了，最后发现他的轮回真的就局限在动物的层面了，就是写动物的吃和交配，大量的场景在写这个东西。第三个比较失望的是，我认同天成师弟说的，莫言确实有写"史诗"的野心，从这本小说就可以看出来，它的时间跨度非常大，写的又是农村的土地政策，但也能发现他写的基本都是常识性的东西，没有给我们提供一种新的认识历史的，或者哪怕是带着莫言偏见的，认识历史的观念。所以读这本小说感觉还没有读温铁军教授写的那些关于农村政策的论文给我的冲击大，也不如汪晖先生写的关于80年代末90年代初中国的历史的社会的分析，那是很有思想穿透力的。《生死疲劳》这本书整个给我们的这类东西，没有，写的都是一些常识。唯一一个给我一些感动的角色可能就是蓝脸，整个高密东北乡，整个山东，甚至是整个中国唯一一个单干户，从60年代一直到1981年，里面有很多细节描写，比如说他劳动，生产队对他的迫害。他开始是八亩地，儿子分化走了，带走了一部分，最后他只剩一亩六分地，没有牛，农具也是最简单的那种，但他就是坚持在自己的一亩六分地上劳动。他说的一句话让我非常感动："只有土地属于我们自己，我们才能成为土地的主人。"虽然这里可能就是要表现一个农民对于土地的眷恋，但我觉得这个人是这部小说里写得最好的，有一种提升和超越，说明了农民和土地的关系已经不是纯粹的利益关系，而是成为一种自由和精神的关系。这是我对这部小说的一些感性的看法。

今天天成师弟的发言其实触及了莫言的一些很重要的问题，但我们讨论到现在可能也发现，我们找不到一种非常好的方式来处理莫言。我们就是觉得想从莫言的小说里看到一种历史，或者他认识历史的方式，但这恰恰是莫言最弱的东西。

王敦：我们觉得莫言小说和中国传统古典小说的关系可能是比较貌合神离的。中国古代的叙事传统，我理解得可能有点大，一个是笔记小说，这种小说虽然谈到志怪，但是就像各位老师说的，它是作为历史来展开叙述，像《聊斋志异》，包括唐朝以前的志怪，以及明清以来的志怪,都是从一个历史的角度来写的。它的一个预设就是这个事情是一种事实,现在我来把它讲一下,包括里面有什么意义。从这个角度来说,从五四以来的科学主义,到现在莫言这一代作家身上,并不存在这样一种价值的预设,这种历史观是不存在的。第二点是唐朝以后的通俗的话本,市井、市民通俗化的讲述方式,莫言可能模仿了这样一种外在的形式,但事实上,那个说书人需要在道德层面,和最大的读者群保持一种共识,可以说是一种模拟的道德的权威,而且是和现场所有听书的人一起共同完成这样一个事情。但是对莫言来说呢,这个事情可能是不存在的,他的叙事者和读者的关系确实是非常陌生的。比如说《丰乳肥臀》的第一句话就给读者一种暗示,就是这个故事的叙事者在想象力和对世界的理解上和我们一般的大众距离蛮大的,所以如果我们要进入这个叙事,就必须先认可隐含作者和叙事者的想象力,进入一个陌生化的世界。不管是从古典叙事传统即文言叙事来说,还是从明清以来的通俗话本叙事来说,都跟莫言的做法很不一样。这是我想说的第一点。

第二点我想说的是史观的问题,这个问题确实让我们都很感兴趣。五四以来有一种史观叫"进化史观",就给我们带来一种希望,认为人类社会要从低级向高级发展,它是有一种意义在里面。当然,这种历史发展的话语,以及任何一种发展的话语,都是有它的局限性的,而且会给一些阶层、阶级的历史命运带来很大的变化。如果取消了这样一种历史发展的话语,那么我们还剩下什么呢?这个就很成问题了。像莫言这样的人,我觉得他是回到了农民阶层的一个很朴素的意识,就像刚才一个老师说的,回到了土地,有土地就是好。但是这样的话,历史就不会再往前发展。"十七年"的历史化固然很成问题,但是如果历史不往前走,那也是很不好的事情。我觉得这个问题还是蛮大的。

杨庆祥:王老师讲得很好。就是如果我们没有进化史观,那么怎么办?像莫言他们,答案就是回到土地上。像刚才原帅读的那句话,"只有土地属于我们,我们才能成为土地的主人",这话多庸俗,这个见识多浅啊！这不是一个作家应该说出来的话，说了等于没说。而且这句话可能是他这本书里最有见识的话了，这就很糟糕。

原帅：他的这个观念和农民对于土地的意识是一样的。

杨庆祥：还有一个问题是，在中国古代，其实是没有进化史观的，但是有历史的类比论，类似于一种历史的进化观。每一个时代它都觉得不行，都要回到"尧舜禹"的时代，包括《资治通鉴》，就是在历史类比的基础上编撰出来的，但是现在我们连这个历史的类比论都没有了，完全是即时性的。

王敦：我刚才还想说一个，就是莫言想要回到朴素的农民阶级的意识里，但其实已经回不去了，因为农民和土地的关系也有一个时空观念，就是天道循环。封建社会是建立在一个农业国度之上，天和人是感应的，历史是建立在一种盛衰荣辱的循环之上的。但是很显然，莫言无论如何六道轮回，他内心深处是不信这一套的，想回到农民的这样一种情愫，也是回不去的。所以对我们这些读者来说，就没有更多的精神营养。

孙海燕：我有一个问题，您刚才提到叙事者、隐含作者，其实我觉得这个作品里有很多分裂，还有很多"空洞"，我说的"空洞"是作为一个名词的"空洞"。首先是形式上，刚刚老师谈到章回体，这部小说的章回体也是空洞的，它前四部是章回体，第五部就不是了，章回体和它的文本里面也是存在一种分裂的。刚刚很多同学说《生死疲劳》是对《创业史》的一个简单的颠覆，我觉得这是从叙事者的角度来说，叙事者讲这个故事，他是在颠覆，但其中又存在一个隐含作者对叙事者的颠覆，不能说是颠覆，也至少是有解构在的。如果从叙事文本内部进入的话，你会发现叙事者有时候是不可靠的，因为叙事者的不可靠，它是不是就对他的整个叙事文本的意义形成一种颠覆？所以从这个角度说，莫言也不是对《创业史》的简单颠覆，从隐含作者的角度说，他可能又回来了。但是隐含作者和叙事者之间的关系，这是最让我苦恼的地方，它没有强到让人觉得说，啊，这是个反讽，但也不足以让我们认为他说的是真的，就是我不能相信讲故事的这个人说的话都是真的，我对叙事者充满了怀疑。

另外，莫言不断地在讲故事，但这是符号性莫言，叙事者莫言，而不是作家莫言，他不断地在讲故事，同时又告诉你说这故事是假的，这故事好多地方都是猜的，尤其是第五部里面。叙事者西门闹也不断地指责说那个小子又在胡说八道，是不可靠的。这貌似闲笔，又好像不是，这使得叙事者的声音非常繁乱，给我理解这部小说造成了很大的困惑。他说我这故事不一定全是真的，里面有很多"空洞"，他选择把一部分权力让渡给读者，但是又……

程光炜：他这是游戏性的东西。

孙海燕：程老师您觉得这只是游戏性的东西吗？我开始看是在想这是不是只是戏仿、游戏，后来我觉得他好像比游戏更严肃。这就使得作者和叙事者之间的关系很暧昧。所以我读了好几遍，但好像还是不太懂。

程光炜：现代小说以来乡土小说传统的脉络，莫言一定要放到这个传统脉络里去看，在其他脉络里不太好去说他。我们看鲁迅、赵树理，这两个人的位置都很清楚，或者叫有立足点。因为到了他们这个份儿上的作家，你一定要知道他站在哪个地方，他立足点在哪，他在替谁说话，或者说他在替谁说反话。鲁迅很清楚，他就是辛亥革命的另一面镜子，来反照中国农民的劣根性；赵树理很清楚，"土地之子"，替农民辩护。他可以给《红旗》杂志写上万言的报告，觉得你这样做错了。他们身上都有一种道德的力量。作家要想打动别人，其实还是要有道德的力量，当然这个"道德"的定义很宽泛。刚才天成在讲的时候我就在想，莫言他好像是哪儿都不靠，这也不是他一个人，他们那一代好多人都是哪儿都不靠，不知道他们从何而来，也不知道他们落脚点在哪儿。所以我们说的历史观的问题可能就在这儿，你找不到他为什么写作，也就是说不知道他小说的逻辑是什么。到了这个份儿上的作家，我们对他都有一定的要求，一般的作家就算了，就是娱乐、消遣。但对大的作家，我就不只满足于娱乐，而是我需要去了解，他是怎么看生活的，他是怎么看他生活的这个时代的，他肯定得有一个最基本的东西。对莫言来讲,还有阎连科、贾平凹,最重要的就是他和农民的关系,农民就是他们的一个世界,他们就是从这个群体中出来的。而且在中国现代小说中,这种人还很少见,多半作家都是学生,鲁迅那样,从小镇到城市。前一个阶段的乡土作家是这样的,而这一个阶段的乡土作家也没读什么书,又当兵,当然不是都当兵,但有一部分,莫言啊,阎连科啊,通过当兵成为作家。

李陀:这是工农兵传统的最后一个延续,以后就很难再有了。

程光炜:是延续,我觉得这个可以好好地做研究,这一类人是怎么成为作家的?背后有什么原因?研究他怎么成为作家的,就会促使我们去想他们怎么会给我们提供这样的作品,而不是赵树理和鲁迅那样一种作品,甚至也不是柳青那种作品。柳青的作品是有道德力量的,他能带着全家在皇甫村住14年,他一定有一个立足点。我们和学生也讨论过,他想解释什么呢?就是合作化这样一个现代运动,怎样安放几亿的传统农民。他是在思考这个问题。他用很多很理想的方式在处理它,虽然可能不是他要的那个方式。为什么柳青一再成为陈忠实和路遥的传统,显然是因为他是很有现实感和历史感的作家,否则他为什么会不断被作家提起?而莫言,我就是不确定他的位置在哪里,他是个以什么来立足的作家。他其实主要还是个乡土作家。

王敦:他是由农民当兵再当作家。阎连科老师文章里说当作家可以拿工资,这是很好的事情,不用再当农民,不知道莫言是否也写过这样的文字,就是当作家其实是改变自己命运的方式,社会地位和身份发生了很大的变化。

程光炜:他们走的路都是从乡下农民变成城里的老爷。但成为老爷后他们该做什么?

杨庆祥:这里面其实有个巨大的结构的变化,如果我们无视这个结构的变化的话就没有办法解决问题。刚才程老师和孙海燕都讲了这个问题,就是"空洞"。赵树理、柳青他踩得很实,为什么他踩得很实?因为他踩的是农民。为什么他踩农民踩得那么实?因为他真爱他们。他真的觉得他们很好,他没有在心里鄙视他们。但我们发现,莫言、贾平凹、阎连科他们不是，他们想，我要摆脱这个身份，但他们的写作又依赖农民。他们在心里是不爱他们的。但他们为什么憎恨这个群体？我们不能从个体的角度去讨论，这个社会结构发生了很大变化。我以前在分析《人生》的时候谈过这个问题，农民作为一个阶级……

程光炜：路遥是爱农民的。

杨庆祥：又爱又恨。

李陀：他很复杂。

程光炜：对，复杂，但有爱的东西，他有一个转折点。

杨庆祥：但莫言、贾平凹、阎连科他们基本都是憎恨自己的农民身份的，甚至想，为什么我曾经是农民？为什么我父母生下我时我是农民而不是城里人，不是权贵？这才是他们踩空的问题所在。一方面你的写作依赖于他们，一方面你又从心里恨、鄙视这个身份。这就是"名与实"之间的区别。其实我觉得一直需要讨论这样一个问题，莫言、贾平凹等，尤其是莫言，他的整套的叙事其实是"语言狂欢的天地"，但他背后的东西其实是空的。就是程老师说的，他的历史的立足点、阶级的立足点，"为谁说话"？作家其实都要面对这个问题，"你为谁写作"？这是首要的问题。

程光炜：我们不反对作家写出很多伟大的谬论，但他们却没有写出伟大的谬论。

李陀：光炜你刚才说，作家可能对历史写作难免有偏见，我可以再把你往前推。除了那些极少数的个别作家之外，一般作家写历史的时候一定有偏见。我个人认为这几乎是不可避免的。我们看托尔斯泰、司汤达这样的作家，他们在写历史的时候充满了偏见，但这些偏见是深刻的，是启发人思考的。作家应该给读者提供什么呢？就是各种各样的深刻的偏见，引发读者来思考历史。让读者在这些偏见中选择、寻找、思考，最后形成他自己的立场。作家基本上是这个职责。偏见对于一个作家来说，几乎是写作上不可缺少的一个问题或者说一种品质。我就补充这一点，你说的我很赞同。

程光炜：在他们一代作家身上找不到一种东西去解释他们的时候，你就只能把东西往前推。前段时间看杂志，看到中国青年出版社《创业史》第一部的责编写的文章，他跟柳青交往了二十多年，也是他最后把柳青送到朝阳医院，一直陪到柳青去世。他就讲，柳青生前对大夫说，你能不能让我再多活两年，让我把上半部写完？尽管别人已经觉得这种写作失效了。他专门透露了一个细节，就是当年柳青住在皇甫村的时候，他去看他，柳青就住在一个庙里，很简陋。柳青从《中国青年报》下去的时候是自愿放弃京城生活的。"十七年"的时候，有两个人放弃京城生活回到家乡，赵树理是一个，柳青是一个。赵树理把他的院子捐给作协了，那个四合院很值钱的。这个责编姓王，他到了村里，他太太就跟他说你跟老柳一块儿吃饭。这是延安的传统，就是到了一定级别，吃小灶。但吃小灶家属是不能吃的。他吃了一点就到院子里，看到柳青的太太和孩子吃的是非常粗糙的东西。那时候他们在陕西，50年代农村里的生活水平是很低的。他回来就问柳青说，《创业史》第一部是一万多块钱稿费，你怎么会让家里人生活这么寒碜？柳青就说，皇甫村里的人都是我小说里的人物，我如果和他们吃不一样的饭食，我良心上过不去。我把钱捐给乡里了。看到这些东西，我们也不觉得这段历史是作秀，反而是很感动。我在想这还是一个农村题材作家和农民的关系。所以还是回到那个问题上，莫言和农民到底是什么关系？他的立足点在什么地方？我觉得这些东西可能不是很高级的东西，但这个可以让我们接着天成讲的继续想，创作的问题，"史观"的问题。"史观"很大，但有时候我们可以归结到一些基础的东西上去。

王德领：对。我觉得刚才程老师说莫言的位置是虚的，为什么不真诚？是不是因为这50后一代作家其实是时代的记录者，新闻式写作，而不是思考者？

程光炜：他们好多都是宣传干事出身，参谋、干事，军队里写通讯报道的。

王德领：对，都是记录者莫言、记录者阎连科。

杨庆祥：我觉得这个理由不好。宣传干事谁都能干。我觉得还是因为你们50后这一代人内部的精神结构一定是有问题的，你们这一代人没有去反思。我们这一代人还会去反思，但50后迟迟不去反思自己的精神结构，这很糟糕。

程光炜：我刚刚已经反省了。（听众笑）

杨庆祥：所以我觉得莫言写作里面"术"的东西太多！

程光炜：对，讲得很好。心机、功利。

杨庆祥：要的东西太多，很多面都想讨好。

程光炜：我们这一代人都有这个毛病。我曾写过文章说，我们这一代人是政治意识特别强的一代，特别敏感，也是心术最高的一代。前几代和后几代中国人都没有了。

杨庆祥：就像《新星》里面的那个李向南。靳舒丽就对他说，你们这代人太会玩权术了，中国要是落在你们手里就完蛋了。靳舒丽应该是60后了。

程光炜：莫言他们，我觉得庆祥讲得很好，还是精神结构的问题。柳青这代人，他们身上还没有这个东西，他们是经过革命的。

李陀：庆祥刚才说的对这代人的批评我是赞同的，但批评得多一点，我想到的是陈寅恪说的"同情之理解"啊。50后这一代人，一方面我赞同你说的反省不够的问题；另一方面，为什么他们反省不够？我觉得这不是个人的品质方面的问题，也有一个历史性的成分。你想想，"文革"结束以后，是这些人思想观念和世界观形成的一个非常重要的阶段，而这个阶段我们现在都检讨得不够。80年代，那时候盛行的思想是怎么回事呢？我在一个访谈里说过的，"思想解放"是怎么回事？"新启蒙"是怎么回事？"思想解放"和"新启蒙"是两件事，但汪晖他们都把这两件事放在一起谈，我觉得这样是说不清楚的。"思想解放"是官方发动的，为了四个现代化，为了走向市场经济等做准备的一种舆论，或者说思想运动。而"新启蒙"呢，是由知识分子发动的，企图在"文革"以后，对形成"文革"的政治动力做一次反拨，提出一种新的"人的学说"。这两件事一个是自上而下的，一个是自下而上的，这两件事冲突在一起，造成了几次官方发动的"反对自由化"之类的事情。但我觉得这样的分析还是不够，还是太过简单。当时还有别的思潮，80年代盛行的那些思潮到底是怎么回事？现在没有一个很好的回顾分析，所以你讲个人在分析检讨的时候就有很大的局限性。这应该是一个集体的事业，应该让整个学术界和知识界都来提供反思的素材，然后让50年代的这批人在其中选择自己的立场，这样会比较好。

王敦：刚刚一个老师说文本细读对于思考作家的立场问题，还真是作用特别大。考虑到隐含作者、叙事者和作者的关系，再考虑到赵树理、鲁迅、莫言和中国古典小说、明清话本小说的关系。刚才也说到叙事者的问题，把各位老师说的话整合到一起都可以落到实处。回到赵树理，跟他比较类似的是明清以来话本的传统，就是说书人，他代表了他的听众，他和他的听众在思想观念上是一致的。赵树理呢，他代表的是他的农民，他要和农民的观念保持一致；当然，他又是五四启蒙的产物，所以他的任务就不是反讽或者恨。看《李有才板话》，他是在引导农民，同时他的所有观念又能和农民的观念不发生抵触，是要教育农民，说这是符合你们利益的。这是一个方面。

说到反讽，鲁迅是有反讽的。反讽在古典小说里是叫作"微言大义"，表面上不露声色，像记述历史，像蒲松龄，甚至像吴敬梓那样的，但里面是有微言大义的，是有反讽的。但是莫言就……刚才您也谈到反讽的问题，其实他的反讽并不存在。我们说你是谁啊？要是鲁迅，那你是一个知识分子，对人们的麻木抱着一个反讽的态度，一种批判的具体形式；如果你是赵树理，那好，你和农民是一条心。但是莫言的叙述者就不好说了。他可能学福克纳，学西方的一些先进的叙述技巧，但是说你是谁啊？这个牵扯到作家和农民、社会的关系，他的个人经历等等，这些问题是可以在叙事层面、文本细读的层面分析出来的。这不只涉及叙事学，我还想到奥尔巴赫的《摹仿论》。《摹仿论》的基本研究范式是从荷马史诗或希伯来人的《旧约》到中世纪，到巴尔扎克、司汤达、伍尔夫的小说，这些文本里选出一小段进行文本细读，能读出社会历史、作家的态度，包括我们说的历史观，就能够比较清楚地说出来，能够进行定量定性的解读。我觉得刘禾老师说的这个对我们的事业确实是有用的。

赵天成：不过我所怀疑的是，《生死疲劳》是否能够经得起这种细读。比如说我很认同您说的那个反讽，莫言的反讽是在一个"术"的层面，在技巧的层面实现的。就像刚刚那位师姐说的，他里面有很多"游戏"成分。其实"游戏"不纯粹是"耍"的意思，它是作为一个文学术语来说，里面有很多类似于元小说"自反性"的东西。但是如果他的这些游戏手法能够形成一种一以贯之的结构性的东西，我觉得这就是有效的。我没有去做，王老师或者每个人都可以去做，去看他里面的每一个手法，它们会是统一的吗？可能有的地方是这个样，别的地方又是另一个样。

王敦：你说的这个让我深受启发，让我想到文化研究的模式。我们面对的，不一定要把它假想为字字珠玑，是不可企及的大作。奥尔巴赫的《摹仿论》很多章节是在说古典拉丁文产生了很大变异，变成了一种"低拉丁文"，像西塞罗的传统已经维持不下去的时候，其实后面发生的是意识形态和社会结构的变化，反而能够发现更多的东西。

赵天成：我是指那种创作层面的自相矛盾的东西，会使我读了以后不能得出什么意识形态的东西，只能说这是一个糟糕的写作。

程光炜：他的意思是说他们的作品，尤其是长篇作品，没有提供很多值得我们讨论的东西。

王敦：那实在是太不幸了。

杨庆祥：我记得有一次给本科生上课，是校选课，我觉得应该讲一下莫言。其实我不想讲，但因为他获得了诺奖，学生们也想听一下，我就讲了《蛙》，虽然效果也不错，但是我自己上的课中最失败的一次。

李陀：为什么？

杨庆祥：他的文本的可读性和可写性非常的少。你要么就是找一些很大的理论，比如说从西方拉个理论，然后硬往里面塞，要么你就是推敲他的字句或者他的情节、结构，他的微言大义，你会发现没有，就是很空洞。我最后发现一个半小时我都讲不下去，一个长篇撑不下去一个半小时。其实一个长篇应该是可以讲很久的。我自己有一个判断标准，一个作品能不能在课堂上被传授，这是衡量一个作品好坏的很重要的标准。论文也是这样。像我以前讲汪晖和其他学者的论文，《阿Q生命中的六个瞬间》，我讲了四节课，你会发现里面有很多东西可以挖。莫言的《蛙》，我就讲得非常吃力，因为它里面没有可供讨论的点，没有立意的路径，路径非常窄，这很糟糕。而我讲残雪《山上的小屋》，虽然是个短篇，我能讲一个半小时，因为它的路径非常多。这也是一个问题吧，就是我们面对的文本，值不值得、经不经得起细读。

王敦：那读不通也是一个成果。

程光炜：庆祥的经验我也有过。我很多年不给本科生上课，几年前好不容易从年轻老师那里抢来一个当代文学史的课，讲"十七年"的作品，就把一个朋友的一本"再解读"的书拿来讲，讲不下去，写得太开玩笑太游戏性了，和小说不对接。"十七年"小说它有一个历史情境，突然拿外面人的话来讲这个历史情境中的文学问题，这是不行的。最后觉得时间特别长，课堂留了很多时间，不知道怎么说好。这也值得我们警惕，包括我们自己写的东西，会不会变成一个流行的东西。还没过几年，就完全没有办法用。还不如自己再去准备一套讲稿去讲。

李陀：刚刚我们说到"反讽"，我觉得咱们对反讽的理解是不是有点问题？如果用一句话概括的话，反讽就是"反话正说"，如果是反话反说，那就不是反讽了。举个例子，如果一个女孩子穿红的和绿的，你评价的时候说，很漂亮，很贵族，那你就是反讽；你要说"红配绿，赛狗屁"，那你就是批判；你要是说你穿得像个瓢虫，那你这就是讽刺。国内老是乱用这个反讽，我觉得其实是理解的问题。反讽一定是反话正说。正话正说、正话反说、反话反说都不是。这要放在文学理论里来说可能更细致一点，但大概是这个意思。国内对反讽和讽刺啊之类没有拉开很大的距离。

我觉得今天的讨论挺好的，唯一的缺点还是年轻的学生发言太少。我还是希望年轻人胆大点，我最大的苦恼就是一堆年轻人都不说话，然后几个教授不断地说话。（听众笑）这个不好。

程光炜：是啊，学生不说话逼得我们不断说话，怕冷场。明亮说说吧，明亮对作品的感觉很好。他是李今老师的博士生。

慈明亮：刚才一个老师说到细读的问题，我觉得很有意思。这里面有一个"六道轮回"的结构，但为什么要用六道轮回的结构，天成也没有细谈。这里面有一个细节，就是第四次轮回后他变成一只狗的时候，在阎王殿里面和阎王有一个对话。他就问阎王说为什么要把他一次次变成动物而不是直接变成一个人，阎王就说，"西门闹，你的情况我都知道了，你现在心中还有仇恨吗？"西门闹想了一下，摇摇头说，"我现在心中没有仇恨了"，阎王说，"现在世界上心中有仇恨的人太多太多"，阎王悲凉地说，"我不能再让心中怀有仇恨的人转生为人"，这个时候，阎王又说虽然你心中没有仇恨了，但你眼角还是残留着一丝仇恨，所以要让你在畜生道里再轮回一次。这段对话发生之后，章回体的小说就结束了，变成了四字标题的，故事的性质也发生了一些变化，不再有两人对谈的模式，而是有其他的客观的而不是主观的叙事或者反讽的角度。我觉得莫言这个结构有一些设计，或者说有一些思索，来理解自己为什么用六道轮回这样一种想法。他可能是想解决怎样对历史积累的仇恨进行理解这样一个问题。他并没有解释为什么经过这么多的轮回之后西门闹的仇恨会逐渐消退。我觉得这个我们可以回到小说的题目"生死疲劳"上，"生死"我们可以理解为一次轮回，"疲劳"呢，我们可以理解为他在轮回的过程中看到人世间太多的纷争、权力、欲望的争夺，产生了一种心理效果就是疲劳，所以他不愿意再有仇恨，或者说对仇恨产生了厌倦。这是我对莫言起"生死疲劳"这样一个名字和使用六道轮回这样一个结构的一点想法。

我在图书馆看到咱们学生借阅量最高的书是南派三叔的《盗墓笔记》，其实我们现在也不太相信神啊鬼啊，但为什么大学生都喜欢读？可能是因为现在的鬼故事提供了一种新的模式，可能是从国外借来的灵魂得救、救赎这种观念，这种观念在中国传统的古典小说里面其实不太容易发现。莫言这种六道轮回的结构在《聊斋志异》里面有一个类似的，讲的是一个读书人因为衙役弄错了，被抓到地狱里面，也要转世，也是给他几个错误的机会，但他表现得非常坚决，比如说有一次让他变成一头猪，他就直接撞死了，还有一次变成什么，他就选择饿死。从一出生开始，他就一直保持着自己的记忆，通过自杀的方式回到阴间，要求阎王爷给他安排一个他原来的身份。具体的故事情节我记不清了，没有查到资料。莫言使用的六道轮回我觉得在原有的《聊斋志异》的基础上又有一些新的东西加入。但加入的东西，以及六道轮回的结构能否支撑这篇小说，以及对仇恨的释放，或者说一种"疲劳"，还是很成问题的。我同意天成说的，这篇小说整体上显得比较空，但是里面的一些细节还是有他对这个世界的一些理解和想法。

赵天成：我很同意师兄的观点。我是这么想的，你刚才说的《生死疲劳》里面的"记忆与忘却"确实是这篇小说一个贯穿性的线索，一个是结尾你刚读的那一段，另一个是故事一开始西门闹把孟婆汤打翻，保留了他前生的记忆，但其实这跟六道轮回的观念，跟佛家的观念是相反的。首先佛家的这六道轮回是上三道下三道，上三道是天道、人道、阿修罗道，下三道是畜生道、恶鬼道和地狱，但它的观点是不管轮回到哪一道，都是苦的。"生死疲劳"其实是四个东西，不管是生、死、疲、劳，只要处在轮回之中就都是苦的，所以佛家的观念是要超越，要到彼岸去。所以它强调的是一种忘却的东西。

慈明亮：莫言借用佛家的资源的时候会不会有一些他自己的改造的东西？我比较同意的是，佛家肯定有它自己的一套观念，但我看莫言的这本书整体上有两个主要的方向在运动：一是生命力本身的旺盛，不管是动物的交配画面还是女与男的斗争方面，生命力本身的东西，另一个是与因权力而恶化或者膨胀的权力欲的东西，或者与这方面类似的东西的对抗。我觉得这两个一直贯穿在莫言的小说中，尤其是生命力的那部分。莫言在这方面没有什么大的突破。生命力这方面的东西和佛家的那种对生的厌弃可能会有一些不同吧。

杨庆祥：生命意志这个东西很有意思，包括莫言、阎连科都有提到。这可能也是 80 年代的产物。生命意志还有蓬勃的欲望，这个东西在西方的现代派作家里面不常见，就在中国这批作家里面很多。包括张炜早期的写作，他的《九月寓言》里面也有这个东西，这个很值得讨论。这和佛教的东西完全不同，佛教讲究的是"忌"，把生命最小化，但他们讲的是很蓬勃的东西。

赵天成：我们看书的扉页的那句话。麻烦师兄给大家读一下。

原帅："佛说：生死疲劳，从贪欲起。少欲无为，身心自在"，但我问了对佛教有研究的朋友，他们说佛经其实是很少用"疲劳"这个词的，他们阅读的大量佛经中没有"疲劳"这个词。

赵天成：但这个确实是佛经里的话。

原帅：莫言为什么用"轮回"？"轮回"是什么？我们认为的轮回是因果报应，但他这里并没有体现出因果报应。他一直强调西门闹是很无辜的一个人，他很勤劳，他发家致富，他做了很多善事，却在土改中被莫名其妙地杀死，见了阎王，阎王说这就是天意，我们也没办法。然后在每次轮回中，他都不断地觉得自己冤枉。还是要说莫言的历史观，他就是把以前说的东西再颠倒一下，我觉得这好像是他写这个长篇小说的目的。

程光炜：过去有个说法叫"脱离群众"，他们现在都在努力"脱离读者"，就是怎么让你不想看它，他就写成那样一种东西。（听众笑）我现在就觉得这批作家很怪，都偏执得很，不可理喻地偏执。

杨庆祥：刚听原帅读的那段话，我就想，这阎王说的话就完全不像是阎王说的话。我虽然不知道真的阎王怎么说话，但我常在古典小说里面看到阎王的形象，比如笔记体小说里面，阎王都不是这么说话的。所以莫言的小说其实都是自叙传似的，是自己在言说。他没有写对话，所以也没有写出人物来。把一个人物写出来，最重要的是对话。我们会发现，莫言的对话很单一，他的阎王说的话很明显就是一个知识分子，是莫言说的话。

王德领：其实现在这批作家写宗教就是"术"的问题。同样写佛教，像许地山的小说，他有宗教信仰在里面。

杨庆祥：莫言是"拿来主义"。

王德领：对。包括阎连科他们写民间的东西，他是无神论者，都把它们作为一个道具来写的，很轻浮，标签化，做拼贴，和原来的民间东西都是脱离的。

王敦：凭直觉说这种问答其实是当代中国生存的初始之道，没有什么批判性，不要有任何判断。意思是你有什么脾气吗？你想活下去吗？你要生存，那你就不要有什么怨言。把你折腾几回之后，你彻底没脾气了，那就可以再为人了。当然，这纯粹是我自己的不负责任的直觉。

程光炜：咱们现在总是把作家放到30年里头，我也想到伤痕文学那时候，现在看来，伤痕文学那时很多作品都写得不好，但他们有个共同的特点是有身世之感。他的作品内容一看就是他自己的故事，或者是他的朋友的。长篇小说的"身世之感"，这种东西一时半会儿说不清楚。比如前阵子电影《归来》，我就没去看，这不就是伤痕文学吗？我早就不想哭了。如果你站不到伤痕文学之上，你的身世之感不能超越伤痕文学，那我就没有必要去看。我听一个同学说，他爸爸不是学文学的，但看了十分钟就哭得看不下去了，我觉得这很有意思。刚刚天成说"打动"，我很赞同，我也比较固执，文学形式不管怎么变来变去，一些基本的东西是不会变的。身世之感、打动人、共鸣等等。如果大家都没有共鸣，你写这些东西干吗？当然，这个问题也比较复杂。莫言的《生死疲劳》以及后面的这几部长篇小说，尽管很多好评，但我还是觉得他都没有准备好，每个长篇都没有准备好。《檀香刑》稍微好一点。《檀香刑》是长篇里技术上最好的一个。作为一个作家，你为什么要写？还是回到毛泽东的那个问题，为什么写，怎么写。虽然这是很政治化的东西，但很有道理。那个《讲话》是谁给他起草的？胡乔木吧。胡乔木本身就是左翼作家圈子里的人。文学最基本的东西是改变不了的。

李陀：这涉及什么问题呢？就是刚才王敦提到的文化研究。文化研究里有个重要的概念叫"文化工业"，其实咱们现在的长篇小说已经变成了一个文化工业。现在每年生产的长篇小说有六千多部，而且这些小说老有人出版，老有人评论，老有人评奖，这跟好莱坞是一样的。某种意义上说，好莱坞是世界上出现的第一个最完整的文化工业。后来其他的文化商品，包括文学都在照着这个模式在批量生产。文化工业有个特点是什么呢？它有个体系，这个体系有相当的自主性，外界干预不了它。比如说你写的小说，读者再不读，有那么多批评家读呢，有那么多出版社呢，还有茅盾奖呢，鲁奖呢，这是一个体系。这是我们要警惕的，尤其是我们做文化研究、文学研究、文学批评，中国的长篇小说目前已经成为一个文化工业，它有一个工业生产的性质，这对于我们理解很多事情比较有帮助，比如为什么那么多那么差的小说被生产出来？还有为什么那么多小说那么商业化？比如那个郭敬明。你研究他的小说你会发现他的写作完全是公司化的，团队化的，完全是生产的，已经不是我们理解的作家的写作了。现在呢，他又把文学和电影非常有创造性地结合在一起，变成了又一项工业。这就告诉我们说，我们在批评作品的时候，有的作品不值得我们下功夫去读，不必太苦恼，说我必须在这里面找出什么重要的意义来。它如果就是文化工业下的一个商业产品的话，你用不着那么下功夫。就像那好莱坞电影，你个个都要拿来研究？完全没有必要，它就是一个可供消费的商品。这是我想说的第一个意见。

第二个呢，我就想说天成你今天的主讲我非常喜欢，也非常高兴。你将来会是个好学生，好学者，你加油。给我印象深的有这么几点：第一，你读书挺多的。我们很多搞文学批评的读书特别少，其实这跟作家犯一个毛病，就是我是搞文学的，所以我只读跟文学有关的书。这个要奉劝大家，一定要什么书都读，而且要很系统地读。首先是历史书，其次是哲学书籍，艺术史的书籍等等，都要读。只读文学书籍一定会变成一个文学呆子，或者是老不死的文学青年。现在我自己就常接触一些文学青年，我就觉得你苦口婆心劝什么都没用。比如第一次见面，跟你谈卡夫卡，第二次见面谈保罗·策兰，第三次见面谈博尔赫斯。"你能不能关心一下伊拉克啊？""没有，我不看新闻。""你能不能看美国国会干什么啊？""没有，那跟我没关系。""那你能不能看看汪晖的哪篇文章啊？""不好懂！"（听众笑）"那你能不能关心一下最近的'民国风'啊，关于民国史的激烈争论？""不，我写作不靠那个！"四五十岁了，您还是文学青年哪！我们年轻的同学们一定要注意这个。这点上你给我印象很深刻。虽然我还想下来考考你，看你究竟读了多少书。第二点，你读书不是望文生义。咱们现在国内有个问题，不管是读理论还是作品都喜欢望文生义。我再强调一遍，"新历史主义"就是望文生义。"新历史主义"哪来的？这都是对美国60年代至70年代形成的一个非常重要的学术流派的望文生义。这个流派是干什么的？研究莎士比亚的！中国最早的是张京媛翻译的一本，绿皮的，她那个书影响很大。我当时还想，咱们对研究莎士比亚感兴趣了？不是！都是对"新历史主义"的望文生义。包括反讽，包括弑父情结，包括拉康、镜像主义，全都是望文生义。大家一定要避免这个问题。今天我一直想抓他一个望文生义的地方，没抓着。只有你说反讽的时候是模糊的，没有那么清晰。另外你用"陌生化"这个词也要小心一点，"陌生化"的问题基本是在布莱希特的理论下变得尖锐化的。"陌生化"作为一个文学理论并不是布莱希特第一个提出来的，但是在布莱希特的理论和创作中，它变成了一个普遍性的、具有开创性的概念。为了脱离资产阶级的文学，脱离资产阶级的戏剧而创造一种为大众服务的，最好是为无产阶级服务的这样一种戏剧和文学的时候，提出的概念。这个概念跟布莱希特、卢卡奇这些左翼理论家有非常密切的关系，就是在他们的理论里得到解释和说明的。这一点你说的也有点模糊。你把莫言小说里的荒诞化解释为一种对现实生活的陌生化，感觉有点不准确。你可以说荒诞化和陌生化之间有某种重叠，这是可以的，但如果这么做的话，作为一个严谨的学者，你要把这重叠的部分说出来，不重叠的部分也要说出来，你不能天然地就把荒诞化和陌生化勾连起来，变成一个可以互换的概念，这个我觉得是欠妥的，不严谨的。

第三个我想说的是，你讲的问题还是内容太多，可以再集中一点。要是我的话，我就会把《生死疲劳》和《创业史》的比较当作一个线索，把我对《生死疲劳》的各种意见通过这个比较来展开，就会显得很集中、很尖锐。你这里面有很多尖锐的语言和意见，但整体不尖锐。不知道我说清楚了没有？你的很多问题的提出是很尖锐的，但你论述的内容太多，你的很多方面都可以单独变成一个论述。比如你说莫言和传统资源借鉴的关系问题，这可是个大问题，你也就几句带过了。还有莫言小说里的基本逻辑问题，这也是一个大问题，但你也一提就过去了。这都有点儿可惜。以后写文章或者发言的时候，是不是可以像我说过的，"小题大做"？咱们在座的将来可能还要到国外读书，一定要避免咱们国内"大题大做"的问题。在国外让写个paper，结果一看题目都是一本书。我遇到过很多，比如，"新时期小说的审美倾向"，这是一篇文章吗？再比如，"论鲁迅和白话历史的关系"，这都是一本书甚至几本书才能写的，最好能养成"小题大做"的习惯，千万不要"大题大做"。你这还好，但有点"大题大做"的意思。当然，也别"小题小做"，所以，要养成一个习惯，让自己的思想像经过透镜一样，找到一个焦点，让它燃烧起来。我觉得咱们国内现在很多文学研究、很多名家，文风都不太好，不足为训。

第四个，对莫言本身的批评研究，我就不多说了。我觉得你的看法还是很有洞见。我跟程老师接触也发现，咱们这个工作坊是很开放的态度，这点跟我接触别的学校、别的教授不一样。他最大的特点是不要求大家"正确"，我觉得世界上"正确"的意见很少。我最近读了本书叫《理性的胜利》，已经翻译成中文了。大家都知道马克斯·韦伯吧？知道那本《新教伦理与资本主义精神》吧？这本书把《新教伦理与资本主义精神》批得一塌糊涂，认为韦伯基本就是瞎说，他认为资本主义和新教伦理没有什么关系，而且恰恰相反，是和天主教有很大关系。他都有材料，有事实。比如他说资本主义机制的形成和天主教的修道院有关系。修道院在14到17世纪集中了大量的土地财产，他们也经商，在如何处理这些土地和财产的过程中产生了资本主义最初的管理机制、经济思想。还有珍妮纺织机大家都知道吧？一提资本主义发展就提珍妮纺织机。他就反对，说其实在中世纪末期的时候有更重要的发明，就是水磨。当时在塞纳河两岸都是水磨。我以前就对韦伯的书持怀疑态度，不是太信任。这本书就提供了大量的证据。那么你说到底是这本书对呢，还是韦伯对呢？我觉得这很难说，不绝对。文学作品也好，学术思想也好，它的意义绝对不是要给大家提供正确的东西，让大家去模仿，去追寻，跟着走，绝对不是这样的。只有在特定的历史当中，在特定政治环境中，必须要这样。现在有很多人把这个自由给抽象化了，认为任何时候都要有自由，这是不可能的，人类历史不是这样的。人类的历史永远是各种思想，在文学层面、哲学层面、经济层面互相冲突。在冲突的过程中，历史给一个什么样的机遇，使得某些思想就变成主导思想了，这是值得研究的。比如在19世纪末到20世纪初的社会中，为什么马克思的思想就变成了一个主导的思想，而且发动了以前从来没有过的反对资本主义的革命？这都是历史各种各样的机缘条件凑起来的，使得马克思主义的思想成为一个主流的、指导性的思想。而无政府主义的蒲鲁东、巴枯宁他就没有站到这个位置上，更不要说什么经济工联主义，这些右翼的自由主义思想或者苏格兰的自由主义思想，都没有马克思主义的影响大，这是由非常复杂的历史环境和历史条件决定的。到了1992年苏联解体，对这个事情的最庸俗的解释就是苏联领导的错误，其实不是这样的，这也是非常复杂的历史发展，构成了社会主义在苏联瓦解的条件。所以我们考虑问题要首先考虑条件，而不是像小市民一样考虑这个领导聪明那个领导笨。我们的文学研究、文学批评也一样。我觉得人大的气氛就很好，同学们可以批评教授，批评老师，而且大家思想都不太一样,这就很好。我们需要的是深刻的思想,深刻的思想可能不一定正确。举个例子,普列汉诺夫,不知道你们读过他的书没有?他的很多想法其实是正确的,但是是不深刻的。在他和列宁的斗争中,列宁是深刻的。所以我希望在这个工作坊里,我们都要求自己深刻。这样我们那么多深刻的思想集中在一起,就有可能出现非常好的学者、非常好的批评、非常好的研究,我觉得这是我们的希望。

  最后我再说几句。我们这些年轻的同学要敢于发言,不要老觉得自己说的不正确,不见得。一次不正确,两次不正确,十次不正确,你总要正确一回吧。而且没有"要正确"的负担之后也无所谓,最多是我说的没有别人说得有道理,没别人说得有意思,我说的都是别人说过的,我在背书。可能很多人都有这个感觉是我在背书,要对自己有个警惕,一张嘴就要意识到我这不背书呢嘛,这个时候可以不说;或者一说想起师兄上次说过这个呢,那也可以不说。所以要敢于说话,在没有要求自己正确的时候,说话胆儿就大。大家要更活跃一点。光炜,我觉得咱们这一次比一次活跃,下次要更活跃一点!

  程光炜:好,我们今天就到这里!

莫言的历史结构（下）

时间：2014年6月25日下午14:30
地点：中国人民大学人文楼二层会议室
主持人：李陀　程光炜
本次主发言人：杨晓帆
与会讨论：中国人民大学青年教师、博士、硕士
　　　　　北京其他高校青年教师、博士、硕士
本次录音整理：郝慧子

程光炜：前面三位主讲李云、李雪、赵天成，还有各位老师的发言都很精彩，讨论也非常好。这些讨论还会做一些整理，去年关于张承志和韩少功的讨论已经整理出来了。杨庆祥老师的两个学生陈雅琪、董丝雨整理得非常好，马上张承志的讨论纪要要发在《现代中文学刊》上，全文登出，两三万字，紧接着韩少功的也会发表，成果很快就出去了。有些同学还不认识杨晓帆，她去年从我们这里毕业，现在是华中师范大学中文系的青年老师。杨晓帆是个才女，今天我们隆重推出她做最后一讲。她现在还在上课，还没放假就赶过来，还是讲莫言。今天是最后一讲，我多说一句，尽管庆祥老师和他的学生是自家人，我还是要感谢他们，因为每次工作坊的筹备、策划和各种安排都非常麻烦，别看就这么个会，能组织井然有序的，他和学生都付出很多努力，在此表示感谢。最后还要请李陀老师给我们总结一下。那晓帆开始吧。

杨晓帆：好的，各位老师、同学好！刚才程老师对我基本情况有个介绍。我记得去年也是这个时候咱们第一次工作坊，我好像也是讲的最后一次，讲的是张承志。我讲最后一次不是因为能力，而是因为

我总是很拖沓，程老师知道我准备一个东西总是花很长时间。这一次是讲莫言，但我很惭愧，因为莫言不像张承志让我有那种狂热的感觉，靠狂热去读很多作品。莫言的作品量很大，但我其实读得并不全，我只是从一些作品里面去谈一些对当下写作的问题和困惑，我可能会用莫言的作品来带出一些问题，也是希望待会儿在开放式讨论的环节，老师和同学们能多给我一些意见，能够参与进来。

关于莫言，其实我在尝试研究时最大的困境来自两个方面。第一个方面就是他的作品。例如莫言的长篇小说，读的时候感觉很困难，觉得他的长篇没有像中短篇那么精致。我这一次主要读的是《生死疲劳》，刚开始读的时候正好在改我们学校本科生的毕业论文，我就有种错觉，觉得是在看一篇本科生的毕业论文，就是在语句、文辞、文法上都不通顺。这是我对莫言文体上接受的障碍。另外一个方面，是关于批评。莫言在得诺贝尔文学奖之前已经是一个高度经典化了的作家，我们对莫言会有非常多的批评框架，像魔幻现实主义，像寻根文学，像民间和乡土这样一些对位，像我们会强调他的感觉，强调他的新历史写作。我觉得这些框架是固化的，而今天我们对莫言的研究其实很难超越这样一些框架，大家只不过继续在用这样一套知识在解读莫言。所以，我觉得有两个问题需要去思考：第一个问题是这样一套批评术语到底是在怎样的场域里面被生产出来的？当然它们可能在一开始接近莫言的时候是有效的，但当历史发生变化的时候，这样一套术语是不是应当被重新历史化？它的有效性必须被重新检视？所以我这次来谈莫言，希望能够超出这些既定的名词，或者说能够在读莫言的同时对这样一些名词，这样一些批评术语也有一个新的反思，这是我在读莫言时的一个基本出发点。

上次天成做了一个很详细的莫言小说世界综论，我很遗憾没能到场，只是通过录音的方式学习。天成也有讲到，他主要关注的是莫言的历史书写。我们会发现莫言的书写包含了两个序列，一个就是所谓的历史书写序列，另外一个是现实书写的序列。今天我们更多研究的是他历史书写的这一序列，而他的现实书写，像80年代以来的中短篇,《球状闪电》《欢乐》,像《天堂蒜薹之歌》,像《丰乳肥臀》的后半部,像《四十一炮》《生死疲劳》,包括《蛙》的后半部,其实都涉及当下现实。我这里讲的当下现实是特指改革开放以来,也就是八九十年代以来的当下中国。这个部分其实跟莫言的历史写作相连,也就是说我们今天所谓的革命时代、毛泽东时代,或者说当代文学的前30年,是莫言历史写作的主要对象。莫言有时候会把这两个序列整合到一个框架里去,那么我们应当如何看待这两个序列之间的关联呢?今天批评家常说许多当代作家,包括像莫言这一代50后作家,他们越来越没有能力去介入当下现实,而与这个当下现实相对的是他们不断去写当代史,那这两个序列之间怎么发生联系?比如莫言对中国乡村世界如果有一个完整的看法,那它一定是建立在这两个序列的关联上,那这种看法是什么?这种看法有没有问题?这种看法是不是制约了他的写作?特别是这样一种历史记忆的书写,对于他写作当下现实会不会造成什么局限?这个可能是我比较关注的一个问题。

莫言说过,其实他对当下现实是持一种很强的参与态度的。我在一个对话录里发现,他特别强调所谓"我"的焦虑。他说他在写作的时候不是一种旁观的立场,他说:"我觉得我是陷入得很深的,从来就不是旁观的立场,而且自己恨不得跳出来说话。像《天堂蒜薹之歌》里边那个所谓的军事院校的政治教育,就是我自己跳出来在讲话。《生死疲劳》里边,像蓝解放这个人物就有很多我个人的影子。《酒国》里边也有很多都是我自己跳出来说话。"今天我要重点讲《酒国》和《生死疲劳》,这两篇作品里就都出现了"莫言"这样一个人物或者叙述者。但是当莫言强调参与态度时,他也很坦诚地讲到一个问题,就是"写作的有效期"。莫言1976年离开农村,80年代进解放军艺术学院,后来参加作家班,1997年以后他基本都在城市。莫言自己很清楚地说:"90年代应该是我的下限。20世纪90年代之后发生的一切,它刺激我,它也让我激愤,也让我狂欢,也让我产生心理和生理的反应,但它可能不会直接转化为我的小说素材。不过,它会改变我的观点,刺激我的灵感,然后使我从过去的经验里边重新来选择。如果我生活里面没有这些变化的话,那可能我写的过去的东西是另外一个样子,有了这些东西,可能使我从过去的记忆里边选择了这一部分。它不会直接转化成素材。"所以你会看到,虽然莫言自己对于他的当下写作,也承认说这是"我"的有效期,"我"写不到90年代以后,即使"我"写了也可能不成功,但是他又非常明确地说,正是因为有这样一段"我"写不了的东西,它们在刺激"我"去怎样认识历史,"我"到底要写历史中的哪一部分,"我"到底要以怎样一种方式去写历史。比如《生死疲劳》《丰乳肥臀》《红高粱》是严格意义上的历史小说,但是我不想用"新历史"这个说法。我觉得这类小说应该被读作是从当下现实出发的对于历史记忆的重新整理。小说总是包含两个维度,一个是它所讲述的那个历史,一个是它被讲述的这个年代。我们在读莫言的历史小说时,通常会直接进入他所写的合作化,他所写的当代史,但是我们没有去关注他在什么时候写这样一段历史。我们会发现,其实莫言整个历史小说的序列就是站在80年代末期,站在90年代,站在2000年之后开始不断重写当代史,这样一个书写的时刻是特别需要去注意的。

我在读完《生死疲劳》这部作品以后,发现了一段比较有趣的材料,我觉得这段材料能够带出今天我想讨论的一些问题。《生死疲劳》发表后曾产生一个小型的批评论争,恰好体现了50后批评家和70后批评家的分歧。我在这只用两位老师的文章来做个简单的分析,50后的毕光明老师和70后的李云雷老师。毕光明老师高度评价了《生死疲劳》这部作品,他的批评文章中提到:"有人把《生》看作后现代消费主义的一个典范性文本,认为很难从中读出批判性的意味,不免低估了这部混声型长篇小说的艺术价值。这种让人不敢苟同的来自'70后'批评家的批评意见,可能跟批评者自己受了'消费主义的语境'的影响,因而只把眼球停留在这些符号上,忘记了用心还原历史生活图像的关系。""《生》的确有后现代意味,这是由当代历史本身的闹剧性决定的。1950年代以来一场接一场的运动,土改、合作化、大炼钢铁、人民公社、四清、文革……过后看,有哪一场不是异想天开的穷折腾、瞎折腾！除了闹剧形式，还有哪一种叙述方式更能表现那个历史时代的喜剧本质？西门欢、庞凤凰、蓝开放……他们美丽的青春，在时代的混乱中，尽到了血泊之中。"通过毕光明老师的叙述，我们其实能看到50后这一代人他们经历的这段历史，他们对这段历史有一个基本判定，而这个判定和莫言在《生死疲劳》里的整体叙事是一致的。毕光明老师接着说："更应该注意的是，构成《生死疲劳》的历史连续剧的基调的，不是喜剧而是悲剧。闹是现象，悲是本质。有哪一次闹，不付出血的代价！……君不见，经过二三十年的折腾，一个个饱经磨难的人生，好像熬出了头，要得到生活的补偿，却又一个个堕进了欲望的深渊，走向了毁灭，就连年青一代也不能幸免，历史报应毫不留情地落在了他们的头上。"这里的"年青一代"，他明确地讲就是小说中的第三代：西门欢、庞凤凰、蓝开放等等，他说"他们美丽的青春，在时代的混乱中，尽到了血泊之中，让人顿生噬心之痛，让人难抑伤情之泪"。在这些评述里，我们会看到毕光明老师对小说的共鸣就来自50后对毛泽东时代的历史感，而年轻人他们所体会到的八九十年代生活乱象，其实也要归因于之前的那一段大历史。所以毕光明老师会认为70后的批评家恰恰没有看到这种历史的真实性，也没有看到我们当下的社会问题应该要归因于这段当代史。

李云雷老师的批评文章就代表了毕光明老师反对的观点。第一，他明确指出莫言的历史叙述是非常有问题的。我们知道《生死疲劳》是一个轮回式的结构，50年之前，在土改中留下了最后一个单干户蓝脸的形象，而小说经过了一个30年的轮回，到了改革开放初期，开始实施家庭联产承包责任制，重新分田到户。李云雷说，莫言的这种写法看起来就好像分田到户跟当年土改之前的单干是完全一样的，没有一点历史差异性。他说这种认识是非常简单的，缺乏对当代史复杂的认识。第二，李云雷还指出，莫言对当下的写作是没有能力进入的，所以他其实没有能力去处理从社会主义革命到市场经济这样一个转变过程中发生的问题。

这种批评家之间观点的差异提醒我们注意故事被讲述和阅读的年代，不管是 50 后还是 70 后，阅读感受的差异性都基于同一种阅读方式，即怎样通过对当代史的讲述来回应当下现实？也即基于同一种焦虑，怎样理解八九十年代以来改革开放的中国？50 后满意是因为他们认为莫言找到了一种历史深度，70 后不满是因为他们认为莫言的这种讲述方式是失效的，双方认为应当冲破的块垒其实截然不同。因此关键问题是，怎样判断 90 年代以来的当下现实，改革以来 30 年的现实状况？其历史根源是什么？回到这部小说，如果把《生》首先当作一个现实故事而不是历史故事，那么莫言的这种前史式的写作，能不能真正回应当下问题？这就是我重读《生》的出发点。

莫言有一句话说得很精彩，他说长篇小说里面有一个很重要的问题，结构即政治。莫言的作品经常有重复性的场景出现。我看的虽然不多，但光是小孩吃煤、吃铁的场景可能就看了不下四五次。你会发现莫言的长篇其实是把他在短篇、中篇中把握到的那些生活细节，那些非常有趣的场景，用一个结构重新编织起来。所以读莫言的长篇，细节写得非常好，但从整体上很难进入，所以我是用很快速的读法，读莫言的结构，而不是莫言的细节。许多批评家都讲过《生死疲劳》的结构是六道轮回，它一开篇是从 1950 年开始，讲的是土改初期被错杀的一个种田大户、地主西门闹，他死了以后在阎王那里说他要重新转世投胎。就是这样一个很俚的、秋菊打官司式的结构。这个西门闹转世投胎变成驴，后来变成了牛、猪、狗、猴，最后一次他转世投胎变成了一个千禧婴儿，出生在 2000 年，叫蓝千岁。这样的六道轮回正好对应于我们 50 年代以来的中国当代史的重要事件，上次天成也有讲到，像大跃进、合作化运动，像后面的四清、"文革"阶段，包括 70 年代、80 年代、90 年代，一直到 2000 年，是这样一个线性的叙述方式，但是因为有六道轮回这样一个外在的结构，所以这个线性又完成了一个闭合的循环叙事。今天再来读这部作品，按照刚才我讲到的批评的代际分歧，我想换一个角度，关注《生死疲劳》中三代人的故事。蓝脸——最后一个长工，西门闹——最后一个地主，我把他们看做第一代人,第二代人就是蓝脸的孩子,出生于1950年的蓝解放,从名字上我们也能看出他对应的年代。蓝解放和小说中的另外一个叙述人莫言,他们基本上是同代人。第二代人除了蓝解放,还有西门闹的儿子西门金龙这一代,比如黄互助、黄合作、庞抗美,从他们的名字中你都能看到那个年代的重要事件。小说里还有第三代人,就是以蓝解放的儿子蓝开放为中心的第三代,从"开放"这个名字,大家也能体会到它对应的是改革开放以来的八九十年代,一直到2000年,这一代就有像蓝开放、庞凤凰、西门欢这样一群人。小说的第四代,就是再一次出生的蓝千岁,但大家一定要注意这个蓝千岁看起来是2000年出生的千禧儿,但其实他是转世投胎的那个第一代地主。所以你会发现中国从1950年以来,一直到2000年,到一个新的世纪要开端,莫言以这样一种方式把它编织成三代人的故事。我特别关注的第一个问题是,他怎么写第三代?因为他怎么写第三代就意味着他怎么去判断改革开放以来的八九十年代直到当下的这段历史。他认为这段历史的问题是什么?第二个问题就是他怎么样来整理第二代人的历史经验?第二代也就是他这一代,包括50后作家,也就是莫言自己,或者说蓝解放这一代人的历史经验,他怎么把自己这一代的历史经验放回到我们所说的1950年以来的当代史中去?第三个问题是,为什么小说的叙述者之一是第一代?也就是这个不断转世投胎、不断在六道轮回中经历的这个叫西门闹的地主的形象,这是第一代的问题。

我们先看第一个问题,他怎么写第三代人的故事?在这个小说里,第三代对应的是六道轮回里的狗和猴,还有蓝千岁的最后一段。我们会看到莫言的一些基本判断,这一代像蓝开放、西门欢、庞凤凰这些人,他们出生于80年代初期,在90年代是标准的坏孩子,这些坏孩子是没有历史的厚重感的,他们知道这个时代要怎么掌握游戏规则,怎样在游戏中获利,怎样在这个时代里保持应有的个性。这一代人在莫言的笔下其实存在各式各样的问题。到了2000年后,他们就变成了浪荡子的形象,像小说里的蓝开放后来做了一个车站派出所的副所长，西门欢、庞凤凰在90年代属于富二代形象的年轻人，他们到了2000年的时候，决定带着一只猴子在站台上卖艺。在莫言的笔下你会看到，这些新一代人的故事，是充满了虚无感的，他们的生活没有特别强的意义，自己也没有很强的工作意识，这样的一代可以说是堕落的、迷惘的一代，这是在莫言第三代故事里特别突出的。所以第三代人生活的改革开放时代，就是那种金钱、利益、欲望交织的年代。这个年代是没有爱情的，也是没有意气风发的，没有理想的——这是莫言对这个年代的基本判断。

我们再看一下第二代，主要人物是蓝解放，也是这个小说的叙事人之一。这个50年代出生的蓝解放在他生命中有几个非常重要的瞬间。第一个瞬间：他的父亲作为最后一个单干户抵制参与合作化，但是蓝解放在60年代初决定要积极地参与到"文化大革命"中去，这是一个"叛爹入社"的重要瞬间。第二个瞬间：蓝解放在80年代，开始通过各种各样的关系，所谓的走后门，成为当时的副县长。进入90年代，莫言把他处理成"最后一个情种"，跟一个比他年纪小很多的女性暧昧，他爱上这个女孩，然后带着她私奔，放下了他的权力，也放下了他的欲望。小说在私奔这一段还戏拟了《废都》，说这个蓝解放带着他的情妇逃到了西安，在路边遇到一个叫庄蝴蝶的人。蓝解放通过情感归宿，放弃了他在权力场和名利场的追逐，所以这是第二个重要的瞬间。第三个瞬间是到了1998年，在他的母亲去世后，蓝解放带着他的情妇重新回归故土。在我看来，这三个瞬间恰恰对应于50后这一代人最大的焦虑。第一个焦虑是怎么样认识我们的上一代，比如上一代对革命带有抵触情绪，或者只有个人的兴致，那么这一代人却是主动加入到革命中去的。第二个瞬间就是当他们在八九十年代以来开始慢慢进入到利益的中央，开始有了稳定的生活时，他们会发现他们的情感、他们个人的理想在90年代遭遇了一个巨大的滑坡，一个巨大的冲击。第三个瞬间对应的焦虑则是，这一代人中间有大量从农村到城市的乡土知识分子，那么他们怎么样去回应乡土的问题。所以你会看到这三个瞬间虽然是在历史上，是在1950年以后逐渐发生的,但其实他们焦虑的根源都是八九十年代以来的当下现实。所以,当莫言最后把蓝解放处理成情种,去强调他对于感情、对于土地的执著时,恰恰是因为他们在现实生活中的匮乏,是没有被落实的一个环节。

如果我们只看第二代、第三代的故事,其实这本小说有可能写成一部——我说得极端一点,因为今天在座的很多老师也是这一代人——这本小说有可能会写成一部50后的认罪书,或者是一部50后从个人历史经验中总结出来的对当下历史的有力判断。这本小说就是由50后讲述他们经历的大历史,并告诉80后、90后等新青年,自己曾经经历的历史是什么样的,现在中国变成这样一种状况,你们又要注意什么问题。如果是这样一种写作,它对我就是非常有效的,因为我自己也是80后,我的焦虑也与八九十年代以来的中国现实有关。然而,这本小说恰恰没有只用第二、三代的故事为主线,最外一层结构其实是第一代的故事,也就是我讲的最后一个单干户蓝脸和最后一个地主西门闹。于是,小说像盒子一样,以第一代的方式把我讲的第二代、第三代的故事都装了进去。小说结尾,再一次站出来讲述这段轮回的50年历史的,就是那个转世投胎的地主,这个大头婴儿虽然肢体孱弱,但智力、记忆都非常清晰,当这个人再来讲述这样一段当代史时,我刚才所讲的那些有效的东西,那些本来可以让历史变得更丰富的东西,都被放到一个很简单的、轮回的、重复的历史结构中去了,让我所感兴趣的复杂性变得非常单薄。

所以当我再来看这部小说时,尽管许多前辈批评家把它抬得非常高,扉页上还引用"佛说:生死疲劳,从贪欲起。少欲无为,身心自在",显得很有思想,但这样一种说法真的能够为当下现实或者我们的身心感受提供一个非常有效、非常有意义的回应吗?我觉得它并没有触动我心里的焦虑感。我归纳出莫言给读者们开出的两个药方:第一个药方是,怎么样看待人和土地的关系。这一点集中到小说中的一句话,也就是蓝脸的墓志铭,"一切来自土地的都将回归土地"。但是当莫言把关于土地的历史叙述又退回到1950年的乡土中国,越来越多的历史研究其实已经向我们阐明,并没有那样一个稳定的乡土中国,这个乡土中国的自洽性从晚清民初就产生了各种问题。所以我们真的能够回到乡土中去吗?我们要回到哪一个乡土?这个问题其实从80年代,像路遥这些作家就已经开始处理了,所以这样一句"一切来自土地的都将回归土地",其实并没有办法真正去回应当下的问题。第二个莫言开出的药方,也就是他所说的"少欲无为"。与《红楼梦》《金瓶梅》相比,在古典小说里,当我们来讲"生"和"欲"之间的关系时,也不是一上来就像佛家那样,就告诉我们一个很虚的人生大道理,或者像我们后来讲的那种已经被空泛化了的马克思主义思想政治教育,告诉你要革命,你要有理想,古典小说总会让你看到生活中最"实"的那一面。所以像《红楼梦》《金瓶梅》这种世情小说的写法,一定有非常写实的那一面。但莫言的小说里,恰恰写实的这一面是非常弱的,所以当他一上来就给你一个很虚的"黄粱一梦",告诉大家人生都是黄粱一梦,你不要有那么多的牵绊时,这个东西的说服力是很弱的。因为我没有真正去经历那一段历史,如果我看不到那个写实的层面,我也就没办法进入到这样一个更超脱的层面。这个是莫言开出的两个药方,恰恰我认为这两个药方都没有办法真正回应我自己在阅读之中遇到的问题,包括他小说中所涉及的第二、三代如何面对当下中国现实的问题。

  从这一部分进入到下一个我想谈的部分,就是我想来归纳一下莫言的历史观,或者他对于当代史的基本讲法是什么?因为我刚才说这个讲法是失效的,那这个讲法从哪来?为什么这个讲法后来没有变过?为什么没有办法有一种新的转化?这是我感兴趣的问题。我在看莫言小说的讲法的时候,想到程光炜老师以前说过一句话,那句话对理解莫言很重要,大概意思是说,对农业集体化运动的反感是莫言小说的"决定性结构"。所以我们会看到,其实莫言的小说有一个非常基本的出发点,就是他的历史观。50年代出生的人,特别是像莫言,是农村出生,他们对于1950年以后,主要是毛泽东时代农村政策对于乡土中国之影响的理解,决定了他怎样来看他所生活的这个时代和他所经历的所谓改革以前的那30年。我把莫言小说的历史观分成三个层面：

第一个层面，套用《白鹿原》的提法，就是"鏊子说"。它在莫言一系列讲历史的作品中非常明显，主要强调两点，第一点强调革命的暴力，第二点强调历史的循环。就像《丰乳肥臀》里写的，"上官家真行，日本鬼子时代，有沙月亮大姐夫得势，国民党时代，有二姐夫司马库横行，解放了又有鲁立人做官，美国人来了还有洋女婿；改革了，还有上官金童搞乳罩生意"。你会发现这样一种叙事基本上讲的就是历史是在不断地重复，不断地循环，这个乡村内部有它自洽的稳定结构，但不断地有闯入者。

第二个层面，莫言对当代史的讲法，我把它概括为"寻根说"。不光是莫言，包括贾平凹，包括路遥的作品也受制于80年代这样一种历史意识，就是它很强调传统与现代之间的对立。所以他的叙事基本上是一个冲击与回应的模式。乡土中国的内部自洽是被假定的，好像天然具有合法性，确实存在于那里的，但是"现代化"开始击溃这个乡村结构。这个"现代化"可以是革命，可以是政党权力，可以是八九十年代以来我们讨论的市场、金钱，这些东西都被整合到了"现代化"这样一个概念里。我们有一个博士师弟写莫言，大标题就叫"被闯入的乡村世界"。按照"寻根说"，传统已经被现代侵蚀，最后要找的就是已经被遗失的，已经被斩断的传统之根。

第三个层面，莫言的历史讲法里还有一种"人道主义说"。他讲人性，讲人的基本的生存状况。用这个词，我想大家能体会到我背后想讲的东西，这样一个"鏊子说""寻根说"、对于人性的基本理解，这一套知识恰好就是来源于80年代。比如"文化热"与寻根、"积淀说""超稳定结构"等，这一套解释、这一套知识都来源于80年代。而所谓的"鏊子论"，比如我们讲革命的暴力，历史是不断地重复，我们会看到这就是80年代末，后来我们在文学史里把它叫作"新历史写作"的东西，这也是来自于80年代这样一种"去革命"的知识。刚才我讲的对于人性的理解，同样跟80年代人道主义思潮复归及其后关于"个人"的讨论有关。所以我们从"鳌子说""寻根说""人道主义说"这三个层面来看，莫言他对当代史的基本讲法，他的历史意识其实是在80年代的语境中产生的。当然，这种历史意识在80年代产生的时候，我认为它是非常有效的，而且我也说了，是很有历史感的，因为这样一种历史意识它直接面对的是"文革"，是当代史。进入1978年以后，必然面临一个新的转型，这套知识对于人的回归，对于历史的新的讲法，对于文化的新的理解是非常有效的，我们80年代文学也是建立在这一套知识之上，但下一个问题是，这一套知识能不能够持续地对90年代以后的当代中国做出有效回应？当对匮乏与饥饿的关注，必须转向财富增长、消费奇观、精神萎靡的新现实时，这种80年代形成的知识必然遭遇滑铁卢。批评与作家都没有对80年代形成的文学—历史意识有足够的反省，因而难以面对当下中国的现实状况，特别是90年代以来，人文精神讨论还在用人道主义思潮的观念来面对世俗化和市场化，对"人文"话语自身的意识形态性都没有充分反省。

  我们从今天来看莫言的作品，包括我接下来会讲的莫言的《酒国》，还有像贾平凹的《废都》，会发现其实这一代作家，他们在80年代登上文坛时，借助了这一套知识，这一套在当时历史语境中非常有效的知识，他们的文学观基本上跟这套知识是相互吻合的。但是这套知识在八九十年代转型的时候，马上就面临着第一次困境，这个困境我们可以在具体作家的创作里面看到。比如说在莫言那里，他自己有一个明确的讲法，他说从1989到1993年，是他创作的一个低潮期，在那个阶段，他曾经以游戏的心态改编《沙家浜》，把它改编成一个武侠小说，还在延续新历史的那一种写法，但是这个小说当时就被《花城》退稿了。然后莫言在1990年，跑到高密县城里住了一段时间，"白天就无所事事，百无聊赖，拿着苍蝇拍子在院子里打打苍蝇打发日子"，他不知道还能够怎么样去写作。直到1991年，他在新加坡遇到了中国台湾作家张大春、朱天心，他们向他约稿，为了完成约稿，1991年暑假，莫言写了16个短篇，比如说像《飞鸟》《夜渔》《铁孩》《姑妈的宝刀》,大家有兴趣可以去看一下,主要发表于马来西亚的《南洋商报》《星洲日报》和中国台湾的《中国时报》和《联合文学》上。这些作品我们可以说是那种讲生活片段,讲高密村子奇人奇事的作品,不需要对历史进行概括或重新整理,所以莫言写出这些小说后,觉得又找回了创作的感觉。在这段创作低潮期之后,莫言创作的第一个长篇小说,就是《酒国》。《酒国》的创作时间,按照莫言自己书后的标注,是从1989年9月到1992年2月,所以《酒国》其实是一个在八九十年代之交创作的作品。贾平凹的《废都》1992年写作,但写作缘起和焦虑也是在八九十年代之交。《废都》是在1993年出版,《酒国》也是在1993年出版,这两部书在很多方面非常相似。我现在要讲这两部书,我想讲的是莫言他在80年代那样一套知识,那样一套文学观念,在进入90年代的时候,面临的一个困难:我的这一套东西还能不能去回应90年代以来的现实?还能不能解决我心里的创作焦虑,我的这样一种生存感,这样一种生活的感觉?我们会看到其实《废都》也好,《酒国》也好,它都是第一次面对"我",面对"我"和当下社会的关系,那个当下就是指90年代以来的生活现实。

《酒国》包含了三层故事。第一层是一个虚构的故事,讲的是省人民检察院的特级侦查员丁钩儿(丁钩儿这个名字我当时一看到就想起鲁迅的阿Q,我觉得莫言有意识地想要处理一个类似的隐喻),到酒国市去调查一个吃婴儿的事件。他是这样一个带着革命任务深入敌方,要把敌方的犯罪事实揭穿出来的人,结果他在酒国市待了一圈以后,自己就堕落了。他不光跟女司机搞暧昧,还跟宣传部部长、酒店经理搞在一起,天天吃吃喝喝,到了最后,这个要去调查吃人的侦查员,自己也开始吃人了。《酒国》的第二层故事——虚构的非虚构:莫言跟一个业余作者、酒国市酿造学院勾兑专业博士研究生李一斗的通信。在通信里,他们讨论了很多对于文学,对于当下现实生活的感想,里面也插入了李一斗写作的九部短篇小说,这九部短篇小说我们拆开来看,会看到许多八九十年代转型中的社会信息,是非常有趣的。第三个层次，我看到一般的批评家不太去讲这个层次——非虚构的虚构：小说的第十章，是小说中的莫言受邀亲赴酒国市，他要去酒国看一看。我们会看到，在小说第一个层次，这个丁钩儿要去调查酒国市，但自己被腐化了，而最外面这个层次，莫言受邀去酒国市，结尾也是这个莫言被腐化了。他跟他小说中的人物基本上是一个同构关系。所以我们会看到在小说第九章，也就是小说第一个层次的结尾，这个丁钩儿最后连"我抗议"都还没喊出口，就跌到了粪坑里。小说里莫言是这么写的："脏物毫不客气地封了他的嘴，地球引力不可抗拒地吸他堕落，几秒钟后，理想、正义、尊严、荣誉、爱情等等诸多神圣的东西，伴随着饱受苦难的特级侦查员，沉入了茅坑的最底层……"这个判断我们当然很清楚，比如说在1993年"人文精神大讨论"中，讲的就是理想、正义、尊严、荣誉、爱情等等诸多神圣的东西，跌入了社会的最底层。莫言这里的写作是直接在回应那个时代。到了第十章，莫言被酒国市的一帮官僚在酒桌上围剿，结尾这样写道："莫言不由自主地张开了大嘴，让那仙人一样的王副市长把那一大碗酒灌下去，他听着酒水沿着自己的喉咙往下流淌时发出的声音，嗅着从王副市长胳膊上散出来的肉香，心中突然地充满了感激之情，眼泪止不住流出来。'作家'怎么啦？王副市长用温柔的目光盯着他问。他克制着冲动的心情，嗓子发着颤说：'我好像在恋爱！'"当第一个层次中丁钩儿掉到粪坑里时，故事的最外层，作家莫言反而觉得在谈恋爱，这样一种反讽的写法，就是莫言对八九十年代转型的反映，面对他自己。在《废都》里面，庄之蝶有一个"求缺屋"，"求缺屋"里有一个对联，叫"鬼魅狰狞，上帝无言"。如果说《废都》写的是"上帝无言"，虽然里面有很多性描写，很多所谓的贪腐、欲望，但是你能够读出里面那种热闹散尽后的寂寞无常，那种浩大难逃的人生宿命感，那么，莫言在《酒国》里的写法就可以说是"鬼魅狰狞"。他是用反讽、用嬉笑怒骂的方式来写"鬼魅狰狞"，写90年代以来他感受到的这种生活实况。莫言和贾平凹写作方式上的差异性，预示了两位作家在90年代以来选择的不同创作方式：莫言继续写他的"鬼魅狰狞",像浪荡子一样写那种泥沙俱下的东西,贾平凹则是像账房先生一样事无巨细地盘点,盘点90年代以来的现实感。所以我们常说莫言的小说是魔幻的,而贾平凹是特别有写实感的作家。从90年代初的时候,他们其实都是要回应同一个问题,就是90年代以来的当下中国,怎么样去写?后来贾平凹的《秦腔》等小说就是以写实的方式去写,虽然我们读起来很没耐心,好像也读不出贾平凹有多么高明的历史见解,但是那种写实的方式毕竟呈现了我们想要看到的当下现实,到底农村发生了什么?那个农村不再是以前我们熟悉的乡土。但是莫言的方式恰恰不太一样,他可能更多地还是用一种所谓的反讽,所谓的魔幻,退回到历史中去,他想以历史的方式给当下设立一面镜子。但是我们知道,这种方式从我刚才讲《生死疲劳》里就可以看到,这面镜子其实是没有办法看到当下的。所以我以前更爱读莫言,因为觉得贾平凹太难读了,但是我这次以这样一种方式读完《生死疲劳》以后,反而觉得贾平凹的方式可能使我们更有效地去看八九十年代以来的当下现实,至少是农村的现实。

经过这个比较,我想再回到莫言,谈一下莫言的形式问题。莫言得诺贝尔文学奖以后,有一次我跟一个老师聊天,我们俩就归纳说到底为什么他能够得奖,我们说有三点:第一点,诺贝尔文学奖选中国作家一定是写乡土中国的,那写乡土中国能得奖的没几位。第二点,他的写作一定要是现代主义的,他的写法不能是那种很有中国特色的,或者像贾平凹似的,贾平凹是不可译的,世界文学的标准在一定意义上仍是20世纪西方现代主义的,这种世界文学的标准本身就有一个局限性。第三点,我认为非常重要,这个作家一定是要写当下中国现实的,但是他一定是以一种隐喻的方式去写中国当下现实,所以像阎连科老师这种直接的写法可能就是有问题的。莫言的写作是标准意义上的现代主义作品,虽然莫言在《酒国》里,通过"莫言"和李一斗的来信,提出了许多概念,如妖精现实主义、严酷现实主义等,我的理解,这些现实主义其实就是把我们以前的革命现实主义或者社会主义现实主义那样一个历史感,从理性认识的层面重新降回到感觉和个人经验的层面。所以李陀老师在 80 年代关于莫言的很多批评也特别强调莫言这种感觉化的写作、意象式的写作。我们会发现，在莫言的写作里面，有非常多的寓言形式，他的小说很强调这种内心化，他经常通过一个儿童或者残障人士的视角去写一些感觉中的世界。而且他的小说速度非常快，现代小说本身就要强调一种速度感。他的小说是一种碎片化的写作，基本上很难让你看到一种全局性。这种形式看起来是非常现代主义的，但是这种现代主义真的是一种先进的文学形式吗？我们知道我们一般会有一种进化论的视野，会认为现代主义是高于现实主义的，这种进化论的视野在 80 年代也是一个根深蒂固的知识。但是我这一次读莫言的时候，会觉得即使莫言自己也经常讲他要回到古典，但他仍是一个先锋作家，我说的是 80 年代意义上的先锋作家，这种写作今天来看其实是非常不现代的，非常保守的。

第一，我觉得莫言的世界观和历史观是非常保守的，这一点我想得不清楚，但我想先语出惊人一下，方便大家来讨论。我想到的是，莫言他是一个富裕中农出身，富裕不太好说，但莫言是中农出身的作家。我做一个很简单化的比较，比如路遥是贫农出身的作家。在莫言的写作里面，比如说《生死疲劳》里他处理的蓝脸，他处理的地主形象。他说这个地主是一个种田大户，这个形象当时我读的时候，就想到了《创业史》里的郭世富。但我们知道其实郭世富不是地主，《创业史》里面的地主形象是姚世杰，郭世富是个中农形象。中农形象是那种本身就是农村中的能人，他是很有能力来种田的，到了合作化运动初期，从土改之后，他们是被团结的力量。莫言他自己也有回忆，回忆他们家族，他就说我们作为中农出身是不准革命的这样一个阶层。中农是被团结的，当然是革命内部的人，是我们人民内部的一个群体，但他们又是不准革命的，这有暧昧性。在莫言叙述历史的时候，我会感受到他的这种保守的态度，比如他对农业生产的认识，他对于合作化的判断，最后他为什么回到单干的这样一个理解上去。莫言对单干的理解，我个人认为就是比较简单的历史判断，土改初期可能单干户里面真有通过单干也活得很好的，但莫言看不到贫雇农阶层，当然也就看不到合作化运动以来这样一个大的国家规划里面的那种复杂性。所以我说莫言的世界观和历史观是很保守的，这种保守让他没有办法打开中国当代史的复杂。

第二个保守就是莫言小说中形式的保守。比如说我们一般会讲儿童视角的解放性意义，它的先锋意识。他用这种儿童、残障的视角方式，用这种不可靠的叙述者，可以释放出非常多的感觉层面的现实，跟我们以前的书写是非常不一样的，所以我们看莫言的小说会非常容易被那种感觉世界所打动，那种奇彩纷呈的充满想象力的世界。但是换个角度说，这里的"儿童"其实并不是严格意义上的儿童。在莫言小说中，"儿童"其实是那种时间之外、历史之外的人，比如《四十一炮》里面写到的那个罗小通，他是一个像《铁皮鼓》里面的人，他长不大，外表已经是个成年人，但内心世界还是个儿童；再比如《丰乳肥臀》里的上官金童，他已经是个中老年人，但是内心世界也是个少年儿童；另外一种就是像《生死疲劳》里的大头婴儿蓝千岁，他是个儿童的形象，但是他整个的历史记忆又是 50 年代以来那个老地主的历史记忆。所以你会看到这样一些人物，一些叙述者，他们都是在时间之外、历史之外的，他们没有跟着中国当代史一起去成长。这样一种叙事者如果我们把他放到叙事伦理的层面来看，从想象的层面来讲是非常自由的，那么也就意味着在伦理的层面也是非常自由的，他们不需要去对历史做一个承担，不需要对自我的历史际遇做一个深度的反思。在伦理上的这样一种自由度，我觉得在莫言的小说包括在叙事形式上也能体现出来。虽然莫言经常说他是为人民写作的，强调他的农民出身，他也强调人性，强调悲天悯人的关怀，但是我们知道莫言的写作从形式上、结构上来讲，我把它概括成一句话——"故事＋你懂的"。就像莫言在诺贝尔文学奖受奖辞中讲了很多故事，但他背后并没有讲一个很大的历史判断，他的潜台词就像我们外交部发言人说一句"你懂的"，大家就自己去揣测好了。所以这种写作的保守性就体现在，它是一种非常安全的写作，它不会触动任何一边的历史界限，不会触动任何一边的立场。这也带来了一个问题：这种写作它到底有没有可能把历史的丰富性呈现出来？我个人会觉得这种写作是有可能呈现丰富性的，因为它不去简单地站一个位置，不去简单地站一种立场，当然可能打开丰富性。我还会讲到莫言的中篇，在他的中短篇里，就把历史丰富性打开了，但是当他用重复结构的方式去处理长篇的时候，他又把这种丰富性装到一个非常固定的套子里，而这个套子是我说的从80年代的知识里生产出来的，这个套子当然又把它的丰富性简化了。所以在莫言的写作里，我就会认为他的长篇很保守的，不如他的中篇丰富。

最后我想做一个结论。程光炜老师说我属于那种在阅读方式上可能比较擅长建构的人，我的阅读方式比较粗放型，对作品许多细节的把握可能不够准确，但是我希望从阅读小说中生成理论，而不是用理论来读小说。所以今天虽然谈的是莫言，我想思考两个更大的问题：第一个问题就是，怎样理解八九十年代的转型。我认为很多作家，特别是50年代出生的作家，他们写作之所以陷入今天的困境，很大一部分原因，就是没能完成八九十年代转型。当代史有两个关节点，一个是1978年，还有一个关节点，就是1989。莫言的《生死疲劳》写到2000年，千禧年也许也是一个关节点。第二个问题就是，在当下这样一个状况中，我们有没有可能找到一种有效方式去回应当下现实。无论是像莫言这样以历史的方式去回应当下现实，还是像余华那样正面强攻现实，这些方式有没有可操作性？今天《北京青年报》刚刚发了一篇顾彬的评论，他说了一句话叫"长篇小说的时代已经过去了"，然后我就很郁闷，我就想完了，我下午刚要来讲长篇，怎么就有人讲"长篇小说的时代已经过去了"，我就在想这个问题。我后来想，其实这个问题是可以去思考的。今天的长篇，按照卢卡奇的说法，已经没有了总体性的视野。上次天成用柳青的《创业史》来比较《生死疲劳》，当然莫言不可能再写出《创业史》，因为柳青非常明确地说，"我为什么写创业史，是因为我要写中国农村为什么要发生社会主义革命，以及这场革命是如何胜利的"，他背后是有总体性的设计的。莫言这里已经没有这种总体性的设计了,所以我们不可能要求他像柳青那样去写作。今天我们的长篇有太多商业、名利方面的考虑,每个作家好像不写长篇,就没有办法奠定他经典的地位,所以我们觉得莫言小说重复性很多,他写了这么多长篇,里面有大量的重复,他在结构上,我刚才也讲了,其实基本上就几个模式,没有太多地超出那几个模式,所以我就想,我能不能重新去看一看莫言的中短篇。

我这次去看莫言的中篇,觉得莫言的中篇反而有可能为我上面谈的两个问题提供一种有效形式。莫言在1998年写了《三十年前的一次长跑比赛》。这个中篇,首先从标题上,"三十年前的一次长跑比赛",又是我刚才讲的,有一个当下的讲述故事的年代,和一个他所要讲述的那个故事发生的年代。那么"三十年前",这个东西一出来,我马上想到的就是汪曾祺的《受戒》,在篇末注明说"记四十年前的一场旧梦"。我们说汪曾祺在80年代写《受戒》,他同样是在80年代去写一个40年代的故事。莫言在这个中篇里,写70年代初的时候,他们村里有一帮右派,旁边有一个专门改造右派的劳改营,那帮右派被村里人认为是那个村的大能人,因为那些右派从城里来,有的能歌善舞,有的长得英俊潇洒,有的会各种科学技术,所以村里人不觉得他们政治上有什么问题。小说里其实只有一个场景,就是写这个村的这些右派和村民,还有当地的革命干部,他们组织起来要搞一次长跑比赛。我当时就想如果我来写,很困难,因为我们知道长跑跑得再长,可能就是十圈的距离,你怎么样在写十圈的过程中,写到中篇这样一个长度,但是莫言的写法,其实跟他结构长篇的方式是很一致的,他就在这些人跑长圈的过程中,不断地插入新的故事。但是在这样一种写法里,我能感受到,其实他把那个历史的横断面打得非常开,他会写到那种历史的暴力和荒诞,比如他写那些小朋友被老师叫去捡鸡屎,因为当时大肆养猪,有人说鸡屎可以让猪养得很好,大家都跑去捡鸡屎;你也能够读到历史的残酷,比如主人公朱老师,他的妻子有头疼病,所以他就去种大烟;但在这样的历史悲剧中,你又能读到许多温情、很平静的日常生活的一面；它会写到那个村子里的普通人怎么样跟这些右派去比武，像武侠小说的那种方式，也写到当时的城乡差距，比如说写右派他们叫"游泳"，村里人说我们不穿衣服，所以叫"洗澡"，等等。你会从这个小说里读到很多的细节，那些细节是可以呈现60年代末到70年代初的那样一段历史的，而那段历史中活生生的人的故事，是可以通过这种写作方式去呈现出来的。所以我读到这儿的时候，就觉得莫言的中短篇其实特别容易让人想到赵树理还有汪曾祺的传统，他的那种苦心经营的"散"，他对于乡村社会中的事物还有人的生活状态那样一个描述，他不是在写历史事件，他是真的在写历史生活。但是当莫言把他这些历史生活对应于历史事件，放到大的历史结构中去的时候，他的长篇反而是显得很简单化了。

　　回到我刚才讲到的长篇小说的问题，我就在想，今天我们可能没有办法要求一个作家在写长篇的时候，提出一个总体性的、高屋建瓴的历史观。但是如果他们做不到这种历史解放性，重构这样一个历史总体性的话，是不是可以先从历史的复杂性做起？那我觉得今天可能很多作家连历史复杂性这样一个任务都已经放弃了。可能我们会觉得像王安忆、贾平凹，他们的小说不好看，但是因为他们的小说很写实，有可能把这种复杂面给打开。但是想到这儿的时候我又在想，如果对历史呈现得过于复杂，是不是会进入一种相对主义的状态，就是对历史又没有了判断。我听庆祥师兄在上一次讲座中说，"韩少功＋莫言"可能是一个很好的作家，我想我心目中的好作家，就是"韩少功＋张承志"。韩少功是一个能够把历史的复杂性打开的人，你看他的东西，包括最近的《革命后记》，他有一种怀疑的状态，虚无的状态，所以他自己有篇文章叫《进步的回退》，他是以退后的方式，以怀疑的方式去呈现历史的复杂性。张承志不一样，他是那种精神的肉搏，他是一直往前走，一直是有行动的。我想他们两个加起来，可能就既能够展开历史的复杂性，又能够带出历史的解放性。但是我想到这儿时突然又很沮丧，因为我发现我最喜欢的两个作家都不是好的小说家，他们的小说写得都不好，甚至已经不写小说了。那怎么办？这个可能就是我自己在读莫言的时候的一些想法，希望大家在讨论的时候能够多给我一些意见。谢谢。

李陀：上回讨论得挺热闹的，这回应该更热闹点吧。

程光炜：对，上次李陀老师提了一个很好的意见，说都是老师说来说去的，这次呢，同学们多说点。主要是你们老不说，害得我们不停地说。庆祥先说吧。

杨庆祥：本来我们说讲四十分钟就可以了，结果晓帆讲了将近一个小时，但是有样子，样子很大，她提供了特别多的信息，而且我觉得她后面讲的比前面要好。前面她也铺陈了很多的细节，包括对作品的感受，后面她还是把很多的问题拎出来了，讲得非常好。因为晓帆讲的量大，所以我就挑几个回应一下。

一个是你讲的他的中短篇，我是读了莫言的短篇以后，觉得他是一个大作家，我觉得他的短篇写得比中篇还好。现在一讲就讲他的《透明的红萝卜》，但是我觉得他那个小说还没有他短篇写得好，我印象特别深刻的有两个，一个叫《姑妈的宝刀》，太棒了，还有个叫《屠夫的女儿》。这个可以回应刚才晓帆讲的，莫言在叙事伦理上这种相对而言不是特别极端化的一面，就是说相对而言可以用"保守"这个词。大家有兴趣的话可以把《屠夫的女儿》和安吉拉·卡特的短篇叫《刽子手的女儿》作对比，他们大概写作于相同的年代，你会发现特别有意思。莫言写的《屠夫的女儿》其实也是一个乱伦的故事，就是屠夫和他女儿乱伦，生下了一个小孩，但是他用的是非常唯美的，其实是有点《海的女儿》那种感觉的叙述方式，你读了以后还是觉得挺好的，挺美的。然后你去看安吉拉·卡特的那个，整个就是一个惊悚小说，也是写乱伦，就是刽子手怎样把自己的儿子杀掉，因为儿子跟妹妹发生了关系，杀掉儿子以后，那个刽子手每天都要霸占他的女儿。他完全是一种非常另类的叙事。你看处理的其实是相同的题材，我不知道这里面会不会有一些问题，大家有兴趣可以对比一下，我也没想清楚，以前我准备在本科生课堂上对比这两篇作品,没想清楚也没讲。

还有一个你讲到的"儿童视角",这个特别有意思。你会发现现代以来的小说,特别喜欢用这种儿童视角,而且都是用残废的儿童的视角,从福克纳开始,一直到日本的村上春树,都是用这个儿童视角。晓帆这一点讲的我是很认同,就是说你用儿童视角容易把小说复杂的一面,或者是感官的一面打开,但是在叙事伦理上来讲的话,它是一个不负责任的主体。包括贾平凹的《古炉》,他也是用一个有一点幻觉的儿童的视角,那么这里面其实涉及,也是晓帆刚才讲到的问题,50年代那一代人怎样处理他的历史。进入21世纪以后——这也是世界范围内的趋向,我看了一些日本的、欧洲的长篇小说——经常都是一个"去责化"的叙事,就是这个历史太沉重了,所以有个小孩过来可以帮他逃逸出去,表面上我是在写历史,实际上我是在说我要跟你划清界限,这个东西太沉重了。从某种意义上讲,从整个历史的发展来看,这可能是一个趋势,因为你不可能要求一代人永远活在悔恨、惭愧、自责之中,所以昆德拉在《生命不能承受之轻》开篇就谈这个问题,他说如果永远都是轮回的话,我们就没有办法生活了,所以他说问到第二次世界大战,人家可能都不知道发生在哪一年,这可能是历史的遗忘和历史的记忆这样一个很复杂的关系。这也是作家喜欢去处理的问题,这是晓帆讲的这一点。

还有一点我觉得晓帆讲的很重要的问题,今天我们应该提出来讨论,就是八九十年代的转型。晓帆刚才可能还不是讲得特别清楚,有点犹豫,其实就是我们在理解当下的写作的时候,包括莫言、王安忆、贾平凹,其实有一个概念要提出来,就是"后89时代",现在我们很容易提一句"后文革时代",因为"后文革时代"这样一个认知基本上规定了整个80年代的写作,这是一个80年代写作的发动机,它的起源性都在这里。而实际上我觉得90年代以来的写作——整个90年代,当然到了2000年以后又有了新的变化,尤其是随着网络的出现以后——其实都是一个"后89"的写作,就是在80年代末以后,社会现实对当时作家的写作,对他写作姿态的调整,我觉得影响非常大,尤其是1989年到1992年,这之间的处理,目前为止是非常少的,这个就类似于蔡翔他们讲的前面"压缩的三年",1976到1978年那个"压缩的三年"。这里其实有个三到五年的时间,晦暗不明?我在给徐冰的《凤凰》写的文章里也提到这个问题,我们不知道历史发生了什么,我们以为历史的重心在这个地方,但其实不然,可能历史的重心在另外一个地方,但是我们不知道。而且因为我们身在当代,这个问题特别大,资料也没有,当事人他也不去叙述,接触的很多资料可能都是假的,所以"压缩"的这几年,至少在一个表层上,我们知道这里面发生了什么样的变化,就是你刚才讲的,资本时代来到了。其实在80年代这个还遮遮掩掩的,但是到了1992年以后,变得明显了,包括思想上的右倾,当时大家都在读的那些书,比如哈耶克的《通往奴役之路》,这是必读的,不管是经济学家、社会学家。这个影响太大了。而这一代作家,贾平凹、莫言他们,可能很能够理解"后文革"时代这样一些意义或者历史,但是他们完全没有办法理解"后89",资本兴起后面这一段历史,他们没有办法理解,他们也不能理解资本主义,这个庞然大物我们现在也理解不了。你会发现现在中国一个很大的问题就是,对资本的批判远远低于对什么政府腐败的批评,这是很糟糕的,其实最大的庞然大物是资本,控制一切。这里我是有历史材料作证据的。李政道的儿子,李中清,他是搞历史的,现在在香港科技大学。我上次在香港看见他的时候,他就给我们讲他做的研究,他是做的田野调查,做华北农村从现代以来的一个村庄整个一百年的变迁。他这个书已经出来了。他得出来的结论其实和我们的观察是有相似的,他说前面的辛亥革命、"文化大革命"对农村的影响很少,整个人口的繁衍、迁徙的曲线基本上是非常平稳的,但是到了1989年、1992年以后,整个曲线的波动特别大,大量的人口迁徙、外出,资本重组,人际关系重组。另外一个也是搞历史的人,从清华去了香港科技大,他也是做了这个方面的观察,他说他们得出的结论是一致的:对整个中国影响最大的,是最近30年,把中国的结构颠覆掉了。所以这样一个天翻地覆的变化对他们这一代作家而言，是一个巨大的挑战，当然对我们每个人都是挑战。所以上次李雪说，作家的写作是有限的，这其实是个有意思的话题，就是说你对莫言、贾平凹，可能不能要求他们来写这30年来的变化，因为他们真的没有能力来理解这个问题，可能我们需要新的作家，另外一批作家，他们可能有更敏锐，或者更别样的思考方式；可能贾平凹、莫言他们对历史的理解，比如他们对"文革"、大跃进的理解，已经到了他们理解的最高峰。

程光炜：天成说他们的任务完成了。

杨庆祥：对，他们的任务已经完成了。

杨晓帆：我补充一点，因为我发现李陀老师批评我是对的，李陀老师总是说庆祥师兄一针见血，我总是有点藏着掖着的感觉，那我想接着庆祥师兄讲，把我的话讲清楚一点。我倒不觉得他们任务完成了，其实50后那一代也有很多人，你会看到他们有转型，有分化。我举个例子，比如说张承志，他的《心灵史》头版也是在1989年写的，1991年出版，但是他到2000年修订的时候是不一样的，上次讨论张承志我也讲了这个问题。你会看到张承志跟贾平凹、莫言一样，他们的文学观，他们的历史判断，当然都是所谓的"后文革"，他们基本的知识框架在80年代形成、定型，但是你会看到，张承志过了十年重讲《心灵史》就会不一样。90年代很多知识界的批评，所谓的"左右之争"等等，其实基本就是50后这一代在争，他们也会有一个分化。所以我倒不觉得是他们完成了任务，我觉得是他们有没有可能去面对他们在80年代形成的那一套知识框架和那一套文学观念，而那一套知识框架、文学观念能不能发生一个有效的变化？我觉得可能莫言是不自觉地还在用以前那一套很有用的东西继续写作，那这个写作可能就是有问题的，是没办法回应当下的。我自己会有这样一种判断。

杨庆祥：是这样的，你用一个代际来框一个作家，比如说50后、70后、80后，它对大部分人是有效的，但有些人是框不住的，就是每一个代际里面，甚至是几个代际里面，会出现一两个人物，他是不跟你走那个路的,他走他的路。实际这个就是我们昨天讨论的,中国知识精英最糟糕的一个地方就是,特别喜欢随大流,大家都走同一条路,其实他们都是走观念。比如莫言、贾平凹的写作在90年代后基本是在观念里面写作。所谓观念写作,就是按照惯性来写,他没有直接和现实发生真正的实际的关联,那么在这个情况下,这是中国知识精英的封闭。我们可以展开来讲,比如说新疆问题,这个是我特别敏感的一个问题,当时昆明事件发生以后,第二天我正好在开会,我就和汪晖说,你们搞社会科学的有人研究新疆吗?他说,没有。他自己写过一篇西藏的,但是有人对我说他没去过西藏,但是他研究西藏已经是很了不起了。这些是多么重要的问题,你看张承志他会维语,他当时为什么不一样?就是当你们在观念里面"左右之争"的时候,他到那边去了,跟他们生活在一起,然后在那里去发现东西,我觉得这是一个非常重要的问题。这其实是个文化传统的问题。程老师说说。

程光炜:我不展开说了,对,你们俩说的这个很有意思,其实哪个时代都有这个时代框不住的作家,鲁迅就框不住,周作人也框不住。

李陀:没错,鲁迅非常典型。

程光炜:不是说我们要用"代",而是因为现在比较少有这种框不住的作家,所以我们能用一个"代"的东西,来辨认他们的一个路线图。你讲得很好,张承志是框不住的,因为我当时在写那篇张承志的地理路线图的时候,看了两三个月他全部的东西以后,我才说这是这么一个作家。因为这一年我们给学生上课,坐不下来——这也是我自己意识到自己的问题,就是不能坐下来,把一个作家的作品全部看下来。其实整个看一遍以后,他的东西会非常清楚。刚才庆祥讲得很好,其实在1989年以后,一代作家在80年代非常鲜活的那种东西迷失了,张承志反而是跑到西北去。那一次请他来,讲座那天,我提前来了半小时,先见到他太太,就看到他太太对另外两个同伴抱怨张承志半年在北京,半年就在那边。

李陀：他常年不是在西北跑，就是在拉丁美洲，要不就沿着地中海沿岸，就像普通学生那样，背一个包，住最便宜的青年旅馆。他在地中海转了一圈大概一共就花了几千块钱，这人很特别。

程光炜：对，他在那住了半年，我想西海固是个什么呢？西海固是个非常穷的地方，也就是张承志自己所理解的人民，理解的生活，或者晓帆所说的当代史。他们讲得很好，我就简单说一下，我们能不能在这一代人中间去找出一些框不住的作家，或者是我们怎么希望他们不被框住。

杨庆祥：所以作家总是抱怨，像上次我们开的70后研讨会，他们说你们不要用代际来框我们，我就说你们没出现那种伟大的作家，在这一刻没出现之前，我只能这样来框你们。（听众笑）只能这样，就是在"这一个"出现之前。可能有的代际里他不会出现，法国大革命那是最好的一段时间，100年他们都没出现一个好的诗人或者好的作家，这是很正常的。

程光炜：有没有时间再坐下来，把韩少功再想一下，他到什么程度了，有时候可以把他的东西拿出来看一看。

李陀：你看他的《革命后记》，你会吓一大跳，韩少功从写那个《西望茅草地》，到《革命后记》，你就诧异一个作家怎么会有这么大的变化。马上三联书店就要出《革命后记》的简体字版了。

程光炜：庆祥刚才说得很好，我们就在想相关的问题，无论是结构呀，形式呀，他的历史观呀还是什么东西，都是说这一代作家有没有一个思想可以站起来，可能很多思想站不起来，站不起来以后他的一切问题就都在那儿摆着，什么结构呀，什么观念、形式呀，都成问题。有的时候甚至我们会理解有些作家他不是一个小说家，他就是一个作家，像鲁迅，他的作品那么少。周作人也是这样，你很难说他是一个散文家，一个批评家，他的十卷本我都看过，后来我就不敢动他，他太伟大了。这两个人就是框不住的。

杨庆祥：所以像莫言，我们知道莫言写东西是很快的，长篇一般几个月，中篇可能一晚上就写好了。他那次来人大讲座，说他看完

《伤心咖啡馆之歌》，然后立即就写出来一个中篇。这个中篇很好，在国内影响很大，这特别像一个人写诗的最初阶段，读了首著名诗人特别好的诗，然后就立即啪啪啪写首诗出来。就是这中间的这样一种关系非常简单，太简单了。所以程老师刚才讲到，周作人、鲁迅他们读过的书，经过的时间的积累，我们知道鲁迅发表第一个白话小说的时候是38岁吧，他前面那种积累、转化是一个漫长的过程，包括他对历史的思考，他在会馆里潜下心来写作。但这些作家是，我看了《伤心咖啡馆之歌》，然后立即就写一个作品出来，这特别像摹写，这个是特别有问题的。而且我看很多当代的作家写作都是这样子的。哪个西方大作家的作品出来了，看完以后立即就写。李陀老师讲的博尔赫斯，有一段时间大家都迷博尔赫斯了，这是不是现代性？是吧。

王敦：这个框框，我感觉是不是会有三种？一个就说作家他需要拿工资，比如他是一个专业作家，你刚才说到了，叫模仿还是什么，因为拿着工资的作家，他的本职工作就是写小说，这样的话，他就认为凡是对他的小说有用的这样一些资源，他都要实验一下，这可能是一个框框。另外一个框框可能就是，有一些作家认为的市场化的写作。

李陀：拿版税的。

王敦：对，读者的趣味又是一个框框。还有第三个框框可能是，比如说一些70后作家，叫学院派，他们受过良好的教育，认为自己是纯文学家，他们没有加入作协，或者说他们没有拿工资，但另外一方面，他们也没有指望能够赚钱，但这个框框可能就是一些批评家，所谓文坛里面的一些伯乐，或者能够赏识、鉴别他的趣味和格调的这样一种批评话语，对他做的一种批评。因为刚才各位老师都离开莫言作品本身说到这些框框，所以我就想到，现代的框框可能有这三种，对不同的作家或者代际。

程光炜：我就想能不能对这代人再做点区分？我说得不准，好长时间我脑袋里经常闪过一个想法，就是乡下的作家和城里的作家。乡下的作家我们现在都看得比较清楚了是吧。城里的作家，张承志、韩少功,包括史铁生、王安忆,王安忆不太典型,就是张承志、韩少功,城里作家关心的东西不一样。刚才晓帆用了一个概念很有意思,"中农",很精彩,尽管是一个猜测。阎连科是太极端了,莫言是太稳重了,或者比较老练,他的写作始终是哪个地方都不得罪。

杨庆祥:我们现在很少对作家进行阶级分析。

程光炜:对。

杨庆祥:其实这些东西都可以被激活,我们现在都喜欢对作家进行星座分析。

程光炜:对。

杨庆祥:星座分析做得也不好,虽然也可以做,也很有意思。

程光炜:星座分析它是局部性的,它没有一个整体性的东西。

杨庆祥:星座分析其实做好了也是一本很好的书,但是阶级分析现在真是没有。

李陀:全世界的知识界,除了少数左翼以外,都在躲着阶级话语走,这不是中国的现象,全世界都是,你说是不是这样?

王敦:我感觉是这样。

杨晓帆:我当时想到"中农"这个词,脑子里马上想到另外一个词是中产化,就是觉得这一代作家也会有这种问题,我觉得我这样用阶级分析可能不太好,但可能这是个进入的方式吧。

杨庆祥:中产化特别值得警惕,因为现在青年作家的写作基本上是向中产化方向发展,特别可怕,就是那种审美的单一,那种矫情,狗呀,猫呀,是吧,就是这种中产阶级的趣味霸占一切。

程光炜:我们的很多乡下作家都养狗,过着贵族的生活。

杨庆祥:乡下作家养狗是看家护院的,这个和中产阶级养狗不一样的。

程光炜:我的意思就是什么呢?这些年我们看社会学的东西,陆学艺主编的那套书《当代中国社会阶层研究报告》,就说怎么看阶级分析。它不是那样一个纯粹政治层面的东西,中国社会的结构就是贫富悬殊非常大,这样一个阶级分析可能更能说服别人一些。其实看经济学家、社会学家大量都是阶级分析的东西，他们分析结构，分析不同人群。为什么我们现在读经济学家和社会学家的文章觉得很过瘾？包括温铁军的。当然他也有问题，反而去读文学这方面东西，包括汪晖的东西，我都觉得好像不能解决问题。问题在什么地方？我不太清楚。

杨庆祥：我觉得像莫言他们这一代作家，还有一个很要命的问题就是，其实他不知道他的读者在哪里，就是他不知道他的受众应该是一个什么样的状态。相对而言，像豆瓣上面的一些作家，可能非常清楚这个事情，他知道读者大概就是那么些人。比如说冯唐，他肯定知道自己的读者就是中产阶级的女白领，所以他天天写那些玩意，拨弄她们一下，都去买，定位特别准确。今年有个硕士做他的论文，我看了，她做了一个分析，就是调查报告，里面和出版社的判断是差不多的，就是他的受众主要是中产阶级的女白领。

程光炜：因为在现代文学研究界，有一个研究题目很多人做过，就是从小镇到城市里的一批作家，像鲁迅、周作人，他们都出身于世家。因此他们从农村出来，在现代文明那样一个环境里再反观农村这样一个记忆的时候，他们有一个高度。我们现在主要是一个什么问题呢？就是做文学史的时候——刚才庆祥提得很好，李中清他们做得很细——你必须有大量的材料来证明。比如一个乡下作家，你说他当兵，他在什么部队，收入多少，当没当过宣传干事，这个都有影响的，我们还是得搞一些实证的东西。把这个建立以后，一些东西慢慢就可以分析出来，现在我们更多停留于一个猜测，另外还有一点就是没有把他们的作品都大致翻一遍，翻一遍以后还是能理出些脉络来。你看我把张承志看完以后，一下就想到一个路线图，他走的就是那样一个路线图，他在内蒙古，然后到新疆考古，在那认识一个甘肃的老人，他问老人你怎么到新疆来了，就开始回顾历史，流放史就出来了，他就追踪到西海固。你看他的作品，这些就清楚了。但是这些人，就是莫言和贾平凹，他们的路线图是什么？就是他的人生轨迹，我们首先得把他的人生轨迹搞清楚，才能把一些材料做出来，才能找到这些作家,他为什么会成为这样,长处在什么地方,短板在什么地方。韩少功其实还可以再做,上一次我们有个博士生原帅写了篇很好的文章,谈韩少功从湖南到海南,然后我们跟天成在一块讨论,就谈到对韩少功这个作家的小说的研究这么欣欣向荣,但是对他的散文,我们重视得不够,大量的散文、杂文,真想拿出来重新读,重新想想该怎么来看韩少功。

杨庆祥:中国的问题比较复杂的地方就是,中国在地域、文化地理上是一个极其复杂的帝国,有时候我们没有"帝国"的观念,我们不是在欧洲的一个小城市里写作,你足不出户就能知道这个城市里发生的一切,他们的文化相对单一。所以我们如果老是去学欧洲中产阶级的那些写作,那完全是错位的。我记得写《毛泽东传》的罗斯·特里尔说过,如果没有长征,共产党是不可能认知中国的,最后也不可能胜利,因为正是通过长征,他们发现中国这么复杂,包括如何处理与少数民族的关系,都是通过长征赢得的政治上的资本。现在你会发现一个很有意思的现象,就是刚才程老师讲的,你看张承志他走了那么多的地方,所以他的写作一直很有生机,韩少功也是,他挪移的地方也比较多,然后你会发现当一个作家不走的时候,他的写作基本上就完蛋了,就是你在中国这样一个复杂的国度,如果你不走,你沉醉于观念里面写作就完蛋了,除非你是个大天才。

程光炜:你就不了解这个广大的社会。

杨庆祥:对,你不走动,你就坐在家里,你就不了解这些人群。我觉得莫言到了北京以后,他就不走了。

程光炜:阎连科也不走了,要么在家待着,要么飞到国外。

杨庆祥:他们的终极目标就是到北京。

程光炜:在他们身上你可以看到一个乡下孩子的梦想,(听众笑)乡下孩子那种特别清楚的梦想。

杨晓帆:对,这个也是刚才程老师那个提醒,我觉得像莫言,一个是他很具体的线路,他怎么样一步步地进城,还有一个他就是在山东高密,那个地方有它的特殊性。我读他和王尧的《对话录》,印象很深的是他怎么讲述他们家那三代，从之前那种可能很有文化的，讲到后面的中农，再讲到他进城。因为我自己研究路遥，可能看的材料多点，我能明显看到的一点是地域差异，就是陕北农村出来的穷孩子跟从山东出来的非常不一样，虽然都写饥饿，但他们进城的关注点就不一样。然后他们家庭出身不一样，确实也能体现在写作上，莫言写到的地主、富农、中农，跟路遥写一个那样的人就会不一样。我觉得好像今天有些时候，一个是作家自己不走，一个是我们研究者的目光也不走，我们是用一种比较囫囵吞枣的方式去看。我记得程老师以前写高晓声那篇文章，我们一讲高晓声就讲他是分田到户，是新的农村经济政策以后的产物，但是我们不会去注意高晓声是在一个非常特殊的地域。就像庆祥师兄讲，中国那么大，在每个地区，这50年的农村政策它针对的不同问题，它后来发生的变化，它的后果都是不一样的，所以高晓声写的东西看起来好像代表了一个大局面的改革开放，实际内部有它自己的历史逻辑。从研究的层面来讲，我觉得现在我们对那种很具体的东西不是特别的关注。

赵天成：我说一下吧，刚才大家都在谈地域的逻辑，我重新谈一下时代，也就是时间的逻辑，也想重新回来再谈一下作品。晓帆姐主要讲了两个长篇小说，一个是《生死疲劳》，一个是《酒国》。《生死疲劳》我上回说得比较多了，这里就谈一下我对《酒国》的理解。刚才杨庆祥老师给了一个非常好的线索，就是在从1989年到1992年，在八九十年代转型的这个线索上来理解。我的意思是说，刚才晓帆也说了，《酒国》的写作时间和《废都》的写作时间基本上是差不多的，都是在1989到1992年，那么在这个意义上，其实在转型这个历史阶段、历史瞬间，他是一个现场的写作。

孙海燕：我想谢谢晓帆师姐的提醒，让我重新反省自己的阶级定位。其实我是贫农，也比较遥远了，小的时候填一个表格，上面会填你的家庭成分，那个时候很自豪，会写上"我是贫农"，当然再往上数就不好说了。

李陀：她家在太行山，什么时候我想去她家看看。

杨庆祥：你是80后吗？

孙海燕：是啊，我是1981年的。

杨庆祥：我印象中你小时候不会填成分了啊。

孙海燕：还会填的。

程光炜：是河北哪个县？

孙海燕：河北邯郸太行山区，河南河北交界处。然后每次填的时候，我就填贫农。现在我就想，为什么我看《创业史》的时候，没有障碍；看《生死疲劳》，我会有那么强烈的不适感。我之所以会有这么强烈的不适感是因为无法适应他那个叙述，无法适应一个地主讲的故事。（听众笑）然后呢，从我的阶级立场，我更关注的是革命的第二天，乡村治理的时候。其实我这些历史也不是特别扎实，就是说从合作社、初级社、高级社这样一步步走来，出现了什么问题？我们原来是不是真的有共同致富的可能？我们原来是不是提供了一种可能性？

李陀：我先插一句，是不是你家里的老人，至少给你讲过他们的经历，对不对？

孙海燕：对呀，我很喜欢听我爷爷讲故事。当然我们都是联产承包责任制以后出生的，我们是作为个体的农民出身的，和他们那个时候的农民已经不一样了。我对土地的感情和莫言他们被迫接受集体劳动的农民，和父母一起去劳动，那种情感是不一样的。还有就是晓帆师姐说莫言是讲人和土地的关系，但我觉得不是，他只有前面第一代的时候是人和土地的关系，后面那些人都是进了县城，都是进城以后的人，他们已经不是农民。我在想，为什么到了第二代、第三代他开始不讲农民的故事了？因为第一他可能觉得，就像李云雷师兄提醒的，他认为联产承包是对以前单干的重复，这意味着这个故事不用再讲下去了，这就是个循环、重复，他们农民重新回到了封闭式的自我生产，单干嘛，自己干自己的，这个故事就和以前西门闹、蓝脸的故事是一样的，我们不用再讲这个故事。还有就是刚才杨庆祥老师讲到的资本，现在我们的农民遇到的最大问题还是资本，资本对他们的倾轧，制度性的压迫，就是说在一个以交易为基本原则的时代里，在农村，所有的一切都挡不住强大的资本，在乡村这个半熟人社会——基本上就是个熟人社会——交易原则进来以后，我每次回家都觉得这不是我的家，就是让我的乡愁无处寄托。我是有乡土的，但是我觉得我回到农村和我在城里，好像有一点差别，但还是会感觉到交易原则对乡村的渗透，和对城市的渗透没什么差别。有的时候，这种交易原则是没有底线的，什么都可以拿来换，尊严，甚至贞洁，当所有的东西都可以拿来换的时候，就让我觉得乡愁无处寄托。有一次我和一个师兄讨论说这些小说为什么不写农民了？农民的未来在哪里？农民有没有未来？我们可不可以做新农民？比如说我们带着钱回到农村，然后重新去做一些事情，比如说开农场吧。我说这不是农民的未来，这是资本的未来。我在想他们为什么不处理农民问题，为什么不在作品里继续写农村了，我觉得这个问题可能没办法处理。处理的话，或者是回到单干的农民，或者是被资本化了的农业资本，这是我的困惑，乡愁无处寄托的困惑。

杨庆祥：她讲得很好，她有经验。

程光炜：嗯，很具体，很具体。

杨庆祥：因为农村现在确实这样，整个是被交换原则渗透，而且更赤裸。

孙海燕：因为他们不像知识分子还会有一些底线。比如我们交换的时候可能还想，有的东西是不能交换的，他们无所谓，都可以交换的，有的时候是这样。

程光炜：后20年的历史是一个资本的游戏，这个资本的游戏它是大户占便宜，越多越大，越多越强，政府还经常爱提这个口号。普通人是没有能力聚集资本的，只可能有一部分人这几年买了房子让自己改善一下，但总的来讲，在这个游戏中，你是不占上风的。

杨庆祥：其实1992年刚开始改革的时候，我记得我们县里头是有很多乡镇企业的，五年以后全部倒闭，因为你这种小资本是根本抗争不过大资本的，全部都倒了，现在有些小工厂还在那里，小砖场呀，小窑厂呀。

程光炜：大家记得赵紫阳搞的那一套，叫乡镇企业。

王敦：刚才杨老师说的从1989年到1992年那时到底是什么情况？有没有史料记载？我那时候是中学生啊。所以刚才杨老师说到小说时间的时候，像莫言这个小说三个嵌套，最后嵌套回到1949年以前去了，这可能也不怪莫言，所有的50后、60后、70后、80后作家，大家都一样，都没有向未来看的这样一个时间向度，因为面对1992年以后资本的巨大威胁，没有人能够给出一个未来的时间。也就是说叫"乌托邦"的这样一个梦想不存在了。这是现代和当代文学，但是如果回到晚清的时候，是完全不一样的，那时候的小说都是在构想未来。有个小说叫《光绪万万年》，讲光绪一万年的时候中国是什么样子的，那么就是说立宪正在进行，共和没有发生，但是小说里面出现了……

李陀：你能不能写篇文章啊？就说为什么我们当代的小说跟晚清小说比的话，很少有写未来的？这是一个好题目。

王敦：我尝试尝试吧。

程光炜：80年代的小说有未来啊，青年主题，蒋子龙啊，《赤橙黄绿青蓝紫》啊，那一大批。

李陀：那不是他说的那种未来，他说的未来就是晚清小说那种对长远未来的设计和向往。

王敦：那时候俄国的小说类似于科幻，都是在想象机械化以后——那时候还没有推翻沙皇，大家或者听过苏维埃——大家想象今后社会会怎么样发展。这个赵毅衡老师写过一篇文章，他说过世纪末的预言。就是说在大约2000年前后出现了一批科幻小说，是在为世纪末以后该怎么样做出一些预言，但是毕竟都是比较颓废的，不是一种让大家觉得有可行性的未来，而是没有希望的。如果所有人，不管是哪个代际，都想不出来未来该怎么样的时候，你就没法怪小说家他回到以前去了。

张岩：我想插一个，因为我前几天刚看王德威老师写了一个研究刘慈欣的文章，他是把晚清出现的像你所说的这种看向未来的小说联系到了中国当代的一些科幻小说，就像刘慈欣的《三体》，包括台湾和香港当时也出现了一些这种科幻小说，其实都是当代人对于未来的一种想象。只不过这种小说可能还没有进入我们的视野当中，但是有人在研究，这东西是有一个待研究的空间。

李陀：科幻小说对未来的设想跟他说的这个不太一样。在美国，这种对未来的设想就很多了，对不对？他说的对未来的设想是在人文视野里头，比如说一个合理的制度、合理的社会可能是什么样的。我觉得这跟科幻小说对科学的幻想、科学技术发展对人的生活和社会有什么影响，还是两个路子。

张岩：但是《三体》里面把整个世界的这种政治文化、体系制度全部都带进去了，而且它虽然是面向未来的，但在未来这个向度里面也有对过去的一个反思，而且把整个世界打通。

王敦：有点类似吧。刚才因为说到莫言，我怕离题没敢说，但我想了一下 alternative history，就是面对历史的写作，也就是相当于平行世界。80年代90年代的事已经发生了，你写一个小说就说90年代的事情跟现在不一样，是按你的想法进入⋯⋯

杨庆祥：刘慈欣是写平行世界。

王敦：这种东西能给人带来一种构想，就是这个事情没有发生，但是如果按那条轨道走下去会是什么样子。这个我不太了解当代的情况。

杨庆祥：我这几年是读了一些科幻小说。科幻小说问题很大，我本来想给《今天》组一个科幻小说的专辑，包括这几年影响比较大的，像韩松，他是新华社的，还有几个80后，郝景芳、飞氘、陈楸帆，他们的科幻有一个特点，和王老师讲的晚清的科幻不一样，他们的科幻是一个过去式的科幻，或者是一个恐怖片式的科幻。比如韩松写的那个非常有名的《地铁》，他就写地铁发生灾难了，然后各种蜘蛛侠在上面那种。

程光炜：好莱坞那套东西。

杨庆祥：他是没有一种终极的、远景的设计的，基本上是以科幻的形式写了一个黑幕式的小说。

杨晓帆：因为你看的都是这种风格的。

李陀：这点我要替他们辩护了。《三体》不是，它有一个对未来的设计。《三体》就涉及和晚清小说对未来的设计的相同和差异，但这个题目就很细致了，恐怕得专门讨论一次。

杨晓帆：飞氘就是韩松系的。现在的科幻就是韩松系和刘慈欣系，这两系是完全不一样的东西。

王德领：我想回到刚才晓帆说的话题上。她说到一个问题，让我觉得还比较重要，就是把80年代的知识带到90年代去写作，主要表现在50后作家这一代人。确实他们的人道主义的观念、对乡村的处理还有对革命暴力的看法，可能就是80年代的话语体系。所以像刚才庆祥说的，他们缺少处理资本时代的能力。所以在50后这一代作家里面，像贾平凹、莫言、王安忆，他们的作品写到现实的时候往往把它道德化、简单化，他们对现实的处理好像没有超出我们的想象，甚至比我们的想象还要糟糕。现实不是那么简单的，应该是比较复杂的，包括余华，更是比较明显的。他们这一代作家，包括一些60后作家也是这样，像邱华栋、70后作家像鲁敏，他们写的东西都是道德化的判断，金钱呀，欲望呀，其实都市里面除了金钱、欲望之外还有其他东西。这些东西可能是没有思考好，我觉得80后作家对这些东西处理得比较圆熟。我们看80后的作品里面很少有道德判断的东西，他们好像跟我们的时代是血肉的关系，不是像50后、60后这些作家，他们都是带有这种批评、那种批判，这种批判的知识比较陈旧，没有给我们提供更加高远的、超拔的高度。包括刚才大家谈到的，他们对世界进行一种碎片化的把握，没有整体化，没有哲学的高度，像张承志、韩少功这些作家能够站在时代的前面进行思考的，通过自己的行走、阅读，站在时代前面的作家少而又少，这是比较令人遗憾的。刚才程老师谈到的中农作家，这确实是很有意思的话题，

程光炜：这是晓帆的发明。

李陀：这话说得很尖锐啊。

王德领：这可能说到根子上了。

程光炜：人的出身对人的一生都有影响，我不相信对作家就没有影响。

王德领：对，因为我家里也是中农，我小时候爷爷奶奶就给我灌输，我们的历史不是那样的，比如说我们家里雇了很多长工的时候，我们对他们可好了。我看到像莫言，像山东作家尤凤伟他们写的故事，都是这样的，和我们家里的老人讲的故事其实是一样的。也就是说，他们的经验还没有超出我们的经验之外，还是在我们经验之内的一个写作。他没有把这个东西进行整合，有高度，然后透视，他还是站在其中，而且还是碎片化的、不完整的，让我们失望了，看完以后好像没有提供给我们新的人生经验，所以我觉得这一代作家在处理历史和现实上还是比较令人失望的。

杨庆祥：我最近读了一个80后作家的小说，我想向李陀老师推荐一下，您对新作家感兴趣。有一个80后的女作家叫霍艳，写了个短篇叫《秘密》，特别有意思，写得特别好。她就写在淘宝网上买东西，因为淘宝的系统出了点问题，她突然就可以进入很多人的账号，看他们买什么东西。

李陀：这构思不错。

杨庆祥：她进去发现，平时她身边的人买的那些东西，很多都是见不得人的，那个描写，特别有意思。

程光炜：他们进入这个时代。

杨庆祥：对，投入这个时代，我看了以后觉得太好了。

李陀：在哪儿发表的？

杨庆祥：在《北京文学》上。

李陀：《北京文学》还能发好作品呀，我原来对它可有意见了。

程光炜：整体来说《北京文学》不如《上海文学》，但还会有一些可以的。

李陀：那我高兴啊，《北京文学》发好作品，我太高兴了。

程光炜：但它不太准，枪经常打得不准，有时撞上一个。

李陀：嗨，能发点好的就行，要发一篇好作品很难的，那太难了，发一点就不错。

王德领：还有刚才晓帆提到的莫言长篇的问题。莫言长篇问题很大，现在中国作家能写好长篇的人非常少，包括王安忆，他们都是中短篇好。

程光炜：德领，你编了这么多年长篇，能不能给我们指一下，他们主要是什么问题？能力呀，还是什么？你看了那么多长篇。

王德领：我觉得有几个主要的问题，比方说像刘庆邦，写短篇特别好，但是他往往用短篇的方法写长篇，包括节奏比较慢，把一个细节无限放大。

李陀：你等等，程老师想让你概括一下，你先别说刘庆邦，那个太具体了，就是你编了那么多年长篇，你概括一下有什么问题，我觉得程老师这个是挺有意思的。

王德领：我觉得首先是一个哲学的问题，长篇整个就是没有一个对世界和人生、历史和现实特别新颖的认识，这是一个问题。从技术层面来说，这些作家写长篇的时候漏洞比较多，还得要具体说，比方王安忆的长篇让人读起来觉得很拖沓，包括她的《天香》《富萍》《上种红莲下种藕》，《长恨歌》好一些；像莫言的《生死疲劳》，当时我看了以后比较生气，我要编他的东西的话要给他删掉七万字，他的艺术的节制有问题的。我觉得从艺术上中短篇比较好掌握。

李陀：在80年代这批作家里头，真正知道节制的，特别注意节制的，我觉得就两个作家，俩酒友，汪曾祺和林斤澜。林斤澜是节制得过度，汪曾祺是节制得正好。这节制是个大问题，你接着说。

王德领：另外一个，我觉得长篇往往会露怯，一个作家，他的短处、短板，他整个人生的状态，他写作哪个地方不行，在长篇里显得特别突出，长篇中的败笔特别多。我们看一些名著，国外经典的那些，包括现代文学史上那些名著，这种现象非常少，但是我们现在看中国的长篇小说，比如有刚才说的拖沓，笔收不住，不应该再往下写了还写，写了以后狗尾续貂那种感觉，让人看了很不舒服。另外就是作家对人物的把握也有问题，包括人物的表面化，我们现在看50到70年代那些长篇，人物往往都比较鲜明，现在的人物都是观念的集合品，没有个性，让我们记不住，没有激活我们对生活新的认识。还有一个，从艺术水准的高度来考虑，现在作家注水式的写作太厉害了，就是快餐化，长篇的艺术水准太差了，我觉得好多作品不忍卒读。曾经有一次，一个作家通过他的代理人投稿，我把稿子拿来看了一下，我说你这东西在我们这儿达不到出版水准，我们很难想象一个著名的先锋作家写现实的时候那么差。可能这是一个问题。现在长篇小说是繁荣，但是好的作品特别少。

程光炜：跟编辑有没有关系？有一次我参加一个会，《长篇小说选刊》的一个女编辑就跟一个高官抱怨，她说为什么50年代有很多长篇写得好？因为编辑关把得很严。她就在那儿抱怨现在没好编辑。

王德领：现在编辑行业太乱了，因为文化公司一兴起以后，基本上很多不是学中文出身的来当编辑。当然不学中文不一定没有判断力，但是好多就是那种技术性的人来做编辑。还是出版产业化的问题。一是作家的心态变得浮了，另外编辑、出版的行当也有问题，我们好多编辑把作家往畅销上引，教作家怎么做。像某个畅销作家为什么涉嫌抄袭？可能就是觉得他这个不好卖，给他一篇别人写的东西，让他照着这个情节写一遍。

程光炜：说起这个大环境，管教育的人搞扩大化搞坏了，搞文化的人，搞文化产业化也搞坏了。你就生活在这个架构里头。

李陀：国家有计划有理念有步骤地把资本引入文化，就这么回事。

王德领：现在一些出版社的模式我知道。我原来在十月文艺，十月文艺还能出些好书，为什么？因为北京市成立了一个长篇小说创作基金，给几百万，然后如果我们看好一个长篇的话，就能把它出出来。作家要价很高，但是如果没有补贴，这书出来肯定是赔钱的。一般一个长篇只能起印1万册，作家拿的版税一高，出版社肯定赔钱。

程光炜：德领你还得继续往下说，你当了这么多年长篇小说的编辑，刚才你已经说得很有意思了。你讲得很具体，它不是一个文学史的东西，但是有时候你讨论文学史，得从编辑那儿开始，否则你不知道长篇小说整个写作和出版的过程。你刚才讲的，也涉及一些东西，编辑的能力呀，文化产业化呀，作家心目中的长篇小说那种概念，或者是那种知识，他们具备吗？我以前看《人民文学》的老杂志，看孙犁1980年、1981年在《人民文学》发的一篇关于长篇小说的文章。那时候特别喜欢让作家来谈创作，孙犁写得很让人佩服，那时候一下子提升了我对长篇小说的看法。那都是30年前写的一篇，很短，一千多字。但是我觉得现在作家们谈长篇小说，都搞不清楚他们心目中的长篇小说是什么，他们的创作谈，我都弄不太明白。有个长篇小说艺术，你给我说说，他们心目中有自己的长篇小说艺术吗？

王德领：我觉得从作家角度来说，他们对长篇小说的概念之一，是一定把它尽量写得短一点，好看，然后有市场，其次才是要有一种抱负，要表现什么。

程光炜：首先是好看，其次是有市场，最后才是抱负。

王德领：另外从出版社的角度来谈的话，首先要看这个作家有没有名气，有没有市场号召力，他的要价高不高，要价高的也不能出，出的话赔钱。可能有的出版社，像上海文艺、人民文学、十月文艺，他们这些老牌的出版社还好一点，因为出版社还要品牌的号召力嘛。但它们一定要出点获茅奖的、获鲁奖的作品，名作家的东西要抢，抢了以后出版，但名作家的东西不一定都好。

程光炜：你敢给他提意见吗？

王德领：要提，提意见。像陕西作家红柯，他有一个小说叫《乌尔禾》，写得特别好。其中有个情节，我说这个情节有问题。他原来写了个放生羊，两个情人把这个羊杀掉了，我说不要把它杀掉，一定要它活着。他开始不同意我的观点，说不可能，我说我每次看校样就觉得有问题，最后他改了。这个情节改了还是对的，有的作家还是听得进去的。

程光炜：有一次《人民文学》年度长篇小说评奖，我提了个宁肯。那天宁肯讲得很好，他讲让一个作家改一个长篇。我都不太了解这种，这可能是我缺乏的东西。因为研究"十七年"小说的时候，好多编辑怎么样给作家改东西，我们都知道，这样我们才比较了解作家，看得清楚点儿。但今天我们就看不清楚这一点。

王德领：因为首先是现在书数量太多了，精品的东西少。

李陀：现在书一年出多少长篇？

王德领：差不多五千部，它这里面有好多是网络文学转上来的，像唐家三少，他每年要写出十几部，他都是在网上写完以后再出版。

程光炜：李陀老师，中国人做事马虎，其实我们应该向有关部门建议一下，就说你别老猜，什么五六千部，你专门找几个人非常准确地统计，网络多少，纸质的多少，出版多少。没人做这个事，说了好多次。就是通过这种分层的分析你才知道。

王德领：现在作家改稿子的情况，在特别敬业的出版社、编辑那里还是存在的，有的稿子改得满脸花。

杨庆祥：我倒是有个问题，现在我们谈"十七年"的修改，其实有时候我们是有资料的，现在因为都是用电脑写，就很有问题，因为你改了以后不知道，你改了以后还是作家独创的，他不说你就不知道。

程光炜：以前毕业的钱振文写的关于《红岩》的博士论文非常好，四个版本的稿子，他拿了三个，所以他讲《红岩》的修改就厉害了。他做得非常结实，就没人超过他这本书了。

杨庆祥：但是现在修改稿子没有记录，因为你是直接在电脑上打的，前面的版本是完全被兼容了。

程光炜：你指的还是这些作家和作品。我的意思是《生死疲劳》《古炉》《秦腔》《长恨歌》这些比较大的作家的小说。

王德领：我觉得这样的作家他就一般很难听进去别人的意见了。

程光炜：可能别人也不敢说，是吧。

李陀：其实中国这也不正常。你像海明威，每一部作品，海明威的编辑都会提出具体意见让他改，海明威名气很大了以后，编辑还是这样，他们俩之间就有一个非常好的互相信任的关系，就是海明威也认可这个编辑。

王德领：现在据我所知，莫言他们并没有遇到一个像海明威那样特别认可的编辑。

程光炜：他们希不希望有这样的编辑呢？

王德领：我不清楚他们是不是希望，但是比他们小点儿的作家还是非常希望的。像尤凤伟有一次就跟我说，我非常看重你的意见，我不想看评论家的意见，想看你们的意见，这东西写得好不好？哪些地方需要改进？但是莫言他们是不是有那么虚心，就很难说了。像"新经典"他们出过阎连科的东西，包括余华的作品《第七天》，他们说余华不让改，不让动，错了就错了。

杨庆祥：不是说《檀香刑》当时是改过的？他那个剥人皮，好像说是做了大量的处理。

王德领：有的时候改的话，也是挺令人失望的，觉得好像出彩的地方因为各种原因改掉了，血腥啊，或者是政治的原因。像张洁的《无字》里面改了一些，她在《无字》里面对革命其实有一种虚无的认识。

程光炜：李老师，80年代的时候，1978年到1985年这一段，你们在《北京文学》的时候改不改作品？

李陀：在编辑部里头，我跟林斤澜都不主张编辑动手改，都是提意见，让他们自己改，都是这样。我觉得编辑自己动手改是很粗暴的。

程光炜：不，我指的就是提意见，提意见也是一种修改嘛。

李陀：对，就是提了意见你自己改。我举个例子，《犯人李铜钟的故事》的作者张一弓特别奇怪。我觉得他那一路小说挺好的，他突然要现代主义，要现代派，就写了一个特别奇怪的小说。后来编辑部讨论，大家都觉得不行，谁都不敢去跟他谈，后来他们说就你去谈吧，我就硬着头皮跟他谈谈，我说你能不能改一改？你何必呢？你原来《犯人李铜钟的故事》那样不也是一路么？并不非得是现代派的就好。我没有自己给他改，但是张一弓自己后来也没改，后来小说就没发表。我记得那时候特地把张一弓从河南请到北京来，其实特别不好意思。

程光炜：我记得 80 年代的作家来北京都住招待所，蒋子龙他们都住在招待所改作品，也是个过去的很好的传统。

李陀：上回说到那《商州》，《商州》跟我也有点关系。是《收获》的李小林他们拿到这个长篇以后，就觉得有问题，后来就把稿子给我让我看，我也觉得有问题，后来李小林就说你跑一趟西安，跟平凹商量商量，看能不能改一改。然后我就到西安找贾平凹。你看那时候编辑多认真啊，现在不可能有这样的事。我跑到那里，平凹还请我吃了红油泡馍这个那个的，我把我们跟《收获》商量的意见跟平凹说了说。《收获》绝对没有给他改，就是给他提意见，他也没太改，《商州》就发出来了。就像上次大家讨论《商州》有一些缺点，当时如果他听了那些意见以后，可能这个小说会好得多。他那时候已经不太听了，我白跑了一趟西安。（观众笑）他那个不听倒不是说你没权力改我的，他不是那样，他就觉得他那个对，当时编辑部也都尊敬作者，就商量一下，他能接受就改一下，主要的意见他没接受，那也就算了。

程光炜：何启治就说过，《白鹿原》让他改了好多。李老师你最后总结一下吧。

李陀：我上次已经说了，莫言跟我们都是一代人。我年纪比他大，但都是 80 年代初的一拨儿吧。所以这样一个会呢，有的我不太好发表意见，尤其对大家的讨论我就不多说了，哪些赞成，哪些不赞成，我就不具体说了，反正将来都有整理出来的记录，就有它的文献存在了。但具体到莫言小说，我也不能不说几句。我是这么看的，我跟大家差不多，特别喜欢而且又评价很高的是他的中短篇小说。我个人认为，他的中短篇小说放在世界文学史上也都是佳作，也都是非常有创造性的，非常杰出的，有非常高的文学价值。就冲着中短篇，他就有资格得诺贝尔奖。说句实在话,这些中短篇我们拿来跟拉丁美洲作品,或者跟莫言喜欢的福克纳的作品比,不差,并不差。但不是说他的中短篇没有问题,问题还是蛮多的,比如说节制。莫言从来就不节制,但不节制的汪洋恣肆也形成他的一个特殊的风格,这个东西就比较复杂了。至于他的长篇问题,我们还需要好好研究,这两次会对他的长篇提出了很多意见,就是一个很好的开始。像这样一个复杂的作家,有这么多的作品,而且在中国当代文学中有这么高的位置,我觉得研究是很不够的,不能是他得了诺贝尔奖以后,就完全是赞美,或者说看不得作品中有问题,就完全地否定。我觉得都不合适。怎么从文学研究、文学批评和文学史写作三个层面对他进行更细致的分析和讨论,我觉得这是最重要的。我们有时候对作家写作不满意,也应该对我们自己的文学批评和文学研究不满意,我们同样也存在很多问题。作家需要反思,做文学批评和文学研究的人也要做反思,是不是有很多问题?总而言之,我觉得不但是莫言的长篇,整个80年代到现在的长篇写作都要很好地研究。总体来说,我觉得长篇是不理想的,虽然每年生产出那么多来,但应该说不是很理想,那么问题到底在哪?这个说起来话就多了。

今天晓帆提出的那个意见我觉得比较重要,就是一个作家在他写作的时候,在他的潜意识中,或者在他自觉不自觉的思考当中,从他最初始的构思阶段一直到写作的修改中,其实背后都有一个他已经获得的、已经掌握的某种知识在起作用。而且这个知识,作家往往是不自觉的,因为他毕竟是一个感性的写作。中国作家也有那种特别理性的写作。我记得那时候我还年轻,就像你们这么大,参加一次会,听吴组缃先生嘲笑茅盾写《子夜》,特别震惊啊,竟然嘲笑茅盾?!他怎么嘲笑呢?他说茅盾写作的时候,在墙上画了一大表,全是阶级关系,谁跟谁什么阶级什么同盟,谁跟谁俩人对立。我想吴先生绝对不是随便乱说的,他是有根据的。而且他说的时候旁边有人附和,有些老先生说是是是,我见过,他墙上有一大表。这种情况我是站在吴组缃这方,写作是一个非常感性的过程,所以作家有时候对自己在写作过程中指导他的知识往往是不够自觉的。所以，晓帆提出的这个问题非常重要，而且她具体地指出来我们现在的很多作家，特别是50后这些作家，其实从某种程度上也包括40后、60后作家，他的基本知识的形成是在80年代，这是一个大问题。文学批评稍微好一点，因为到底是做文学研究的么，看书比较多，读理论书相对比作家就多一些。但是恰恰带来另一个问题，就是生吞活剥很多西方理论，那个知识虽然可能显得比80年代获得的新东西多一点儿，但是非常杂乱，也不能说这些获得的新知识就让你80年代形成的知识有了新的质变。就是你说了点儿新词，尤其把理论当成一种方法的时候呢，你旧有的知识是很难得到调整或者改造的，所以这时候它还是在无形中指导你的写作、你的思考、你的研究。所以这就有一个对80年代的知识发展、思想发展、学术发展、理论发展自觉地回顾的问题。但是这个回顾是很难的。我举个例子。这些年我最反感的就是庸俗人性论。对于复杂的历史现象，从汉武大帝一直到"文革"，一直到今天改革中出现的问题，一直到现在的反腐，全都用那种简单的、庸俗的人性论来解释，这是非常非常肤浅的。人性论解释不了什么东西。这里很复杂，我今天不能多说了，以后程老师能不能专门组织一个人道主义话题的讨论？人性论这个脉络在启蒙以后、18世纪以前基督教那段历史当中，或者中国儒家思想这个系统里都有很多知识，我们暂且不论。就是18世纪以后，跟现代性，跟modernity相联系的这种"人"的学说，其中包括人性论、人道主义、阶级话语，这些东西它的发展脉络是怎么回事？我觉得让作家去弄挺难的。作家他应该是有一个知识环境，他从这个知识环境里吸取知识以后他就能够写作了。但是做研究的人呢，他要制造这个知识环境。我不知道我说清楚了没有？就是我们的责任呢，是给作家提供一个知识环境，不是一个肤浅的人性论，而是一个很复杂的社会分析或者阶级分析。所以这个问题比较麻烦，不是肤浅地读几本书就能解决的。但无论如何，我觉得现在人性论非常流行，比如说解释欲望的问题。欲望是有历史性的，50年代中国人的欲望，60年代"文革"中中国人的欲望，70年代末期"后文革"的欲望，和"文革"结束以后中国人的欲望，一直到1992年南方谈话以后，到今天改革当中中国人的欲望，都是什么形态？和每一个阶段的政治、经济的内在关系是什么？是什么样的经济环境制造了什么样的欲望？这些都是很细致的问题，而不是说人生来就跟动物一样，说人跟动物都有欲望。这个问题太复杂了。所以好多自由主义思想家其实很浅薄，他们从祖宗那一代开始就有一个问题，老是假设一个什么经济自由人，假设一个自由人，然后来推演一个人在社会里头他应该是怎么样，然后欲望就怎么样表现。这是一套知识，这套知识应该说跟启蒙主义有很大关系。但到后来，特别是到19世纪20世纪的时候，关于人的解释的学说很多，包括马克思主义的学说，这些对人的解释呢，我们其实都应该回过头去学习钻研，然后选择一种有可能解释人的行为，有可能解释人的道德，有可能解释人的政治动机，有可能解释人的经济行为的那样一种关于人的知识，我觉得这是一个很艰巨的任务。就这点来说，我觉得我们不能要求作家。我再说一句不好听的话，作家就是鸟，他就负责唱歌，他唱的歌是什么意义，是咱们批评家提供的。所以我们这些做学术的，做文学研究、文学批评的，在晓帆提出的知识问题上，应该多做思考。我觉得这的确是个大问题。

还有阶级话语退隐的问题。这个阶级话语的退隐也很复杂，其中最明显的就是东欧变革以后，尤其"文革"以后，人们在回避阶级问题，阶级话语在一部分人那里似乎就变成一个不合法的、有问题的、可能对我们的社会造成不安定因素的这样一种东西。不要说我们的作家了，现在西方很多大的思想家、理论家，他们不但在回避或者说有意地摒弃阶级话语，而且还制造各种各样的理由，比如说关于中产阶级社会的理论，从理论上使得阶级问题，或者阶级问题的讨论不能生存，这也是个非常复杂的问题。我是最近这几年觉得，我们可能在一定程度上需要考虑一下阶级问题，当然我们也不能回到传统，简单地恢复那些阶级理论，或是阶级话语。我们的麻烦在哪呢？就是在这个新的历史环境里头，我们怎么能产生新的阶级意识和新的阶级理论？这是个很复杂的问题。为什么呢？我有时候问一些年轻朋友，你们说现在有没有压迫？都说有。有没有剥削呢？也说有。很明显，谁再说现在没有剥削，没有压迫，那就是睁着眼睛说瞎话。那我就问，到底是谁压迫谁？谁剥削谁？你自己得问自己呀。你不能光生气，就说我买不着房子，我娶不着媳妇，我女朋友有机会就想跑，你光生气有什么用啊。它的原因在哪？它是不是一种剥削和压迫的结果？那么如果是的话，谁压迫谁？谁剥削谁？这个问题我们暂时解决不了，那至少还可以解决另外一些问题，比如说现在什么人的声音最强？我在给北岛《波动》写的序里头就提到小资产阶级的问题，新兴小资产阶级的问题。至少我们可以肯定，新兴小资产阶级是一个确实的、在我们生活中存在的阶级现象。我们说资产阶级、工人阶级、无产阶级，这带来一大堆理论问题。有一些写底层的作家，上来就说工人阶级。那在马克思主义理论里头，"工人阶级"不是随便能说的，不是说有工人就有工人阶级。什么样的工人才变成了工人阶级？这是马克思主义理论的一个大问题，不是说凡是打工的，就是工人阶级，不是的。现在讨论这些问题都是很复杂的，至少我的能力讨论不了，有时候还跟一些搞理论的争不清楚。中产阶级也是个大问题，我觉得这个范畴在国外的社会学界、哲学界、经济界也是一塌糊涂，各种学说，各种理论，包括左翼理论，在解释中产阶级的时候，基本上受韦伯的影响，都是说不清楚，争论得非常激烈。中产阶级不像我们想象的那样，一会儿说：够25000美元年收入就是中产阶级；过几年说，不行，够年薪35000美元才是中产阶级；最近又改了，说一家人年收入4万到5万，这才算中产阶级。不那么简单，中产阶级问题是非常非常复杂的。很多大理论家都在讨论中产阶级问题。中国中产阶级问题也是说不清楚，但是说小资产阶级问题我觉得比较清楚。

还有比如我上次说到的小市民的问题。小市民是一个既让人同情，也让人很反感的一个社会存在。本来这个小市民在言论制度当中，在舆论当中，没有什么发言权的，因为他们没有笔杆子，很少有人当编辑、当作家、当主持人，也很少有人在一个出版社里头管一个部门。小市民没有这个能力。所以小市民的声音在过去几年是很微弱的，或者是听不到的。就是很长时间以来，我们很难听到小市民的声音。但是最近，我觉得在中国这个微信、微博盛行以后，小市民终于有说话的地儿了。但是他们的讨论，大多是一种小市民意识的反映。他们要表达自己的意见，你说这是不是好事？这也是一件好事，为什么这么大的社会群体就永远封着嘴不能说话呢，他们当然也有权利说话，但是我们做文学研究的，或者作为一个作家，就不能简单认可。反过来说，这是不是一个阶级，是不是一个新的阶级的声音在生长？像这种问题就是值得我们思考的。像这类问题，都是属于刚才杨晓帆提出的，你的知识结构，你的知识资源，你的知识准备和你写作之间有着非常密切的关系，这个关系不仅对作家有效，对我们做文学批评、文学研究的也有效，这是她提出的很大的一个问题。

最后，我再说说刚才大家讨论的资本主义的问题。我们长篇小说之所以一进入90年代的生活，老是感觉写不深入，这个我同意杨庆祥的意见，就是因为作家们受80年代知识分子所生产的那样一个舆论环境和知识环境的影响。就是资本主义的问题在他们脑子里是不存在的，甚至在相当一部分作家眼里头，资本主义是好的、是进步的，是中国必须要达到的一个社会理想。因此当资本主义带着这么多问题进入我们中国的时候，他是看不见的，他看见的都是80年代那样的知识环境提出的问题。他就抓这些问题不放。比如说看奥威尔的《1984》，专制主义就变成他们知识结构中非常重要的一部分，其实专制主义非常复杂，你要同历史学家谈专制主义的话，什么是专制主义都是很大的问题。确实在90年代以后，我们老提全球化，那么既然我们生活在全球化这样一个环境里头，就得研究资本主义问题。面对这样一个复杂的问题，我们就不能简单地说赞成、不赞成、好、坏，不是这么一个问题。资本主义的兴起，当代资本主义已经发展到什么阶段，资本进入中国以后，又有什么特点，我们实际的生活经验和资本主义又有什么关系，都是需要思考的，可惜的就是作家们不思考，尤其是70后的作家们不思考，而且这个我也同意杨庆祥的意见，就是他们太接受西方中产阶级作家的影响。第一个中产阶级作家的进入跟朱伟有关系，就是《三联生活周刊》的主编，他介绍的卡佛，那是80年代。卡佛就是一个典型的中产阶级作家，他不是写得不好，他写得挺好，但是肤浅。我上次不是说了吗？写得好的作品不一定深刻，深刻的作品不一定写得好，文学是非常复杂的，但是自从卡佛进来以后，对西方中产阶级的介绍，就越来越多，一直到今天。

杨庆祥：卡佛现在成了一个特别大的经典。

李陀：现在变成什么了呢？凡是在国外得了一个什么奖的这种中产阶级的写作，就都是今天我们文学青年们的经典。一人拿一本，一看，那腰封上得了什么什么奖。我觉得好作品很少。这个好作品很少原因又很复杂，不是那么简单就说他们笨，或者没有写作才能，不是这样的，原因很多，其中之一就是好多作家都是写作班出来的。我就不相信写作班能培养好作家，写作班怎么能出现好作家？而且我认识比如在美国 Brown University 写作班学的这些人。

某同学：莫言好像也是写作班出来的吧？

李陀：那个不一样，那不是写作班，你误会了，咱们中国的文学院还真不是写作班，这很复杂。写作班是什么呢？读三年，你要有学位，你或者写出论文来，或者写出作品来，很正经的，要上好多课，跟咱们是两回事。但文学院好不好，那是另外一个问题啊。但是不止写作班，还有别的问题。比如说中产阶级社会的单质化、同质化是非常可怕的，现在我们中国已经开始慢慢感觉到这个问题了。我记得90年代回来，我们到《三联生活周刊》去，他们让我说说白领，因为我在美国已经待了一阵子么，我就说白领有什么什么问题，那些年轻编辑可不高兴了，他们90年代的时候正是特别向往白领生活的时候，觉得白领生活多美妙啊。现在有一个刚辞职的年轻人跟我说，你们知道我们过的什么日子吗？我说什么日子？他说，白领奴隶的日子。一针见血，所以我再见着那些白领，没有几个像90年代那样的，哎呀自己当了白领了的那种幸福感，那种脸上都放光的感觉已经没有了，他们发现白领不是想象的那样。那时候我就跟他们说，你们想象的是怎么样的？把社会主义的好处要了，社会主义坏处你们不要了，再把资本主义的坏处不要了，把资本主义的好处要过来，完了一合并，是你们想象的白领形象？比如说，他以为当了白领以后可以跟老板吵架，现在傻眼了，你跟老板吵架？你跟他说我要自由？要平等？所以呢，白领生活是非常单质化的。他/她有了苦闷以后，只有狗可以无条件地偎依在他脚边，他的父母，他的女朋友，他的妻子，或者她的丈夫，都不可能像狗那样忠诚于你。这其实是中产阶级生活的悲剧，但很多人看不出来，不思考。还有别的问题，比如小三，这变成了多大的问题呀是吧？小三出现绝对跟我们中产阶级形成有很大关系。为什么？一个是前面说的交易原则，当交易原则介入我们爱情的时候，小三必然进来，这是不可避免的，这是经济内在逻辑在生活里非常细微的表现，不是简单说我们现在人心都坏了，道德感不如以前了。不是这样的，是我们大的生活环境变了。卢卡奇有一句话，我最后用这句话来结束我的这番话，卢卡奇原话我记不住了，但也差不多，他说，当商品形式成为一种统治形式的时候，它会改造我们社会生活的一切层面。这是卢卡奇非常经典的、一语中的的、对我们今天面临的这个复杂生活的一个概括。一切层面，不会有任何一个层面商品形式不介入，就你说的交易、城市、乡村、家庭、婚姻……

最后我给晓帆提点儿意见，就是我上次说的概念要准确。你刚才提了一个叫"新历史写作"，你把"主义"两字去掉了，我很赞成。我上次已经说了，新历史主义是一个流派的学术，它的重点是研究莎士比亚，它的领军人物是格林·布拉特，后来新历史主义的研究有一些扩大，但基本上是围绕莎士比亚这种古典文化的研究。如果我们非要用新历史主义的话，一定要申明，我这个新历史主义跟格林·布拉特那个新历史主义有什么区别，我们得说清楚，我为什么要用这个词。所以，新历史主义写作这个提法是很成问题的，这是一个概念要准确的地方。还有你说到，《红楼梦》是世情小说，也不对，就像《红楼梦》和《金瓶梅》这样的小说，我们说它们的时候要特别谨慎，我们到底用什么样的一个概念来描述它们，是个非常复杂也非常精致的学术问题，不能张口就来，习惯了以后就是很多事。我就有这毛病，尤其我最近年纪大了以后，嘴里说的老跟我心里想的不一样，经常出错，所以如果我要是说错了什么，比方说这个概念应用的不对，你们都帮着提醒我，会对我有很大的帮助，省得我乱说。咱们大家都注意，这个概念精确的事，咱们千万千万要注意。

程光炜：这是我们和哥伦比亚大学，和李陀老师的第三次合作，我觉得合作得非常好。首先真是要感谢李老师，非常辛苦，在第一次讨论的时候就是非常有成效的，尤其是刚才，他讲的非常重要，很多东西确实要研究，我觉得我们跟李老师明年的工作坊也要好好地设计一下，也可以做一下调整，跟上次谈得不一样。这次是谈长篇小说，下次我们再找一个。另外谢谢旁听的同学和外面的朋友，谢谢大家！